NARRATIVA

729

Abby Fabiaschi

# IL NOSTRO TEMPO NEL MONDO

TRADUZIONE DI
OLIVIA CROSIO

EDITRICE NORD

Titolo originale
*I Liked My Life*

ISBN 978-88-429-2815-7



In copertina: foto © Klaus Vedfelt / Getty Images
Art director: Giacomo Callo
Graphic designer: Marina Pezzotta

# IL NOSTRO TEMPO NEL MONDO

*A mio padre,*
*Michael Anthony Fabiaschi (1955-2008)*

*« Aveva il dono di fermare il tempo e porsi in ascolto perché fosse facile sentire chi saremmo diventati. »*

Brian Andreas

L'autrice devolverà il venti per cento dei suoi proventi a organizzazioni benefiche che operano a sostegno di donne e bambini nel mondo.
Per saperne di più: www.abbyfabiaschi.com

# 1

## MADELINE

Ho trovato la moglie ideale per mio marito. Non sarà una moglie tradizionale come lo sono stata io, ma questo è un bene. Non sarà nemmeno altrettanto intelligente, ma Brady ha già sopportato per vent'anni il mio inesauribile acume. Sotto la mia tutela ha imparato che il cavolo riccio abbassa il colesterolo, che è normale che una bambina voglia sposare il suo papà e che non importa quanto spesso si butti un occhio sulla strada, scrivere un'email mentre si guida non è meno pericoloso che mettersi al volante dopo aver bevuto. Peccato che la nostra attuale situazione abbia reso inutili queste perle, un tempo tanto preziose.

È umiliante, davvero. Ho passato la vita a fare di tutto per non diventare debole come mia madre, che affidava al vino buona parte delle sue decisioni, eppure mi rendo conto che adesso a Brady serve una donna più tenera di me. Non troppo sdolcinata, né appiccicosa - non s'innamorerebbe mai di una sciocchina capricciosa - ma nemmeno una che abbia sempre, immancabilmente ragione. Qui ci vuole una donna che non trovi irritanti le sue pause in mezzo a ogni frase. Una donna che sappia ascoltare, che non ragioni troppo sulle cose, che non gli rinfacci ogni minima cosa che fa e sia naturalmente portata a prendersi cura di nostra figlia Eve.

Il minimo che io possa fare è un po' di casting.

Mi sono concentrata sulle maestre elementari, perché devono avere una buona dose di entusiasmo e pazienza per scegliere una professione in cui passi buona parte della giornata a far ragionare i bambini di sei anni. E la mia famiglia è così a terra da avere bisogno di qualcuno che non si scoraggi facilmente. All'inizio, però, non riuscivo a trovare nemmeno una maestra che non portasse la fede. Era avvilente. Come se gli uomini avessero scoperto di essere sfiancanti e deciso di sposare solo donne esperte nel sopportare scempiaggini. Insomma, diciamo che il bacino era già stato sfruttato appieno ed erano rimasti solo scarti amareggiati. Ma, proprio quando stavo per rivolgere la mia attenzione alle infermiere, ho visto Rory, che era di turno sullo scuolabus. Portava i capelli castani raccolti in una morbida treccia e ogni centimetro di pelle era coperto di efelidi. Sfoggiava un sorriso imperturbabile, che non si è incrinato neppure quando un ragazzino le ha smoccolato sulla gonna. Coi suoi occhialoni da sole rotondi e con le infradito tempestate di strass, Rory riusciva a sembrare ancora fica, pur avendo già quarant'anni. Spero voglia dire che non ha figli. Brady ed Eve non possono sopportare altri fardelli: nel loro futuro non c'è spazio per una *famiglia allargata*.

Adesso lei è nel negozio di alimentari, e io sto analizzando ogni sua mossa per assicurarmi che il mio istinto non si sia sbagliato. Molti pensano che le facoltà intuitive aumentino dopo la morte, come una sorta di premio cosmico per aver tagliato il traguardo, ma finora non è così. L'Ultimo Mondo si estende sotto di me senza tante cerimonie, come un banale schermo cinematografico. Non c'è nessuno spirito guida, e non sto neppure fluttuando graziosamente in un abito di satin bianco raccogliendo risposte alle domande esistenziali che un tempo mi tenevano sveglia la notte. Si dice che i fantasmi perseguitino i vivi, invece è tutto il contrario: sono io che vengo perseguitata da voi. La mia vita è diventata uno squisito dessert appena fuori dalla mia portata.

Forse sono in purgatorio. Se avessi saputo che avrei tagliato il traguardo a quarant'anni, avrei preso più seriamente la religione. I genitori di Brady erano credenti e, per un paio d'anni, mia mamma aveva accompagnato me e Meg a catechismo, sfruttando la chiesa come una sorta di babysitting gratuito. L'idea le era venuta a una riunione degli Alcolisti Anonimi, dove io credevo si andasse per imparare nuovi posti dove nascondere le bottiglie, dato che, ogni volta che la mamma ci andava, poi spostava sempre le sue scorte.

*Cosa ci diceva quella giovane suora?* mi chiedo, sforzandomi di ricordare. I cattivi vanno all'inferno, i bravi cattolici in paradiso, e in purgatorio restano quelli destinati al paradiso ma che devono fare una pausa per motivi che ora mi sfuggono. Ci ha sicuramente detto che è impossibile passare dal purgatorio all'inferno, così come rimanere in purgatorio per l'eternità, perché ricordo di aver trovato strano che ci fossero regole così precise e ben documentate. Forse qualcuno aveva una linea diretta con Dio? E, in tal caso, poteva cortesemente richiedere un po' più di forza di volontà per nostra madre?

Ho la netta sensazione che il mondo spirituale offra molto più di quanto non intraveda ora, ma non trovo la via per arrivarci. Per me esistono solo spazio e tempo. Restare qui rende tutto ancora più difficile, eppure non troverò pace finché non avrò sistemato la mia famiglia.

Vedo con gioia che Rory ha scelto un bel pezzo di carne di vitello. Brady non s'innamorerebbe mai di una vegetariana. Il resto delle sue compere fa pensare che sia una brava cuoca: pancetta, scalogno, carciofi, capperi... sono ingredienti che non prendi se non sai cosa farci. Il mio rimpiazzo deve sapersi muovere in cucina. A poco a poco, mia madre aveva ridotto a dieci il numero d'ingredienti con cui preparava colazione, pranzo e cena. Il nostro menu era un continuo riciclo, come quello della mensa scolastica: bistecca e patate della sera prima diventavano straccetti e crocchette a colazione, panino con carne per pranzo e stufato di manzo la sera. La maionese era il suo attaccatutto universale: non c'era nulla che non potesse aggiustare. Troppo asciutto? Troppo liquido? Troppo piccante? Grazie a Dio c'era la Hellmann's. Quando finalmente ho avuto una cucina mia, mi sono dedicata anima e corpo alla varietà, viziando Brady. Da quando me ne sono andata, è dimagrito, forse troppo. Si vede soprattutto dal viso, con la pelle tirata sugli zigomi.

A casa nostra, ogni cena era un piccolo evento. Mangiavamo tardi, per adeguarci all'orario di lavoro di Brady. Davo a Eve una bella merenda, e non si è mai lamentata. Anzi, tutti e tre aspettavamo con ansia quell'oretta che avremmo trascorso insieme. Apparecchiavo sempre con una tovaglia pulita e i piatti della lista di nozze, quelli col bordino d'oro, che esibivo soprattutto per fare dispetto a mia sorella Meghan, secondo la quale erano stati uno spreco. «Non li userai mai, Maddy. Nessuno lo fa.» A volte le telefonavo, mentre preparavo la tavola, e ci facevamo una bella risata.

«Chi l'avrebbe mai detto che saresti diventata una reginetta della casa? Pensavo che la migliore allieva del Wellesley College avrebbe frantumato il soffitto di cristallo», mi ha detto una sera. Un attimo prima che mi offendessi, ha aggiunto: « Invece sei stata benedetta dal buon senso che manca a tanti sapientoni ».

Ecco com'è fatta Meg.

Non appena Brady entrava in casa, si precipitava sullo stereo. I saluti e tutto il resto iniziavano solo dopo che era partita la musica. Il suo preferito è Harry Connick Jr. « Solo perché tutti dicono che vi somigliate, per via del ciuffo castano e degli occhi distanti », scherzavo sempre io, ma in realtà a Brady piace qualsiasi cosa in cui sia protagonista il pianoforte. Mentre le note riempivano la casa, io davo il tocco finale alla cena. Spesso, finito di mangiare, restavamo a lungo seduti a tavola a raccontarci gioie e dolori della giornata, a fare progetti per il fine settimana, a ridere, ogni tanto a discutere. Io provavo a convincerli a leggere il libro che stavo finendo, mentre Eve e Brady accampavano scuse per non farlo.

Durante quelle cene, capitava pure che Eve se ne uscisse con qualche sparata adolescenziale, che a noi toccava digerire insieme col cibo. Una sera in cui aveva dimenticato il buon umore a scuola, Eve è sbottata dicendo: « Oggi mi sono resa conto con orrore che non sono stata io a decidere chi sono. Sono ciò che mi avete fatto diventare ». Io per poco non mi sono strozzata col vino, ma poi ho dovuto riconoscere alla mia piccola Freud tredicenne che era un pensiero profondo. Ma, buttato lì a freddo un mercoledì sera, era un po' troppo per me. Il terrore di ogni madre.

Brady ha reagito con più grazia, buttandola sul ridere: « Ehi, frena! Io e la mamma non abbiamo tutta questa responsabilità. Quello che sei dipende da te ». Mi faceva ancora strano sentirmi chiamare « mamma » da Brady. Avevamo giurato di non essere mai quel tipo di genitori, ma quando la prima parola di Eve era stata « Maddy » avevamo abbandonato le nostre identità adulte senza farci troppi problemi.

Eve ha guardato nel piatto e fatto un sospiro studiato. «Mi aspettavo una risposta del genere.»

«È vero, sono prevedibile. Ma non sono stati i miei genitori a volermi così. Lo sono per natura», ha replicato Brady.

Eve ha incassato la risposta sagace con un mezzo sorriso e io mi sono beata dell'incredibile capacità di comunicazione della mia famiglia altamente funzionale. C'era sempre molto di cui parlare, allora. Adesso casa nostra, un tempo tanto accogliente, con la porta di legno più grande della norma e la scritta BENVENUTI sullo zerbino tutta consumata, è così buia e silenziosa che i passanti la credono disabitata.

«Miss Murray!» chiama una bambina, avvicinandosi a Rory e interrompendo il filo dei miei ricordi.

«Ciao, Annie.» Rory posa il peperone che stava esaminando e s'inginocchia, in modo da poter guardare la piccola dritto negli occhi.

«La mamma domani mi porta a Boston!»

«Ma è fantastico! Lunedì racconterai ai tuoi compagni com'è andata.»

«Va bene», risponde Annie. Questo renderà la gita ancora più entusiasmante. «Ciao!»

Corre via, ma Rory rimane immobile, come incantata. Il suo sguardo è diventato triste e io devo scoprire perché. Devo capire come funziona il meccanismo, come posso avere un impatto sul mondo che mi sono lasciata alle spalle. Ci deve essere un modo, altrimenti perché sarei ancora qui? Concentro tutte le mie energie su Rory. È chiaro che desideri ardentemente qualcosa, o forse qualcuno, però non riesco a capire cosa.

Sto perdendo la pazienza: come faccio a rimediare al danno, se non posso intervenire? Mentre Rory va verso il parcheggio, mi distraggo ricordando Brady che si chinava su di me per il bacio della buonanotte. A volte era solo un bacetto, a volte molto di più. E rimango lì, finché la mia mente non si rende conto che è impossibile e mi sostituisce con Rory. È un'immagine straziante. Durante quelle sciocche, ipotetiche conversazioni che fanno le persone sposate ho sempre sostenuto che, se fossi morta, avrei voluto che Brady si risposasse. Me lo immaginavo vicino ai settanta, bisognoso di una compagna con cui affrontare la vecchiaia. Non mi ero resa conto di quanto sarebbe stato crudele l'aldilà, né che mi sarebbe toccato selezionare personalmente la mia sostituta, perché Brady sarebbe rimasto del tutto disorientato ed Eve avrebbe avuto bisogno di un appoggio, e che avrei dovuto assistere a tutto questo da un posto in prima fila.

Resto con Rory mentre carica la spesa nel baule del suo Maggiolino celeste. Tutto in lei è adorabile. Mi sforzo di pensare a un aggettivo che mi riassuma. Mi viene in mente « affidabile », al massimo « carismatica », nelle giornate buone. Di certo non « adorabile ». Avevo un viso troppo spigoloso e una lingua troppo tagliente. Rory rovista nei sacchetti in cerca di quello con le uova e lo sposta davanti, sul tappetino. Una donna previdente.

Le suona il cellulare non appena accende il motore, che infatti copre il primo squillo. Al secondo, Rory se ne accorge e si mette a frugare nella borsetta. Quindi, in un'unica mossa, tira fuori il cellulare, guarda dietro di sé e stacca il piede dal freno. Non si accorge che l'auto è partita fino a quando non sente lo schianto. È andata a sbattere contro una Audi A7 tirata a lucido.

« Ahia », dice, portandosi una mano alla fronte in un

gesto esagerato che non ho mai visto compiere a nessuno senza un pubblico. Tutto qui: « Ahia », prima di rispondere al quinto squillo. « Pronto? » Si gira per farsi un'idea dei danni.

« Per fortuna ti ho trovata, cara. Tua madre mi sta dando del filo da torcere. Non è che riesci a tornare un po' prima? Abbiamo bisogno del tuo tocco magico. »

« Ho appena finito di fare la spesa, ma dopo dovrei dare ripetizioni. Brian non si è visto? Aveva promesso di onorarvi della sua presenza a pranzo. » Ride, imbarazzata per la battuta cattiva.

« Non è venuto, però ha telefonato. Ha detto che era pieno di lavoro. Mi dispiace. » La donna al telefono sospira. « Detesto rovesciarti addosso anche questo, ma non posso darle le medicine se prima non mangia qualcosa. »

Gli occhi di Rory si riempiono di lacrime, che però lei non versa. « Va bene, Greta, non c'è problema. »

« Grazie, tesoro. Vorrei che tutti gli anziani che ho curato fossero fortunati come tua madre. »

Quell'affermazione è così fuori luogo da farle venire i brividi, tuttavia Rory promette di essere a casa entro breve.

Per me, il fatto che Rory non dica a Greta della macchina rasenta il surreale. Il suo autocontrollo mi ricorda la vecchia pubblicità di un deodorante degli anni '90, con una donna che rimaneva padrona di sé in ogni situazione. Lo spot terminava con un motivetto che diceva: « Sempre fresca, morbida e asciutta ». Non mi sono mai immedesimata in quella donna. Io avrei subito raccontato ogni minimo dettaglio dell'INCIDENTE. L'avrei anche infiocchettato per bene. Rory non ne ha fatto parola. La sua temperanza è esattamente ciò di cui Brady avrebbe bisogno per placare i suoi recenti exploit.

Dai racconti spesso gonfiati che animavano i nostri barbecue del 4 luglio, ho saputo che Brady, da giovane, era una testa calda. Al college lo avevano soprannominato il Pompiere, per via di una sera in cui, ubriaco perso, aveva attivato l'allarme antincendio per stanare un candidato della sua confraternita che ci aveva provato con la sua ragazza, per poi riempirlo di botte non appena quello aveva messo il naso fuori dal dormitorio. È una storia che ho sentito milioni di volte, eppure non sono mai riuscita a conciliarla con l'immagine che avevo di Brady. D'accordo che a volte si comportava come un somaro, ma era il *mio* somaro e non aveva mai avuto problemi a contenere la rabbia. Finora.

Rory scende dalla macchina per valutare il danno. Il paraurti del Maggiolino è ammaccato, ma la A7 è intatta, a riprova dei cinquantamila dollari di differenza tra le due auto. Lei comunque lascia un biglietto.

*L'ho urtata accidentalmente. Non vedo segni, ma nel caso le lascio il mio nome e numero di telefono.*

Una reazione da manuale. Il Pompiere non se lo sogna nemmeno, questo livello di serenità.

Rory risale in macchina e fruga di nuovo nella borsetta, estraendone un libretto in pelle rossa con un Buddha in copertina. Mi ci vuole un attimo per capire cosa sia: è una rubrica, di quelle fatte di carta e di pagine vere, dove non si può cancellare un indirizzo se qualcuno trasloca! Un oggetto che credevo estinto. Mi pare già di sentire Brady che la prende in giro: « Ha chiamato il 1984. Dice che rivuole la sua rubrica ». Forse Rory se ne verrà fuori con una risposta arguta. Negli anni ho imparato a considerare l'iPhone di Brady come un'estensione della sua mano.

Rory trova il numero che le occorre e carica la voce di buon umore. « Ciao, Nancy, sono Rory. Mi dispiace terribilmente dover annullare così all'ultimo, ma possiamo rimandare la lezione a domani? »

Calendario alla mano – un altro libretto rilegato in pelle – scarabocchia una freccia verso il giorno seguente, chiude la telefonata e digita subito un altro numero, senza bisogno di consultare il Buddha. Prima ancora che l'altra persona abbia modo di salutarla, lei attacca: « Dove diavolo sei? » La voce da insegnante è diventata cupa e aggressiva, quasi ardita.

« Lo so. Mi dispiace. »

« Se ti dispiacesse davvero non saremmo qui a parlarne. *Di nuovo.* »

« Si aspettano che io praticamente dorma qui. »

Rory stacca il telefono dall'orecchio e porta il microfono davanti alla bocca. « È tua *madre*. Questo cancro *la sta uccidendo*. E in fretta. Alla facoltà di Legge non ti hanno spiegato che cos'è un malato terminale? »

« Non parlarmi come se fossi un bambino », risponde lui, e sembra proprio un bambino.

Rory batte una mano sul volante dell'auto, ancora parcheggiata. « Accidenti, Brian, qui non si tratta di te. Si tratta di tre quarti d'ora una volta alla settimana. »

« Che non ho. E vorrei tanto che tu la smettessi di trattarmi come un pezzo di merda per questo. »

« Ah, adesso è colpa mia?! »

Lui si schiarisce la gola, e questo sembra rafforzare la sua determinazione. « Non possiamo essere tutti come santa Rory. »

« Certo », replica lei, sconfitta. « Continua a pensare solo a te stesso. È la cosa che ti riesce meglio. »

È l'occasione buona per entrare più a fondo nei suoi

pensieri. Mi ci tuffo con una concentrazione totale, tanto intensa quanto sfiancante, e all'improvviso la sento. È una sensazione, un flash, un'intuizione. Rory è sola e spaventata. Non sa cosa fare.

Brady ed Eve possono capirla. Quanto a me, se riesco a leggere nella mente delle persone, magari posso pure influenzare le loro azioni. Questa donna è la mia occasione per sistemare le cose. La mia famiglia merita molto più di quello che mi sono lasciata alle spalle.

## EVE

Oggi è la festa della mamma.

Il mio primo pensiero è stupidissimo: mia mamma non è qui, quindi la festa non esiste. Ma il resto del mondo non festeggia la mia, di mamma: ciascuno festeggia la propria, e la loro non si è appena buttata giù da un tetto.

Il papà sostiene che lui sarà bloccato per tutto il giorno nella sala riunioni di un albergo a negoziare un contratto di « importanza strategica » con delle persone che non conoscerò mai. Chissà se è vero. Dice che quando si arriva alle battute finali di una fusione si lavora senza sosta finché non è cosa fatta, ma il tempismo è sospetto. Oggi sarà una giornataccia. Una riunione dalle otto del mattino alle otto di sera di domenica: persino la mamma lo avrebbe considerato un po' troppo comodo.

Sto giocherellando coi cereali nella tazza quando il papà entra in cucina vestito di tutto punto per la sua riunione fiume. Se mente per non sorbirsi il torneo di tennis, almeno si sente abbastanza in colpa da mettersi in giacca e cravatta per dare credibilità alla sua balla. Chissà cosa farà adesso. Mi tratterà come una bambina? Oppure farà finta di non sapere che giorno è? Senza la mamma a dirgli come comportarsi, non sa proprio che pesci pigliare.

« Di' che non ti senti bene », butta lì, gli occhi che vagano per la stanza per non posarsi su di me.

« Cosa? »

« Salta il torneo. Capiranno. »

Non posso credere che lo abbia detto. Lo guardo malissimo. « Di sicuro la mamma non mi direbbe di rinunciare a una sfida solo perché è difficile. »

Non sapendo cosa rispondere, prende una bottiglietta d'acqua dal frigo ed esce di casa.

Non ho nemmeno il tempo di arrabbiarmi per il fatto che mio padre ha la maturità emotiva di un bambino di due anni, perché vengono a prendermi. Prima di alzarmi da tavola aspetto che suonino il clacson, in modo da ritardare al massimo l'inizio di questa giornata deprimente. Kara è una testa calda, basta niente per farla esplodere. È totalmente fuori. In terza media, durante la gita a Washington, si è buttata in una fontana perché aveva caldo, poi ha sclerato quando l'hanno rimandata a casa per punizione. Ha zero autocontrollo, davvero. Mollo lì la colazione, prendo la sacca da tennis ed esco.

Il colorito spettrale di Kara tradisce i postumi di una sbronza, il che è strano visto che non usciamo mai la sera prima di un torneo. Chissà dove si sono trovati... ma non me ne importa niente. John è via coi suoi, sono andati ad aprire la casa a Cape Cod per la primavera, quindi non mi sorprende che nessuno abbia pensato di chiamarmi. Il lutto per un genitore è troppo impegnativo per i miei amici.

Kara guida, sua madre la tiene d'occhio dal sedile del passeggero e io me ne sto dietro per conto mio. Evitano entrambe di guardarmi, come mio padre. A quanto pare, è imbarazzante non avere una mamma il giorno della festa della mamma. *E va be'*. Qualunque cosa è meglio della reazione isterica che ha avuto Kara al funerale. Strillava come se fosse lei quella che aveva appena perso la madre. Solo dopo che io e il papà siamo usciti dalla chiesa ho capito il motivo di quella sceneggiata: lei era stretta tra le braccia di Jake, che puntava da tutto l'anno. È sempre un piacere veder sfruttare una morte tragica per rimorchiare.

« Ci sarà vento da nord-ovest a trenta chilometri l'ora », annuncia Kara.

Annuisco, anche se non mi stanno guardando.

« I campi in fondo saranno i peggiori, soprattutto la parte più esterna. » Kara trova sempre qualche scusa per perdere. Quando le sue palle vanno in rete è per colpa del vento, o del pianto di un bambino, o del sole negli occhi. Non è mai perché ha inclinato troppo la racchetta.

« Ottima osservazione. Il campo in cui giochiamo farà la differenza », sostiene Mrs Anderson.

La madre di Kara si considera un tutt'uno con lei. Per questo nel riferirsi alle attività della figlia usa parole come *noi* e *nostro*, oltre a raccogliere i capelli in una coda alta e a presentarsi alle partite in gonnellino da tennis, come se potesse essere chiamata a sostituirla da un momento all'altro. Mia madre detestava i pettegolezzi, ma una volta l'ho sentita criticare aspramente Mrs Anderson: « L'allenatore dovrebbe spiegare a quella matta che non fa più parte della squadra. Da trent'anni. Christie deve farsene una ragione ». E, quando il papà l'ha presa in giro chiedendole se era invidiosa, lei ha risposto: « Sarò sincera, prenderei volentieri il suo corpo, ma solo se prima le espiantassero cuore e cervello ». È un ricordo che trovo ancora più divertente ora che Kara e sua madre concordano sul fatto che la scelta del *loro* campo sarà cruciale.

«Non hanno ancora riempito la crepa sul campo tre. L'allenatore dice che non c'è rischio d'inciampare, ma io ieri sono caduta.»

Mrs Anderson chioccia come una gallina in segno di disapprovazione. È la personificazione del fastidio.

Parlano di queste scemenze perché non sanno cos'altro dirmi. Succede anche a scuola. Non capiscono che l'argomento non è importante: qualunque cosa dicano mi ricorda la mamma, perché non penso ad altro che a lei. Kara è la peggiore. Quando siamo sole trema di paura, come se le mamme suicide fossero contagiose. Dovrei dirle di non preoccuparsi: quella cretina di sua madre è troppo frivola per togliersi la vita.

Ho imparato a isolarmi dalle amiche. Non ascolto più quello che dicono, ma solo il modo in cui parlano. Ognuno di noi parla in modo diverso. Kara non prende quasi mai fiato, per cui le sue frasi escono a piccoli scatti: *C'è-una-svendita-da-Nordstrom-oggi-e-mi-serve-un-costume-senza-spalline-che-non-sia-nero-per-cui-andiamoci-dopo-la-scuola.* Finché resti con un sorriso incollato in faccia, lei non si accorge che non le stai dando retta, anche perché se ne sbatte altamente dell'opinione altrui. Mentre non ho ancora imparato a isolarmi da Mrs Anderson – anche se dopo questo tragitto in macchina ci riuscirò di sicuro –, quindi mi risulta difficile ignorarla quando mi chiede con uno strillo come mai non indosso il nastro della squadra.

«Non l'ho trovato», rispondo.

«Potevi telefonarci, tesoro. Ne teniamo qualcuno di scorta a casa.»

Ti pareva. E comunque *non* sono il suo «tesoro».

«Forse ne ho uno nella sacca, che però è nel bagagliaio», dice Kara.

Resto zitta mentre loro continuano a chiedersi se Kara possa effettivamente avere un nastro in più nella sacca, e cosa faremo in caso contrario. La lista delle possibilità è lunga: chiedere alle altre ragazze, una corsa a casa da parte di Mrs Anderson, un salto in negozio a comprarne uno nuovo... Vanno avanti a discuterne finché non arriviamo e Kara annuncia che - *grazie a Dio!* - ha un nastro in più per me. Madre e figlia tirano un sospiro di sollievo, compiaciute per la loro bravura nel risolvere i problemi del mondo.

Le lascio congratularsi reciprocamente nel parcheggio, solo per scoprire che il piano fingiamo-che-non-sia-la-festa-della-mamma non è stato adottato solo dal papà e dalla Polizia dei Nastri. Non so chi l'abbia ordinato, ma non c'è nemmeno uno di quegli stucchevoli striscioni con la scritta VIVA LA MAMMA! neppure tra le file del tifo avversario, così come mancano i cesti di rose che di solito distribuiamo a piene mani. La festa della mamma è sparita - *puf!* - proprio come mia madre.

Quando la gente mi vede, si guarda i piedi e interrompe le conversazioni. Poi il silenzio imbarazzante finisce e le teste si alzano a fissarmi come se fossi un fenomeno da baraccone. Si aspettano un crollo nervoso, ma mi rifiuto di essere l'attrazione della giornata. Mi cambio le scarpe senza fiatare.

La partita inizia puntuale. Non voglio assolutamente mostrarmi debole davanti a questa gente, perciò prendo tutto il dolore per la mia perdita e lo metto nella forza dei miei colpi. *'Fanculo tutti quanti,* penso ogni volta che la racchetta entra in contatto con la palla. Giocando solo di forza, commetto alcuni stupidi errori che spediscono la palla in rete o fuori, ma ho la meglio in tutt'e tre le partite. Le avversarie racconteranno di avermi fatto vincere. Torneranno alle loro famiglie intatte, fiere di essersi dimostrate tanto sensibili nel fingere che la festa della mamma non esistesse. « Sono contenta che abbia vinto, ne aveva più bisogno lei di me », mentiranno.

*'Fanculo tutti quanti.*

Possono giustificarli come vogliono, ma i loro atteggiamenti fasulli non mi danno nessun conforto. Fanno così per risparmiarsi conversazioni deprimenti, per non sentirsi in colpa perché loro hanno ancora una madre, o per mettere a tacere l'intima consapevolezza che, se è successo a me, potrebbe succedere anche a loro.

Una settimana dopo il funerale sono tornata a scuola, perché io e il papà insieme eravamo un tale disastro che temevo avremmo finito per suicidarci anche noi. È difficile dire cosa sia peggio. A scuola sono tanto ansiosi di sentirmi parlare che quando finalmente dico qualcosa, anche solo che devo andare in bagno, è tutto un: « Davvero, Eve? Wow! È fantastico! » Mi manda in bestia. A differenza del dolore profondo che provo in presenza di mio padre, davanti agli amici non sento niente. Per certi versi, è ancora più raccapricciante.

A pranzo mi sforzo di mangiare. A scuola niente è più apprezzato di un bel disturbo alimentare lì pronto da diagnosticare, per cui sto bene attenta a finire sempre tutto. Faccio qualunque cosa pur di non dovermi sorbire uno di quegli « interventi » sul cibo con un gruppetto di ragazze piagnucolose e quell'inetta della nostra psicologa scolastica. Ne abbiamo fatto uno per Becky quando si provocava il vomito. All'epoca l'avevo presa molto seriamente. Lindsey lo aveva detto a sua madre, che lo aveva detto alla psicologa, che ci aveva aiutate a rimettere Becky sulla retta via. L'unica cosa che Becky aveva imparato era che chiunque sa riconoscere il rumore di una persona che vomita, quindi o disponi di un bagno privato, o è meglio darsi all'anoressia.

Ma io non corro nessun rischio di finire in questa trappola. Mi fa schifo il vomito e se passo troppo tempo a digiuno mi vengono dei mal di testa pazzeschi. Il mio non è un disturbo alimentare, ma mentale. Trascorro intere giornate senza ricordare come sono arrivata in aula. Suona la campana e non so più dove ho parcheggiato, a volte mi scordo persino che strada ho fatto per venire a scuola. Gli insegnanti sono divisi sul comportamento da adottare. Alcuni fanno finta di niente: non sapendo come regolarsi, mi trattano esattamente come quando a casa avevo una madre viva e vegeta. I più vecchi hanno optato per la compassione, chiedendomi come sto all'inizio e alla fine di ogni lezione: qualunque sia la mia risposta, stringono le labbra e annuiscono. Gli altri invece sono convinti che ciò che non ti uccide ti rende più forte, per cui, anche se adesso non sembra, il suicidio di mia madre forgerà il mio carattere. Molti di questi idioti sono diventati ancora più stretti coi voti, per dimostrare che non esiste giustizia a questo mondo e la vita non si è fermata.

Invece si è fermata eccome. La città è piccola e per loro sarò sempre la figlia della casalinga che si è buttata dalla biblioteca del Wellesley College. La mamma si è portata via anche la mia, di vita. Ho pensato di fuggire con la sua BMW, ma certe cose funzionano solo nei film. Se piombassi a New York senza un centesimo, mi rispedirebbero subito indietro e la mia storia sarebbe ancora più patetica. Il quartiere crede che il mio futuro sia già compromesso. L'unico modo per andarmene è il college, ma come faccio a tollerare un altro anno di questo schifo? Almeno il silenzio di Kara e di sua madre per la *loro* perdita devastante mi aiuta a pensare al mio piano.

Quando si fermano nel vialetto di casa mia, le saluto e scendo dall'auto. Kara non dice una parola. Non acquisirebbe uno spirito sportivo nemmeno se le facessero una dose da cavallo di umiltà. Quando non ha passato il turno al torneo delle matricole, ha buttato per terra la racchetta Völkl da duecento dollari, probabilmente provocando la crepa di cui si lagna da tutta la stagione. Come facevo a essere sua amica?

Mentre chiudo la portiera, Mrs Anderson mi porge le sue insincere congratulazioni. Ha il mascara sbavato sotto un occhio, intuisco che la sconfitta le ha strappato qualche lacrima. Lacrime. Da una donna adulta. Per un torneo di tennis. Mia madre non è mai stata così ridicola. Quando perdevo, cantava la canzone *It Happens* degli Sugarland, poi mi chiedeva cosa volessi per cena. Avrebbe potuto scegliere le colonne sonore dei film: aveva una canzone per ogni occasione. Mi sembra di sentirla ancora cantare a squarciagola i Rolling Stones dopo che avevo messo il muso perché si era rifiutata di comprarmi le ballerine di Tory Burch: « *You can't always get what you want, but if you try sometimes, you just might find, you get what you need* ».* Non l'ho mai ammesso, ma mi è rimasta impressa più di qualunque predica. Chissà cosa canterebbe adesso. M'incoraggerebbe a lasciare la Wellesley High School o mi pregherebbe di resistere ancora per quest'ultimo anno? Quasi in risposta, mi viene in mente una canzone di Cat Stevens che lei amava tanto: *It's not time to make a*

* Trad. lett: « Non puoi ottenere sempre quello che vuoi, ma se ci provi potresti scoprire di ottenere ciò di cui hai bisogno ». (*N.d.T.*)

*change...** Mi guardo intorno in cucina e sento un brivido, come se lei fosse proprio qui a darmi il suo parere. Le parole mi riecheggiano ancora una volta nella testa, poi mi riprendo. *Al diavolo.* È lei che mi ha abbandonato; io non volevo fare nessun cambiamento.

Grazie al cielo il papà non è ancora tornato. Lascio sul ripiano della cucina la cartelletta coi fogli di ammissione che mi porto dietro da una settimana, con sopra un bigliettino che dice: *Voglio fare l'ultimo anno di liceo in collegio alla Exeter. Ho bisogno di un nuovo inizio. Qui ci sono le info.* Si preoccuperà di cosa penserà la gente – *prima lo molla la mamma, poi la figlia* – ma alla fine mi darà il permesso. Non ha più energia per combattere e so che quando guarda me vede lei.

È morta il venerdì santo. Non era credente, ma forse è stata una scelta simbolica, per indicare che la sua morte era un sacrificio o qualcosa del genere. Al funerale la gente non faceva che ripetere quanto fosse altruista, come a dire che io e il papà eravamo gli egoisti. Quindi è andata così. Noi due abbiamo preso, preso, preso, e alla fine la mamma si sentiva vuota come un barilotto di birra al termine di una festa. Quando annuiva e sorrideva, in realtà ci stava mostrando il dito medio. Ma io non lo sapevo. Di sicuro adesso lo abbiamo capito. Me la immagino mentre guarda giù gridando: « Adesso vedete tutto quello che ho fatto per voi? Adesso forse mostrerete un po' di gratitudine ».

Io e il papà facciamo una fatica assurda. Abituati com'eravamo ad avere lei che si prendeva cura di noi, ora non abbiamo idea di come prenderci cura l'uno dell'altra e giochiamo a un nascondino al contrario, dove lo scopo

* Trad. lett: « Non è tempo per i cambiamenti ». (*N.d.T.*)

è di non trovarci mai nella stessa stanza. Chissà se è perché non sappiamo di cosa discutere o perché davvero non abbiamo niente da dirci. Ci rivolgiamo la parola solo per necessità e anche in questo caso lui si limita a *sì, no, forse, quando, dove, perché, chi, okay*.

Ogni tre o quattro giorni tenta di farmi un discorso profondo, di solito dopo qualche bicchierino. Ieri sera mi ha chiesto se sapessi « tutto del sesso ». Ho risposto che serve per capire se sei maschio o femmina, e ho riso. A lui però sono venuti gli occhi lucidi. Mi sono sentita così male che gli ho detto di non preoccuparsi, che « da quel punto di vista » era tutto a posto. Quando mi sono resa conto di aver parlato come la mamma, mi sono messa a piangere anch'io. E siamo entrambi usciti dal salotto, in direzioni opposte.

La verità è che vado a letto con John da quando ho sedici anni. Vorrei tanto averlo detto alla mamma finché ne avevo la possibilità, ma la sera in cui mia cugina Lucy ha annunciato di volerlo fare con Keith l'ho sentita parlare al telefono con la zia Meg. « È davvero stupendo che te l'abbia detto. Spero che pure Eve si fidi di me, quando arriverà il momento. » Ho capito subito di cosa stavano parlando. « Fa' in modo che Lucy prenda delle precauzioni, altrimenti ti ritroverai nonna a quarant'anni. » Una pausa mentre la zia rispondeva. « Certo che ti terrò informata, ma non credo che Eve sia pronta. Lucy ha ragione, diciassette anni è l'età giusta per il grande passo. Non troppo grande, non troppo piccola. » Ripercorro mentalmente la conversazione, più e più volte. Io mi fidavo della mamma e la rispettavo, ma ho pensato che non ci fosse nulla di male ad aspettare di avere l'età « giusta » di Lucy prima di dirglielo, cioè il mese prossimo.

Sono sempre stata una persona pratica. Ho avuto il

menarca a undici anni, non andavo ancora alle medie. Mi sono alzata con calma, ho preso un quarto di dollaro dal mio zainetto, mi sono intrufolata nel bagno delle insegnanti e ho comprato un assorbente dal distributore automatico sotto il quale nascondevamo i bigliettini tra una lezione e l'altra. Dopodiché sono andata avanti con la mia giornata, come se nulla fosse. Quando sono rientrata a casa e l'ho raccontato alla mamma, lei si è agitata moltissimo. «Dovevi telefonarmi! Sarei passata a prenderti e ne avremmo parlato!»

«Ne abbiamo già parlato.»

«Intendo dire dei particolari, di come fare.»

A quel punto ero sinceramente preoccupata di essermi persa qualcosa. «Quali particolari? Esce il sangue e ci vuole qualcosa che lo tamponi, giusto?»

«Ehm... sì, certo, sì, ma la tua indipendenza a volte mi spaventa. Se hai bisogno di me, io ci sono. Spero che tu questo lo sappia.»

«Lo so. E proprio per questo riesco a essere indipendente.»

Ha sorriso. Aveva un sorriso splendido.

Tecnicamente ora sono più indipendente che mai, non essendoci nessuno che si prenda cura di me, ma quando l'indipendenza è involontaria non è liberatoria. Sono stata gettata via come una bottiglia di latte scaduto. Pur accettando di avere una vita davanti, proprio non so come farò a viverla senza di lei. Non verrà spedito nessun biglietto di Natale, l'orto morirà, le nostre lenzuola dovranno diventare grigie prima che a me e al papà venga in mente di cambiarle, e quest'anno non faremo niente per festeggiare il mio compleanno. Il che mi sta benissimo.

## BRADY

Mia moglie è morta. Si è buttata giù da un tetto. Potrei rivedere il film all'infinito e restare ogni volta sconcertato da quel finale del cazzo.

Al funerale, sua sorella Meg continuava a lanciare ipotesi come la depressione o un trauma nascosto, ma sono tutte idiozie. Maddy non aveva segreti. Non diceva bugie nemmeno quand'erano la scelta più socialmente accettabile da fare. Una volta, a un'amica che l'assillava con domande sui particolari del parto, all'inizio ha evitato di rispondere, dicendo che quando hai tra le braccia il tuo piccolino dimentichi come per incanto l'intera esperienza, ma, quando quella ha insistito, lei le ha chiesto: « Sei *sicura* di voler sapere la verità? » L'altra ha annuito, e allora Maddy: « È come cacare un'anguria mentre ti fai palpeggiare dal postino. E, quando tutto è finito, sembri ancora incinta ». L'altra è sbiancata. Con Maddy era così, *chiedi e ti sarà dato.*

Non c'era spazio per una vita segreta in una personalità come la sua, quindi se si è buttata è perché ci voleva abbandonare. La totale contraddizione tra ciò che era e ciò che ha fatto è insondabile. Il suo ultimo messaggio diceva: *Non so come faremo a sistemare tutti a tavola a Pasqua.* Non posso credere che questo dilemma sia stato tanto cruciale da spingerla a togliersi la vita. Lo psicologo alla centrale di polizia ha spiegato che spesso il suicidio è un atto impulsivo, soprattutto in soggetti che hanno una « storia familiare » come quella di Maddy, storia di cui mi ha estorto pochissimi dettagli, che poi ha gonfiato per darsi ragione da solo.

Maddy non era come Janine. Lei beveva un bicchiere di vino a sera. *Uno.* Al massimo due. A volte tre il venerdì e il sabato, per compagnia. Considerava il suicidio della madre un gesto di grande egoismo, lo descriveva come l'ultimo *vaffanculo* ai poveri stronzi che ancora le volevano bene. Ricordo esattamente le parole, perché non era da Maddy esprimersi così. Lei si metteva sempre nei panni degli altri, quasi più che nei propri.

Evito il cassetto del comodino con dentro il suo diario. Voglio delle risposte, sì, ma solo se dimostrano che i miei ricordi sono veri.

La facevo ridere. So che è così.

A volte, quando voleva rilassarsi prima di dormire, mi chiedeva di raccontarle una storia. Ne avevo un intero repertorio, apposta per quei momenti. Il trucco stava nello strapparle subito una risata. Ridere era l'elisir di Maddy. Attaccavo subito, come una macchina cui bastasse inserire una moneta. « Ti ho mai raccontato di quando avevo sei anni e mi si è attaccata una zecca al pisello? » Oppure: « Ieri sera in aeroporto c'era un tipo così ubriaco che non riusciva nemmeno a trascinare il trolley ». Le mie storie non avevano mai un senso: non occorreva. A Maddy piacevano le curiosità di cronaca e gli aneddoti di lavoro, e adorava il fatto che conoscessi così bene i suoi gusti. Quand'ero a casa, lei era sempre felice. Ma spesso non sono in casa.

Bevo un altro sorso di bourbon. È il secondo bicchiere? Il terzo? Apro il cassetto e fisso la copertina in pelle. La curiosità fa a botte con l'orgoglio. Quando il bicchiere si svuota, afferro il diario con tale impeto che le nocche grattano il fondo del cassetto. « Merda », borbotto nella stanza deserta. Se ci fosse Maddy, direbbe qualcosa di arguto tipo: « Uno a zero per il cassetto ». Ma ovviamente, se ci fosse Maddy, io non sarei qui sveglio dopo mezzanotte, sbronzo, a saccheggiare i suoi più intimi pensieri.

Conto le annotazioni, una deformazione professionale

che risale ai miei anni in contabilità. Sono poco meno di trecento e coprono un arco di due anni. Se ne leggo una al giorno, mi dureranno fino all'anno prossimo. Non è ancora chiaro se il rituale sarà un piacere o una tortura. Dal momento che non c'è nessuno a tenermi d'occhio, mi verso un altro po' di bourbon. Una piccola gratifica.

*10 giugno 2013*

*Mancano solo l'unicorno in copertina e la chiavetta a forma di cuore, e avrò di nuovo sette anni. Rispetto agli altri diari, il mio sarà una noia. Dal giorno in cui mia madre si è ingollata il suo ultimo bicchiere di vino insieme con una manciata di Klonopin, la mia vita è stata del tutto priva di avvenimenti. E sono sicura che continuerà a esserlo. Anche da morta, ogni tanto lei riesce a essere ancora al centro dell'attenzione.*

*Ora ti presento le persone di cui parlerò. Mio marito Brady è bassino, solo un metro e settantadue, ma una volta ho avuto un ragazzo molto alto e ho passato un sacco di tempo a guardargli i peli del naso. Brady è direttore finanziario della HT (un'azienda che produce dei software a me incomprensibili). Io odio la HT perché mi ruba mio marito coi suoi orari impossibili, ma non ho il permesso di esprimere la mia amarezza perché è grazie al suo lavoro che abbiamo una vita agiata.*

*Da quando mia figlia ha iniziato la sua prima storia seria con un ragazzo, mi sento un po' sola. Ecco il perché di questo patetico diario. Eve compirà quindici anni la prossima settimana. In questo periodo più che un amore è una spina nel fianco, ma la luce alla fine del tunnel dell'adolescenza mi mantiene forte. Fingo persino di non notare che dice « cioè » ogni due parole, perché da una ragazza così brillante e coraggiosa mi aspetto un futuro che seguirò con grande piacere.*

*« Cioè, ho deciso di ritirarmi dalle lezioni di catechismo », ha dichiarato oggi, appena tornata da scuola (dovrebbe fare la cresima tra pochi mesi). Voleva scioccarmi, per cui io sono rimasta in silenzio. È Brady quello più legato alla Chiesa. Dopo che ho messo via tutti i piatti senza rispondere, lei ha continuato: « Sai perché, mamma? Dicono che è sbagliato adottare i sistemi di controllo delle nascite, però poi insegnano a tutti il metodo Ogino-Knaus. Ma il metodo Ogino-Knaus è un sistema di controllo delle nascite, quindi cosa significa? Perché dovrei voler fare parte di un'istituzione che imbroglia le persone? »*

*Ha quindici anni! Non ho potuto fare a meno di chiederle se avesse bisogno di adottare uno di questi sistemi. Mi ha guardato con disgusto. « Non hai capito », ha risposto. Ma si sbagliava. Ho apprezzato il suo ragionamento. È solo che, prima di proseguire la conversazione, dovevo fare un secondo la mamma. Peccato che quel secondo da mamma sia bastato per porre fine alla conversazione.*

Ecco qua. Una relazione scritta, è questo che volevo: la conferma che eravamo normali. Ma adesso mi sento irritato. La colpa non si addice ai morti. Non possono difendersi. Ho bisogno che Maddy nasconda uno scheletro abbastanza grande da assolvermi, per esempio una scorta di cocaina in lavanderia, un amante che minacci di rendere pubblica la loro relazione. Qualcosa in cui io non c'entri niente, un affronto più grave dei miei affronti.

Sono ossessionato dalla sua risata. La prima volta che mi è risuonata in testa è stato quando all'accettazione dell'ospedale mi hanno chiesto come mi chiamavo e io non ho saputo rispondere. Avrei potuto descrivere il profumo di limone di Maddy. Ricordavo perfettamente che il suo colore preferito era il giallo, il film preferito era *La rivincita dei nerds*, e i suoi calzini preferiti - ormai vecchi e consumati - avevano dei maialini che saltavano sulla luna e delle mucche invidiose che li guardavano da un prato. Ma non riuscivo a ricordare il mio cazzo di nome.

« Non è una domanda trabocchetto », ha detto l'infermiera, ridendo. A quel punto si è unita anche Maddy, e la sua risata mi è riecheggiata in testa. Il suo corpo era ancora all'obitorio, ma lei era già con me. Mi sono portato le mani a coppa vicino alle orecchie per concentrarmi su quel suono, e così l'infermiera ha avuto conferma della mia pazzia. È stata Eve, alla fine, a rispondere.

La seconda volta che ho sentito Maddy ridere è stato quando, dopo il funerale, Susan Dundel mi ha portato a casa uno stufato indossando una maglietta dei Red Sox aderentissima con sul petto la scritta BATGIRL. Susan ci prova da sempre, senza vergogna. Dieci anni fa, quando ci siamo trasferiti a Wellesley, durante una festicciola dai vicini ha preso da parte Maddy dicendole: « Ti conviene tenere d'occhio tuo marito. Avrà un sacco di spasimanti in questa città, me compresa ». Quella stessa sera, davanti a sua figlia Kara, Todd Anderson aveva fatto un bizzarro commento su quanto fosse sexy Maddy, per poi aggiungere qualcosa sul fatto che nei matrimoni dovrebbero esserci delle pause. Io e Maddy eravamo rimasti sconcertati dalla loro audacia e lei aveva scherzato dicendo che, se mai fosse misteriosamente scomparsa, dovevo considerare Susan uno dei principali sospettati.

Quando Susan si è presentata a casa, per un istante ho davvero pensato che c'entrasse con la morte di Maddy. Ed è stato questo pensiero a innescare la sua risata. Era solo un'altra delle mie paranoiche teorie di cospirazione per le quali mia moglie mi prendeva sempre in giro. Il suono della sua risata mi ha sconvolto al punto che ho lasciato cadere il piatto di Susan sul pavimento di piastrelle spagnole che Maddy ha fatto rifare un paio di mesi fa. È andato in pezzi, spargendo pollo appiccicoso ovunque e fornendo a Susan la scusa perfetta per entrare. Si è scapicollata subito in cucina a prendere un rotolo di carta assorbente, poi è sparita sotto il lavello per recuperare un detersivo e un sacchetto della pattumiera. Sembrava così a suo agio, come se avesse sempre tenuto d'occhio la nostra cucina per prepararsi a questo momento. Un attimo dopo era carponi davanti a me, a raccogliere il pollo. Ha alzato gli occhi e, con tono che secondo lei doveva essere seducente, ha detto: « Brady, tu ed Eve avete bisogno di avere per casa una donna che vi aiuti a superare il vostro dolore, altrimenti finirà per inghiottirvi ». Non riuscendo a trovare una risposta adeguata, sono uscito dalla porta e non mi sono più fermato, una mossa cui ho fatto ricorso diverse volte anche con Eve.

È orribile, lo so, ma non ho scelta. Quando vengo colpito dalla realtà della mia nuova vita, la reazione dev'essere fisica: fuggire, oppure combattere. Il primo impulso è stato di prendere a schiaffi Susan. Ci è voluto tutto il mio autocontrollo per scegliere l'altra opzione. È la voce di Maddy a calmarmi in questi momenti. *Vattene,* mi dice il ricordo di lei, e io obbedisco. Quella sera devo aver fatto almeno dieci chilometri, quasi tutti chiedendomi perché mai mia moglie si fosse presa la briga di cambiare le piastrelle dell'ingresso visto che stava per uccidersi.

Se la sento ridere, non va più così male. È molto peggio quando la gente invade il mio dolore e lei non viene a soccorrermi. In quegli istanti la mia rabbia si coagula e poi esplode. La prima volta è stata una settimana dopo il funerale, quando Eve mi ha mollato da solo per tornare a scuola. Paige, la migliore amica di Maddy, si era offerta di farla studiare a casa, sotto la guida della psicologa scolastica, ma Eve aveva subito rifiutato l'idea. Ci aveva guardato in cagnesco, alzando il mento come faceva sua madre. «Quindi secondo voi dovrei isolarmi ancora di più? Geniale.»

Io e Paige avevamo abbassato lo sguardo.

Il giorno dopo lei è tornata a scuola, io al lavoro. Cos'altro potevo fare? Davanti al mio ufficio ho trovato Paula ad accogliermi con un collaudato sorriso compassionevole. A Maddy piaceva che io avessi un'assistente abbastanza in là con gli anni da poter essere mia madre. «Come va?» mi ha chiesto, dandomi dei colpetti sulla schiena.

Ogni volta che la sua mano mi sfiorava la camicia, io serravo un po' di più la mascella. «Bene», ho detto, rendendomi conto di aver risposto già decine di volte a quella domanda. «Ha già riprogrammato gli appuntamenti? Jack può venire a farmi un sunto nel pomeriggio?»

«Sa, non credo che sia una buona idea», ha replicato Paula, col sorriso brusco di un'assistente di volo. «Ne parlavo con Sally proprio questa mattina. Pensavamo che lei probabilmente non è ancora pronto. Vorrà passare qualche altro giorno con Eve, magari venire solo mezza giornata...»

Sally è l'assistente del nostro amministratore delegato, nonché il suo intrattenimento serale quando non è con la moglie. Insomma, un pulpito bizzarro da cui far venire la predica.

Ho stretto i pugni, sforzandomi di non alzarli, scandendo ogni parola come se l'inglese non fosse la sua lingua madre: « Non credo che ai revisori contabili freghi qualcosa di mia moglie, e in più ho ancora bisogno di guadagnare qualcosa per mantenere mia figlia. Riprogrammi. I. Miei. Cazzo. Di. Appuntamenti ».

Paula è rimasta a bocca aperta, aspettandosi delle scuse immediate. Non sono mai stato così brusco con lei, né con nessun altro in ufficio ma, visto che ultimamente la mia vita è diventata una merda, ho deciso di godermi almeno il potere che la mia posizione mi offre. Ho chiuso la porta e mi sono rimesso al lavoro.

Non ho niente di Maddy in ufficio, neppure una foto di famiglia sulla scrivania. Non c'è mai stata. Per me le due cose sono sempre state separate: da una parte la carriera, dall'altra la famiglia. Adesso ci sono il lavoro e mia figlia. Comprare e vendere compagnie è infinitamente più semplice che comunicare con una sedicenne arrabbiata. E ricevere un torto è molto più accettabile che essere preso in giro.

# 2

## MADELINE

È difficile tenere traccia del tempo, qui. Così, a occhio, direi che è passato poco meno di un mese. Questo calcolo approssimativo mi ricorda quando Eve era appena nata e la gente mi chiedeva quanto tempo avesse la mia piccolina (o *il mio piccolino,* se non sapevano mettere insieme gli indizi di genere più basilari come il colore degli abitini o il fiocco nei capelli). All'inizio tenevo il conto giorno per giorno. « Compie due settimane domani », rispondevo, tutta orgogliosa. Dopo il primo mese ero passata a incrementi di quindici giorni. « Un mese e mezzo », dichiaravo, meravigliandomi di quanto fosse trascorso in fretta. Dopo il secondo compleanno ero saltata agli anni e da lì in poi ho solo un ricordo nebuloso... Eve era passata da tre a cinque a sedici anni nell'arco di una stagione, o almeno così mi sembrava. Ovunque io mi trovi adesso, il tempo mi chiede conto di ogni minuto. Non passa mai, se non puoi fare altro che osservare.

« Toby, per favore, guardami », sta dicendo Rory.

« Va bene, ma non sclerare. » Il ragazzino, cicciottello e con un'impressionante massa di capelli arruffati, finalmente si volta.

Lei si tappa la bocca e soffoca una risata nel vedere un

acino di uvetta passa incastrato in una narice. « Oh! E quello come ci è finito lì? »

« Volevo sapere che odore ha. »

Lei lo guarda dubbiosa. « Per sentire l'odore di una cosa, non devi per forza infilartela nel naso. »

« Sì, però io... ci ho provato. Ma finché non l'ho infilato lì non sono riuscito a sentire niente. Adesso sì. »

Rory sorride. « Te lo devo proprio chiedere, prima che tu vada in infermeria. Che odore ha? »

« Di uvetta », risponde il ragazzino, spazientito.

Guardare Rory in azione è la mia droga. Poco fa una bambina le ha tirato la gonna per dirle di aver perso la matita.

« D'accordo. Pronta? » le ha risposto Rory.

La bambina ha annuito.

Lei allora ha mosso le mani in cerchio e poi le ha puntate verso il banco, gridando: « Abracadabra! » Quindi si è rivolta alla bambina. « Ha funzionato? »

La bambina ha scosso la testa.

« Allora mi sa che dovrai usare i vecchi metodi e andarla a cercare. »

Mentre i bambini si mettono in fila per la lezione di musica, Rory riflette sulla risposta semplice di Toby. *Ha ragione. La vita non è così complicata come la rendiamo noi adulti,* pensa. Rimango molto ben concentrata in modo da intercettare i suoi ragionamenti, che si rincorrono come le note di una sinfonia. Ormai ne sono certa, la risposta al mio problema è lei. Devo solo trovare il modo per inserirla nel quadro.

Questa mia nuova capacità di leggere nella mente mi dà grandi soddisfazioni. Adesso so che Brady riesce davvero a sentire la mia risata e le mie esortazioni ad andarsene – essere piantati in asso è meglio che prenderle di santa ragione - e che le parole delle canzoni arrivano a Eve. Con un po' di pratica riuscirò a influenzare anche le loro azioni.

Anche se mi piacerebbe restare in compagnia di Rory, ho del lavoro da sbrigare. Rivolgo la mia attenzione a Eve, che sta spostando le mie cose nel suo armadio. Questo mi fa sentire stranamente lusingata. Quando è morta mia madre, non ho trovato nulla che mi tentasse. Aveva vestiti di tutti i colori: non c'era sfumatura che non incontrasse i suoi gusti. Io e Meg abbiamo inscatolato l'intero guardaroba e lo abbiamo recapitato alla sede locale dell'Esercito della Salvezza. Abbiamo portato a termine il compito con efficienza e senza tante storie; di sicuro nostra madre ci ha applaudito dalla tomba. Anche da ubriaca persa disprezzava ogni sentimentalismo. Ci pensava il suo alito a soffocarne qualunque accenno, ricordandoti che la sua memoria non avrebbe trattenuto nulla di quel momento. Io ed Eve abbiamo molto di più in comune: ci piace lo stile *bon ton*, anche se io indulgevo in marche più costose. Il mio guardaroba per lei sarà un bell'upgrade.

Trasporta gli indumenti con un set di valigie che ho acquistato dopo che la mia lista dei desideri natalizi è stata ignorata a favore di alcuni maglioncini di cashmere che non mi servivano. Era una routine che non mi dispiaceva. Io e la mia amica Paige compravamo quello che volevamo davvero durante i saldi, quindi che importanza aveva se i nostri mariti e figli erano del tutto negati nella scelta dei regali? Era il nostro piccolo divertimento. Non vedevo l'ora di scoprire cos'avevano scelto per me Eve e Brady, già sapendo che poi io e Paige ne avremmo riso a crepapelle davanti a un bicchiere di vino: costose lozioni per una pelle grassa che non avevo, capi folkloristici con temi vacanzieri che non avrei mai indossato in pubblico, cartoncini con scarabocchiati dei buoni regalo che tutti noi sapevamo non sarebbero mai stati incassati. Trovavo spassosa la loro attenzione inesistente per i dettagli, ma adesso, imbattendosi nei doni dimenticati d'innumerevoli feste passate, Eve rimpiange la mancanza di riguardo nei miei confronti.

Il suo rimorso è costante. Indossa la colpa come una giacca in una giornata fredda, stringendosela al petto. È incapace di consumare un pasto senza rimpiangere di non avermi mai ringraziato per quello che cucinavo. Non riesce a guardare la televisione senza rimproverarsi per tutte le volte che mi ha interrotto a metà frase quando finiva la pubblicità. Eve era il centro di tutta la mia vita e quindi, dal suo limitato punto di vista, è intrinsecamente colpevole della mia decisione di togliermela. Se solo sapesse davvero quello che ho passato. Non sopporto quel suo sguardo triste. Devo strapparle un sorriso. Sarà carburante per entrambe.

Mi concentro sulla vecchia sacca di tela ripiegata dietro i miei abiti lunghi. Era il nascondiglio dei regali e la mia bambina ha bisogno di risollevarsi il morale. Cerco con ogni mezzo di attirare lì la sua attenzione. Se solo esistesse una hit che nel ritornello dice *Apri la sacca in fondo all'armadio di tua madre*!

Non riesco a indicargliela ma, una volta spariti tutti gli abiti, Eve la vede e la sagoma rettangolare che intuisce all'interno la incuriosisce. Il filo dei suoi pensieri mi strappa una risata: *Oh, mio Dio, è come nei film, quando i vecchi nascondono i segreti nelle scatole da scarpe.* Aprendo la sacca, Eve teme di scoprire chissà quale nefandezza, e invece ci trova le ballerine di Tory Burch per le quali si strugge da novembre. Volevo regalargliele a Natale, ma da brava adolescente ha fatto una scenata perché le sarebbe toccato aspettare un mese. *Un mese*. Per delle scarpe da duecento dollari che una sedicenne non dovrebbe nemmeno sognarsi. Messa in allarme da questo suo accampare diritti inesistenti, ho deciso che le sarebbe stato di lezione aspettare fino al compleanno.

Eve strilla come dieci anni fa quando, durante il nostro primo viaggio a Disneyland, abbiamo incrociato Cenerentola per strada. Per un decimo di secondo si comporta come l'adolescente egocentrica che ha tutto il diritto di essere e vederla così mi lascia frastornata. Sì, devo trovare qualcosa che smorzi la tensione crescente tra lei e Brady, ma devo anche offrire loro qualche momento di pace.

Ci vogliono quattro viaggi per portare di sopra tutti i miei vestiti, e diverse ore per svuotare le valigie. Una volta finito, Eve si mette la mia polo preferita, quella rosa, e si fa la coda usando uno dei miei vecchi fermagli d'argento. Poi va davanti allo specchio. Immaginando di vedere me nel riflesso, guarda le lacrime riempirle le palpebre e scorrerle sulle guance. Da adesso in poi la nostra somiglianza sarà per lei una maledizione, un inesorabile ricordo di me.

Indossare i miei abiti le fa venire improvvisamente voglia di giocare alla donnina di casa. Va in cucina e, dopo essersi messa i miei guanti di gomma gialli, inizia a lavare i piatti. Non sono molti, ma Eve sta recitando un ruolo, quindi li strofina a fondo, rinunciando all'efficienza della lavastoviglie. È terribile pensare che sia così che Eve s'immagina le mie giornate. Nessuna fretta, nessun obiettivo, solo una serie di compiti da eseguire, come un automa o una colf. Nella sua versione della mia vita non c'è posto per l'orgoglio personale, il che spiega come mai non si sia mai chiesta quali fossero le mie vere intenzioni quel pomeriggio.

Spalle alla porta, sta grattando con una spugnetta abrasiva il tenace anello scuro in fondo a una tazza del caffè quando entra Brady, che resta senza fiato. Non sono solo i miei vestiti, ma il modo in cui Eve ha appoggiato tutto il peso sulla parte destra del corpo, col piede sinistro che sfiora appena le piastrelle. Lui sbatte due volte le palpebre prima di rendersi conto che non si tratta di me. In questo momento, sono l'uno la kryptonite dell'altra: quello che aiuta l'uno fa male all'altra. Ricordarmi al mio meglio è catartico per Eve e un inferno per Brady.

Lei sente la presenza di qualcuno e, spaventata, fa cadere la tazza nel lavello.

« S-scusa », balbetta Brady, ancora scosso dal miraggio. E riprende il suo percorso verso il frigorifero.

« Hai visto? Ho svuotato l'armadio della mamma », dice Eve.

Lui si blocca di nuovo. Come quasi ogni sabato, Brady ha passato praticamente tutta la giornata a lavorare e non se n'era ancora accorto.

Eve percepisce la sua irritazione. « Cioè, ho pensato: cosa te ne fai tu di tutti quei vestiti da donna? E sono della mia taglia. Cioè, tranne i pantaloni eleganti... ma quando mai li metterò, dei pantaloni eleganti? Così ho portato tutto di sopra. Va bene, no? »

« Benissimo », riesce a dire Brady, mentre pensa l'esatto contrario.

Non c'è altro da aggiungere. *Cambiate argomento,* li incoraggio io.

« Hai letto le info su Exeter? » domanda Eve.

Ha captato il mio suggerimento, oppure ci è arrivata da sola? Vai a saperlo.

« Sì. » Brady ha dato una scorsa alla cartellina mentre era al lavoro, per capire quanto gli costerà. Ho cercato di pilotare la sua decisione, senza riuscirci perché lui era troppo occupato a trovare un motivo onorevole per cui il collegio fosse la cosa migliore per Eve: *È quello che desidera; sarà più seguita; io sono sempre in viaggio.* La cruda verità è che l'assenza di Eve sarà un sollievo. Le risponde senza nemmeno chiedere quanto dista il collegio da casa: «Se è quello che desideri, fa' pure domanda».

Fantastico: sono bastati quindici secondi di considerazioni per compromettere il lavoro di una vita.

Il collegio è roba da famiglia von Trapp prima dell'arrivo di Maria, mentre Eve ha bisogno di un amore incondizionato che ammorbidisca la sua cocciutaggine ventiquattr'ore al giorno. Senza attenzioni, il suo sarcasmo diventerà cinismo, la sua indipendenza isolamento, il suo dolore depressione. È troppo giovane per elaborare le complessità e le sfumature del mondo, ma abbastanza astuta per meditarci sopra e sufficientemente puerile per credere di aver capito. Insomma, una combinazione pericolosa. Siccome è un'adolescente, si aspettano tutti che pianga e si strappi i capelli, invece il lutto di Eve è intellettuale: lei cerca di capire cos'è successo, perché, cosa significa e come superarlo. Deve smetterla di fare a pugni col futuro quando c'è il presente da sistemare. Chi l'aiuterà a capire tutto questo se sarà a casa di Dio, nel New Hampshire?

Eve sorride al padre, trattenendo le lacrime. È la risposta che voleva, ma Brady ha reso le cose troppo facili. Lei si aspettava una discussione, almeno non sarebbe stato così evidente che lui non la vuole tra i piedi.

Mio marito non ha mai avuto una grande sensibilità. Ogni anno a San Valentino mi telefonava per chiedermi se volessi un biglietto, nel qual caso si sarebbe fermato a comprarne uno prima di tornare a casa. E ogni anno io rispondevo no, non ti preoccupare, e lui ribatteva con una frase tipo: «Okay, ma metti per iscritto che te l'ho chiesto, così non potrai dire che non sono romantico». Non gli ho mai fatto notare che il gesto avrebbe avuto qualche possibilità di essere romantico, se solo lui lo avesse fatto senza prima interpellarmi.

## EVE

«Il massaggio è un rimedio certificato contro la tristezza.» Mrs Simpson mi dà il buono, accarezzandomi la spalla come se fossi un cagnetto. Lindsey è gonfia di orgoglio per l'incredibile generosità della sua famiglia. Non la sopporto proprio! Fisso una crepa nel soffitto, e rimango in silenzio finché non trovo altro da dire che non sia «una grattatina alla schiena non curerà un bel niente».

Non sarà mai troppo presto per andarmene da questa città. L'unica di cui sentirò la mancanza è Paige, l'amica della mamma. È la sola che ha le palle per ammettere che questa faccenda è una vera merda e chiuderla lì. Tutti gli altri dicono cose cretine, oppure offensive. Di solito sono gli adulti a darmi sui nervi e gli amici a comportarsi da stupidi, tranne Lindsey e sua madre che sono riuscite a unire il tutto in una frase sola. So che le loro intenzioni erano buone, ma ormai ho capito che la struttura sociale delle superiori funziona secondo una formula matematica: il tuo aspetto + quanto sei sportiva + come ti vesti = chi puoi frequentare. Io sono abbastanza carina, la migliore della squadra di tennis e vesto quasi solo J.Crew, quindi esco col cocapitano della squadra di calcio, che veste quasi solo Abercrombie, e i nostri amici sono gli altri atleti, sempre che non si azzardino a fare shopping da Target. Io e Lindsey siamo circa pari in questa specie di equazione, quindi siamo migliori amiche. È patetico.

Butto il buono regalo nello zaino e mi faccio strada nel parcheggio. È stata un'altra giornata deprimente nella mia nuova, deprimente vita e desidero solo tornare a casa e dormire sino alla fine dell'anno scolastico. Ma di fianco alla mia auto c'è John.

« Ehi, bellezza », dice, sicuro che io sia felice di vederlo.

Prima del venerdì santo sarei arrossita e gli avrei dato un bacetto sulla guancia, ma non si può arrossire per finta e non ho la forza di mettermi in punta di piedi.

« Ho pagato la nostra parte della limousine per sabato. A che ora vuoi trovarti da Lindsey per il pre-festa? »

« Pre-festa? »

Lui sgrana gli occhi. « Sabato c'è il ballo di fine anno! »

Eh? Come può pensare che io passi dalla morte di mia madre al ballo di fine anno? Dalla morte di mia madre a un bacio? Dalla morte di mia madre *a qualunque altra cosa*? Se vado al ballo con John, finiremo per vincere la corona e dovrò fingere che me ne importi. Ma sarà impossibile apparire riconoscente per l'onore d'indossare un falso diadema, occupare il sedile posteriore di una Jaguar decappottabile presa in prestito dal concessionario del padre di Kara e salutare con la manina una folla di persone tutte prese a meravigliarsi per le vicende orribili e innominabili che hanno appena guastato la mia giovinezza. Se non ci vado, la psicologa della scuola la considererà « una bandierina rossa » e mi chiamerà durante le lezioni per un altro rapporto aggiornato su come « affronto il mio dolore ». Decido di barcamenarmi. Comprerò uno stupido vestito per far credere a tutti che andrò, poi dichiarerò di avere la congiuntivite come ha fatto la mamma quando ha dato buca alla serata con gli ex compagni di liceo. Secondo lei era la scusa ideale, perché la congiuntivite è molto contagiosa, ma dura solo un giorno.

«Giusto. Il ballo. Chiedo a Lindsey per il pre-festa e ti faccio sapere», dico, tornando in me.

«Ottimo.» John resta lì in attesa di qualcosa: un invito a casa mia, la promessa di telefonargli più tardi, un abbraccio, qualunque cosa. Tutto quello che ho da offrirgli è un ciao ciao con la mano.

Quando il papà torna a casa dal lavoro, gli parlo subito del vestito che devo comprare. Sono le sette e dieci e i negozi chiudono alle nove. «Perché non sei andata oggi pomeriggio?» mi chiede, come se avessi ideato il ballo apposta per infastidirlo.

«La mamma ci teneva a dare la sua approvazione. Potesti darmi il tuo parere.»

Si allenta la cravatta e scuote la testa, come se fosse la cavolata più grossa della giornata. «Mi fido del tuo gusto.»

Mi mordo forte la lingua coi molari, perché non sopporto come mi guarda quando piango. «Anche la mamma si fidava.»

Sospira. Io lo sto sfiancando. Lui mi delude. «Non intendevo questo, Fagiolina. Lo sai anche tu. È solo che in questo momento l'ultima cosa che vorrei fare è un giro in un centro commerciale.»

Mio. Dio. Come ho fatto a non capire quant'è idiota mentre la mamma era ancora viva? Non mi stupisce che si sia buttata dal tetto. «Non chiamarmi Fagiolina. Non ho cinque anni.» Vado verso le scale.

«Dai, Eve! Non essere tragica. È solo un vestito. Prendi la carta di credito e domani vai a comprarlo. Oppure chiedi a Paige di accompagnarti. Lei ha solo figli maschi, sarà felice di... »

Sbatto la porta.

L'anno scorso io e la mamma abbiamo dedicato un'intera giornata allo shopping per il ballo di fine anno. Siamo andate in Newbury Street, ci siamo fatte fare le unghie di un bel rosa acceso e abbiamo pranzato in un elegante caffè italiano. Lei mi ha persino lasciato assaggiare il suo Chardonnay, e io ho fatto finta di non sapere che sapore avesse. Allora lei ha riso e ha detto: « Guarda che non sono sprovveduta come ti immagini! » Poi mi ha chiesto se mi fidassi di lei.

« Certo », le ho risposto.

« Bene. Dimmi un tuo segreto, allora. » Ci ho pensato su. Eravamo sedute in un séparé vicino alla vetrina e le donne che passavano sul marciapiede sembravano tutte decise e sicure. Ho fantasticato di essere più grande e che la mamma fosse una collega, la mia compagna di stanza al college o la moglie di un collega di mio marito. Quando sono tornata alla realtà, lei stava ancora aspettando una risposta. Non aveva paura dei silenzi. Diceva che si ottenevano risposte migliori, lasciando alle persone il tempo per meditare. Avevo tonnellate di piccoli segreti che avrei potuto rivelarle per farla contenta, però ho deciso di giocare d'astuzia. « Te ne svelo uno se tu ne sveli uno a me. »

« Affare fatto », ha risposto, sfregandosi le mani. « Comincia tu. »

Ho sorriso. « Vi ho sentiti, tu e papà, qualche volta. La notte, intendo. »

Lei è rimasta a bocca aperta, poi ha fatto un sorrisetto. « Bene. Vuoi giocartela così? Ora tocca a me. Il mio segreto è che il mese scorso mi ha telefonato Christie Anderson e mi ha detto di avere visto te e John sotto la loro terrazza, e che tu avevi la mano nei suoi pantaloni.» Ha mangiato un boccone di caprese, tutta soddisfatta.

Io non credevo alle mie orecchie. «Aspetta. *Cosa?!* Perché non me lo hai detto?»

Mi ha guardato sorpresa. «Potrei chiedere lo stesso a te!»

«Mamma, sul serio! Perché?»

Ha sorriso, per farmi capire che non dovevo prendermela. «Per un sacco di motivi. Christie è una pettegola della peggior specie e non volevo che fosse lei la causa di una delle nostre belle chiacchierate.»

«E?»

«*E*... e... e allora? Mi sembra che abbiamo già parlato dell'argomento. Spero proprio che se mai avrai bisogno di qualcosa, un consiglio o altro, verrai a chiedermelo.»

Ero confusa. Non scansava mai gli argomenti scottanti. Le madri di alcune mie amiche si scandalizzano per due che si tengono per mano. La mia no di certo, anzi, trovava queste cose del tutto naturali. L'anno scorso l'avevo affrontata piena di disgusto per un tubetto di lubrificante che avevo trovato nel cassetto del suo comodino. «Non capisco perché te la prendi tanto. Ti fa arrabbiare che io soffra di secchezza vaginale?» aveva risposto, senza nemmeno chiedermi come mai fossi andata a frugare in camera sua. Quando parlava così schietto, mi faceva sentire una scema.

«E perché adesso hai deciso di dirmelo?» le ho chiesto.

«Mi hai messa in imbarazzo, e io ho deciso di mettere in imbarazzo te.»

Era fatta così: mi fai una domanda, eccoti la risposta. Abbiamo riso nervosamente per un paio di minuti prima di passare ad argomenti più sicuri. È stata una bellissima giornata.

Di certo non mi aspettavo di ricreare con papà l'atmosfera di Newbury Street, non un martedì sera e con una sola ora di shopping a disposizione, ma speravo lo stesso in qualcosa. È ridicolo, perché quel vestito non lo metterò comunque, ma immaginavo di uscire dal camerino dopo aver provato qualche abito e di sentirgli dire: « È questo, Eve. Sei bellissima ».

Invece mi ha offerto la sua carta di credito. Tipico.

## BRADY

« Grazie, ha un aspetto delizioso », dico, senza nemmeno guardare.

La porta si è quasi richiusa quando lei infila il braccio, come per fermare un ascensore.

Che cos'hanno le divorziate del mio quartiere? Mi fanno un po' paura.

« Aspetta! Ti prego, aspetta! » supplica Mary, entrando.

« In realtà sono appena arrivato a casa e volevo stare tranquillo con Eve. »

Mary non cambia espressione e non si sposta. È in missione. Tutte loro lo sono. Donne a caso che « passano di qui » offrendo minestra, vino, torte fatte in casa. Forse sono paranoico e vogliono solo mostrare solidarietà, ma è un'aberrazione statistica che nessuna di queste filantrope sia sposata. Maddy mi definirebbe cinico, ma la spiegazione più plausibile per la gentilezza di Mary è che è delusa dall'ammontare del suo assegno di mantenimento.

Si sta mordendo il labbro. Vorrebbe risultare sexy, immagino, invece temo si stia facendo male. « Quanto sei dolce. Ho sentito dire che sei un bravissimo papà. Ed

Eve è una bravissima ragazza. L'ho vista passare in macchina, qualche volta. Bravissima. Davvero bravissima.»

Il suo vocabolario limitato rende la conversazione ancora più irritante. Quando Eve usava la stessa parola quattro volte in una frase, Maddy tirava fuori un dizionario e le faceva cercare i sinonimi. Sono tentato di adottare anch'io questa tattica.

«Lo sapevi che non ho figli?»

*Oddio.* Ha davvero sbattuto le ciglia? E come facevo a saperlo, che non ha figli? Fino a due minuti fa ignoravo persino il suo nome. «No.»

«Già. Non ho mai fatto il grande passo. Quindi, se ti serve una mano, ho un sacco di tempo libero.»

Fantastico. Una pazza con un piano. Attaccando le divorziate con figli elimina tutte le donne del vicinato tranne se stessa. «Okay, grazie ancora.» Avanzo di un passo, in modo da non lasciarle scelta: o arretra, oppure le finisco addosso. Non appena è fuori dello stipite, le chiudo la porta in faccia.

Com'è possibile che mi considerino un buon partito? E sì che l'uscita di scena di Maddy dovrebbe quantomeno impensierirle. Come fanno a trascurare il fatto che la mia prima moglie abbia preferito lanciarsi nel vuoto piuttosto che trascorrere un solo giorno in più al mio fianco? Vado in cucina a prepararmi un cocktail, e lì trovo Eve seduta al tavolo con un gigantesco sorriso. *Fantastico!* Ha sentito tutto. Decido di prevenire il suo affondo. «Dovremmo mettere sulla porta un cartello con scritto: IL CIBO NON CI FARÀ STARE MEGLIO. ANDATEVENE.»

«Non so, papà. Quelle gambe erano davvero notevoli. Scommetto che è un'amante della montagna», dice lei in tono canzonatorio.

Cosa posso rispondere? Non è che io vada in giro a

cercare queste mantidi. Prendo un bicchiere dal pensile. Eve sbuffa e io, che mi sono abituato ai suoi suoni, so che gli sbuffi preludono a una critica. Nell'attesa, metto del ghiaccio nel bicchiere.

« È bello vedere che hai ancora tempo di farti un drink, nonostante i tuoi impegni. »

Ecco qua. È arrivata.

Immagino si riferisca al fatto che ieri sera non l'ho accompagnata al centro commerciale. Sento il collo e le spalle irrigidirsi, ma riesco ad allontanarmi col mio drink. *'Fanculo.* Stamattina mi sono alzato alle cinque, ho fatto sette chilometri di corsa, poi ho lavorato per quattordici ore. Me lo merito un bourbon, no? Anche quattro. Che differenza può fare, purché io riesca ad alzarmi alle cinque anche domani?

Se solo mi fosse venuto in mente di chiedere a Maddy come faceva a comunicare con Eve. Come sapeva quand'era meglio tacere? Mettersi a ridere invece che urlare? Parlare seriamente di una punizione? E cosa spingeva Eve ad ascoltare Maddy, una volta che lei aveva deciso cosa dirle? È un tale ammasso di complicazioni. Ho guardato Eve diventare grande senza curarmi minimamente di come venisse educata. Quello era compito di Maddy.

Ci siamo conosciuti in un bar di Boston. Maddy era immersa in un libro. Più tardi avrei imparato che era la regola, non l'eccezione: se non stava lavorando, Maddy leggeva. Intorno alla sua testa volava un moscone che pareva collegato a un megafono. Lo sentivo anch'io, in coda alla cassa a tre metri di distanza. Maddy non sembrava avere un piano in proposito, anzi, non dava segni di essere nemmeno infastidita dal ronzio, ma quando il moscone ha osato posarsi sul suo libro lei lo ha chiuso di scatto, vittoriosa. Dai tavolini intorno si è levato un applauso sommesso. Solo allora lei ha alzato la testa, stupita di avere un pubblico. « Odio quel rumore », ha mormorato a nessuno in particolare, usando un tovagliolino di carta per rimuovere il moscone dalla pagina.

Dopo aver pagato il caffè, mi sono avvicinato al suo tavolo. « Non voglio interrompere la tua lettura, ma ti scoccia se mi siedo qui? »

« Prego », ha risposto lei, riportando subito gli occhi sul libro, « ma ci sono un sacco di tavolini liberi, quindi non capisco perché proprio questo. »

Non sono di quei tipi patetici che cercano d'intenerire le donne fingendosi cuccioli abbandonati, tuttavia ero abbastanza incuriosito per sedermi lì pur non essendo il benvenuto. Maddy era la classica bellezza hollywoodiana: pallida ma non spettrale, magra ma non ossuta. I capelli erano biondi e ordinati, non induriti dalla lacca come si usava all'epoca, bensì trattenuti morbidamente dietro le orecchie. Le labbra ben definite erano dipinte di un rosso lucido e solido.

Non mi ha prestato la minima attenzione. Dopo mezz'ora, mi sono alzato per andarmene. « Di solito non sono così villana », ha detto lei, gli occhi sempre fissi sulla pagina.

« Devo dedurne che è il mio giorno fortunato, allora. »

Maddy ha grugnito, un vero grugnito da suino, poi si è coperta il naso con la mano e lo ha fatto di nuovo. « Non credo nella fortuna », ha commentato allegra. « Cioè, credo nella sfortuna, ma non nello stare con le mani in mano ad aspettare i colpi di fortuna. » Era come avere una conversazione con un poster motivazionale.

« Significa che non devo andarmene? »

Lei ha scosso la testa. « Tutt'altro, dovresti proprio farlo. Non riesco a smettere di leggere. Questo libro è troppo bello.» E dopo un secondo ha aggiunto: «Come se non bastasse, l'ultimo ragazzo con cui sono uscita è stato una totale delusione».

Mi sono seduto di nuovo, ignorando il suo consiglio. Ero stregato.

Il corteggiamento è stato tumultuoso. A uno dei due importava sempre molto più che all'altra. A volte rispondeva ai miei messaggi, a volte no, poi la situazione si ribaltava e Maddy mi chiamava ogni giorno. Allora ero io a tirarmi indietro, a disdire i nostri appuntamenti e a non rispondere alle chiamate. Avevo paura del matrimonio. I miei genitori non mi erano mai sembrati soddisfatti dell'accordo. I miei colleghi sposati tentavano di convincermi a farle la proposta, ma i loro argomenti non erano persuasivi. Uno diceva che sposarsi era come passare da tagliaerba a giardiniere, ma io abitavo in un appartamento e non riuscivo proprio a capire l'analogia. A ripensarci, forse alludeva al fatto che le donne mettono in pratica un intero progetto di vita, mentre gli uomini non vanno più in là del pasto successivo.

Alla fine siamo arrivati a un punto in cui o ci sposavamo o era meglio lasciarsi, ma io non potevo immaginare di lasciarla. Accanto a Maddy ero in pace con me stesso. Quando si addormentava per prima, cioè quasi sempre, restavo sveglio per sincronizzare i nostri respiri. A volte era facile, il suo aveva un ritmo costante, altre volte invece passava da respiri corti ad altri lunghi, per poi magari non respirare affatto per interi secondi, e allora dovevo concentrarmi per imitarla. Era il mio modo per cederle il controllo senza che lei lo sapesse. Sono una personalità di tipo A da manuale, quindi era il meglio che potessi fare.

Ho preparato due panini che non abbiamo mai mangiato e l'ho portata su una spiaggia sassosa sulla South Shore. A lei piaceva il rumore delle onde che si frangevano sulle rocce. «Musica semplice», la chiamava. Doveva aver capito cosa stava per succedere, perché si comportava in modo insolitamente altezzoso e parlava per noiose frasi fatte: «Che giornata perfetta per un picnic. Non c'è nemmeno una nuvola. È strano che non ci siano altre pers...»

L'ho interrotta, facendole la domanda che ha cambiato le nostre vite: «Madeline, vuoi sposarmi?»

Lei si è messa i capelli dietro le orecchie, poi ha annuito. «Non cambierà proprio niente, giusto? Se non che avrò un bell'anello con diamante al dito.»

L'unica differenza tra le sue parole e una battuta è che non ci abbiamo trovato niente da ridere. Eravamo abbastanza ingenui da credere che il matrimonio non avrebbe modificato molto le cose. Invece ha modificato tutto. Abbiamo cominciato ad amarci di più, ma anche a litigare con più ferocia. Riuscivamo a trasformare ogni concessione in una concessione a vita. Non potevi condividere il tuo dessert senza acconsentire inavvertitamente a mangiarne solo metà per il resto dei tuoi giorni. A ripensarci mi chiedo: sarebbe così terribile? Mangerei volentieri solo metà dessert, anzi, farei volentieri un milione di altri sacrifici, per un giorno in più con mia moglie. Quello cui non mi rassegno è che per lei non fosse la stessa cosa.

Quindi il nostro matrimonio non era perfetto. Ma quale matrimonio lo è?

Tiro fuori il suo diario e vado alla pagina successiva, il 16 giugno 2013, quindicesimo compleanno di Eve. Penso con gratitudine che così non me lo dimenticherò, finché non assorbo il significato di quanto sto leggendo.

*Come ha* OSATO *dimenticarsene. Come può una persona così brillante essere incapace di dare la priorità a qualcosa di tanto ovvio. « È andata così, Maddy », ha detto. Tutto qui: è andata così. No, idiota che non sai vedere a un palmo dal tuo naso, va « così » quando sei in vacanza e ti becchi un virus intestinale. Va « così » se ti succede qualcosa di brutto su cui non hai nessun controllo.*

*Alle sei e mezzo, quand'è suonato il telefono, mi sono sentita morire. Eve è corsa a rispondere e gli ha chiesto tutta allegra dopo quanto sarebbe arrivato. La limousine era già fuori che aspettava.*

*Non ha avuto il coraggio di dirglielo. Ha chiesto di parlare con me.*

*Eve voleva disdire. Ho recitato il mio bel discorso su praticare l'amore, la compassione e il perdono, pensando a quanto sarebbe stato fantastico se non avessi dovuto praticarli tanto spesso con mio marito. Siamo andate, cercando di divertirci lo stesso. Immagino che Lindsey ripenserà alla serata come a una delle più imbarazzanti della sua vita ed Eve come a una delle più infelici. Un disastro totale, insomma.*

*Cosa starà mai succedendo nel mondo del software di più importante del compleanno di tua figlia? Sei solo un maledetto egoista, un macinanumeri incapace di guardare oltre il tuo paraocchi.*

Ecco cosa scriveva. Ogni parola vergata con tale ferocia da scavare un solco nelle pagine successive. Maddy non ne ha mai più fatto parola, dopo. O forse sì, e io ho fatto orecchie da mercante? È sconcertante quanto poco ricordo delle nostre conversazioni quotidiane. Cerco nel mio computer per vedere quale importante riunione avessi preferito a scapito di un ricordo in più. Tutto quello che avevo da fare la sera del 16 giugno 2013 era aggiornarmi sui dati del secondo trimestre per una riunione del consiglio la mattina seguente alle otto, perché un appunto di Paula mi avvertiva che forse sarebbe stata richiesta la mia presenza. Nient'altro. Era stato questo ad assorbire la mia attenzione. La possibilità di parlare a una riunione del consiglio d'amministrazione mi era parsa più importante della cena di compleanno di mia figlia. Ero il nuovo direttore finanziario. Il lavoro mi sembrava importante. *Io* mi sentivo importante. E adesso guardami, sono quello la cui moglie si è suicidata.

Ieri avrei dovuto accompagnare Eve a comprare il vestito per il ballo della scuola. Invece sono ancora un maledetto egoista, un macinanumeri incapace di guardare oltre il mio paraocchi.

# 3

## MADELINE

Mi sento una sciocca a pregare, perché è sempre più evidente che rimarrò bloccata qui per l'eternità, ma ti prego, Dio, se non mi hanno già dimenticata, fa' che oggi sia il giorno in cui non mi limito solo a consolarli. Fa' che sia il giorno in cui cambio il loro futuro.

Jack, il capo di Brady, è un ex alunno di Exeter molto attivo e ha fatto pressioni in modo che accettassero Eve anche se in genere non prendono studenti all'ultimo anno. Jack è il classico tipo che conosce tutte le persone giuste. Vuoi comprare un'auto di lusso a un buon prezzo? Affittare una casa vista oceano a Nantucket in alta stagione? Ottenere un raro tartufo nero? Jack è la persona in grado di realizzare il tuo sogno. Sarebbe capace persino di far aggiungere una parola al dizionario quand'è il suo turno a Scarabeo.

All'inizio ero delusa, perché non essere presa alla Exeter avrebbe costretto Eve a restare a casa, poi il buon senso ha avuto la meglio. Brady ed Eve sono in guerra. La distanza conterrà i danni, evitando che diventino permanenti.

Exeter ha accettato a una condizione, e cioè che Eve si metta in pari col programma di algebra durante l'estate, e per mia fortuna nella lista degli undici possibili professori di matematica c'è anche il nome di Rory. Accademicamente parlando, farsi aiutare da una maestra di prima elementare potrebbe non essere l'ideale per Eve, ma considero molto più importante il suo benessere emotivo. Se Eve sceglierà Rory, si vedranno tutta l'estate con cadenza settimanale.

Nei miei precedenti tentativi, le mie direttive erano piene di ragionamenti e relative emozioni. Volevo essere convincente, ma forse ho preteso di trasmettere troppo. Le canzoni orecchiabili e le risate arrivano: semplice = successo. Così lavoro sul subconscio di Eve, ripetendo il cognome di Rory. *Murray. Murray. Murray.* Non so se stia funzionando. Mia figlia vive le giornate come una marionetta, ogni sua azione è forzata. A pranzo John, Kara e Lindsey la circondano al tavolo più lontano dagli odori del self-service, un angolo molto ambito. Kara non la saluta, il rimorso glielo impedisce, ma John e Lindsey la studiano come se fosse un progetto di ricerca. Vederseli intorno irrita profondamente Eve.

*Murray. Murray. Murray.*

Mia figlia non ha mai dovuto lottare come me per inserirsi. A me il liceo non interessava e ho passato tutto il tempo immersa nei romanzi. Sal Paradise, Holden Caulfield, Jay Gatsby: ecco i miei amici. Mia madre non ha mai capito. « Sei bellissima », diceva, e non era un complimento. « Come mai non hai amici? » Quand'ero in terza, una sera che era sbronza mi ha chiesto se fossi lesbica. « No », le ho risposto, con grande sollievo del suo lato cattolico. « Baciare i ragazzi mi piace. È solo che non mi piace baciare *quei* ragazzi. » Quello cui aspiravo era fare sesso spinto con Jack Kerouac, ma alla mamma i dettagli non interessavano. Tutto questo per dire che ero pronta a sostenere Eve nell'isolamento tipico di quel periodo della vita, ma non ce n'è stato bisogno. I suoi amici la cercano anche ora che ha il morale a terra ed è distrutta dalla sofferenza.

Nonostante la sua popolarità, ho sempre tenuto le distanze con le altre mamme. Paige, di dieci anni più vecchia di me, era l'unica che mi piacesse. Ci siamo conosciute nove anni fa a una riunione dell'Associazione genitori e insegnanti, quando l'allora presidentessa Evelyn Non-so-più-cosa aveva bocciato drasticamente la mia richiesta di accantonare un piccolo fondo per finanziare le uscite didattiche dei pochi bambini di Wellesley che avevano diritto alla refezione gratuita. Quando ho fatto notare che spesso le insegnanti pagavano queste uscite di tasca propria, Evelyn ha risposto: « Se non interviene nessuno, interverranno le famiglie. Stiamo parlando di venti dollari l'anno per una decina di bambini. A Wellesley non esiste il problema dei redditi bassi ».

La riunione era andata avanti. Avrei dovuto controbattere con: « Intende dire che per le persone presenti *in questa stanza* non esiste il problema dei redditi bassi, il che rende ancora più folle che tocchi alle maestre sopperire ». Invece sono rimasta paralizzata sotto le luci fluorescenti della mensa. Non avevo ancora raggiunto i liberatori quaranta, quando cominci a dire e fare tutto quello che ti passa per la mente.

Stavo per prendere la borsa e andarmene, quando Paige ha avvicinato la sedia alla mia. « Hai già conosciuto il maggiordomo di Evelyn? Perché scommetto che ne ha uno », ha sussurrato.

Non sono riuscita a soffocare la risata. Da quel momento, io e Paige abbiamo dato vita al nostro fondo personale per le uscite didattiche e sostituito le riunioni dell'Associazione con un bicchiere di vino in centro. Quanto mi farebbe comodo adesso il suo senso pratico. La pensiamo allo stesso modo, sarebbe così semplice influenzarla. L'idea m'ispira: Paige potrebbe farmi da tramite con Eve. Meg no, è troppo impantanata nel dolore e nel senso di colpa, e poi vive troppo lontano. Ma Paige... Lei può diventare il mio inviato. Devo inventarmi qualcosa.

*Murray. Murray. Murray.*

Fregandosene degli amici che la circondano, una ragazza che non conosco si avvicina a Eve e le chiede: « Lo mangi il tacchino? »

« No », le risponde come in trance, porgendole la sua dose di proteine.

« Non farai sul serio, Katy! » Lindsey le strappa di mano il piatto. « Lascia in pace Eve. Ha bisogno di mangiare. »

Katy avvampa. Si è giocata la possibilità di uscire domani con la compagnia degli eletti. Eve sembra non accorgersene. Potrebbero legarla mani e piedi sulle rotaie e non griderebbe.

Vado avanti con la mia tediosa cantilena. *Murray. Murray. Murray.* E poi ancora, e ancora. Durante l'ora di tennis, mi diverto a passare il tempo dicendo il nome nell'esatto momento in cui la racchetta colpisce la palla.

Quando Brady dà a Eve la lista con gli undici nomi degli insegnanti, lei non ha nessuna esitazione. « Ho sentito dire che Murray è brava. »

« Allora vada per Murray », acconsente Brady, cerchiando il nome e riponendo la lista nella ventiquattrore.

Vorrei festeggiare il mio primo vero successo, ma Eve s'incupisce, ricatturando la mia attenzione. « Vuoi chiamarla *tu*? »

Capisco dai suoi occhi spalancati che si tratta di un test. Eve mi metteva sempre alla prova in questo modo, prendendomi all'amo con una domanda in apparenza innocua che nella sua mente testarda aveva una sola risposta giusta. Se – non *quando* – ne davo una sbagliata, ne approfittava subito per tormentarmi. Cerco di mandare un avvertimento a Brady, ma accade tutto troppo in fretta.

«Certo. La farò chiamare domani stesso da Paula.» Continua a guardare la posta elettronica, ignaro del missile in arrivo.

«Paula ti pulisce anche il culo?»

Gli occhi castani di Brady si assottigliano, finché il suo sguardo non è un laser sulla fronte di Eve. È arrivato il Pompiere. Le vene della fronte pulsano sotto pelle. Nell'insieme, sembra pronto a sferrare un pugno. *Allontanatevi!* ordino a entrambi, ma Brady è troppo furioso per lasciarsi persuadere ed Eve è paralizzata dalla paura.

Brady le va così vicino che tutto d'un tratto occupano la stessa piastrella del pavimento. «Ho sopportato fin troppo le tue stronzate», le urla addosso.

Lei non arretra. È immobile. La sua apparente fermezza fa imbufalire ancora di più Brady.

«Non permetterti mai più di parlarmi così. Quello che è successo a tua madre *non è colpa mia*!» Sbatte la mano sul mobile, rovesciando un bicchiere. Il rumore di vetri rotti lo scuote dalla sua furia, ridandogli un'espressione normale.

Spaventata dall'estraneo che ha di fronte, Eve esce dalla cucina camminando all'indietro.

Brady guarda la sua mano come se fosse un oggetto sconosciuto. Adesso che Eve è al sicuro, posso smettere di seguire la scena. Sono già abbastanza disamorata di mio marito, non voglio disamorarmi ancora di più.

Trovo Rory a un appuntamento al buio con un uomo che somiglia a Herman Munster. Ha la stessa statura, la stessa fronte piatta, un'identica voce da baritono e la sfortuna di essere seduto proprio sotto la luce verde dell'uscita di sicurezza del locale messicano, che lo investe di una luminescenza color Kermit. Manca solo il bullone nel collo.

«Che bel nome hai, Rory», le dice, sporgendosi verso di lei, che nel contempo si ritrae. «E mi piace il tuo look un po' hippy e un po' New Age.»

Lei si appiccica in faccia un sorriso finto. «Grazie.»

Schiarendosi la gola per guadagnare tempo, il tipo pensa come continuare. Quando gli viene in mente una battuta che di sicuro farà inorridire Rory, lo incoraggio a dirla. Non mi permetterei mai di sabotare l'appuntamento, se avesse qualche minima possibilità di sfociare in un amore vero, ma questi due non sono fatti l'uno per l'altra, quindi perché non divertirmi a trasformarlo in un disastro? «Una volta avevo un tritone che si chiamava Rory, solo che era maschio.»

«Toh, guarda, un tritone maschio. Che strano», fa lei, senza nemmeno curarsi di sorridere. I suoi pensieri sono un brulicare di chiacchiere: *Non ci credo. Mi ha appena paragonata a un rettile! Ma cos'è saltato in mente a Danielle? Mi credono davvero così disperata?*

«Insomma, quante probabilità ci sono? Rory non è un nome molto diffuso. Eppure, guarda caso, cinque anni fa ho chiamato così il mio tritone. E guarda caso siamo tutti e due divorziati. E *ri*-guarda caso tu lavori con la moglie di mio cugino di secondo grado. Io lo trovo del tutto incredibile, anche se il tritone era maschio.»

*Incredibile lo è di sicuro. Come può una donna sana di mente aver sposato uno come te?* pensa Rory.

Con un sorriso sinistro sulle labbra, il tipo aspetta una replica alla sua casuale deposizione dei fatti.

« Ah, sì, no, davvero. Sai, David, Danielle mi ha accennato che lavori in proprio, a Dedham. »

Un brillante tentativo di cambiare argomento, mi dico, finché lui non risponde: « Sì, un'impresa di pompe funebri. Sono un becchino ».

Non serviva che intervenissi per dare una piega divertente alla serata. Rory tossisce per coprire la risata, e per un attimo ha il sospetto di essere su *Candid camera*. Osserva per bene la saliera in cerca della telecamera nascosta, poi guarda verso il bar sperando d'individuare i complici. Si aspetta davvero uno scoppio di applausi e risate a sue spese, invece il becchino prosegue: « Sai, il mio è un lavoro che viene spesso frainteso. La gente s'immagina che ci approfittiamo dei parenti nel momento in cui sono più vulnerabili, ma non è affatto così. Io mi vedo di più come qualcuno che offre loro un ultimo bel ricordo delle persone care. La settimana scorsa ho avuto quest'uomo che è stato investito da un autoarticolato. Era *spappolato*, giuro. Gli occhi gli erano schizzati fuori dalle orbite, un braccio staccato... »

A Rory rischia di tornare su l'ultimo sorso di vino. « Gesù, ti prego », dice, alzando una mano per fermarlo.

Lui assume un'espressione fintamente empatica che immagino sia odiata da tutti i suoi clienti. « Perdonami. » Le dà un colpetto sulla mano. « Hai perso qualcuno in un incidente d'auto? Avrei dovuto chiedertelo, prima di raccontarti di quel tizio. »

« No, no. Be'... a dire il vero, sì. Ma non è questo. È che mi sembra sbagliato parlare con tanta leggerezza della morte di una persona. »

Lui ride. « Okay, sei una ragazza sensibile. Capito. E questo mi piace. Perché, bisogna che te lo dica, alla tua età molte donne diventano acide. »

Rory corruga la fronte.

«Voglio dire, è carino che ti lasci sconvolgere con tanta facilità.»

Lei rimane impassibile.

«D'accordo, cambiamo argomento.» David batte le mani per ufficializzare la sua dichiarazione, attirando l'attenzione degli altri tavoli.

Rory si fa piccola sulla sedia.

«Raccontiamoci storie dell'orrore sui nostri divorzi. È un terreno sicuro, no? Purtroppo i nostri ex sono ancora vivi - ahahah -, giusto?»

«Lascerei perdere», replica Rory, con una punta di autorità scolastica nella voce.

«Comincio io. Il classico stereotipo. Mia moglie mi ha lasciato per l'autista dell'UPS.» Io e Rory abbiamo lo stesso pensiero: non è affatto uno stereotipo. Fa un po' soap hollywoodiana, magari, ma non è uno stereotipo. Gli autisti dell'UPS non hanno lo stesso sex appeal dei personal trainer, per esempio. «Ha fatto a mia moglie il favore di portare il nostro nuovo Bowflex - sai, l'attrezzo per la ginnastica - fin dentro casa e un attimo dopo lui ci abitava e io non più.»

Rory guarda con desiderio la sua auto parcheggiata fuori del bar, poi di nuovo il suo interlocutore.

«Tocca a te», dice lui.

«Io e mio marito non andavamo più d'accordo.»

«Sei un po' vaga. Era un alcolista? È molto comune. Ho tre zie e un cugino che alzano troppo il gomito. Anche al mattino, intendo. Danielle ovviamente no. Adesso non andarlo a raccontare in giro, però! Ahahah.»

«Non era un alcolista.»

«Ti picchiava?»

«No.»

«Oddio, ti tradiva?»

«No.»

«Oddio, non dirmi che eri tu a tradirlo. È così? Perché devo avvertirti che, dopo la mia ultima esperienza, sarebbe l'unica cosa che potrebbe impedirmi di prendere un secondo appuntamento con te.»

Per nulla intenzionata a uscire con lui una seconda volta, Rory prende la borsetta. «Senti, David, grazie mille per il vino. È stato un piacere conoscerti.» Gli porge la mano perché lui la stringa.

David si alza, asciugandosi goffamente il palmo sui pantaloni color kaki. «Ah, okay. Te ne stai andando? Posso accompagnarti alla macchina?»

Lei gli spiega in modo cortese che sarebbe meglio se rimanesse al tavolo, altrimenti il barista potrebbe pensare che stanno cercando di filarsela senza pagare il conto. Il becchino non sembra seccato: non è la prima volta che l'aperitivo non si trasforma in una cena.

Brady non esce con una donna che non sia io da ventitré anni, ma non descriverebbe mai un corpo smembrato davanti a un aperitivo. Egoisticamente parlando, la serata disastrosa di Rory è una manna. Se questa è la concorrenza, Brady ne uscirà vittorioso anche in preda a uno dei suoi peggiori malumori.

## EVE

Per fortuna la zia di Lindsey è un'assistente di volo convinta che la cabina armadio della casetta degli ospiti sia il nascondiglio ideale per la sua scorta di alcolici di bordo. Mentre i genitori presenti hanno il lusso di potersi godere alla luce del sole il vino e la birra, noi sgattaioliamo a turno nella terrazza sul retro in cerca di privacy. È fondamentale alimentare di continuo la sbronza finché non risali sulla limousine, altrimenti il ballo sarà una palla mostruosa, ma per me non si tratta solo di questo. Io devo alimentare la mia sbronza per poter fingere di essere da un'altra parte. Da qualunque altra parte.

Purtroppo non tocca a me bere quando gli Anderson mi piombano addosso. Sono una coppia perfetta, perché né lui né lei immaginano che nessuno dei presenti li sopporta. Lei ha addosso un top di paillettes blu con una gonna bianca esageratamente corta, che la madre di Lindsey sta criticando dalla cucina. Tra l'abbigliamento da zoccola e la sbronza con cui sta lottando, si direbbe quasi che sia Mrs Anderson che sta per andare al ballo. Suo marito recita alla perfezione la parte del cavaliere arrapato, con la mano che scivola sempre più vicino al didietro della moglie mentre girano per porgere i loro sgraditi saluti. Va benissimo che i genitori lo facciano ancora e via discorrendo, ma dovrebbero rendersi conto che tutti gli altri lo trovano disgustoso.

« Il vestito lo hai comprato prima? » mi domanda Mrs Anderson, mentre suo marito perlustra la stanza in cerca di qualcuno con cui intrattenere una conversazione meno deprimente. Non riesco a credere che ci sia gente tanto scema da comprarsi la macchina da uno che si fa la lampada.

Immagino che Mrs Anderson si riferisca a prima che mia madre si gettasse da quel tetto. Una domanda di gran classe, bisogna ammetterlo. Grazie al cielo continua a blaterare senza aspettare la risposta.

« Io e Kara abbiamo preso il suo a febbraio, a Springfield, e conosci Kara, in qualche modo è riuscita a convincermi che non fosse troppo presto. Per fortuna le piace ancora. Sai, non è che potevamo restituirlo, visto che sono passati quattro mesi. Senza contare che Springfield è lontanissimo da qui. Sarebbe stato un incubo.»

Vorrei tanto che avesse un incubo vero. Vorrei vedere che effetto farebbe al suo Botox venire a sapere qualcosa di veramente terribile, per esempio che quel suo maritino da copertina di *GQ* ha un'altra famiglia segreta in città. Forse imparerebbe ad andarci un po' più cauta con le parole.

Sono tentata di avvisare gli Anderson che, in questo preciso momento, la figlia sta vomitando l'anima nel bosco, insozzando di schizzi lo splendido acquisto fatto a Springfield, ma preferisco andarmene. Comincio a capire perché mio padre sceglie spesso questa mossa: salutare facendo il segno della pace e andarsene nel bel mezzo di una conversazione è davvero il massimo della villania.

Dovevo attenermi al mio piano originale e fingere di avere la congiuntivite, ma sarei rimasta a casa da sola col papà. Qui almeno mi posso ubriacare. Prima che uscissi, mi ha chiesto se doveva scattare qualche foto. *Anche no*. Gli ho riso in faccia, ma ho smesso quando ho avuto l'impressione che stesse per mollarmi un ceffone. Forse dovevo continuare: un occhio nero sarebbe stato perfetto, vista la serata.

Paige si è offerta di farmi da guardia del corpo, tuttavia ho preferito rifiutare: avrebbe preso il compito un po' troppo alla lettera. A quest'ora si sarebbe già occupata di scortare fuori Mrs Anderson. Per questo Paige piaceva tanto alla mamma. Stasera, poco prima che io uscissi, si è presentata con un fiore da mettere all'occhiello di John, che ho finto di prendere, e due preservativi. Non ho in programma di usarli stasera, ma per la prima volta dal venerdì santo mi sono fatta una bella risata. Era una cosa che mi sarei potuta aspettare dalla mamma: niente conversazioni imbarazzanti, un solo gesto più eloquente di mille parole.

Mi guardo intorno. Il pre-festa è una sfilata di madri che mostrano quanto sono in confidenza con le rispettive figlie. Le attenzioni eccessive, il trucco, le foto sono solo una commedia la cui scena madre è spettegolare sulla mia famiglia disfunzionale. Li sento, proprio come a scuola: « È così triste... Mi hanno detto che Madeline beveva parecchio... Sembrava una donna così felice... Guarda la povera Eve... Mio Dio, ma quanto bisogna essere egoisti per uccidersi quando si ha una figlia? » Tra un flash e l'altro, vorrei urlare al mondo che perdere mia madre non mi ha reso sorda.

Qualcuno tira l'elastico del mio reggiseno senza spalline. Mi volto di scatto e trovo Katy che, per essere invitata a questa stupida festa, ha fatto l'arrampicatrice sociale tutto l'anno e ora bacia l'aria vicino alle mie guance nemmeno fosse una star del cinema. « Sono contenta che tu sia venuta stasera! Non esiste al mondo una scusa valida per perdersi il ballo! »

« Mmm », rispondo, fingendo di rifletterci. « Credo che la mia sarebbe stata più che ottima. »

Lei si toglie dalla faccia quel sorriso fasullo e mi lascia in pace. È la prima allusione che si degna di cogliere dall'inizio dell'anno.

Non posso sopportare un'altra conversazione come quella, per cui aspetto che nessuno mi guardi per trascinare le mie stanche membra al piano di sopra e chiudermi nel bagno padronale. C'è un odore soffocante di lacca per capelli e profumo, ma in questo momento, pur di restare sola, mi tapperei anche in un WC portatile.

Mi siedo sul coperchio del water e guardo il soffitto. I rumori della festa arrivano confusi, quindi sono più facili da ignorare. *Perché non ha lasciato nemmeno un biglietto?* Dopo il funerale ho controllato la posta ogni giorno, sicura che avesse spedito una lettera per spiegare che non è stata colpa mia e offrire un amorevole consiglio su come tirare avanti. Il suicidio è veramente il massimo del vaffanculo.

La mattina del giorno in cui si è buttata, mi ha detto di prepararmi perché sarebbe stata una Pasqua impegnativa. Ho immaginato che si riferisse al trambusto in casa, visto che avremmo ospitato la zia Meg, lo zio Dan e Lucy e nessuno avrebbe dormito abbastanza. Adesso so che era una sorta di battuta. Doveva sentirsi molto potente, sapendo che prima di sera la sua morte ci avrebbe costretti ad aprire gli occhi su quanto lei contasse per noi.

Bussano. « Eve, apri. Sono John. »

Giro la chiave. Lui entra e va a sedersi sul copriwater, bevendo un sorso della vodka mignon che ho lasciato sul mobile. Per un istante mi ricordo come ci si sente a essere normali. Nascondersi per bere con quel fico del tuo ragazzo è normale. Ma io non sono qui per una pomiciata alcolica, sono qui per scolare più alcol possibile senza vomitare, perché al piano di sotto la mia tragedia personale viene ripetuta peggio di uno spot sul Super Bowl.

« Immagino che quest'anno non te ne freghi niente di tutta la faccenda del ballo », dice lui.

Io annuisco.

« Ci sta. »

« Già. » Mi passo un dito sotto gli occhi, per fermare le lacrime prima che l'eyeliner sbavi. Se non ci fosse John, le lascerei scivolare fin dentro la bocca. Ho scoperto che mi piace il loro sapore salato.

« Piangere ti fa bene. È comprensibile che tu sia triste. »

Spero che non lo dica per essere gentile, perché le sue parole liberano un singhiozzo. Mi sento completamente sola. Faccio un elenco di tutti i momenti della vita rovinati per sempre. Il ballo non è niente. La consegna dei diplomi? Il mio matrimonio? La nascita dei miei figli?

John salta giù dalla tavoletta per venire ad abbracciarmi, ma lo respingo. Il contatto fisico non mi è di nessun conforto. Mi sembra tutto falso.

« Sono incazzatissima! » Vorrei gridarlo, però ho paura che mi sentano e così mi esce in un sussurro rabbioso. « Non sopporto questa *merda*. Vedere tutta questa gente che si diverte, in tiro come se fosse una cosa importante. »

« Capisco... »

Barcollo all'indietro. « No, no. Nessuno capisce. È questo il problema. Quella stronza di Lindsey mi ha chiesto se secondo me lei e Noel hanno qualche chance di vincere la corona. L'ho guardata come per dire: credi davvero che possa fregarmene qualcosa? Per me può essere la principessa o quel cazzo che vuole. »

Sono ubriaca persa. Lo siamo tutti e due. Prevedendo che venire al ballo con me sarebbe stata una fregatura, John ha incastrato una fiaschetta dietro la schiena, tra le bretelle dello smoking a noleggio. È già vuota. « Cerchiamo di arrivare alla fine di questa festa, e poi saltiamo il ballo », propone.

Mi guardo allo specchio: ho gli occhi pesti, le gote gonfie, il trucco sbavato. Non posso tornare in mezzo a quella gente. « Voglio... » Mi fermo, cercando di capire *cosa* voglio. « ... tornare a casa. » È una bugia, ma non posso restare qui, è evidente, e non mi viene in mente nessun altro posto.

« Andiamo via insieme, allora. Possiamo stare un po'

da me. Stasera i miei sono a un matrimonio.» John mi prende la mano.

La guardo. Una volta ho sentito mio padre descrivere una persona con cui lavorava come «spazio aereo». Quando gli ho chiesto cosa intendeva, ha risposto: «Nel senso che non è niente per me. Non è buono, non è cattivo. Sta lì e basta». È questo che provo per John adesso. Prima che la mamma morisse, uscire con lui era tutto. Eravamo convinti di amarci. Adesso lui è spazio aereo. Ma, siccome può portarmi via da questo inferno, gli stringo la mano. Usciamo dal bagno, scendiamo le scale, attraversiamo l'ingresso e usciamo senza che nessuno se ne accorga. Un'evasione in piena regola.

## BRADY

«Brady Starling?»

Riconosco la voce dall'altra parte del filo e smetto di respirare. «Sono io.»

«Telefono dal Newton-Wellesley Hospital. Si tratta di sua figlia Eve.»

Mi affloscio sul pavimento come se mi avessero colpito alle gambe con una mazza da baseball. Non può essere vero.

«È qui da noi», continua la voce, ignara della mia angoscia. «Ha avuto un incidente d'auto. Sta bene, ma dovrebbe portarci i dati della sua assicurazione e venirla a prendere, se ha un mezzo con cui arrivare.»

Risento nella testa la telefonata che hanno fatto per Maddy. *Sua moglie è in condizioni critiche, riuscirebbe a trovare qualcuno che la accompagni subito qui in ospedale?* ha detto quella stessa voce. « Lei sta mentendo! Mi ha già propinato queste balle una volta, e mia moglie era già morta! Morta sul colpo », grido. Mi graffio il petto con la mano destra, facendo uscire il sangue. Non sento dolore.

La donna esita per un istante, poi insiste: « Si calmi, signore, e mi ascolti. In circostanze estreme diciamo così per proteggere i familiari, ma le giuro che sua figlia sta *bene*. Se la caverà con qualche punto ».

Riaggancio, mi alzo e, sempre implorando e piangendo, corro fino alla macchina.

Quando ho ricevuto la chiamata il venerdì santo, ero al lavoro. Meg era già arrivata a casa nostra per il weekend di Pasqua, così ha portato lei Eve in ospedale e io ho approfittato del tragitto per prepararmi. Nella vita io e Maddy eravamo stati fortunati, anche troppo. E la fortuna prima o poi si paga, è così per tutti. Mi ero preparato alla possibilità che Maddy fosse rimasta invalida. Era il peggio che riuscissi a concepire in quel momento e il mio gigantesco ego aveva davvero creduto di poter gestire la situazione. Era giunto il mio turno di servire mia moglie. Il tempo di parcheggiare, ed ero pronto a farmi carico dei miei nuovi doveri. Non mi ero reso conto di quanto fosse alta la posta in gioco, né di quanta poca voce in capitolo abbiamo noi mortali in queste faccende, ma adesso lo so, eccome se lo so. Nella vita ti succede una sola volta di confondere la speranza col potere.

Non ricordo niente del tragitto. Ho superato i limiti, mi sono fermato ai semafori? In un attimo sono al pronto soccorso. Una porta doppia si spalanca per far uscire un paziente e io entro, già pronto a gridare il nome di Eve. Ma mi blocco nel vedere delle ciocche dei suoi capelli sul pavimento della prima saletta. Sono dello stesso biondo cenere di quelli di Maddy.

Scosto la tenda ed eccola lì, mia figlia, viva e con lo sguardo annoiato. Ha i capelli rasati sopra la fronte e una medicazione lunga due o tre centimetri. L'istinto mi dice di raccogliere i suoi capelli dal pavimento, perché nessuna parte di lei vada persa.

«Cosa ti è successo?» mi chiede.

Seguo il suo sguardo fino alla macchia di sangue sulla camicia, ma non le rispondo. Sentirla parlare è un tale sollievo che le gambe mi diventano di nuovo molli, questa volta per la gratitudine.

«Papà, davvero, ti senti bene?»

M'inginocchio accanto a lei e le prendo la mano, scoppiando a piangere sopra il lenzuolo. Questa è la scena di cui mi hanno privato con Maddy. Quella volta sono stato mandato direttamente in una saletta, dove mi ha raggiunto un medico che mi ha subito chiesto scusa guardandosi le scarpe. Ancora convinto che la tragedia consistesse nell'installare un montascale per la sedia a rotelle e nell'adattarsi a delle limitazioni fisiche, gli ho detto che avremmo trovato un modo per andare avanti. «Non ha capito», mi ha risposto, scuotendo la testa. «Sua moglie non ce l'ha fatta.»

Maddy è morta, Eve no. Per qualche ragione mi sembra una notizia da prima pagina.

«Hai del sangue sulla camicia», dice lei, cercando di alzarmi la testa con la mano libera. Rimango giù, la fronte premuta contro il suo braccio. Immagino le vene azzurre sotto la sua pelle, il cuore che pompa la vita.

Ripercorro la nostra storia. Io ed Eve abbiamo dei ricordi senza Maddy. Mi tornano in mente uno per volta, come se qualcuno me li stesse somministrando con un cucchiaino. *Tennis.* Abbiamo giocato insieme molte volte. Da piccola, la lasciavo vincere, finché le lezioni private non hanno dato i loro frutti e abbiamo iniziato a spartirci legittime e alterne vittorie. Io sono più forte, ma lei è più strategica e abilissima a demolirmi verbalmente, come sua madre. « Stai diventando troppo vecchio. Forse dovremmo giocare a tombola invece che a tennis », mi ha punzecchiato l'ultima volta che siamo andati in Florida.

Torno ancora più indietro. *Fagiolina*. Quando era una neonata lunga e magra, soltanto io riuscivo a placare i suoi pianti inarrestabili. Il trucco era saltellare da un piede all'altro a ritmo costante. Più saltellavo veloce, più lei si rilassava tra le mie braccia. Tenevo ferma contro il cuore la sua testolina e sussurravo: « Va tutto bene, mia piccola fagiolina salterina ». Da qui il soprannome. Avevamo un legame, io e lei. Un giorno che Eve non la smetteva proprio più, Maddy mi aveva addirittura telefonato al lavoro. La bambina doveva avere quattro, cinque mesi. « Se la cocca di papà non la smette di strillare, mammina avrà una crisi di nervi. » Avevo capito che diceva sul serio dall'uso della terza persona: Maddy non era tipo da dissociarsi dai propri pensieri.

Non è tutto. Mentre l'accompagnavamo al suo primo giorno di asilo, Eve aveva dichiarato che lei e io ci saremmo sposati. Maddy aveva riso, chiedendosi come avrebbe fatto senza di noi. Era per avvisarmi che non mi dovevo allarmare. « Non ti preoccupare, mamma, potrai abitare nella stanza degli ospiti », aveva detto Eve.

Sì, per un certo periodo Eve aveva preferito me. So che da adesso sarò relegato per sempre al ruolo di riserva, ma ci devo almeno provare. Le resto soltanto io. E d'un tratto questo dettaglio troppo a lungo tralasciato mi appare così ovvio: anche a me resta soltanto lei.

Eve smette di competere col mio viaggio interiore nel mondo dei ricordi e si limita a posarmi con delicatezza la mano sulla testa. È un balsamo. Chissà come le è venuto in mente. Come riescono le donne a sapere sempre cosa fare?

Arriva il medico, costringendomi ad alzarmi. Sembra vagamente imbarazzato dalla mia mancanza di decoro, ma si ammorbidisce subito: deve sapere di Maddy. La città è piccola e il nostro vicino di casa è il primario di chirurgia. Mi fa cenno di seguirlo in una saletta vicino all'accettazione. Mi chiedo come mai la nostra conversazione abbia bisogno di tanta privacy, ma quando attacca a parlare capisco subito.

« È una ragazza forte. Non si è fatto male nessun altro, ma avevano bevuto parecchio. Il ragazzo al volante – Jim? John? – verrà sicuramente perseguito penalmente. Anche sua figlia, forse, per consumo di alcolici sotto la maggiore età, anche se, viste le recenti difficoltà familiari, non mi sorprenderebbe se lasciassero perdere. Anzi, ho intenzione di consigliarli in questo senso. »

Se si aspetta una risposta ponderata, la mia lo deluderà. « Ottimo. Possiamo andare? »

Lui è lì lì per ripetere il suo discorsetto – forse pensa che la comunicazione non sia andata a buon fine – invece sbadiglia. « Mando subito un'infermiera con la terapia da seguire a casa. Quando cesserà l'effetto dei farmaci e dell'alcol, i punti in testa le faranno male. »

Indugio nella saletta. Sono anni che non prego. Da bambino avevo sempre le ginocchia graffiate per quanto pregavamo in famiglia, ma Maddy ed Eve non sono mai state molto religiose e, visti i miei orari frenetici, sono stato solo contento di poter tralasciare l'ennesimo obbligo. Non ho il diritto di chiedere, quindi, ma faccio una promessa. Intreccio le dita. « Grazie, Dio, per aver mantenuto in vita la mia bambina. M'impegnerò di più. »

Quando torno da Eve, sta chiedendo all'infermiera notizie di John. « Guarirà presto », assicura la donna. Eve vorrebbe vederlo, ma non è possibile. « Mi dispiace, davvero. Ha chiesto anche lui la stessa cosa, ma i suoi genitori gliel'hanno proibito. »

Eve sembra senza dubbio grata per la notizia. Siamo diventati due lupi solitari. Maddy era la nostra scintilla. Quando saliamo in auto, parliamo poco e andiamo subito al punto.

« Mi dispiace, papà. »

« Dispiace anche a me, Eve. »

Mi dispiace per lei, per me, per Maddy.

# 4

## MADELINE

Mentre guardavo le due auto scontrarsi, la cosa peggiore è stata la calma inquietante di Eve. Aveva gli occhi spalancati, non per il terrore, ma per la rassegnazione. Convivere con la tragedia non le fa più nessun effetto. La lezione che sta traendo da tutto questo è che la sventura è normale, il caos si annida ovunque e non ci si può fidare di nessuno. Ne sono molto addolorata, perché la mia infanzia è stata così e ho lavorato instancabilmente affinché Eve potesse iniziare da basi diverse. Invece sta arrivando alle mie stesse conclusioni.

In quel momento ero inerme, disperata perché non riuscivo a trascendere il confine invisibile che ci separa. Eve deve ancora trovare la sua vera voce, rincorrere una passione, sposarsi e avere dei figli che allargheranno sicuramente le sue prospettive, così come lei ha allargato le mie. Per questo le serve tempo. Decenni. Mentre il metallo si deformava emettendo una cacofonia di morte, ho supplicato Dio. *Ti prego, ti prego, no, non prenderla!* Una calma inaspettata mi ha scaldato, come un fuoco lento con al centro la certezza che Eve sarebbe sopravvissuta. Più che sopravvissuta: avrebbe avuto una vita bellissima. Poi è successa una cosa singolare: la mia posizione nell'universo, che da quando sono morta è rimasta identica, è cambiata. Mi sono spostata verso l'alto, un'ascesa minima, ma percepibile. Dopo che il rumore è cessato e ho visto che Eve era ancora tutta intera, mi sono chiesta cosa fosse accaduto. La mia supplica era più un desiderio che una preghiera - non sapevo che qualcuno mi stesse ascoltando - eppure la risposta è stata autentica e spirituale. *Grazie. Grazie, Dio.*

La gratitudine mi ha spinto ancora più su e il promettente futuro di Eve mi si è radicato nell'anima come una certezza, non qualcosa di costruito per darmi conforto, bensì una verità offerta in dono.

Quindi forse non sono stata abbandonata. Non mi ero resa conto di quanto mi sentissi insicura finché non è tornata la speranza. Solo allora ho capito quanta paura avessi di quello che accadrà al mio spirito quando Eve sarà cresciuta e Brady si risposerà. Oggi sono un fantasma con uno scopo, ma, se riesco nel mio intento, presto mi ridurrò a un fantasma inutile, annoiato e spaventoso. Il fatto di essere ancora nel raggio di un radar cosmico mi è di enorme sollievo.

Inoltre l'indifferenza di Eve di fronte alla morte mi ha fatto capire che Brady dovrebbe mostrarle il mio diario. Non tutto, ma alcune parti, quanto basta per provarle che, sotto molti aspetti, sono esattamente come mi ricorda. Per convincersi che la felicità è possibile, Eve ha bisogno di sapere che sono stata davvero felice. Distillo la mia richiesta in due semplici frasi. *Mostra a Eve il diario. Documenta l'amore di Maddy.* Uso il linguaggio di Brady perché in fondo ognuno è il più grande ammiratore di se stesso. Io non userei mai nella stessa frase le parole *documentare* e *amore,* ma lui sì. Una volta, in una goffa lettera d'amore ha scritto di essere « quasi certo » che fossi l'amore della sua vita. E non capiva perché io fossi delusa.

« È il massimo cui si possa aspirare. Nella vita non esistono garanzie assolute », ha detto, convinto. È chiaro che ho sposato un uomo molto pragmatico.

Inizio mentre sta andando al lavoro, ma anche alle sette del mattino il subconscio di Brady mi mette a dura prova. *Mostra a Eve il diario. Documenta l'amore di Maddy*, intono. Intanto lui canta sul motivo di *Swing Low, Sweet Chariot* le parole *Maddy è morta... Si è ammazzata... E io son rimasto solo*. Fa abbastanza ridere. Per tutto il tragitto – trenta minuti – batte il tempo col pollice sul volante.

Quando arriva in ufficio, la canzone viene accantonata a favore del lavoro. Brady si pone formalmente le sue domande e si risponde come se avesse un pubblico. Il processo è così metodico da diventare quasi allarmante. *Quali sono i rischi di appaltare la fase di sviluppo all'India? Da una parte la qualità, dall'altra il management. Se il tempo che useresti per sviluppare un programma lo passi a ripararlo e modificarlo, non è un risparmio*. E avanti così. È molto più facile infiltrarsi nella mente di Paige. *Prendi un preservativo per Eve*, le ho detto una volta mentre veniva a casa nostra, e lei ha sorriso e fatto tappa in farmacia. Brady non è così malleabile, ma mi attengo al piano. *Mostra a Eve il diario. Documenta l'amore di Maddy. Mostra a Eve il diario. Documenta l'amore di Maddy.*

La sua mente smette di funzionare solo mentre fa la pipì, o almeno così sembra. Per quei brevi attimi ho un palcoscenico. *Mostra a Eve il diario*. Brady inclina la testa, sforzandosi di sentire. *Mostra a Eve il diario*, ripeto. Ma la sua voce copre la mia. Si pone lui stesso la domanda perché, ovviamente, dev'essere una sua idea. *Dovrei mostrare a Eve il diario di Maddy?*

*Documenta l'amore di Maddy*, sparo a raffica. Riceve il messaggio, ma sempre sotto forma di domanda. *Le sareb-*

*be d'aiuto?* Ho un'altra chance mentre si lava le mani. Ripeto l'intera sequenza, e funziona. Brady aggiunge la mia richiesta al suo elenco mentale di cose da fare, che è più affidabile della morte e delle tasse.

Peccato che io non lo abbia scoperto da viva, questo suo approccio semplice e razionale. Ci saremmo risparmiati molte discussioni. Ogni coppia ha la sua lite infinita, un conflitto che di tanto in tanto si riaccende. Ogni volta che si esaurisce credi di aver trovato la giusta determinazione per andare avanti, finché quella battaglia non torna sotto mentite spoglie e *bam!* rieccoti al punto di partenza. Per me e Brady il motivo di discussione è sempre stato le vacanze. Io ci tenevo, lui no. La seconda sera che eravamo via, abbastanza abbronzato e rilassato da indossare una camicia di Tommy Bahama, proponeva un brindisi per scusarsi. *Alla mia bella moglie, che è così saggia da sapere che una vacanza val bene un litigio. La prossima volta me ne ricorderò, lo prometto.*

Ma poi puntualmente, quando si riproponeva il momento di partire, convincerlo a prendersi le ferie era una lotta. Chissà perché quell'ultimo apprezzamento veniva spazzato via da qualunque fosse la sua preoccupazione del momento. La lite cominciava sempre nello stesso modo. « Tra poco Eve ha una settimana di vacanza. Pensavo che sarebbe carino andare via noi tre », dicevo io. Brady acconsentiva a verificare i suoi impegni. Dopodiché cominciava ad accumularsi la tensione, mentre io attendevo una conferma. Dopo due settimane circa scoppiava la lite vera e propria. Brady diceva qualcosa tipo: « Sai, tesoro, col lavoro non ce la faccio proprio, in questo periodo, ma tu ed Eve dovete assolutamente andare ». Questa frase – nelle sue diverse varianti – ha dato inizio ad almeno due interminabili e furibonde liti all'anno per tutta la durata del nostro matrimonio, per un totale di quaranta, tutte sullo stesso argomento.

Quelle due volte l'anno perdevo le staffe, accusandolo di tutto, dal fingersi un martire all'avere un'amante. Gli domandavo urlando perché non volesse mai passare del tempo con la sua famiglia. Uscivo come una furia dalla stanza, dicendo parolacce. Una volta, dopo qualche bicchiere di vino e con sincero imbarazzo, ho persino rotto un piatto sul pavimento. Quella sera mi ha accusato di comportarmi come mia madre. È fortunato a essere sopravvissuto a un simile insulto.

Ascoltando i suoi sistematici processi di pensiero, ora capisco che il motivo della lite per lui non era più il non volersi staccare dal lavoro, ma che non volersi staccare dal lavoro non faceva per forza di lui un masochista o un adultero. Mio marito è dominato dalla logica: essere un gran lavoratore non equivale a scoparsi un'altra. È un fatto, ed è per questo che si batteva.

« Maddy, ma ti stai ascoltando? Dici cose senza senso », replicava.

La sua risposta analitica mi offendeva. « Non vedi che sono fuori di me? Ma a te non importa niente. »

« Me ne importa, invece, ma dai, stai facendo una scenata per nulla! Adesso non posso prendermi una vacanza, tutto qui. Non ho una vita segreta. Non ho nessuna delle assurdità che mi hai urlato addosso. »

Mi sarei dovuta esprimere in modo più semplice. Brady ha una mente matematica. Le cose ammontano a un risultato giusto oppure sbagliato, non grazie ma nonostante le esagerazioni. Chissà come avrebbe reagito se avessi detto qualcosa tipo: « La nostra famiglia ha bisogno di una vacanza. È importante per il nostro matrimonio e per il tuo rapporto con Eve. Puoi portare l'iPad e controllare le email, però ti chiedo di farne una priorità». Scommetto che davanti a un messaggio così conciso non si sarebbe battuto con tanto accanimento. Avrebbe rispettato il mio ragionamento e sarebbe venuto, forse a condizione che accorciassimo la durata da sette a cinque giorni. E questo avrei potuto accettarlo.

## EVE

È in arrivo un'altra predica sulla guida in stato di ebrezza. Io domanderò scusa e il mio prevedibile padre dirà: «Questa volta non basta», annunciando la punizione su cui rimugina da tutta la settimana. Qualunque sarà, non me ne frega niente perché non c'è niente che lui possa togliermi che io non abbia già perso. L'intera conversazione sarà solo una perdita di tempo.

«Spiegami com'è andata», mi dice invece lui.

Ho già capito. Sta tentando uno degli approcci tipici di mia madre. Non sapendo come replicare adesso che non ho più un copione da seguire, mi accascio. Forse, se lo metto a disagio, smetterà di recitare questa ridicola commediola. «Papà, io non sono un rispettato dirigente che tutti hanno paura di offendere. Quando passo, la gente mormora. Non solo sabato. Sempre. È terribile.»

«Anche se non li sento, non vuol dire che io non sappia cosa dicono.»

Mi sta parlando. Davvero, stavolta. Forse avrei dovuto fare un incidente prima. «Be', è umiliante.»

L'umiliazione è qualcosa di nuovo per entrambi. Anche se non capivo quanto contasse, un tempo ero orgogliosa della nostra famiglia. Il papà era un uomo di successo e la mamma non era come le altre mamme, che passavano tre ore al giorno in palestra e facevano di tutto per risultare simpatiche. Una volta - avevo dodici anni - ha sentito Lauren, una bambina il cui padre era proprietario di quasi tutte le pompe di benzina di Boston, dare della cicciona a un'altra bambina. La mamma in pratica non le conosceva, ma ha interrotto la sua conversazione con Paige per guardare Lauren dritta negli occhi e dirle, con tutta calma: « Hai detto una cattiveria. Dovresti chiedere scusa ».

« Lei non è un'insegnante », ha ribattuto Lauren.

« E quella bambina non è una cicciona. Dirle che lo è non è stato bello da parte tua. »

« Ma io... »

La mamma non ha mai amato i *ma*. Ha ripreso a chiacchierare con Paige, lasciando Lauren là come una stupida. Per quelle di noi che hanno assistito alla scena, quel giorno è cambiato qualcosa: abbiamo smesso di dare a Lauren il potere di avvilirci. L'anno seguente Lauren è andata in una scuola privata e ho sempre pensato che avremmo tutte dovuto ringraziare mia madre per questo. Volevo diventare esattamente come lei.

Ma cosa fai quando scopri che il tuo idolo odiava la vita?

Nell'ambulanza, dopo lo scontro, mentre ignoravo l'infermiere che girava intorno alla lettiga coi tubicini e con le maschere a ossigeno e le sue occhiate accusatorie, ho pensato a quant'è ingiusta la vita. Mia madre si sbagliava: le cose non accadono per una ragione. Io non so nemmeno più quello che desidero. Non voglio morire, ma ho perso la gioia di vivere. Non posso certo dirlo al papà, perché andrebbe nel panico e mi farebbe subito ricoverare in qualche manicomio di lusso per aspiranti suicidi.

«Continuo a non capire come tu sia finita con John sulla Route 9.»

Perché non lascia perdere? Il caso è chiuso. Grazie alle conoscenze del padre di John, in quattro giorni era già tutto sistemato: a John hanno sospeso la patente per due anni e io mi sono presa trenta giorni di lavori socialmente utili, punto. E invece siamo ancora qui a parlarne. «È successo e basta. Parlavano tutti solo della mamma, poi Mrs Anderson, che era sbronza, mi ha chiesto se il vestito che avevo addosso lo avevo scelto con lei *prima* e io ho sclerato. Dovevo andarmene da lì, subito.»

«Christie Anderson è una merda. Io e tua madre la chiamavamo Crudelia Demon.»

Finalmente ha smesso di cercare di essere lei: la mamma non avrebbe mai ammesso una cosa simile. Ma su una cosa almeno siamo d'accordo: Mrs Anderson è una merda.

«Eve, il fatto è che avresti dovuto telefonarmi e sarei venuto a prenderti subito, senza farti domande.»

Sì, figurati. Sarebbe venuto a prendermi, ma facendomela pesare un sacco. E poi sarebbe stato sbronzo quanto me, se non di più. Sono tentata di chiederglielo, però decido che non ne vale la pena. «Be', non dovrai più preoccuparti. È stato il mio ultimo ballo scolastico.»

«Comunque sei in castigo.»

«Benissimo.» Non gli chiedo nemmeno per quanto. Tanto dove potrei andare con un'autostrada di capelli rasati al posto delle mie belle ciocche bionde? E non so nemmeno più *con chi* andarci. Il papà di John, che fa parte della Corte suprema del Massachusetts, ha interpretato il nostro comportamento come una richiesta di aiuto e ha aggiunto alla condanna di John trenta giorni in un centro di recupero, senza poter comunicare con me. Gli amici di John mi odiano e le mie amiche sono stanche d'implorare il mio affetto. Insomma, sono diventata ufficialmente quello che mi sento da mesi: una reietta.

Il papà mi lancia un'occhiata strana, poi balza in piedi come se avesse scordato qualcosa e torna con un libro. « È il diario di tua madre », spiega, accarezzando la copertina. Faccio per prenderlo, ma lui se lo stringe al petto. « Io ne leggo un pezzo al giorno. Devi rispettare il fatto che questi sono i suoi pensieri più intimi, perciò per ora ne potrai leggere solo alcune pagine. » Lo sfoglia e mi consegna il diario aperto sul 23 giugno 2013, il mio ultimo giorno in prima liceo. « Ho pensato che questo potrebbe piacerti. »

*Eve ha finito la prima liceo. Il cliché « come passano in fretta gli anni » non è così trito, quando si tratta di tua figlia. Chissà che scenata farebbe se lo scoprisse, ma a volte annuso i suoi vestiti prima di metterli in lavatrice. Lei è il mio profumo preferito.*

*Come prevedevo, lo stato del nostro rapporto oscilla a seconda delle sue necessità, delle sue paure e della sua battaglia per ottenere l'indipendenza, ma in quella testolina succedono molte più cose di quanto non lasci a vedere e io ne ho le prove. Oggi le ho detto che ero orgogliosa di essere sua madre. Mi aspettavo che alzasse gli occhi al cielo, invece ha risposto: « Grazie, perché so che tu non mi giudichi ». Un complimento, insomma.*

*Però si sbaglia, perché io la giudico. È perfetta.*

La mamma teneva un diario? Le piaceva il mio odore? Mi trovava perfetta?

Sono stata imbrogliata, mi hanno tolto un dono che avevo davanti agli occhi quando ero ancora troppo egoista per aprirlo.

Chiedo al papà se posso leggerne ancora un po', però lui me lo toglie delicatamente dalle mani e dice: « Un giorno, magari. Certe cose ti saranno più utili tra un po'. Ma, se mi capita qualche passaggio su di te, prometto di mostrartelo ».

« Va bene. » Non avrebbe senso mettersi a litigare. Lui non è mai a casa. Cosa pensa di fare, chiuderlo in cassaforte?

Di punto in bianco mi chiede se voglio organizzare una festa per il mio compleanno, tra due settimane. Evito di ricordargli che mi ha appena messa in castigo. Non gli faccio perdere molto tempo. « No. »

« Perché? »

« Perché no. »

Se insistesse, la lista sarebbe lunga: perché non verrebbe nessuno, perché la vita non mi esalta al punto di volerla festeggiare, perché mi sentirei malissimo a ricevere dei regali dopo aver spinto mia madre a buttarsi da un tetto. Fortunatamente per entrambi, tutto quello che dice è: « Va bene ».

No, non va affatto bene, ma continuerò a fingere.

## BRADY

Se Paige non mi avesse stampato una pagina di Wikipedia sul perché sarebbe disgustoso farlo, avrei lasciato le stesse lenzuola di quando Dan e Meg sono venuti per il funerale. E invece eccomi qua, tornato a casa un'ora prima dal lavoro e impegnato in un incontro di lotta a tre con le lenzuola e il materasso.

Trasformatasi nella rappresentante di quello che era l'interesse di Maddy, Paige agisce in modo da prevenire i miei errori. E non capirò mai come ha fatto a sapere che ero intenzionato ad accogliere un ospite nel paradiso degli acari.

Merda... Per quanto mi sforzi di alzare il materasso per rimboccare le lenzuola, da sotto ne sporge sempre un pezzetto. E, per quante volte io giri intorno al letto strattonando da ogni parte, il bordo in alto non è mai parallelo alla testiera. Non posso credere che Maddy si sia cimentata nell'impresa ogni settimana, con ogni letto di casa, senza mai lagnarsene. Al massimo vantandosene. Aggiungo questo compito alla lista della signora delle pulizie, che una volta veniva quattro ore la settimana e adesso ha bisogno di due intere giornate. Spero che non si licenzi, perché non saprei dove trovare un rimpiazzo. Ogni settimana le lascio in cucina qualche soldo in più, con un biglietto con tutte le mie ulteriori richieste, sperando che la cifra sia sufficiente.

Sto ritoccando un angolo particolarmente storto quando entra Eve. « Perché grugnisci? »

« Non grugnisco. Sto preparando il letto per Bobby », rispondo, secco.

Mi guarda inespressiva.

Adesso sì che grugnisco. « Te l'ho detto cento volte. »

Ancora niente.

« Il mio vecchio amico del liceo viene qui per il fine settimana. »

« Ah, giusto! Sai perché me l'ero scordato? Perché non sapevo che avessi degli amici », dice, sarcastica.

Ricordo a me stesso che una persona normale si metterebbe a ridere, e mi sforzo di comportarmi come tale. È incredibile quanto in fretta possono cambiare i tuoi standard. A Natale, un bel momento era mangiare i tortellini fatti in casa da Maddy, ascoltare Michael Bublé e stare con la mia famiglia. Adesso, un bel momento è sentirmi prendere in giro da mia figlia e non perdere la pazienza.

Eve fa per andarsene, in modo che io possa completare questo impossibile compito domestico. Ma la fermo: « Hai visto il mio biglietto? Hanno chiamato per confermare il tuo servizio di bagnina quest'estate ».

Lei annuisce.

« Gli ho detto che la mattina sarai impegnata come volontaria in un campo estivo per ragazzi con handicap e che quindi sarebbe meglio al pomeriggio. Non ho specificato che te l'ha ordinato il giudice. »

Eve agita una mano. « Fa lo stesso, tanto non ci vado. Li chiamerò per avvisarli. »

Metto a posto l'ultimo cuscino – l'insieme sembra opera di un orango – e mi siedo sul letto, cercando di nascondere la delusione. « Perché no? Quel lavoro ti è sempre piaciuto. »

« In questo periodo non me la sento di salvare vite. »

Siccome lasciar trapelare che tengo a qualcosa di solito mi si ritorce contro, mi limito alle domande. « Cosa farai tutto il pomeriggio? »

Lei si morde infastidita il labbro. « La mamma trovava sempre un sacco di cose da fare in giro per casa. »

« Ma come ti guadagnerai i soldi per le tue spese? »

Scrolla le spalle. « I soldi servono solo se uno vuole andare da qualche parte. »

A quanto pare la conversazione finisce qui, perché Eve se ne va. Di tutti i miei comportamenti, questo è l'unico che le ho attaccato, e la considero una giusta punizione.

È evidente che mia figlia abbia bisogno di andare in terapia, ma tremo al solo pensiero di parlargliene. I suoi umori balzani mi mettono in soggezione. Sono il leone del *Mago di Oz*, che va in cerca del proprio coraggio. Una volta Maddy mi ha parlato di questa teoria, secondo cui i professionisti che passano la giornata costruendosi un impero e un ego in ufficio credono, una volta a casa, di meritare la stessa considerazione, sebbene il pubblico sia del tutto diverso. Sono un vero cretino a non aver capito che si riferiva a me. Era Maddy a salvare le apparenze nella nostra famiglia. Era lei la connessione tra me ed Eve, lei a farmi abbassare diplomaticamente le pretese, valorizzando allo stesso tempo il modo in cui provvedevo economicamente alla famiglia. Senza l'intercessione di mia moglie, mia figlia non mi vede come un uomo di successo nel campo lavorativo, o almeno non pensa che questo successo basti a farmi perdonare il totale fallimento che sono in casa.

Ci sto provando. Ho sospeso i viaggi di lavoro fino a quando Eve non partirà per Exeter e rincaso tutte le sere alle sette con la cena in mano, consapevole del fatto che essermi scordato di assicurare il cibo a mia figlia in questi ultimi mesi sia una sostanziale violazione alle regole genitoriali. Ma questi sono cambiamenti facili e tattici. Il mio brutto carattere colleziona ancora più sconfitte che vittorie e concludo ogni giornata covando pensieri riprovevoli tipo: *Come sarebbe andata se non avessimo mai avuto Eve?* È tremendo, lo so. Ma, quando arriva la sera e vengo sopraffatto dalla solitudine, ripenso a come vivevamo io e Maddy a vent'anni, quando non avevamo altro che il lavoro e noi due. Senza figli non ci saremmo liberati della macchina per il cappuccino che abbiamo venduto quando Eve ha compiuto un anno, perché portava via spazio vitale al lavabiberon e al frullatore per le pappe. E, se avessimo avuto ancora la macchina per il cappuccino, al mattino avrei fatto colazione con Maddy invece che da solo da Starbucks. E, se avessimo avuto quei pochi momenti in più per stare insieme, mi sarei accorto che era infelice. È a questo punto della mia spirale notturna che inizio a trangugiare il bourbon al quale sto dando fondo, annegando la mia vergogna fino a quando l'alcol non mi manda a letto.

Forse mia figlia non è l'unica ad avere bisogno di una terapia.

Suonano alla porta. Sentire Eve che accoglie Bobby mi riporta al presente. Mia figlia non lo troverà simpatico. Forse dovevo chiedere a Paige di tenerla a dormire da lei. Bobby è un uomo di spettacolo da sempre privo di una carriera in grado di mantenere il suo talento. Ventisette anni dopo essersi diplomato, è ancora un perito assicurativo nel ramo auto, lo stesso lavoro che aveva quando io sono partito per il college. Sembra una grande personalità crudelmente sprecata, ma in verità il suo lavoro gli offre ottimo materiale. Quando entro in cucina, ha già attaccato con una delle sue storielle: «Non voleva far sapere a suo marito che era andata a sbattere contro il carrello per le barche, ma aveva una bella ammaccatura e allora ha avuto un'idea geniale: andare a sbattere anche contro la cassetta della posta».

«Come fai a sapere che lo ha fatto di proposito?» domanda Eve, immagino più per educazione che per un interesse reale.

«Quando al primo tentativo la cassetta non si è inclinata, ha fatto marcia indietro e ci è andata addosso una seconda volta. A quel punto, credendo che stesse avendo un ictus o simili, un vicino ha chiamato il 911.»

« Sul serio? » chiede Eve, scettica.

Bobby alza una mano. « Prendi quello che dico, dividilo per tre e saprai com'è andata. »

Si mettono a ridere, poi mi vedono sulla porta.

« Certo che tu sai davvero come far venire giù un teatro », dico.

Mi aspetto che Eve sparisca subito in camera sua, invece finiamo tutti e tre parcheggiati in salotto ad ascoltare le storielle di Bobby. Terminano sempre con osservazioni tipo: « Prendi una qualunque coppia dove entrambi portano la visiera, e almeno uno dei due avrà anche il marsupio ». Oppure: « Le donne raccontano tutto alla loro estetista. Eve, sappi fin d'ora che non importa quanto intima sia la depilazione: non esiste nessun segreto professionale tra estetista e cliente ».

Non apprezzo la sua rozzezza, ma Eve sembra divertirsi.

Io e Bobby abbiamo già fatto fuori tre lattine di birra a testa, quando lui comincia a parlare di un tale che ha sfasciato la sua Corvette d'epoca installandosi in garage un lampadario da trecento chili. « I cavi erano usurati, ma a quanto pare era stato montato male, e quando ha schiacciato l'interruttore quel coso gli ha polverizzato la macchina. »

« Ma perché uno dovrebbe montare un lampadario del genere in garage? » domanda Eve.

Il buon umore di Bobby evapora all'istante. Cambia posizione sul divano e beve un sorso di birra. « Piaceva a sua moglie. »

« Scommetto che lei era morta. » Volevo solo pensarlo, ma dalle loro facce capisco di averlo detto a voce alta.

Bobby beve un altro sorso, più lungo stavolta. « Esatto. Scusami, sai, quella parte me l'ero scordata. »

« E scommetto pure che ci avevano litigato », continuo, per nulla smanioso di entrare in quel territorio, eppure incapace di tacere. « Adesso lui rimpiange di aver alzato la voce e vorrebbe chiederle scusa, solo che non può. »

Mi rispondono col silenzio. Mi pare quasi di leggere i pensieri di Eve: si sta interrogando sui miei sbagli con Maddy, sul rimpianto dietro le lacrime che ho negli occhi.

Anch'io mi sto interrogando. Fino a questo momento, ho permesso alla collera di garantirmi l'assoluzione. *Come si fa a buttarsi da un tetto?* Adesso mi si presentano tutti i lampadari non appesi del nostro matrimonio. *Come si fa a rompere le scatole per non andare in vacanza? A tornare regolarmente a casa con un'ora di ritardo senza avvisare, sapendo che ci sono due persone che ti aspettano per mangiare?* Tutto questo avrebbe un senso se Maddy fosse qui e io potessi in qualche modo rimediare, ma lei non c'è, per cui mi alzo per andare a letto. Ho bisogno di elaborare nel sonno.

Non volendo assumersi il ruolo della padrona di casa, anche Eve si alza e se ne va, senza una parola. Sento Bobby finire la sua birra in salotto prima di salire in camera. Di sicuro è già pentito di essere venuto a farci visita.

La mattina seguente, mentre andiamo al golf, mi scuso con lui, ma l'imbarazzo permane. Dopo un Bloody Mary a testa, Bobby azzarda un discorso serio sulla perdita, ma ci sono persone incapaci di affrontare l'argomento. Nessuno dei due sa da dove cominciare. Io ci sto provando con Eve, però non è semplice. Dico frasi tipo: « Oggi la mamma mi è mancata un sacco », oppure: « Quando hai detto quella cosa, sembravi proprio la mamma ». Lei annuisce, ma adesso, con Bobby, scelgo l'approccio di Eve e resto zitto, sperando che lui chiuda quella bocca. Invece lui, proprio come me, gira il coltello nella piaga. « Dev'essere dura », dice alla sesta buca.

Vado verso la mia pallina. « In effetti... »

« Se ti va di parlarne, io sono qui. »

« No », rispondo, preparando lo swing. Tiro con forza. La palla va lontano, ma non dritta. È la storia della mia vita.

« Ti ricordi che sono venuto a casa vostra con quella ragazza del Rhode Island? » domanda Bobby, mentre camminiamo verso la settima buca.

Annuisco.

« Quand'è andata in bagno, ho chiesto a Maddy cosa ne pensava. 'Be', indossa una camicia che le copre tutta la pancia, quindi è meglio dell'ultima che ci hai presentato', ha detto lei, tutta dolce. Era una in gamba, la tua Maddy. Spiritosa e sincera fino al midollo. Spero sempre di trovare una come lei, sai? Mi piacerebbe poter avere anch'io quello che avete avuto voi. »

« Ti ho detto che non mi va di parlare di lei, Bobby. »

Lui si gratta una guancia. « Sì, è vero. Scusa. »

Finalmente arriva la domenica e Bobby parte. Mi sa che la frase di Eve sul fatto che non ho amici è stata più una profezia che una battuta.

# 5

## MADELINE

Eve è stata un incidente. È dura dover ammettere che il mio maggior successo è arrivato per caso, ma è la verità. Ero convinta che per le donne senza uno spiccato senso materno fosse meglio non procreare. Le amiche mi hanno accusato di non essere stata attenta, ma sbagliavano. Prendevo quella pillolina azzurra ogni giorno a mezzogiorno in punto. Però Eve voleva nascere.

Eravamo sposati da quasi tre anni. La nostra presa di posizione molto pubblicizzata sul non avere figli aveva basi complesse, o per meglio dire ipocrite. Giravamo intorno ad argomenti come la crescita demografica, interrogandoci sulla responsabilità di aggiungere una vita pur essendo abbastanza istruiti da capire le conseguenze a lungo termine sul genere umano. Nutrivamo il poetico timore di crescere un figlio in un mondo in cui il programma televisivo più violento era il telegiornale della sera. Rigurgitavamo statistiche sulle condizioni disastrose dell'istruzione pubblica, dandoci pacche sulla schiena per la lungimiranza che dimostravamo evitando di mettere al mondo un'ulteriore vittima del sistema. Ma questa iperbole era una copertura. Non sapevo come essere una buona madre, ma soprattutto ero in un momento egoistico della vita in cui adoravo le attenzioni dispensate alle donne lavoratrici dall'America delle grandi aziende intorno agli anni '90. Che la paga non fosse commisurata al lavoro non mi disturbava quanto avrebbe dovuto. Era l'era dei Doppio Reddito Zero Figli. Io e Brady organizzavamo weekend all'ultimo momento, uscivamo a cena quando ne avevamo voglia e compravamo direttamente tutta la mise che avevamo visto sul manichino in vetrina. Eravamo appena tornati dalla Giamaica, quando sul test di gravidanza sono comparse due lineette.

La mia reazione immediata è stata di terrore, non per l'impatto ambientale o per la sicurezza del futuro bambino in un mondo violento, ma per la sovrabbondanza di stravizi che mi ero concessa in vacanza. In Giamaica era stato tutto un susseguirsi di punch al rum e Mai Tai. Non occorreva che mi preoccupassi della scarsa qualità delle scuole pubbliche: i danni cerebrali a mio figlio li avevo già procurati io.

Quando la prima ecografia ha mostrato un feto vitale con un battito cardiaco regolare, io e Brady non abbiamo avuto nemmeno bisogno di dircelo: abbiamo lasciato perdere la retorica politica e abbiamo ringraziato il cielo. Ero davvero grata, almeno pubblicamente. In privato, e con questo intendo dentro di me, temevo l'impatto che un figlio avrebbe avuto sulla mia carriera e sul matrimonio. Chi ero io per diventare la madre di qualcuno?

Ero una venditrice formidabile. Trovavo inebriante usare la mia femminilità e il mio charme per indurre i negozianti a comprare da me più che dai miei concorrenti maschi. Inoltre – e questo era il nocciolo della questione – la mia carriera annientava la paura inconscia di diventare come mia madre, una casalinga che non si prendeva cura della casa. Quanto dell'immagine che avevo di me sarebbe andato distrutto con un esserino affamato e urlante da accudire? Era colpa mia e di Meg se la mamma era diventata così?

Per certi versi i miei timori erano giustificati: Eve ha cambiato la mia vita. Ma non è stato il sacrificio che immaginavo. Quand'è arrivata, ho sentito una potentissima chiamata alle armi, come un soldato che va in guerra, ed ero onorata di potermi rendere utile. Non me n'ero mai resa conto, ma fino a quel momento mi era importato solo di me stessa, e un po' di Brady. La maternità mi ha allargato il cuore. Ho scoperto di poter amare dieci volte di più di quanto credessi. Grazie a questa nuova fonte da cui attingere, avevo molto più da dare a tutti. Quando mi sono licenziata e il mio capo mi ha detto che stavo commettendo l'errore più grosso della mia vita, gli ho risposto che speravo avesse ragione, perché voleva dire che sarebbe stata una vita perfetta.

Eve è arrivata a mezzanotte del giorno previsto. Quand'era piccola, davo il via ai festeggiamenti per il suo compleanno con un bacio a mezzanotte in punto. Poi, a partire dai dieci anni, la svegliavo per raccontarle la storia del nostro travaglio. Mi sedevo sulla sponda del letto, attenta a non spostare le coperte perché Eve dorme nuda con le lenzuola arrotolate come un'enorme benda intorno al corpo. È così fin da quand'era piccolissima. Quando il biberon e il cambio di pannolino non sortivano l'effetto sperato, se non volevo impazzire, bastava che la spogliassi davanti a una finestra aperta. Le piaceva così tanto che posticipavamo di continuo l'età giusta per smettere di nuotare senza costume da bagno e gironzolare per casa in mutandine. Brady diceva, scherzando, che sarebbe stato meglio per lei superare questo stadio prima della pubertà. A sei anni le ho detto basta, e a poco a poco l'abbiamo adattata alle abitudini sociali in fatto di abbigliamento, ma non si è mai arresa al pigiama. Si metteva qualcosa fino all'ora di andare a letto, ma si spogliava prima d'infilarsi tra le lenzuola. Non fraintendetemi: era timida e da più grandicella s'infuriava se la prendevamo in giro per questa abitudine. Strano. Secondo la madre di Brady, dovevamo mandarla da uno psicologo. « Dovete toglierle questa mania, prima che diventi un vizio », ci ammoniva. E io le rispondevo che nella vita ci sono vizi peggiori che sentirsi a proprio agio con se stessi.

Considero l'inizio della vita di Eve il vero inizio della mia. La maternità ha messo fine a una serie di ansie e ossessioni poco sane. L'opinione che gli altri avevano di me è diventata del tutto ininfluente, mentre ho iniziato a considerare importante l'opinione che io avevo di me stessa. Basta con le arrampicature sociali, basta con le mode. Era il momento di trovare una buona causa e dedicarmici, di diventare un modello di comportamento. Eve è stata il catalizzatore di tutto quello di cui vado più orgogliosa. Non interromperò la nostra tradizione, l'ho già delusa abbastanza. E così eccomi qui, a mezzanotte in punto del giorno del suo compleanno, a raccontarle quella nottata che ormai conosce a memoria.

*Alle dieci di sera mi si sono rotte le acque. L'aereo di tuo padre doveva atterrare alle undici e mezzo, per cui ho pensato che avrebbe avuto tutto il tempo di portarmi in ospedale, ma un'ora dopo è stato evidente che non avevi intenzione di adeguarti ai suoi orari. Essendo nuova della zona, ho preferito chiamare un taxi. Due settimane prima tuo padre si era comprato un cellulare proprio per quest'occasione, così gli ho scritto che probabilmente sarebbe diventato papà prima di poterlo leggere.*

*Il taxi era soffocante. Più le mie contrazioni si avvicinavano, più il tassista aumentava la velocità. Cercavo di rallentare il respiro come mi avevano insegnato al corso, ma mi sentivo meglio a urlare, e così urlavo a più non posso. Tra un dolore e l'altro immaginavo te che ti facevi strada nel mio corpo, pronta per la tua prima avventura.*

*Quando siamo arrivati in ospedale, credevo che il tassista sarebbe rimasto con me, come succede nei film, invece ha preso i soldi dalla mia mano tremebonda e ha tagliato la corda. Per un attimo mi sono sentita sola, poi mi hai ricordato la tua presenza. Sono entrata in sala d'aspetto, sicura che ti avrei partorita lì, sulla poltrona di vinile grigio, e al solo pensiero mi sono messa a ridere e gridare insieme, come una pazza.*

*Sei stata la neonata più veloce del mondo. Le spinte sono durate solo venti minuti. Tuo padre è arrivato proprio mentre tu stavi uscendo, coi pugnetti chiusi, le braccia alzate, e un occhio aperto. Eri intensa e appassionata, già pronta a tutto quello che sarebbe venuto. Buon compleanno.*

Ora che ho finito, Eve è rannicchiata con le ginocchia al petto. Ci stiamo abbracciando, lo sento, e le mando un flusso di energia. Quando la sensazione la pervade, lei percepisce che è un'energia spirituale. Devo ricordarmi di questo trucco, un modo per inviarle amore senza dover competere coi suoi pensieri.

La mattina dopo Eve si domanda se non sia successo tutto solo nella sua testa. D'impulso, snocciolo le parole che cantavo sempre quando metteva in dubbio il mio affetto: *Ain't no mountain high enough... ain't no valley low enough... ain't no river wide enough... to keep me from getting to you.** Alla fine del ritornello, la concentrazione si scioglie in un sorriso. Si stringe un'ultima volta le ginocchia al petto, dandomi il suo addio.

* Trad. lett: « Non esiste montagna abbastanza alta... valle abbastanza profonda... fiume abbastanza ampio... da tenermi lontana da te ». (*N.d.T.*)

Sullo specchio del bagno Brady ha scritto BUON COMPLEANNO! col rossetto, come facevo sempre io. Eve ride del suo tentativo e anche, credo, degli auguri scritti con quella calligrafia maschile. In effetti è buffo. Ieri gli ho ripetuto circa tremila volte le parole *rossetto* e *specchio,* in modo che non lasciasse morire la tradizione. La sua momentanea illuminazione dopo l'incidente di Eve non ha portato alla miracolosa trasformazione che speravo. È ancora troppo scottato, troppo furioso e, visto che non c'è più ragione d'indorare la pillola, troppo egoista per natura. Vuole mettere Eve al primo posto, ma non quanto vuole tutto il resto... che non so cosa sia. Il suo dialogo interiore è una sequela di scuse: *La prossima volta... A lei non frega niente... Se fossi stato sobrio me la sarei cavata meglio.*

Eve si lava i denti, sconcertata all'idea che mi perderò il suo diciassettesimo compleanno. E il diciottesimo. E il diciannovesimo. Più il numero sale, più cresce la forza con cui lei si spazzola le gengive, schiacciata dall'enormità del tempo che dovrà passare su questa terra senza di me. Per interi minuti è totalmente dissociata da quello che fa. *Fermati. Ti stai facendo male,* le dico. Riceve la mia supplica e torna al presente, sputando il dentifricio nel lavandino. È rosso. Le gengive sanguinano. Eve beve un po' d'acqua fresca per attenuare il bruciore, poi va al piano di sotto.

Brady sta preparando i pancake con le gocce di cioccolato. È da quando Eve ha nove anni che non sono più i suoi preferiti, perché ne ha mangiati troppi nonostante i miei avvertimenti, ma lo tiene per sé. Sono agitata per loro. È la giornata dei ricordi. Guardo la scena come un autore che stia scrivendo un capitolo, sperando che il finale sia all'altezza dell'inizio.

« Buon compleanno », dice Brady, in apprensione quanto me.

Lei fa un sorrisino. « Non so se sarà buono, ma grazie. Ho letto i tuoi auguri. Il colore era rosa Baci deliziosi o rosso Tuffo al cuore? »

« Era color Offerta Speciale da CVS. »

Quando Brady lo ha comprato, nel negozio c'era anche Rory. Ma non volevo che s'incontrassero in quel momento: lei aveva fretta, stava comprando degli antiemetici per sua madre che non sta bene, e Brady voleva entrare e uscire senza dare nell'occhio, imbarazzato dal rossetto che stava acquistando. Il destino però ha sconvolto i miei piani. Pensando di nascondere il rossetto sotto una confezione di patatine, Brady ha preso un cestino, ma arrivato allo scaffale dei cosmetici si è reso conto che si stava comportando da sciocco e l'ha abbandonato in mezzo alla corsia. Proprio in quel momento è arrivata Rory, diretta alla cassa con la sua scatoletta in mano. Quand'è inciampata, Brady è accorso in suo aiuto esclamando, senza vergogna: « Ma chi diavolo ha lasciato il cestino qui in mezzo! »

Rory ha gentilmente rifiutato la mano che le stava porgendo. « Oh, non mi sono fatta niente! Ma comincio a chiedermi quando imparerò a guardare dove metto i piedi. » Ha raccolto la borsetta, prima d'incrociare lo sguardo di Brady.

*Sorridi*, gli ho intimato. Lui lo ha fatto, e di conseguenza anche lei. « Tutto a posto? »

« Sì, grazie. »

« Peccato! Così non c'è materiale per una causa legale », ha scherzato lui.

Rory ha riso. « Peccato davvero, visto che mio fratello

è avvocato e un po' di soldi mi farebbero comodo. Buona serata », ha detto, voltandosi per andare alla cassa.

Solo allora Brady si è ricordato del rossetto che teneva in mano. « È per mia figlia! » le ha gridato dietro.

Lei si è girata e gli ha fatto l'occhiolino. « Certo... »

Non avrei potuto orchestrarla meglio. La chimica tra loro è naturale e, con Eve che inizia le ripetizioni la prossima settimana, il tempismo è perfetto.

« Hai fame? » domanda Brady, riportandomi al presente.

« Mangio se mangi anche tu », ribatte Eve.

« È un ricatto? »

« No, è un desiderio per il mio compleanno », risponde lei con prudenza.

Aiuto Brady ad assorbire il significato di quelle parole: *Tua figlia è preoccupata per te*. Ora lui si chiede quand'è che si sono scambiati di ruolo. « Guarda che mangio, eh, credimi. Solo non a cena. »

« Immagino, visto che sei ancora qui, ma vorrei vederti coi miei occhi. »

Sto incoraggiando Brady a mostrare a Eve il suo senso dell'umorismo, per tentare di alleggerire la loro interazione (per me e per loro!) e mi pare di capire che è quasi pronto. « Sai cosa mi piace? » dice, con una vocetta infantile che incuriosisce Eve.

« Cosa? »

« I pretzel a pezzetti con la senape al miele. Mi tagliano la bocca come schegge di vetro e mi fanno venire l'herpes alle labbra, ma non posso resistere. Se non fosse per quei maledetti cosi, sarei già sparito. »

Finalmente uno scambio genuino, proprio quello che desidera Eve. Premia suo padre con un sorriso. « Basta che funzioni, giusto? »

«Già.»

Bussano alla porta.

«Sarà una delle tue fan adoranti. Vado io», dice Eve.

«Se hai ragione, io sono già uscito.»

Trovo esilarante che entrambi abbiano del tutto frainteso le intenzioni delle vicine. A parte Susan Dundel, le donne che passano a trovarli lo fanno perché si preoccupano davvero per loro, soprattutto per Eve. Non stanno molestando Brady. Hanno organizzato un programma che prevede due visite la settimana. E non sono tutte divorziate. Il cinismo innato di Brady combinato col suo ego strabordante gli fanno credere che queste donne abbiano un secondo fine, cioè lui. Mary è una terapeuta felicemente sposata che si è comportata in modo aggressivo perché voleva vedere Eve nel suo ambiente domestico, onde assicurarsi che fosse tutto regolare. E non stava sbattendo le ciglia a Brady, ma solo controllando l'ingresso. E le conversazioni sono impacciate perché nessuno sa cosa diavolo dire. Non sono morta in un incidente d'auto...

Quando apre la porta, Eve si trova davanti Paige con un cesto pieno di regali. Sono stata io a organizzare la consegna, ma il tempismo è pessimo. Brady ne sarà molto irritato.

«Oh, bene, non stai ancora piangendo», dice Paige.

Eve guarda il mucchio di regali. «Sbaglio o ti sei fatta prendere un po' la mano?»

Paige fa spallucce. «Sì. Di solito cerco disperatamente idee su Pinterest, ma questa volta non so come me ne sono venute un sacco. Cosa vuoi che ti dica? Ero come ispirata. E poi perché no? Tu stai passando un periodaccio, queste carabattole non possono peggiorare la situazione.»

«Miri basso.»

« Così non rimango delusa. » Paige segue Eve in cucina.

Brady si è già irrigidito. Ha pianificato tutta la mattinata e Paige non è nel copione. Anzi, niente più di lei gli ricorda quello che ha perso.

« Dov'è la tua dolce metà? In chiesa? » le domanda. È così che i mariti si riferiscono alla loro solita partita a golf. Io e Paige dicevamo sempre che sarebbero finiti all'inferno, per colpa di quella battuta, mentre noi due avremmo sorseggiato vino in paradiso.

Paige annuisce. « Ha detto di dirti che ti terranno il posto nel quartetto fino a quando non li manderai ufficialmente a quel paese. »

« Ogni tanto dovresti andare, papà », lo sprona Eve.

« No », replica Brady.

Ormai è marchiato, e lo sa. Gli uomini di solito non sono così trasparenti, ma è palese. Dentro di sé i « ragazzi » del golf usano la mia morte per gloriarsi di quanto sono bravi come mariti. Le loro mogli spendono allegramente i loro soldi e non riescono a capire come Brady non abbia intuito questa semplice equazione. Persino Paige, che era la mia fidata consigliera e assisteva alla mia vita da un posto in prima fila, dubita dell'innocenza di Brady. Abbiamo condiviso tutte le nostre lamentele coniugali, ma lei adesso è convinta che io le abbia taciuto molte cose. Se non fosse per Eve, ora non sarebbe qui.

« Li apro? » domanda Eve, guardando i regali.

« No, sono per il tuo *diciottesimo* », risponde serissima Paige.

Ridacchiano. Visto che ci vorrà un po', Brady copre i pancake con dell'alluminio.

I primi regali sono per appassionare Eve allo yoga: dei video, un tappetino, abbigliamento marca Athleta. Il mio scopo primario è offrire uno sfogo alla sua collera, ma voglio anche creare un interesse comune tra lei e Rory.

Eve ringrazia Paige senza particolare entusiasmo. « Provaci, dai », la incoraggia Paige, spinta da un'ispirazione divina. « Non è che le tue giornate siano pienissime. »

« Grazie per avermelo fatto notare. »

Paige la guarda dubbiosa. « Perché, mi sbaglio? Non hai tempo per una lezione di prova? »

« No che non ti sbagli. Proverò, ma non posso prometterti che mi piacerà. »

« Mi sembra giusto », commenta Paige. « Prossimo regalo. »

Brady è geloso della loro conversazione. Se sfidasse in quel modo sua figlia, lei reagirebbe malissimo. *Cosa dà a Paige questo diritto? È solo la confidenza materna con cui la tratta?* si chiede.

Eve scarta un'edizione economica della *Profezia di Celestino* di James Redfield. È senza dubbio il libro giusto per aprire ancora di più la sua mente alla possibilità che l'energia e le vibrazioni inviate da me siano reali. Più ne sarà convinta, più sarà facile comunicare con lei.

L'ultimo regalo non è stato voluto da me. Paige le ha comprato degli stivali di Frye da quattrocento dollari. Nel vedere la marca sulla scatola, Eve ha una reazione ritardata. « Questi sono perché ti faccio pena. »

« Moltissima. Ti voglio bene, piccola mia. E, visto che la tua mamma non è qui a viziarti, ho pensato di farlo io. »

Si abbracciano, Eve è in lacrime. Brady fa rumore per ricordare loro la sua presenza, ma Paige gli lancia un'occhiata come per dire: *Non ti permettere*. Brady si considera avvisato. Dopo la partenza del suo amico Bobby, ha fatto sforzi pazzeschi per respingere lo scomodo sospetto di aver contribuito in qualche modo alla mia infelicità, ma il disprezzo di Paige fa riaffiorare i suoi dubbi.

È ora che Paige se ne vada. Do una gomitata a mia figlia. «Ti accompagno alla porta», dice Eve.

Quando torna in cucina, lei e Brady si guardano, cercando tutti e due un modo per ritrovare lo slancio di poco prima. Eve fa per dire qualcosa, ma rinuncia a metà frase.

Brady sorride. «Spara.»

«Ieri sera la mamma mi ha di nuovo raccontato del suo travaglio.»

*Pensa bene a cosa rispondere,* consiglio a Brady. «Io ogni tanto la sento ridere... nella mia testa, ovviamente, però è così.» Si asciuga una lacrima, ma Eve ha fatto in tempo a vederla.

«Non me l'avevi mai detto.»

«Mi sembrava un po' da pazzi.»

«Infatti lo è.»

Brady sbuffa. «Anche la storia del travaglio, però...»

Mentre Brady mette i pancake nel microonde, Eve prepara due bicchieri di succo d'arancia. «Secondo te è perché vorremmo tanto sentire ancora la sua voce? So che non è davvero la sua voce, ma allora che cos'è?» Si tocca la clavicola. È un gesto che conosco bene: significa che ha paura della risposta.

«Non lo so, ma sentirla mi mette allegria, e sono pochissime le cose che mi mettono allegria in questo momento, quindi cerco di non pensarci troppo.»

«*Tu?* Pensare troppo a qualcosa? Figurati.»

*Ridi,* ordino a Brady. E, con uno sforzo mastodontico, lui ride.

## EVE

Ho le mani ancora appiccicose di sciroppo d'acero quando mio padre mi regala un diario identico a quello della mamma. Credevo che avrebbe ordinato a Paula di comprarmi un mucchio di cose a caso per fingere che questo fosse un compleanno normale, invece mi consegna solo quello e spacchettato, come per provarmi di aver fatto tutto da solo. Non so come sia riuscito a trovarlo identico, visto che la mamma lo ha comprato più di due anni fa, né come gli sia venuto in mente, ma è un regalo perfetto. Ha scritto anche una dedica dentro la copertina.

*Eve,*

*so che questo compleanno sarà indimenticabile nel senso più negativo del termine. È un vero peccato che il dolore non si prenda mai una tregua. Come sostituto non sono un granché, ma ti prometto che io e te ce la faremo. Il nostro dolore maturerà. Per quanto io sia disperato, per me la tua vita è preziosa ogni giorno.*

*La mamma citava sempre un detto di Adrienne Rich: « Se potessimo imparare a imparare dal dolore quando ci afferra... »*

*Spero che questo diario riesca a insegnartelo.*

*Buon compleanno,*

PAPÀ

Questa dedica è la prova che, d'un tratto, non sono più *io* contro di *lui*, ma siamo *noi* contro di *loro*, e per « loro » intendo tutti quelli che non l'hanno persa. Siamo una squadra, del tutto disfunzionale, ma pur sempre una squadra.

« Ti ricordi il Club del Piatto Pulito? » gli chiedo.

«Se me lo ricordo? L'ho inventato io!» Guarda in basso e vede che ho mangiato tutto. «Ottimo lavoro.»

Lancio un'occhiata ai tre quarti di pancake ancora nel suo piatto. «Credo che dovremmo ripristinarlo.»

Lui incrocia le braccia. «Non sono d'accordo.»

«Perché?»

«Non mi piace giocare quando so già che perderò. Altre domande, Miss Chiacchierina?»

Ha ragione. Di solito non parlo così tanto, ma oggi non ho voglia che questa colazione finisca. Non appena succederà, lui tirerà fuori il portatile, si chiuderà in studio e io rimarrò da sola col fantasma di mia madre. «Sì, in effetti...» dico, così per dire, pensando intanto a cosa chiedergli. «Perché tu e la mamma mi avete chiamata Eve?»

«È stata tua madre a sceglierlo. Significa 'colei che dona la vita' e l'idea le piaceva. Ma era uno dei suoi preferiti già prima che comprassimo quegli assurdi libretti sui nomi. Si chiamava così anche un'amica di tua nonna. Mi parlava spesso di lei, prima che ci sposassimo.»

«Chi era?»

«Quella che ha trasformato tua madre in un topo di biblioteca. Una donna molto intelligente. Aveva ricevuto un sacco di proposte di matrimonio, ma la sola idea la terrorizzava. Se può servire a qualcosa, è stata una delle prime donne a laurearsi in Legge al Boston College.»

«L'ho mai conosciuta?»

«No. E nemmeno io. È morta quando la mamma era all'università, prima che c'incontrassimo. Di cancro ai polmoni, credo. Era una fumatrice accanita.»

Sorrido. «Mi avete dato il nome di una morta che tu non conosci nemmeno e che fumava come un turco?!»

Lui si stringe nelle spalle. «Sta tutto nei particolari cui scegli di dare importanza. Tua madre direbbe che porti il nome della donna più indipendente e stimolante che lei abbia mai conosciuto. È questo che voleva per te. Pensava che ciascuno di noi avesse il diritto di creare la propria vita, e diffidava per natura di chi le consigliava come vivere la sua.»

«Se decidessi di diventare una danzatrice del ventre?»

Sto scherzando, ma lui mi prende sul serio. «Ogni volta che ci è capitato di conoscere dei genitori con idee molto precise sul futuro dei loro figli, tua madre si dispiaceva per tutta la famiglia: per i genitori, perché sarebbero rimasti eternamente delusi; per i figli, perché non si sarebbero mai sentiti abbastanza bravi. E secondo lei la cosa peggiore che un genitore può trasmettere a un figlio è il senso d'inadeguatezza.»

Anche se rovinerà questa magica atmosfera, devo porgli l'ovvia domanda. «Ma, se è vero che la pensava così, perché lo ha fatto?»

Il papà beve un lungo sorso di caffè, guardando il giardino fuori della finestra. «Non deve aver considerato la cosa da questo punto di vista.»

Gli lascio un momento, poi gli chiedo perché la mamma non mi ha mai detto che avevo un'omonima. Mi sorprende che abbia una risposta.

«Forse aspettava il momento giusto. Quando ne avresti avuto bisogno.»

«Ed è oggi, quel momento?»

«Non lo so, Eve. Non credo, ma tu mi hai fatto una domanda precisa e, siamo sinceri, ci sono poche probabilità che quando arriverà il momento giusto io me ne ricordi.»

Ma è davvero mio padre questo tizio? Lui non fa mai ammissioni simili. Che stia prendendo degli antidepressivi? «Dimmi della mamma e della nonna. Andavano d'accordo?» Vedevo la nonna solo una volta all'anno. Al posto delle caramelle mi rifilava le compresse contro il bruciore di stomaco.

Lui ride. «Non molto. La nonna aveva sottoscritto quella formula di maternità che scarica i sensi di colpa sui figli. Forse proprio per questo tua madre stava tanto attenta a non creartene.»

«Cioè? Cosa faceva?»

Mette in bocca un pezzo di pancake e alza un indice per segnalare la pausa. Guardo il boccone scendergli in gola. Mangia lentissimo. La mamma diventava isterica per questo.

«Tua nonna era combattuta. Non si sentiva a suo agio con se stessa», dice alla fine.

«Un po' poco. Voglio degli esempi.»

«Hai deciso di approfittare del tuo compleanno, eh? Oggi non posso rifiutarti niente.»

«E su, dai! Cosa può esserci di così segreto, ormai? Io ho diciassette anni e sono morte entrambe.»

Lui fa una faccia...

«Scusa. Non volevo dirlo così», sussurro.

Il papà china la testa. Temo di averlo perso. Ora si alzerà e mi lascerà con la tavola da sparecchiare. Invece dopo un attimo dice: «I segreti non fanno bene a nessuno. Dobbiamo imparare dal dolore, giusto?»

Annuisco.

«La nonna era un'alcolista.»

Sono incredula. «Cosa?!»

«Rimaneva sobria un giorno l'anno, in modo da poterti vedere.»

Questa conversazione è interessante almeno quanto il diario della mamma. Perché non ho fatto prima tutte queste domande? «Cioè, ma tipo che... sveniva ogni sera?»

« Il problema era un po' più sostanziale. Le cose tra lei e il nonno andavano male e così la nonna ha affogato i dispiaceri nell'alcol. Non era violenta né niente del genere, ma non badava più alla casa. Era negligente. Forse proprio per questo la mamma voleva che fosse sempre tutto in ordine. »

Questa informazione mi dà da pensare. La depressione della mamma potrebbe aver avuto origine nella sua infanzia. Aveva detto al papà di non aver mai subito abusi, ma chissà se era vero. Il suo obiettivo è stato chiaramente quello di erigere una facciata, mostrando agli altri un bel ritratto di famiglia che in realtà era una bugia. « È di questo che è morta la nonna? Alcolismo? » domando.

Il papà tossicchia.

Ma dentro di me scatta qualcosa e capisco. « Oh, mio Dio! Si è uccisa, giusto? » dico, prima che possa inventarsi qualche palla.

Alza una mano per calmarmi. « Aspetta. Non lo sappiamo. Aveva l'Alzheimer al primo stadio, quindi non era del tutto in sé. »

« Oh, cazzo. »

Lui inarca le sopracciglia. « Modera il linguaggio, Eve. »

Fingo di non aver sentito. « Come si è uccisa? »

« Un'infermiera ha lasciato per errore degli ansiolitici nella sua stanza e la nonna ne ha presi troppi. Hanno trovato una bottiglia di vino vuota, cosa di cui nessuno si è stupito, e nemmeno un biglietto. C'è la possibilità che si sia ubriacata e abbia scordato di aver già preso le sue medicine. »

« E poi ha continuato a dimenticarselo? A ripetizione? »

« Parli come tua madre. » Sembra esasperato, come se

fossimo tornati indietro di nove anni, io fossi lei e la faccenda fosse ancora oggetto di discussione. « Non ci voleva molto. Tra la dialisi e tutto il resto, era già in uno stato di salute precario. »

Non me la bevo. Non avevo mai sentito dire che la nonna avesse l'Alzheimer. Se si è ubriacata e poi imbottita di pillole, lo ha fatto apposta, il che significa che abbiamo una storia familiare di suicidi. Forse la morte della mamma è imputabile a più cause di quelle che pensavo.

Il papà beve un lungo sorso di succo d'arancia, poi mi punta addosso il bicchiere. « Adesso sai tutto. »

« Altri scheletri da tirare fuori per allietare il mio grande giorno? »

« Non prendertela col sottoscritto. Non toccava a me raccontarti questa storia. »

A metà giornata spengo il cellulare, ma continuo a ricevere telefonate sul fisso. Il numero ce l'hanno tutti, visto che sono stata l'ultima tra le mie amiche ad avere un cellulare. « Ce l'avrai solo quando *io* ne sentirò la necessità », diceva la mamma, quando glielo chiedevo. E mi è toccato aspettare fino alla prima superiore, dopo che ho iniziato ad approfittare dei passaggi dei ragazzi più grandi della squadra di tennis e lei aveva paura che avessi bisogno di contattarla. Mi chiamava in continuazione. Io non l'ho mai chiamata una volta.

Oggi rispondo solo alla zia Meg. Non vale la pena ignorarla. Mi telefona una volta la settimana e se non rispondo mi assilla finché non lo faccio. Prima che la mamma morisse, il nostro rapporto era inesistente: la vedevo durante le vacanze e per i compleanni, e passavo tutto il tempo con mia cugina Lucy. Ma lei e la mamma erano molto unite e si parlavano per un'ora ogni mattina, mentre Meg andava al lavoro. La mamma deve averle spifferato tutto di me, e per questo la zia è convinta che siamo molto più vicine di quanto non siamo in realtà.

Temo molto le nostre conversazioni. Lei conosceva la mamma meglio di chiunque altro e io ne sono un po' gelosa, ma soprattutto mi fa infuriare che non si sia accorta che mia madre voleva buttarsi giù da un tetto. È anche lei madre di una figlia della mia età, e loro sono tutt'e due vive. Non dovrebbe darmi fastidio, lo so, e invece.

Pur sapendo che le nostre chiacchierate non sono un piacere per me, la zia Meg ha preferito non cogliere e, anzi, è diventata superaggressiva. È piena di suggerimenti stupidi, come se pensasse di sostituire la mamma con un discorsetto d'incoraggiamento di dieci minuti la settimana, come se io non avessi affatto bisogno di una mamma. Dare consigli a una persona in lutto è come offrire delle patatine a uno che sta morendo di sete. Non aiuta.

« Buon compleanno, splendore », cinguetta in tono allegro e stucchevole, degno della modella trasformatasi nella dirigente di successo che è. « Cosa fai di bello per festeggiare? »

« Non molto », rispondo, cambiando canale.

« So che è dura, tesoro, ma tua mamma vorrebbe vederti felice. La ucciderebbe pensare che passi il tuo compleanno tutta avvilita in casa. »

« In questo caso, ha già provveduto da sola. » Non mi sento in colpa per aver risposto così. È lei che ha detto una cretinata.

« Non che io voglia darti dei suggerimenti, ma... »

Ascolto a metà, incerta se riappendere o fare la stronza. Non so quale sceglierò finché non mi escono le parole. « Però lo stai facendo, zia Meg. Non voglio essere maleducata, ma... stai facendo proprio questo. Vorresti aggiustare le cose per me, però *non puoi.* »

« Eve, tesoro, lo so bene », sussurra tutta zuccherosa, come se stesse parlando con una neonata.

« *Stai zitta,* ti prego. Tu non hai idea... »

« Era mia sorella, Eve. L'ho persa anch'io. »

« Certo, tu hai perso tua *sorella.* Non so cosa si provi. Io ho perso mia *madre,* la persona che faceva tutto per me. E tu non sai cosa si prova. »

Devo aver parlato più forte di quanto credessi, perché il papà arriva in salotto, incuriosito dal mio tono. Si ferma sulla porta e mi fa cenno di lasciar perdere.

Allora io le dico: « Senti, niente, lascia stare. Non avrei dovuto rispondere. Grazie per il biglietto d'auguri. Ti richiamerò, o qualcosa del genere ».

Mi aspetto una predica, invece il papà se ne va. Forse addirittura con un sorrisetto sulle labbra. La mia lite con la zia Meg deve averlo convinto di aver gestito bene la giornata. È così terribilmente competitivo, lui. Forse l'approvazione è qualcosa che non si smette mai di cercare, nemmeno da adulti.

## BRADY

Su richiesta di Eve, sto andando a prendere qualcosa al take-away cinese, cibo che mangeremo solo io e lei. Il giorno del suo sedicesimo compleanno, Eve era o fisicamente con le sue amiche, oppure al telefono con qualcuna di loro. Quando le ho fatto gli auguri, ha tappato il ricevitore con la mano, dopo aver detto alla persona dall'altra parte di aspettare un attimo.

Quest'anno sono stato promosso coordinatore. Il mio unico obiettivo è quello di non uscire dalla stanza quando il dolore mi prende a calci e, anche con un obiettivo così misero, è da stamattina che sogno di farmi un bel drink.

Concentrarmi sui bisogni di Eve ha prosciugato ogni mia energia. È incredibile che Maddy lo abbia fatto per una vita.

Non mi ero reso conto di quanto poco Eve stesse al telefono in questi giorni finché non sono iniziate ad arrivare le chiamate d'auguri e lei le ha ignorate. La maggior parte dei messaggi in segreteria era inascoltabile. Lindsey sembrava timida, come se stesse lasciando un messaggio a una malata terminale che forse non avrebbe passato la notte. Ho avuto un pensiero folgorante: se Eve piange la perdita di sua madre, Lindsey piange quella della sua migliore amica.

Poi ha chiamato un ragazzo, dicendo che John gli aveva chiesto di augurarle buon compleanno da parte sua visto che lui dal centro di recupero non può farlo. Ha aggiunto che Eve è fortunata, visto quanto John tiene ancora a lei. *Idiota.*

Kara Anderson ha lasciato un messaggio a dir poco bizzarro. « Buon compleanno, Eve », ha borbottato controvoglia, come se qualcuno le stesse puntando una pistola alla tempia. Poi dei rumori, come se avesse cercato di riappendere ma la linea fosse rimasta connessa. In sottofondo si sentiva uno strano piagnucolio, che è continuato fino a quando non ho premuto il pulsante per interrompere la registrazione.

Kara è sempre stata una ragazzina difficile. L'anno scorso, dopo il ballo, lei e Lindsey sono venute a dormire qui. Mentre loro erano fuori, io e Maddy ci siamo presi una sbronza, per cui alle due del mattino mi sono svegliato con una gran voglia di un bicchiere d'acqua. Mi sono trascinato in cucina in pantaloncini da ginnastica e ho trovato Kara in mutande e con un top semitrasparente, che mangiava gelato direttamente dal barattolo. Non appena ho capito cos'avevo davanti, mi sono girato per andarmene, lei ha detto: « Non mordo mica, Mr Starling » e si è fatta una risata, mentre io tornavo dritto in camera. Avrei dovuto raccontarlo a Maddy, ma ero così stordito che la mattina seguente non ero più nemmeno sicuro che fosse successo davvero.

Vorrei chiamare Todd e Christie per assicurarmi che vada tutto bene, ma, in quanto marito di una suicida e padre di un'adolescente coinvolta in un incidente dovuto alla guida in stato di ebbrezza, non sono nella posizione giusta per offrire consigli.

Eve ha cancellato tutti i messaggi. Quando le ho chiesto perché non ha voluto parlare con le sue amiche, ha risposto: « Fidati, sarebbero state conversazioni forzate. Sono tutte felici che io non abbia risposto ».

Vorrei poter affermare che l'intuito di mia figlia sia un'abilità acquisita dal dolore, ma il diario di Maddy dice tutt'altro. Il passaggio che ho letto ieri sera racconta di quando, un po' di tempo dopo aver preso la patente, Eve ha detto a sua madre: « Dev'essere buffo farsi scarrozzare in giro dalla persona alla quale di solito facevi da autista ». Hanno litigato sulla scelta del termine « autista ». A Maddy non è piaciuto essere etichettata come tale. Eve ha detto che stava solo scherzando e Maddy avrebbe fatto meglio a « darsi una calmata ». Quand'erano a un chilometro circa da casa, Maddy ha fatto fermare Eve sul ciglio della strada e l'ha lasciata a piedi. Quand'è arrivata, una decina di minuti dopo, Eve ha detto:

« Adesso ho capito perché ti sei arrabbiata, e ti chiedo scusa. In tutti questi anni non sei stata il mio autista, ma la mia mamma ».

*Giustissimo*, ho pensato, leggendo. Ma ora sono colpito da quanto spesso ho dato Maddy per scontata. Mi sentivo frustrato, quando diceva di essere troppo occupata per aiutarmi in qualcosa. Una volta le ho chiesto cos'avesse mai da fare. « Perlopiù ricompongo i pezzi che tu lasci in giro ovunque », ha risposto. L'ho trovata una risposta cattiva, fino a quando i pezzi non sono toccati a me. Non è un mucchietto di polvere ma un'intera frana, e questo senza tenere conto del suo volontariato. Tornavo regolarmente a casa un'ora più tardi del previsto, in genere senza nemmeno la cortesia di una telefonata, e mi aspettavo di trovarla di buon umore e con la cena pronta. E così era. Spesso la chiamavano la sera da scuola o dalla biblioteca, perché qualcuno aveva dato buca e volevano chiederle di dedicare un po' del suo tempo o delle sue risorse il giorno successivo, e io tuonavo indignato che doveva mettere dei paletti, dire di no. Una volta ho persino insinuato che la chiamavano solo perché ormai l'avevano identificata con una smidollata incapace di negarsi. « Non sono una smidollata. Semmai, una persona generosa », ha risposto lei, alzando il mento. Alla fine accettava sempre di dare una mano, il che a mio parere poteva significare solo che aveva del tempo libero. Che cretino.

Torno a casa col cibo cinese e con la coscienza turbata, deciso ad arrivare in fondo alla cena senza rimproverare mia figlia e senza perdere il mio aplomb, ma ansioso di potermi chiudere in camera a rimuginare con una generosa dose di bourbon.

Eve sente che il mio umore è precipitato, per cui mangiamo in silenzio. Ha preso il dono dell'intuito da sua madre: Maddy capiva sempre quando covavo qualcosa sotto la cenere. Una volta - Eve aveva tre anni - sono andato per lavoro a Las Vegas. C'era questo tipo, Jason Donahue, per il quale lavoravo da quando mi ero laureato. Era il mio capo, ma anche un amico. Io e Maddy conoscevamo bene sia lui sia la moglie, Stacy.

« Com'era Las Vegas? » ha chiesto con noncuranza Maddy, mentre cenavamo. Devo aver cambiato posizione, o fatto una faccia strana, perché dopo essersi sentita rispondere che era andato tutto come al solito, lavoro e basta, lei si è chiusa nel silenzio. Finito di mangiare, ha subito accompagnato a letto la bambina, senza nemmeno dirle di chiedermi un bacio. Sono rimasto ad ascoltare mentre le faceva un bagno più lungo del solito e le permetteva di scegliere cinque libretti invece dei soliti tre, in modo da restare con lei più tempo possibile. Quando è tornata da me, le ho chiesto come mai fosse arrabbiata.

« Cosa diavolo è successo a Las Vegas? » mi ha domandato, le mani sui fianchi, sicura che le nascondessi qualcosa. Maddy non era una moglie paranoica e io non ero un marito distratto. Come aveva fatto a capire che non le avevo detto tutto?

« Niente. Santo cielo, Maddy, ma che ti prende? » ho risposto.

« Non è vero. Non sai mentire meglio di Eve. »

« Non ho fatto niente di male. »

« Allora non avrai problemi a raccontarmi tutto. »

Mi ha estratto la storia come se fosse una scheggia. Una sera io e Jason eravamo usciti a bere qualcosa e lui aveva lasciato il bar con una prostituta. Maddy è inorridita. Per cominciare mi ha chiesto di confermare, sotto il suo sguardo che trasmetteva un'implicita minaccia di divorzio, che io non c'entravo, che non avevo mai fatto nulla di simile e che non mi sarei sognato di farlo in futuro. Appurato questo, ha dedicato le sue attenzioni alla moglie di Jason.

« E se avesse preso una malattia? Stacy lo deve sapere. »

« Sei fuori di testa? Maddy, non sono affari nostri. Per non parlare del fatto che mi costerebbe il posto. »

« Il posto? È di questo che ti preoccupi? »

« Sì, mi preoccupo del posto grazie al quale mando avanti la mia famiglia. »

Lei mi ha guardato malissimo. « La mando avanti anch'io, questa famiglia. »

Ha rimpianto di aver voluto sapere più di quanto io rimpiangessi di averglielo detto. Almeno una volta al giorno litigavamo sul da farsi.

« Non può essere stata l'unica volta », saltava su lei all'improvviso, quando ormai credevo che l'argomento fosse chiuso. « Non è che uno dice: 'Ehi è martedì e sono in viaggio, fammi provare un po' questa cosa di andare con le prostitute'. »

E il giorno dopo: « E se Jason avesse un altro figlio chissà dove? »

« Ma no, Jason è un tipo intelligente », rispondevo, cercando di porre fine alla conversazione. Sempre senza successo, però.

« Se è così intelligente perché va con le prostitute? Non ti sembra un ossimoro? »

Sospiravo, ripetendole la frase che le propinavo a vuoto ormai da anni: « Devi imparare a lasciare che gli altri si facciano gli affari propri. Non spetta a te rimediare ai loro errori ». Incolpavo la madre di questa sua propensione. Janine si faceva andare bene tutto ed era sicuramente per questo che Meg e Maddy non lasciavano passare nulla. Era una forma di ribellione al contrario.

Da quella volta, quando partivo per lavoro con Jason, Maddy era sulle spine. Non riusciva a dimenticarsi quella vicenda. Alla fine sono stato promosso a un incarico superiore a quello di Jason e la nostra amicizia si è dissolta, ma ripenso spesso a quella sera. Non ho mai avuto l'intuito di Maddy. Lei ha sempre avuto qualcosa di misterioso per me, e questo mi solleticava. M'impediva di annoiarmi. Adesso che si è suicidata, vorrebbero tutti sapere cosa succedeva nell'intimità della nostra casa. Si stupirebbero se rispondessi che me lo domando anch'io. Non c'ero mai.

Quando sono rientrato dall'ospedale il giorno in cui si è buttata, ho trovato una lista di cose da fare in cucina e, considerandola la prova innegabile che la sua morte era stata accidentale, l'ho mostrata alla polizia. L'agente l'ha letta e ha detto: « Può considerarla come vuole, signore, ma non ci sono prove che ci fosse qualcuno con lei, di sicuro nessun segno di lotta e soprattutto nessun motivo per salire su quel tetto. L'indagine è chiusa ». Mi ha restituito il foglio. « Forse la lista è per lei. »

Nel caso avesse ragione, ho fatto tutto quello che c'era scritto: ho comprato ingredienti che non avevo idea di come usare, messo la carta igienica nei bagni, sostituito la spugnetta in cucina. Una volta finito, ho deciso che l'aveva lasciata perché apprezzassi gli sforzi che faceva affinché le nostre vite andassero via lisce, perché mi mettessi nei suoi panni, almeno una volta. Ma adempiere ai compiti scritti su quella lista non era niente in confronto. È in giornate come questa, come il compleanno di Eve, quando non riesco nemmeno a cenare con lei senza distrarmi pensando a me stesso, che finalmente capisco quanta vita

Maddy infondesse in questa casa. Portava il peso della mia felicità e di quella di Eve.

« Accidenti, ho dimenticato la torta », dico, rompendo il silenzio.

Eve non alza nemmeno gli occhi dal piatto. « Una torta non farebbe la differenza. »

« Hai ragione. » Prendo il sacchetto del take-away e cerco i biscotti della fortuna. Anche se per abitudine ho ordinato per tre, ne trovo soltanto uno.

« Vediamo cosa dice. Varrà per entrambi », propone Eve.

Le lancio il biscotto.

Quando lo apre, il messaggio ci coglie di sorpresa: *L'unico modo per andare avanti è passarci in mezzo.*

Mi schiarisco la gola. « Sai, Eve, a detta di molti il momento che stiamo attraversando adesso, dopo che il funerale è finito e tutti gli altri hanno ricominciato a vivere la loro vita, è la parte più dura. »

« Sì, be', io trovo che sia una cavolata bella e buona », risponde. Faccio una risatina, che la incoraggia a continuare. « Ogni giornata è orrenda in un modo diverso. Non finirà mai. »

Non so se sia la cosa giusta da fare, ma annuisco. Come posso fingere che esista un lato positivo? Ammettere che è tutto orrendo è, tecnicamente parlando, un passo avanti: se non altro su questo concordiamo.

Ci auguriamo la buonanotte con un semplice abbraccio. Deglutisco, perché solo ora mi accorgo che io e mia figlia non ci siamo più toccati dal giorno del funerale. Potrei partecipare a un reality show sul padre più scarso del mondo. Eve ha affrontato questo disastro in totale isolamento. Ho una figlia intelligente e coraggiosa, e non posso prendermi nemmeno una piccola parte del merito.

# 6

## MADELINE

Il piano terra della villetta a schiera di Rory è stato trasformato in una stanza d'ospedale per Linda, sua madre. Ieri, mentre erano sedute sul divano a guardare la televisione, Linda ha fissato il soffitto, ha alzato le braccia e ha implorato: «Vieni a prendermi!» Rory le ha dato uno schiaffetto sul braccio, dicendo che non era divertente, ma lo sapevano tutt'e due che Linda lo faceva per il bene di Rory, per prepararla. Adesso che sta per morire, Linda non pensa ad altro che al futuro della figlia e i suoi pensieri corrono spesso paralleli ai miei.

Mi preoccupo per la delusione di Linda quando non verrà accolta da nessuno, solo dall'aria, ma mi chiedo pure se la sua morte assomiglierà alla mia. Anche ora, mentre dorme, ogni suo respiro è un bisbiglio indecifrabile, come se stesse già conversando con delle persone dall'altra parte. Se concentro le mie energie riesco a captare la loro presenza e, pur non potendo interpretare il dialogo, il semplice sforzo basta a farmi staccare ancora di più dal terreno sottostante, come durante l'incidente di Eve. Per quanto lentamente, salgo.

Quando Linda dorme, cioè ormai quasi tutto il giorno, le tende restano tirate. Per rispetto verso il suo scarso appetito e la crescente sensibilità agli odori, Rory e l'infermiera di giorno, Greta, consumano solo cibi innocui. Linda si sveglia proprio mentre stanno mormorando qualcosa a proposito della cena. «Preparatevi pasti un po' più abbondanti, voi due», le supplica.

Rory sorride. «Nemmeno per sogno. Gli aspetti positivi del tuo tumore sono proprio il mio nuovo girovita e gli scontrini ridicoli del supermercato.» Ridono tutt'e tre. Se Rory riesce a divertire sua madre in punto di morte, a maggior ragione riuscirà a divertire Brady ed Eve.

Ne hanno proprio bisogno.

Eve sta facendo i compiti in cucina in attesa che arrivi Brady.

Da qualche giorno aspetta con impazienza che inizi la loro serata insieme. Durante la settimana, Brady arriva trafelato con una cena da asporto, come se avessero una riunione fissa alle sette. (È segnato sulla sua agenda, quindi dal suo punto di vista è così.) Il sabato e la domenica mangiano gli avanzi della settimana, ma lo fanno insieme. Dal giorno dell'incidente, questa è la prima volta che lui non si presenta. È chiuso in camera nostra. In camera sua, ormai. L'idea di aver avuto un ruolo nella mia infelicità lo ha consumato per tutta la settimana e stasera sente di non avere più nulla da dare.

Le domeniche sono particolarmente dure. Era il nostro giorno. Il sabato Brady lavorava ed Eve di solito aveva qualche torneo, ma la domenica nessuno aveva impegni. Non facevamo nulla di particolare: qualche commissione tutti insieme e un po' di sogni a occhi aperti, però bastava a ricaricarci per un'altra settimana.

La domenica prima di morire mi sono svegliata col profumo della pancetta affumicata. Io ed Eve siamo scese in cucina insieme, per scoprire che Brady aveva cucinato.

« Colazione per le mie donzelle », ha annunciato, con un inchino medievale.

C'era un motivo per quella messa in scena. Era stato in viaggio tutta la settimana, eppure mi aveva telefonato una sola volta. Io non mi aspetto chissà cosa, ma almeno un saluto la sera.

Sono stata al gioco, felice che volesse guadagnarsi il mio perdono. « Grazie, mio signore. »

« Ehi, prendetevi una stanza per le vostre smancerie », ha detto Eve in malo modo. Io e Brady l'abbiamo buttata sul ridere e, con suo grande disgusto, ci siamo scambiati un bacio.

La giornata è andata ancora meglio. Dovevo passare da un antiquario a ritirare una lampada che finalmente era arrivata e, con mia grande sorpresa, Brady ha voluto a tutti i costi accompagnarmi, lasciandomi ancora più di stucco quando, sulla via del ritorno, ha chiesto di visitare il campus del Wellesley. Lavoravo come volontaria in biblioteca da due anni, ma lui ed Eve sembravano non essersene mai resi conto. È rimasto meravigliato di quanti studenti e professori mi conoscessero per nome.

« Qualunque cosa tu faccia, ti ci metti d'impegno », ha osservato. Brady non è mai stato un tipo da fare complimenti, per cui ho apprezzato in modo particolare.

A casa abbiamo trovato un biglietto di Eve, con scritto che era andata a mangiare una pizza dagli Anderson. Di solito m'irritava che facesse le cose senza chiedere il permesso, soprattutto quando andava a casa di Kara pur sapendo che non andavo pazza per loro, ma quella sera ho lasciato correre. Mentre preparavo risotto e salmone grigliato al profumo di limone, Brady ha apparecchiato e aperto una bottiglia di Pinot grigio. Abbiamo riso, flirtato e fatto l'amore. Per l'ultima volta, ma non lo sapevamo ancora. Dopo abbiamo ballato con la nostra canzone e lui mi ha sussurrato le parole nell'orecchio: « *Sei arrivata tu e il mondo ha iniziato a girare. Ma scommetto che il meglio deve ancora arrivare* ».

Non era vero, ma lui non poteva saperlo.

Adesso è steso sul letto a rivivere quella giornata, senza pensare che Eve è in cucina a preoccuparsi per lui. Dovrei motivarlo a raggiungerla, però sono anch'io immersa in quei pensieri. Non voglio essere ricordata per come sono morta, ma per momenti come quella domenica, quando non ho dovuto competere con le distrazioni di Brady ed Eve.

I nostri pensieri s'intrecciano. Sono io a condurre o è lui? Impossibile stabilirlo. Dalla sua gola esce un singhiozzo straziante che mi spaventa. Di solito il suo dolore è intriso di collera, ma in questo momento sente solo la mia mancanza. Sembra un bambino, rannicchiato in posizione fetale, aggrappato alle ginocchia per farsi forza. La sua mente rimane fissa su quella giornata meravigliosa, riempiendosi di particolari che io avevo scordato.

« Non te lo dico spesso, ma mi rendo conto di essere un uomo fortunato », ha detto durante la passeggiata.

« No, è vero, però non ho bisogno che tu lo dica spesso per sapere che lo pensi. »

Perché ero sempre così generosa? Se non gli avessi consentito di essere disattento, forse avrebbe imparato a prendersi maggiore cura di me. Gli ho permesso di essere lontano, deludente, e funzionava, perché ero sempre lì pronta a compensare. Col risultato che ora Eve si ritrova con un genitore inetto.

Tra le lacrime, Brady si sforza di ricordare come avevamo scelto la nostra canzone tanti anni fa. *New York*, bisbiglio. Il nome della città raggiunge la sua coscienza. Il weekend dopo il nostro fidanzamento, Brady mi ci ha portato per festeggiare. Anche se potevamo a malapena permetterci di parcheggiare l'auto in garage, perché dovevamo ancora restituire buona parte del prestito studentesco, abbiamo alloggiato al Park Plaza. Gli ho chiesto più volte come avremmo fatto a pagare quel fine settimana. « Ci penso io. Ho intenzione di prendermi cura di te come si deve », mi ha assicurato. In realtà poi sono stata io a prendermi cura di loro, ma al momento non potevamo immaginarlo. Quella sera siamo andati in un locale che si chiamava The Rat Pack, dove abbiamo ballato ascoltando *The Best Is Yet to Come*. Non mi ero mai sentita così sicura.

Prima di andare in camera sua, Eve passa da Brady. Ma i singhiozzi che sente dal corridoio le impediscono di bussare. Immaginarlo disperato a pochi metri di distanza è uno choc per lei. Capisce di non bastargli, cosa che già sapeva, ma non le piace doverlo constatare così palesemente. Rimane ad ascoltarlo per una mezz'ora buona, incerta se bussare oppure no. *Lascialo tranquillo*, le suggerisco sottovoce, e lei obbedisce.

Questo è un nastro che non si può riavvolgere.

## EVE

Oggi è il mio gran finale alla Wellesley High School. Non ho dato molto peso alla cosa, finché stamattina Paige non è passata da noi durante la sua corsa per sapere come mi sentivo. Era stupita di vedermi del tutto indifferente. Io vorrei essere un po' più sentimentale, lo vorrei davvero, ma le mie emozioni si sono spente con la mamma. Adesso sono solo acqua e ossa.

Il corridoio è gremito di ragazzi che svuotano gli armadietti. Dato che il mio era in un punto strategico, tra le scale e i distributori automatici, io e Lindsey lo dividevamo, ma lei ha tolto la sua roba quattro giorni fa, probabilmente per evitare di farlo con me. Non ci vorrà molto. Strappo via le foto con cui abbiamo tappezzato la parete di fondo e butto nello zainetto la bustina dei trucchi di scorta, vergognandomi per tutte le volte in cui avevo finto di voler chiamare il 911 per un brufolo improvviso. Tutto il resto finisce dritto nel cestino.

La parte interna dello sportello di metallo è ricoperta di scritte a matita: sono i pettegolezzi che noi due ci scambiavamo tra una lezione e l'altra. Dovrei cancellarli, se non altro per non cominciare l'anno prossimo con una punizione, ma non riusciranno mai a rintracciarmi nel New Hampshire. *Ho sentito Jake dire che hai un bel sedere,* ho scritto a settembre, dando il via allo scambio. *Oddio, quello è un povero scemo!* ha risposto Lindsey. E avanti così, fino al giorno prima del venerdì santo. Da quel momento basta pettegolezzi piccanti, a meno che non fossi io il bersaglio. Noto un messaggio nuovo nella parte bassa: *Spero tanto che tu riesca di nuovo a stare bene.* Tutto qui. Un augurio semplice dalla mia ex migliore amica. Non mi strappa nemmeno una lacrima. Sono diventata un'orribile zombie.

Penso a quanto sarebbe diversa questa giornata se la mamma fosse ancora viva. Dopo andranno tutti da Noel, perché ai suoi genitori non importa un cavolo di cosa succede a casa loro. Io avrei dato venti dollari a Katy, perché suo fratello ci compra l'alcol con un piccolo sovrapprezzo; e John si starebbe inventando qualche balla da raccontare ai nostri genitori in modo da poter passare la notte fuori. Invece me ne verrò via sola, per tornare in una casa vuota. Mio padre non si renderà conto che oggi è stato il mio ultimo giorno di scuola fino a domani, quando non mi alzerò alla solita ora.

All'esame finale di scrittura creativa, ho consegnato una poesia. Quando l'avrò ritirata, avrò ufficialmente finito la terza liceo. Avrei dovuto consegnare un racconto, ma per queste quattro righe la prof Ludwick mi ha dato una A.

IL SILENZIO HA DETTO

*Proprio non so da dove cominciare.*
*Un cuore infranto si può riparare?*
*Non c'è solo divertimento in una risata.*
*Può voler dire che una lacrima è stata rifiutata.*

Il bel voto probabilmente me lo ha dato per compassione, però fa piacere lo stesso. In alto ha scritto una breve annotazione: *Pare proprio che tu abbia qualcosa da dire. Dovresti provare a scrivere senza la costrizione delle rime.* Tengo il foglio dritto davanti agli occhi, fingendo che la nota sia più lunga per evitare d'incontrare lo sguardo di qualcuno. Una copertura inutile, visto che non c'è esattamente una fila di persone in attesa di complimentarsi con me. La loro comprensione si è esaurita quando il mio lutto ha fatto perdere il fuoriclasse alla squadra di calcio: la condanna di John per guida in stato di ebbrezza lo terrà relegato in panchina per le prime cinque partite.

Quelli di quarta si stanno tutti abbracciando e scuotono la testa al pensiero di quanto siano volati questi anni. Quelli di terza, i miei compagni, corrono in giro annunciando che ormai sono loro i nuovi padroni. « Preparatevi! » minaccia Jake, facendo cadere il berretto da baseball di un ragazzino che non conosco. Kara continua a strillare: « Ti piacerebbe... Ti piacerebbe... » a una matricola che ci ha appena provato con lei. È chiaro che ha già cominciato a bere, il che è davvero troppo anche per lei. Sembrano tutti idioti. Quando la grande porta di metallo si chiude alle mie spalle, sono intontita.

Una volta ho visto una puntata di un programma TV in cui dei ragazzi si ferivano coi coltelli. C'erano foto e videoclip, ma io non me la sono bevuta. Credevo l'avessero fatto solo per finire nella trasmissione e non, come sostenevano loro, per il piacere di provare qualcosa, qualunque cosa. Adesso però non sono più così sicura. Vado fino alla macchina, con lo zaino che mi penzola dal braccio sbattendo contro le gambe a ogni passo. Fa male, ma è meglio che niente. La mamma ogni tanto toglieva le teglie dal forno senza usare le presine. Sosteneva che dopo anni in cucina aveva i calli, ma forse quelle scottature le ricordavano di essere viva. Mi sembra quasi di sentirla negare con decisione, pregandomi di aver maggiore cura di me. È un nuovo minimo storico: sono così affamata di affetto che m'invento conversazioni con una morta. Per riprendermi, mi do un pizzicotto sul braccio. L'indifferenza fa più paura del dolore. Ti fa credere che non abbia senso esserci.

Che stupida, ho lasciato la poesia in cucina e, quando scendo per cena, è tra le mani del papà. «Wow, Eve. È davvero toccante.»

Ma non ho proprio voglia di discorsi profondi, per cui sto zitta.

Lui strizza le palpebre, come se avesse paura delle parole che stanno per uscirgli dalla bocca. «Sai, pensavo che... be', che dovremmo andare da uno psicologo, tu e io.»

Lo fisso allibita.

«Non insieme! Ciascuno per conto proprio.»

Rido.

Lui no.

«Sei preoccupato per la poesia?»

«No! La poesia va bene. È bellissima. È l'annotazione della tua professoressa a darmi da pensare. Ha ragione, probabilmente hai molto da dire. Io di sicuro, ma con chi posso parlare? Tu sei l'unica che mi capisca, ma non voglio diventare un fardello.» Scuote la testa, per spiegarsi meglio. «Non è che tu saresti un fardello per me. Tu puoi parlarmi quando vuoi. Io... spero che tu lo sappia.» È agitatissimo. «Insomma, il mio bel discorso è andato a farsi friggere... Ma andresti da uno psicologo?» Allarga le braccia in un gesto che significa più o meno: *Allora? Che ne dici?*

«Per me...»

«*Per me* nel senso che sei disposta?» domanda, incapace di nascondere lo stupore.

«Certo.»

Faccio l'indifferente, però in realtà mi sembra una buona idea. Non sto perdendo del tutto la testa, ma nel mio momento masochista di oggi pomeriggio ci sono andata molto vicino. E un paio di notti fa mi sono svegliata con l'ossessione di una vecchia foto della mamma e della nonna che cucinavano. Dovevo assolutamente trovarla. Subito. Mi sembrava di fondamentale importanza. Mi sono alzata e ho svuotato la scatola che c'è nella stanza degli ospiti, esaminando ogni singola foto, come se in quella si celasse il segreto della loro morte, e proprio quella e nessun'altra fosse in grado di riportarle in vita. Alla fine fuori ha iniziato a fare giorno e io ho ritrovato la ragione. Erano passate ore. Avevo un tappeto di foto ai piedi, ero stanca e sudata, ma soprattutto confusa, perché non riuscivo a ricordare come mai tenessi tanto a rivedere quella stupida fotografia. Quando mi sono calmata, mi è venuto in mente di averla vista incorniciata a casa della zia Meg. Come avevo fatto a scordarmene? E poi a ricordarmene così all'improvviso? Roba da psicopatici veri.

Il papà, che si aspettava una scenata, è aggrappato al piano della cucina come se temesse di doverlo usare a mo' di scudo. Quando si rende conto di averla avuta vinta – cioè che andrò dallo psicologo –, prende dalla sua valigetta la copia di un'email.

«Questa è la lista degli psicologi della città convenzionati con la nostra assicurazione.»

Che rapidità! Da un'idea che sembrava buttata lì, siamo già passati ai numeri di telefono. «Oddio, papà. Da quanto tempo stavi architettando questa cosa?»

«Da qualche settimana», confessa lui.

Sono stupefatta. «Ah! E perché non me ne hai parlato prima?»

«Io ho già preso appuntamento, ma per proportelo ho voluto aspettare il momento giusto.» Si ferma un attimo, poi prosegue: «Perché ammettilo, Eve, sei lunatica. Non so mai come reagirai».

È vero, e me lo ha detto con lo stesso tono di sfida che avrebbe usato la mamma, per cui prendo il mio cellulare e prenoto con la prima donna dell'elenco. Adoro stupire mio padre. È uno dei pochi divertimenti che mi restano.

La sera, in preparazione alla seduta, scrivo per la prima volta nel mio diario. Mi escono solo sedici parole:

*19 giugno 2015*

*Ci sono così tante cose che non oso dire, che ho silenziosamente smesso di essere me.*

Fisso la frase per un tempo infinito, chiedendomi se è proprio questo che voglio dire. Chi ero prima che la mamma morisse? Solo una ragazzina egocentrica, materialista, ingenua e piena di sé. Quindi forse tutto quello che voglio dire è che mi dispiace. Peccato che la persona cui voglio dirlo non ci sia più.

## BRADY

Ho licenziato Paula. Non per la motivazione che ho scritto sul modulo, ma sapeva troppo e ficcava troppo il naso. Non aveva nessun senso del limite. Credeva di essere la mia confidente. Chiacchieravamo del più e del meno, prima che Maddy morisse, ma informarsi sul mio weekend è un po' diverso da chiedermi se ho mangiato abbastanza. Poi oggi ha attaccato con Eve. Quando le ho risposto che si sforza di andare avanti, ha avuto la faccia tosta di dirmi: « Anch'io ho perso mia madre. Se crede che possa essere d'aiuto, sarò felice di parlare un po' con sua figlia ».

Eve la farebbe a pezzi. « Paula, quanti anni aveva lei quand'è morta sua madre? » ho buttato lì.

« Trentanove. »

« Di cosa è morta? »

« Cancro. »

Mi sono grattato il mento. « Non sono un professionista, Paula, ma mi permetto di farle notare che perdere la madre per malattia quando si è una donna adulta con dei figli propri è un po' diverso dal perderla a diciassette anni non ancora compiuti perché si è suicidata. » Era la prima volta che lo dicevo a voce alta e ho odiato Paula per avermi costretto a farlo. Non possiamo più lavorare insieme. Sarò uno stronzo, ma è più facile cambiare assistente che personalità.

A cena lo dico a Eve, tralasciando i particolari.

« È dura licenziare una persona? » mi chiede. Una domanda sensata.

« Sì. » Soprattutto quando non lo merita. Bevo un sorso di vino per lenire la colpa. « Ha anche lei una famiglia e dei figli, sai. »

Eve fa una smorfia. « Posso fare una battuta senza paura di essere presa sul serio? »

« Spara », la esorto, nervoso perché non sono sicuro di poter essere di parola.

« E adesso chi ti pulirà il culo? »

Non batto ciglio. « Credo che prenderò una pulisci-culo temporanea, finché non ne troverò una da assumere. » Ridiamo, ma il suono mi è così estraneo che richiede un momento di silenzio per essere elaborato.

Eve spinge la pasta che ha nel piatto con la forchetta, ma non mangia. « Posso leggere ancora un po' del diario della mamma? »

Dato che mi aspettavo questa richiesta, un paio di giorni fa ho messo un segno su un pezzo che mi pareva utile per mettere le basi a quello che Maddy avrebbe chiamato « un serio discorso padre-figlia ». Vado a prendere il diario e lo do a Eve già aperto sulla pagina giusta.

*25 giugno 2013*

*I genitori di Aaron, il suo ragazzo, hanno rispedito a casa Eve perché li hanno sorpresi a baciarsi. La mamma di Aaron ha riaccompagnato Eve fino alla porta come una criminale, riferendosi al bacio come se si fosse trattato di un tentato omicidio. La povera Eve era rossa come un peperone.*

*Non conoscevo la signora, quindi l'ho ringraziata per aver riaccompagnato Eve. Stavo per chiudere la porta quando lei ha sporto la mano per fermarmi, dicendo: « Se non le dispiace, vorrei sapere quali provvedimenti intende prendere. Perché sarebbe opportuno che Aaron ricevesse la stessa punizione, in modo da inviare un messaggio coerente ai ragazzi ».*

*Ho spinto dentro Eve e preso un bel respiro, cercando di decidere cosa rispondere a quella pazza. Prima ho voluto sapere se si stavano solo baciando.*

*« Sì, ma non direi 'solo' baciando. Era solamente il primo passo, capisce quello che voglio dire? » ha replicato la mamma di Aaron.*

*Ho riso. « Su questo, in quanto madri, possiamo di sicuro concordare. » Ma lei non ha trovato la mia risposta divertente, così sono andata avanti: « Glielo dico subito, Eve non passerà dei guai per aver baciato suo figlio. Mi dispiace che abbia infranto una regola di casa vostra, ma non ha infranto nessuna regola della nostra ».*

*Se n'è andata come una furia, lasciandomi la netta impressione che quella sera avrebbe pregato per la mia anima. Mi sono seduta per terra nell'ingresso e ho riso a crepapelle fino a quando Eve non ha trovato il coraggio di avvicinarsi. Mi è sembrata una buona occasione per la seconda puntata del « gran discorso ». Brady è via, così siamo andate a cena al ristorante giapponese. L'ultima volta che abbiamo parlato, quando lei aveva undici anni, abbiamo sviscerato il lato scientifico, ma adesso che ne ha quindici ho preferito entrare nei dettagli, compresa la tanto temuta lezione sul controllo delle nascite. Ha fatto domande tipo: « Come faccio a capire se sono innamorata? » E io ne ho fatte alcune della serie: « Qualche tua amica fa già sesso? » Forse, viste le occhiate che ci lanciavano dal tavolo vicino, sarebbe stato meglio ordinare cibo a domicilio, ma è stata una serata splendida. Lei mi ha lasciato sbirciare nel suo mondo e ho capito che sarà capace di controllare il proprio destino. Non sarà mai il tipo che va a letto con qualcuno solo perché viene messa sotto pressione. Per curiosità, forse, ma non per pressioni esterne. Mentre tornavamo a casa in macchina, mi ha detto che sono proprio brava a fare la mamma. Un onore che non mi sarei mai aspettata...*

Prima di parlare, aspetto che Eve abbia letto sino in fondo. Quando alza gli occhi, le dico: « So di non essere lei ma, se hai domande o altro di cui hai bisogno, sono qui e spero che tu lo sappia. Eviterò qualunque forma di giudizio. E, se non riesci a parlare con me, ci sono sempre la zia Meghan e Paige. La cosa più importante è che, quando hai una domanda, tu ottenga delle risposte ». È il discorso più eloquente che le abbia mai fatto.

« Sabato sera ti ho sentito piangere », dice Eve, affinché sia io a sentirmi vulnerabile. Si rifiuta di farmi fare il mestiere di genitore.

« Mi dispiace, ho avuto una brutta crisi », mormoro.

« Non ti devi dispiacere. Sto solo cercando di dirti che lo stesso vale anche per te. Se ti va di parlare, io ci sono. E sabato... non ho voluto interromperti. La porta era chiusa, quindi ho immaginato che volessi restare solo. Ma, se ti va un po' di compagnia, sono pronta a farmi un bel pianto con te tutte le volte che vuoi. »

*Questo mai.* « Grazie. » Per alimentare quest'atmosfera positiva tra noi, mi costringo a sorridere. « Allora, dimmi un po', tu e John uscite ancora? »

Lei mette il broncio. « Dobbiamo parlarne proprio adesso? »

L'istinto mi suggerisce di non demordere. Ultimamente mi dà un sacco d'istruzioni, e di solito ha ragione. « È una domanda molto semplice. »

« Tecnicamente non abbiamo rotto, se è questo che intendi. Ma sono sicura che lo farà non appena uscito dal centro di recupero. »

Ero ansioso di avere questa conversazione, ma adesso non ho la minima idea di come portarla avanti. « Non puoi esserne sicura. »

« Lo sono eccome. Già prima del ballo avevamo smesso di parlare, e dopo l'incidente suo padre mi ha bandita dalla sua vita. »

Guardo mia figlia. La sua espressione è decisamente quella di qualcuno cui non potrebbe fregare di meno. La stessa che vedo spesso sulla faccia di chi prende il licenziamento come un'occasione per ricevere il sussidio di disoccupazione. Quando le facevamo chiudere le telefonate con John a tarda notte, Eve esplodeva di rabbia, adesso non si parlano da tre settimane e a lei non potrebbe importare di meno. Maddy lo troverebbe sconcertante, ma cosa le direbbe?

« Forse è meglio così, visto che hai deciso di andare a Exeter. Là ci saranno un sacco di ragazzi... » Ma cosa diavolo mi è preso? Perché sto esortando mia figlia a scegliersi un altro ragazzo lontano da casa, dove non avrà bisogno della mia approvazione?

Eve sbuffa. « Che discorsi da sfigato. »

La trovo una conclusione appropriata per questo disastroso tentativo di avvicinamento. Prima che se ne vada, mi faccio avanti per un abbraccio, deciso a rompere la barriera fisica tra noi, ma lei è già un passo più in là e mi augura la buonanotte.

Resto sveglio fino a tardi, pensando a tutte le cose che ho detto a Maddy e a quelle che invece ho tenuto per me. Dov'era allora il mio istinto supponente? Le propinavo un gran numero di *Ti amo* e *Grazie*, ma sono parole di cui si abusa.

Sdraiato nel letto che condividevamo, le luci spente, parlo a voce alta come se lei fosse qui con me, come se non fosse troppo tardi: «Se mi senti – e sono sicuro che è così – voglio dirti che mi piaceva quando citavi i tuoi autori preferiti per descrivere come ti sentivi. Mi piaceva la tua risata squillante, e come con gli anni avevi preso a truccarti sempre meno invece che sempre di più. Mi piaceva quel tuo modo di trattare tutti come se avessero la stessa identica importanza per te. Mi piaceva quando, ogni tanto, imprecavi come un camionista e poi non chiedevi scusa. Mi piaceva come riuscivi a farmi sentire l'uomo più in gamba, divertente e generoso del mondo, anche se adesso mi rendo conto di non esserlo affatto».

È il mio secondo discorso della serata, solo che stavolta ricevo la risposta che speravo. Sento nella testa la voce di Maddy che bisbiglia: *Anch'io ti amo.* Al presente. E mi concedo di credere che lei sia sdraiata qui accanto a me e che io sia abbastanza bravo da saperla trattenere.

# 7

## MADELINE

La gente crede che, una volta affrontata la prova più estrema, i morti siano liberi dalle preoccupazioni terrene, ma Rory sta andando a casa nostra e io sono tesissima. Se lei ed Eve non si prendono subito in simpatia, non avrà senso aggiungere Brady al mix.

Brady le ha telefonato ieri sera, su mia richiesta, per confermare la lezione privata. Immaginando che si sarebbe trattato di un brevissimo scambio, mentre il telefono squillava lui ha continuato a scrivere un'email di lavoro.

« Pronto? »

« Salve. Parlo con... » Si è interrotto per leggere il nome cerchiato sulla lista. « ... con Miss Rory Murray? »

« Senta, mi scusi, ma le spiacerebbe cancellarmi dal suo elenco? Mia madre è malata e le telefonate la disturbano », ha sussurrato Rory.

Per poco Brady non ha scelto la soluzione più semplice, cioè riagganciare, ma ho rammentato al suo subconscio che era un uomo adulto con un motivo preciso per chiamare. « Sarò breve. Volevo solo... »

Ancora convinta che lui volesse venderle un aspirapolvere o una polizza assicurativa, Rory era scandalizzata dalla sua perseveranza. «Senta, non ho soldi per comprare proprio niente...»

«Oh! No, no! Domani lei deve dare lezioni private di algebra a mia figlia, Eve Starling. La chiamo solo per confermare l'appuntamento e farmi dare un indirizzo per inviare il pagamento.»

Rory ha riso. «*Inviare il pagamento?!*»

Accortosi di essersi reso ridicolo, Brady ha smesso di scrivere l'email. «Scusi. Ho avuto una giornataccia. Voglio solo assicurarmi che siamo allineati.»

Lei ha riso di nuovo. «*Allineati?!*»

Ha riso anche lui, per farle capire di essere più normale di quanto sembrasse. «Oddio, che figuraccia. Mi scuso per la mia insistenza a volerla pagare.»

«Non stavo cercando di metterla in difficoltà, ma in questi giorni ogni scusa è buona per farmi una risata», ha ribattuto Rory, divertita.

Brady ha ripensato alla frase sulla madre, che aveva attribuito a una tattica geniale per scoraggiare gli operatori dei call-center, e si è pentito amaramente di non aver riattaccato. Il pensiero di aver svegliato un'anziana inferma era troppo per la sua coscienza già molto gravata.

*A chi lo dice*, gli ho suggerito di rispondere, impedendogli di divagare.

«A chi lo dice», ha replicato, con mia grande gioia. «E comunque è vero, avevo proprio il tono di uno che offre il cambio di gestore a costo zero.»

«Be', guardi che io apprezzo molto la sua fretta nel volermi pagare, visto che ho anche inavvertitamente confessato di non avere soldi. Se per lei va bene, può lasciare un assegno a Eve.»

«No problem», ha ribattuto lui, passando da insistente venditore telefonico a rilassato surfista californiano, come nei disturbi di personalità multipla.

Lei arriva un quarto d'ora in anticipo. Suona alla porta, ma in quel momento Eve è di sopra che sta finendo una seduta di yoga per principianti da trenta minuti su DVD. Quando la raggiunge, Rory sta ammirando il giardino e canticchia tra sé il ritornello di *Everybody Plays the Fool*, che le ho messo in testa mentre guidava. Eve si paralizza, ricordando che glielo cantavo sempre io quando tornava da scuola devastata o imbarazzata da qualche figuraccia. In questi casi, mi chiedeva sempre di raccontarle qualche *mia* figuraccia. Il materiale non scarseggiava: la sfida era trovare l'esempio più giusto per la sua età. Così Eve m'immaginava mentre, in prima liceo, inciampavo davanti a tutta la squadra di calcio della scuola, o in una miriade di altre situazioni umilianti, e in questo modo riuscivo a lenire la sua ansia da come-faccio-a-tornare-a-scuola-domani. Quella canzone era un balsamo per entrambe.

Non avrei potuto orchestrare meglio la scena. Associarla a me rende subito Rory interessante agli occhi di Eve.

«Miss Murray?» dice, triste di dover interrompere il flusso dei ricordi. Col fiato sospeso come un giocatore che ha puntato grosso, guardo Rory sfoderare il suo sorriso ipnotico e invio un po' di energia per completarlo. Eve si rilassa, e anch'io.

«È estate, dammi pure del tu. Mi chiamo Rory.» Entra in casa e si sfila le Birkenstock, chiaramente una sua abitudine.

Eve non ha mai visto un'ospite togliersi le scarpe ma, essendo una brava padrona di casa come sua madre, la imita subito. Rory se ne accorge ed Eve lo apprezza.

«Grazie per avere accettato di venire tu da noi», dice mia figlia, facendole strada in cucina. «Non avevo nessuna voglia di passare l'estate in biblioteca.» Tralascia il piccolo particolare che sua madre è morta proprio saltando dal tetto della biblioteca.

«Per me non è un sacrificio, purché tu riesca a concentrarti. Fare tutto il programma di algebra in un'estate è un'impresa non da poco. Ho dovuto ripassare un po', prima di venire qui.»

«Sì, lo so, ma alla Exeter di solito non accettano studenti all'ultimo anno, per cui ero nelle loro mani.»

«Ah! Quindi in autunno non sarai più qui?»

«No. Ho sempre... ehm... desiderato provare un collegio e finalmente mio papà ha accettato.»

La parola *papà* cattura l'attenzione di Rory. O meglio, l'assenza della parola *mamma*. Fa subito due più due. *Starling. Primavera. Suicidio.* Le maestre elementari che avevano avuto in classe Eve tanti anni prima erano rimaste sconcertate. «Madeline Starling era la madre più simpatica e normale con cui abbia mai lavorato. Non riesco proprio a rassegnarmi che non ci sia più», aveva detto la sua amica Sarah.

Rory nasconde bene la sua scoperta. «Anche mio fratello Brian è andato alla Exeter. Si è diplomato otto anni fa e mi ricordo il campus. È carino. A lui piaceva molto.»

Terminati i convenevoli, si siedono al tavolo in cucina per mettersi al lavoro. Mi ero sforzata di concentrarmi sull'algebra, quando a scuola la mia media si era abbassata, ma capisco subito che per me niente è cambiato nell'avvincente mondo della matematica... Una volta finita l'ora, Eve e Rory si salutano e si mettono d'accordo per la prossima volta.

« Mercoledì, stessa ora? »

« Per me va bene. »

La sfida è chiara: l'algebra è una materia troppo arida per alimentare un legame significativo tra Rory e mia figlia, e si vedono mentre Brady è ancora al lavoro. Nutrire il loro rapporto richiederà molto incoraggiamento.

Eve è ancora in cucina a risolvere esercizi, quando Brady entra in casa annunciando di aver comprato *gyros* per cena. « E cosa diavolo sono? »

« Non li hai mai assaggiati? Ma dove hai vissuto finora? »

Eve incrocia le braccia. « Qui con te. »

« Touché. » Brady ne scarta uno. « Come puoi vedere dal Reperto A, un *gyros* è carne di maiale accompagnata da patate, cipolle e pomodori, condita con una salsa a base di yogurt e cetriolo e avvolta in una *pita*. »

Eve finge di vomitare nel lavello. « Sembra disgustoso. Mangerò i miei soliti ramen. » Le ripeto il nome di Rory, cercando d'intrufolarmi nella loro conversazione affinché lei gli parli della lezione di algebra.

« Peccato, avevo una proposta per te, ma ci vuole qualcuno che abbia un po' di spirito d'avventura », la stuzzica Brady.

Questa misteriosa allusione cattura l'attenzione di Eve, che accantona il mio messaggio. « Sentiamo. »

« Prima prova un boccone di *gyros*. »

Eve cede, ma solo alle sue condizioni, cioè addentando un quarto di *pita* in un solo morso. « Buono! » dice, masticando anche la parola e sorridendo con la bocca piena.

« Hai visto? La prossima volta, prova prima di giudicare. » Brady apre il secondo sacchetto e si siedono insieme a tavola.

« Allora? » lo incita Eve.

Lui unisce le mani. « Bene. Cosa pensi di fare quando avrai finito coi lavori socialmente utili e prima dell'inizio della scuola? »

« Ti scoccia smetterla di chiamarli 'lavori socialmente utili'? »

Brady batte il piede a terra, ansioso di dare il suo annuncio. « Figurati. E come li devo chiamare? »

« Campo estivo. »

« Perfetto. Che ne dici di una bella vacanza dopo che hai finito il campo estivo? »

« Ah ah, molto divertente! Tu non vai mai in vacanza. »

« Dico sul serio. Puoi portare un'amica », insiste Brady.

Eve agita una mano. « Okay per la vacanza, ma rinuncio volentieri all'amica. »

Brady si pulisce la bocca con un tovagliolino. « Non ti piacerebbe passare un po' di tempo con Lindsey o qualcun'altra, prima di cambiare scuola? Ti chiedo solo di non scegliere Kara. È troppo per me, senza contare che Todd e Christie mi tirerebbero scemo con l'organizzazione. » In realtà non vuole una replica della sera del ballo.

Eve finge ancora una volta di vomitare. « Non ci parliamo nemmeno più. È come se ce l'avesse con me perché mia madre è morta. » Guarda il suo *gyros* mezzo mangiato. « Praticamente mi sono resa conto di non avere nessuna amica. » Alza la mano in una difesa preventiva. « Non mi va di parlarne. Non sono sconvolta né niente. È solo ovvio che in questo momento nessuno mi capisca. »

*Lascia correre,* suggerisco a Brady. Con grande sollievo di Eve, lui mi dà retta. « D'accordo. Quindi ce ne andiamo via io e te. »

« Benissimo. E dove andiamo? »

« In qualche posto dove non siamo mai stati. »

Eve sbuffa. « Quindi escludiamo... la Florida. »

Brady non ribatte. La sua mente sta già facendo il giro del mondo. « Che ne diresti di Parigi? »

Eve batte una mano sul tavolo. « Parigi? Veramente? »

Lui inspira il suo entusiasmo come se fosse una droga. E lo è. « Parigi, veramente. »

Lei balza in piedi. « Oh, mio Dio, sul serio? »

« Sul serio », ripete Brady, nella sua migliore imitazione di un'adolescente.

Mi aspettavo che le proponesse una vacanza. Ci pensa da quando ha letto una pagina del mio diario che documenta una delle nostre liti semestrali. Ma non avrei mai detto Parigi. Mi sarebbe tanto piaciuta una vacanza in Europa. Se lui mi avesse mai lasciato intendere di essere disposto ad andarci, avrei pianificato il viaggio ideale. « Girare per le città non è rilassante, *fidati* », diceva sempre. E con questo pretesto, per quanto debole, mi relegava a Naples, in Florida.

Sono gelosa. Non si tratta di una gelosia scherzosa e remota, ma di una rabbia cieca e cattiva. Ironia della sorte: sono morta e stiamo avendo ancora la solita, maledetta discussione, solo che stavolta ci siamo scambiati i ruoli.

Mentre Eve esce dalla cucina per andare a cercare foto e luoghi su Internet, e Brady butta via i sacchetti dei *gyros,* io do fiato alle trombe. *Parigi, eh? In questi ultimi vent'anni dovevo supplicarti perché ti prendessi un paio di giorni per andare in Florida, e d'un tratto ti viene il ghiribizzo di an-*

*dare fino in Europa?* inveisco, senza nemmeno immaginare che i miei pensieri possano penetrare i suoi, quando all'improvviso lui mi risponde.

*Sì, Parigi,* pensa. *E non prendertela, Maddy, perché avresti potuto trovare altri modi per portarmi in vacanza: non occorreva che ti togliessi la vita. Volevi mandare un messaggio? Volevi dimostrarmi che non ero coinvolto, che non ero riconoscente? Che il lavoro non è tutto? Ecco qua, messaggio ricevuto. E il prezzo di aver scelto un modo così tragico per inviarlo è che tu non sei qui a goderne i frutti.*

Era da molto tempo che Brady non la spuntava in una lite. Questa volta ha vinto lui.

## EVE

Leggere il diario della mamma è una ficata. Non riesco a smettere. Le parti che secondo il papà sono adatte a me sono le più pallose, quelle in cui lei sembra Mary Poppins. Ma quelle che leggo mentre lui è al lavoro sono *lei*, la vera *lei* al cento per cento. Era stufa di accontentarci in tutti i nostri capricci senza mai un cenno di ringraziamento. È tutto scritto qui:

*14 dicembre 2014*

*Oggi sono così stanca che mi fanno male persino i polsi. La scuola di Eve ha organizzato la solita festa di Natale e mi sono lasciata convincere a preparare un centinaio di biscotti, il che ci poteva ancora stare, se non avessi accettato di confezionarli a uno a uno in un sacchettino di plastica rossa chiuso con un nastro. Quando seguirò il con-*

*siglio di Brady e imparerò a dire di no? Sono stata su fino alle due di notte per chiudere i sacchetti.*

*Quando mi sono svegliata, ho sentito che stava per venirmi un brutto raffreddore. Tra uno starnuto e l'altro, Brady mi ha annunciato quasi per caso che il suo capo, Jack, parte domani per le vacanze, quindi oggi dovevo comprargli un regalo. Sono passata direttamente dalla festa della scuola al negozio di liquori – assurdo – e gli ho comprato una bottiglia di Dom. La stupida scatola da sola costava trenta dollari, ma almeno era cosa fatta. L'ho portata da Brady in ufficio e sono tornata a scuola appena in tempo per vedere lo spettacolo, che è durato una vita perché un ragazzino con un oboe ha pensato che sarebbe stato divertente vedere quanto a lungo riusciva a suonare prima che lo cacciassero giù dal palco.*

*Stasera Brady ed Eve sono arrivati affamati come sempre e dopo cena, mentre sistemavo da sola la cucina, mi sono resa conto che io e mia sorella siamo cresciute bene lo stesso, anche se mia madre non faceva mai niente per noi. Quindi chi è la pazza? Quella che ha passato la vita a fare i propri comodi, o quella che si ammazza ogni giorno sbrigando questo e quello per due persone che se ne fregano?*

Ricordo bene quel giorno. Ero arrabbiata perché la mamma non aveva filmato la performance che avevo fatto con Lindsey e Kara, una canzone in playback. « Te l'avevo detto, stamattina, di portare la videocamera », l'avevo rimproverata. Aveva borbottato qualcosa a proposito dell'imperfezione umana, l'unica cosa prevedibile della vita. Rivedendo la giornata dal suo punto di vista, mi accorgo che lei per noi era come un sacco da pugile contro cui io e papà ci accanivamo ogni giorno. Comincio a chiedermi come abbia resistito tanto a lungo prima di buttarsi. Giuro che non mi sposerò e che non avrò mai figli. Facciamo proprio schifo.

Rimetto il diario al suo posto nel comodino e mi avvio depressa verso la mia prima seduta di psicoterapia. Uno spreco di tempo.

« Tieni presente, Eve, che il tempo guarisce tutte le ferite », dice la psicologa, scavallando e accavallando le gambe per la centesima volta.

Non posso credere che venga considerata un vero dottore. Dovrebbe avere un titolo più legato con quello che fa, tipo dottore parlante, in modo che nessuno si fidi di lei se la vede con in mano un bisturi. Ho passato l'ultima mezz'ora a spiegarle che il tempo non guarisce un bel niente, ma lei non vuole capire. Che sia il mio compleanno, la festa della mamma, il ballo di fine anno o un martedì a caso, il tempo è il mio peggior nemico e non fa che prendermi a sberle, ricordandomi continuamente in che casino mi trovo.

Qualcuno dovrebbe pubblicare una lista delle cose da non dire alle persone in lutto, a partire da *Il tempo guarisce tutte le ferite*. Come seconda voce si può scegliere tra: *Tutto succede per una ragione; Dio manda il freddo secondo i panni; So cosa provi, anch'io ho perso la mamma, lo zio, quel che è; È bello avere un angelo in cielo*. E la mia frase preferita: *Come ti senti?* A questa brillante domanda vorrei rispondere urlando che non ho una cazzo di influenza.

Quello che consiglio di dire a chi soffre per la morte di qualcuno è niente. State zitti e basta.

Mentre torno a casa, chiamo il papà per spiegargli che la terapia non fa per me. La sua pulisci-culo temporanea me lo passa subito. « Da quella non ci torno », rispondo al suo esageratamente allegro « Pronto! » Quando parliamo, o ci prova troppo, oppure non ascolta nemmeno. Possibile che non sappia comportarsi in modo normale?

«Perché no?»

«Faceva tutta la sdolcinata. 'Lo sai che non è colpa tua, Eve.' E io: 'Sì, certo che lo so, ma allora mi piacerebbe sapere perché lo ha fatto'. E lei giù con una delle sue risposte idiote, tipo: 'È normale che tu ti ponga questo genere di domande'. E io: 'Sì, so anche questo'. Insomma, una totale perdita di tempo.»

«Come si chiama?»

«Dottoressa Frasefatta.»

Lui ride, e questo mi fa sentire stranamente orgogliosa. «Che ne dici di provare una seduta con un altro della lista?»

«Che ne dici di non provarci più e basta?»

Lui emette un suono contrariato. «Vorrei che tentassi ancora una volta. Potresti incontrare qualcuno con cui ti trovi meglio.»

Accetto. Non voglio dargli una scusa per rinunciare anche lui. Ha bisogno di psicoterapia molto più di me.

«Senti, se siamo d'accordo così, adesso devo proprio tornare in riunione», mi dice.

L'idea che il papà abbia fatto aspettare delle persone per prendere la mia chiamata mi piace molto. «Certo. Solo una cosa veloce. Non comprare la cena, stasera. Cucino io.»

«Ma non...»

«Ti voglio bene. Ciao.»

Sono contenta di non lavorare in piscina, ma il papà ha ragione quando dice che devo trovarmi un'occupazione, perché mi sa che guardare troppa televisione di giorno brucia i neuroni. Dopo una sola settimana di *Febbre d'amore*, gli attori sono già stati tutti a letto con tutti. L'unica parte divertente è immaginare i commenti della mamma:

« Mai una volta che ti facciano vedere uno che si ferma per mettersi un preservativo. Ormai avranno tutti la gonorrea ». Oppure: « Ma quanto Botox ci vuole per avere sempre quella faccia stupita? » O ancora: « È un personal trainer di terza categoria. Guarda, non guida nemmeno una BMW ». Per quanto possa essere divertente scompisciarsi dalle risate con un fantasma, stare seduta su quel divano mi rincretinisce.

È stata Paige a suggerirmi di cucinare. Non so come facesse a sapere che passo le mie giornate a poltrire in pigiama, fatto sta che ieri si è presentata a casa angosciata alla sola idea. È una cosa sensata da fare. Per anni sono stata il sous-chef di mia madre. Prima che fossi alta abbastanza da raggiungere il banco, lo zio Dan mi aveva costruito un ripiano regolabile per l'isola in modo che io potessi aiutare in cucina. Non so come gli sia venuto in mente. La zia Meg non fa da mangiare, quindi Lucy non ha mai avuto nulla da guardare.

Svuoto i sacchetti della spesa e mi lavo le mani. La mamma predicava che i cuochi migliori amano la semplicità. Spinaci con un po' di aglio e sale, riso cotto nel brodo di pollo con un po' di pepe, pesce alla griglia al profumo di limone. Una passeggiata. Riempito lo scaldavivande e apparecchiata la tavola, esco per accendere la griglia. Ho guardato la mamma farlo milioni di volte, ma non la tocchiamo da mesi e il gas non parte al primo colpo. Quando riesco nell'impresa, le fiamme divampano altissime, facendomi balzare indietro per lo spavento. Mi tocco le sopracciglia per assicurarmi che siano ancora lì. *Aiuto*, penso, ed espiro piano, guardando la griglia come se fosse una creatura viva che ha appena cercato di ammazzarmi. Poi rido, una risata forte e un po' sinistra che non riconosco come mia. *Che batticuore!* È questo che mi ha portato via la mamma lanciandosi da quel tetto: adesso sono veramente presente solo nei momenti estremi. Tutto ciò che è normale è noia.

Torno in casa a prendere una sigaretta nella borsa, sperando di tenere vivo l'entusiasmo. Non ho il vizio, è solo una cosa che faccio di tanto in tanto. Di solito aspetto che il papà stia dormendo, ma oggi c'è abbastanza vento perché l'odore non mi resti addosso. Quando sento la sua auto imboccare il vialetto di casa – che è piuttosto lungo – ho tutto il tempo per sbarazzarmi del mozzicone. Il pesce è pronto e lo porto dentro, dopo aver spento la griglia.

Nel vedere la tavola apparecchiata, lui non riesce a nascondere la sorpresa. Seguo il suo sguardo mentre nota che ho cambiato i posti a sedere. Una volta lui stava a capotavola, vicino alla porta, mentre io e la mamma sedevamo di fronte, alla sua destra e alla sua sinistra. Finora abbiamo mantenuto il posto della mamma, ma che senso ha sedersi ad angolo retto quando si è in due? Stasera ho rivoluzionato tutto, sistemando i piatti alle due estremità più lontane, l'uno di fronte all'altra.

Il papà è teso, ma riesce lo stesso a sedersi e a dire: « Che profumino! Cosa c'è qui di buono? » Il suo atteggiamento è molto chiaro: può accettare il cambiamento, ma non affrontare una conversazione al riguardo. Sempre meglio che vederlo uscire di casa e andare al ristorante.

La scena è imbarazzante, come se avessi un appuntamento galante con mio padre. Mi servo una porzione di tutte le cose che ho preparato, poi gli passo i piatti da portata perché si serva anche lui. Siamo goffi. Dovrebbe essere un cerchio, invece è una linea retta. Domani gli servirò il piatto già pieno.

« Non senti anche tu odore di bruciato? » mi chiede. Annuso l'aria, poi ci voltiamo tutti e due verso il patio.

La griglia è avvolta dalle fiamme. « Chiama il 911! » dice il papà, correndo a prendere un estintore in lavanderia. Il tempo di tornare fuori e le fiamme hanno già raggiunto le piante, quindi l'estintore non serve a molto. È un'estate secca. Serve assolutamente l'intervento di professionisti.

Mentre aspettiamo, il papà guarda il fuoco come se ci stesse parlando. Io me ne sto in disparte, sperando che il mozzicone di sigaretta si disintegri insieme coi fiori e con tutto il resto, ma temo proprio che resterò delusa. Io e la fortuna non andiamo molto d'accordo ultimamente.

I pompieri ci mettono pochissimo a spegnere l'incendio. Poi attaccano con le domande. Quando capiscono che alla griglia c'ero io, guardano con sospetto il papà. « Ma lei era a casa? » vuole sapere il pompiere più carino.

« Sì. Cioè, no, non mentre lei cucinava », risponde.

« Avevi mai usato una griglia a gas prima? » mi domandano.

« No. »

Guardano di nuovo il papà, stavolta con disapprovazione, e lui guarda me con disapprovazione. « Non l'avevi mai usata? Come facevi a sapere come accenderla? »

« Non sono scema. La mamma di solito si arrangiava da sola. »

« Maledizione, Eve, tu non sei la mamma! »

Le parole restano sospese nell'aria tra noi, più tossiche del fumo. Giro lo sguardo per il patio annerito e per il giardino ridotto in cenere, poi scoppio in lacrime. I tre pompieri, intanto, cercano di ricostruire quello che c'è dietro le nostre parole.

« Almeno ci sto provando! » grido tra le lacrime. « Ho cucinato pensando che forse così avresti mangiato di più! E ha funzionato. Hai mangiato molto più del solito. Insomma, chi diavolo compra cibo pronto tutte le sere? Stavamo diventando due barboni! » Faccio per entrare in casa, ma uno dei pompieri mi prende per un braccio.

« Non la tocchi », gli intima il papà.

Ci paralizziamo tutti quanti.

« Senta, dobbiamo compilare un rapporto sul nostro intervento, ma non abbiamo tutte le informazioni che ci servono. Quindi o chiamiamo la polizia, oppure voi due rispondete alle nostre domande e poi vi lasciamo qui tranquilli a risolvere i vostri problemi. »

« Quali domande? È chiaro che si è trattato di un incidente. »

« Devo sapere se la ragazza ha chiuso la bombola del propano. »

Il papà mi fa cenno di rispondere.

« No », dico, mordendomi il labbro. « Ho spento solo l'interruttore. La griglia era molto vecchia. » Questa è una frecciata al papà, perché la mamma aveva chiesto tante volte una griglia nuova. Ritagliava sempre dalle riviste le foto di cucine all'aperto su misura, dicendo che il papà se ne fregava soltanto perché non era lui a cucinare.

« Allora ci deve essere una perdita da qualche parte. In una giornata calda come oggi è un errore molto pericoloso. »

« Ho visto », ribatto io.

« Cambia tono, Eve », mi sgrida il papà, che ora sembra passato dalla parte dei pompieri.

Bardati con tutte le protezioni del caso, i tre esaminano la griglia per un'altra ventina di minuti, mentre io e il papà li osserviamo in silenzio. Alla fine quello carino dichiara che l'incendio è dovuto a un « uso improprio accidentale » e fa mettere per iscritto che « una sostanza infiammabile dev'essere entrata in contatto con la falla nel tubo del gas ». Non dicono di cosa potrebbe essersi trattato e il papà non glielo chiede. Non riesco a capire se mi stanno facendo un favore o se sono dei cani nel loro lavoro.

Dopo che se ne sono andati, io e il papà restiamo nella fuliggine a contemplare il disastro. Ho distrutto il patio, ma potevo bruciare la casa. Mi sento così stupida... eppure una piccola parte di me lo trova divertente. La mamma ci avrebbe riso sopra, come aveva riso il giorno in cui il tubo della lavatrice si era staccato dal muro allagando lo stanzino delle scarpe. Diceva che i momenti così terribili sono anche i più comici.

Peccato che il papà sembri furibondo, per cui mi cancello il sorriso dalla faccia. Bisognerebbe essere la mamma, per farselo perdonare. E, come lui mi ha delicatamente fatto notare, io non lo sono.

## BRADY

Il mio strizzacervelli è un incrocio tra Albert Einstein e Abraham Lincoln. Da Albert ha ereditato le lenti spesse e i capelli da fulminato, da Abraham il fisico dinoccolato, il naso lungo e l'aspetto severo di uno che ha sempre ragione.

« Prima di addentrarci in un dialogo più naturale, vorrei farle una serie di domande relative alla sua storia e alla perdita di sua moglie, in modo da potermi fare un quadro del suo stato attuale. »

Sono contento di come ha subito assunto il controllo. Adesso che mi trovo qui, non ho la minima idea di cosa dirgli. « Prego, spari pure. »

« Dorme bene ultimamente? »

«Sì», rispondo, omettendo il ruolo del bourbon.

«Mette la cintura di sicurezza quando sale in macchina?»

«Sì.»

Va avanti a un ritmo cadenzato, informandosi sul mio grado di concentrazione, sugli orari di lavoro e sulle abitudini alimentari. Sembra una deposizione legale. Eve ha ragione, è una perdita di tempo. Non ho nessuna intenzione di confidare a quest'uomo scelto a caso delle verità che non sono pronto a confessare nemmeno a me stesso.

«Il suo livello d'interesse nei confronti delle altre persone è cambiato in questo periodo?»

«Sì.»

«In che modo?»

«Non me ne frega più niente di nessuno tranne che di me e mia figlia.»

Il dottor White smette di sparare domande a raffica e prende un appunto. Sono abbastanza sicuro che abbia scritto le parole esatte. «Se la sente di approfondire un po'?»

«Mi piaceva scherzare coi colleghi, giocare a squash, ogni tanto andare a vedere una partita dei Patriots. A casa c'era Maddy che provvedeva a tutto, quindi la mia unica vera responsabilità era il lavoro. Il resto della nostra vita lo gestiva lei.»

Il dottore inclina la testa, come se stesse per dire qualcosa di molto profondo. «Sobbarcarsi l'onere della stabilità economica della sua famiglia non è cosa da poco.»

«Lo pensavo anch'io, prima.»

Annota anche questo. «Fa esercizio fisico?»

«Tutti i giorni.»

«Si vede come un uomo che vale?»

«Sì, ma forse non dovrei.»

«Si spieghi meglio.»

«Mia moglie si è uccisa.»

«E in che modo questo cambia il suo valore come persona?»

Mi fermo un attimo a soppesare quanto ho voglia di dire sull'argomento. Potrà anche sembrare una deposizione legale, ma non lo è. La posso modificare e correggere come mi pare. «Be', sarebbe arrogante da parte mia non chiedermi come ho contribuito. Il più delle volte sono arrabbiato con lei. *Guarda cosa mi ha fatto,* penso. Ci ha abbandonato. Non aveva il diritto di andarsene così senza prima avvisarmi che qualcosa non andava.» Quello che ho appena detto è così vero da farmi infuriare. Per quanto io abbia trascurato la vita domestica, il punto saliente è che Maddy non se n'è mai lamentata.

«Cos'avrebbe fatto se sua moglie l'avesse messa al corrente della propria infelicità?»

«Avrei rimediato.» Di questo sono sicuro.

Il dottor White si stringe nelle spalle. «D'accordo, ma sua moglie non l'ha fatto, quindi lei come poteva saperlo?»

Troppo facile come scusa. Non riesco ad accettarla. È una lotta con me stesso. «Devo essermi perso *qualcosa*. Un indizio, un segnale. Non sono stato abbastanza attento.»

«D'accordo, ci torneremo. Cosa fa lei per divertirsi?»

«Niente. Non mi diverto.»

Da come fa schioccare la lingua intuisco che la mia risposta lo ha contrariato. «Sul serio, Mr Starling. Ha fatto qualche tentativo per tornare a vivere, da quando sua moglie è morta?»

«Uno, domenica scorsa. Per la prima volta in vita mia,

sono uscito a cena e poi sono andato al cinema da solo. Ma non credo di voler ripetere molto presto l'esperienza.»

«Perché? Cos'è successo?»

Non mi va di parlarne. Un tempo guardavo le persone da sole al ristorante come se fosse colpa loro. *Ecco uno che sarebbe capace di fare causa ai suoi genitori o di andare a letto con la migliore amica della moglie*, pensavo. Altrimenti perché una persona della mia età dovrebbe essere ancora sola? Adesso so cosa significa ricevere uno di quei miei sguardi. Ero seduto là in attesa che arrivasse il mio cibo e m'intrattenevo spiando la gente ai tavoli finché quelli non se ne accorgevano e mi guardavano storto, e in quel momento ho capito: non si esce a cena per mangiare e basta. Si esce per conversare, per festeggiare, o nella speranza che dopo succeda qualcosa. Per questo una persona sola al tavolo è così inquietante: se vuoi solo mangiare, puoi prenderti qualcosa da asporto. Ma non ho nessuna voglia di dirlo al medico. «Che senso ha mettere in mostra la propria solitudine? Posso benissimo cenare guardando un film comodo comodo a casa mia.»

Lui non disapprova. «Mi dia un po' più di colore, se non le dispiace. Qualche dettaglio sulla serata.»

«Non saprei. Pensavo che al cinema sarebbe stato meglio che a cena. In una sala buia dove ci si aspetta che tutti stiano zitti, chi ci fa caso se sei da solo o con qualcuno? Ho scelto un posto lato corridoio, beccandomi un'occhiataccia da una coppia che a quanto pare aveva lasciato una poltrona libera per essere più vicina al centro dello schermo, dando per scontato che non l'avrebbe occupata nessuno. Non appena mi sono seduto, lei si è alzata per andare in bagno e poi, quand'è tornata, ha scambiato posto col marito, come se temesse una palpatina.»

Ridacchia. « Mmm. Non credo che lei sia clinicamente depresso. »

Ci resto male. Io vorrei tanto essere clinicamente depresso.

« Sembra deluso. »

Mi agito sulla sedia. Quest'uomo è perspicace. « Be', come le ho detto al telefono, io mi sento depresso. »

« È normale che lei sia triste e arrabbiato. È in lutto. Ma sta attraversando tutto questo con la testa sgombra. »

Provo un fortissimo desiderio di mettermi a piangere.

« È una bella notizia, Brady. Vuol dire che potremo esaminare passo passo i cambiamenti che sta vivendo e le prove che sta affrontando, e arrivare a un risultato senza bisogno di medicinali. »

Nella speranza di portarlo dalla mia parte, decido di confessargli i miei recenti scatti d'ira. Voglio una grossa pillola capace di guarire qualunque male, da cacciare giù ogni sera insieme con dieci milligrammi di sonnifero.

« È normale », replica, per nulla impressionato. « Lo ha detto anche lei, riesce a preoccuparsi solo per sé e sua figlia, il che significa che la sua pazienza è al limite. In questo momento la mente reputa tutto il resto non importante. »

« Non mi succede solo sul lavoro. Perdo la pazienza anche con Eve. »

« È naturale. Lei è in modalità sopravvivenza, Brady, e le diciassettenni non sono capaci di relazionarsi con gli adulti in questa modalità. Va contro ogni desiderio che sua figlia ha in questo momento. La ragazza sta lottando per l'indipendenza e lei cerca di tenerla al sicuro. Avete obiettivi inconciliabili. E, quando la stabilità che lei va cercando viene messa in discussione, scatta la rabbia. »

« Bene. Ma come faccio a impedire che succeda? »

Lui si passa le dita tra i capelli indomabili e sospira. « Non è possibile. »

« Allora cosa diavolo ci faccio qui? »

« Non se la prenda, Brady. A un certo punto smetterà di succedere, vedrà. Diventerà più consapevole, sarà meno severo con se stesso, si perdonerà un poco e, così facendo, sarà anche più disposto a perdonare gli altri. »

*Perdonare me stesso.* Cominciano a scendermi le lacrime. Per quanto inconsapevolmente, ho permesso che alla mia famiglia succedesse questo.

# 8

## MADELINE

*Rory si sente sola,* ripeto a Eve mentre affrontano insieme il capitolo tre: «Calcolo dei limiti». L'espressione di Eve si addolcisce, ma non riesco a decifrare come userà l'informazione.

«Hai capito come siamo arrivate fin qui?» domanda Rory, facendole vedere una lunga dimostrazione.

Eve aggrotta la fronte. «Perché non si può testare il limite inserendo un valore?»

«Ottima domanda. È un concetto difficile e questo prova che hai capito cosa stiamo cercando di calcolare.»

Rory sa il fatto suo. Non avrei dovuto dubitare di lei. Linda ha cresciuto una figlia con dei principi etici inattaccabili. Se non si sentisse a suo agio con l'algebra, Rory non avrebbe accettato il lavoro. *Mia madre?* Non posso dire altrettanto. Se mi è stato insegnato qualcosa, è che una bella bugia ti può traghettare fino alla prossima lite.

Suonano alla porta. Eve si alza. «Torno subito.»

È Paige. «Di chi è quella macchina?» domanda, allungando il collo per investigare.

«Del mio spacciatore... oh, scusa, volevo dire della prof che mi dà ripetizioni di algebra!»

Paige sorride. «Siamo in vena di scherzi, eh? Sono passata giusto per lasciarti questo.» Consegna a Eve un sacchetto di verdura biologica e un pollo arrosto del mercato agricolo. « Devi solo tagliare a pezzetti le verdure e farle saltare in padella. Il pollo lascialo pure nello scaldavivande fino al momento di mangiarlo. » Dopo l'incendio, Eve ha rinunciato a cucinare, ma vorrei tanto che ricominciasse.

« Grazie. Spero proprio di non appiccare fuoco alla casa », risponde.

« Quella griglia era vecchissima. Non è stata colpa tua. » Il mio messaggio, alla lettera. « Oh, e un'ultima cosa. » Paige pesca dalla borsetta un Butterfinger. « Non so cosa mi sia preso, quindi non chiedermelo, ma ho comprato questo. Per favore, prendilo tu prima che lo mangi io. »

Il cuore di Eve inizia a battere forte. Quelle barrette erano la nostra ossessione segreta. Ci faceva sempre ridere: di tutti i dolciumi in commercio, quello era il più imbarazzante di cui andare pazze, non solo per l'incarto fluorescente visibile a cento metri di distanza, dal quale si capiva che non ti stavi concedendo una barretta proteica, ma per il nome. Butterfinger, Dito-di-burro. Come mangiare un pezzo di burro spesso come un dito. Li compravamo ogni volta che facevamo scorta di assorbenti interni, cosa che trovavamo doppiamente buffa.

Eve fissa l'incarto. Ci vede qualcosa, proprio come speravo. La nostra passione per i Butterfinger era davvero segreta. Se Paige ha seguito l'impulso di comprarne uno, devo per forza esserci di mezzo io. Quindi la mia presenza è reale, anche se sotto forma di spirito. « A me e alla mamma piacevano tanto », sussurra Eve, più a se stessa che a Paige.

« Davvero? Non l'ho mai vista mangiarne uno. »

« No, era impossibile. »

Paige percepisce il cambiamento di umore di Eve, ma

non sapendo come affrontarlo si limita ad abbracciarla e andarsene. Eve torna da Rory più leggera, adesso che sente di non essere stata del tutto abbandonata.

Orchestrare attimi di conforto è fantastico, però tra due mesi Eve partirà e io continuo a salire, anche se a piccoli balzi, quindi il tempo a disposizione per offrirle aiuto si va restringendo in entrambe le direzioni. Finora salire non ha indebolito il mio ascendente, ma temo che possa succedere molto presto. Devo inserire Rory nelle loro vite come mia sostituta permanente finché ne ho la possibilità, per cui insisto con la mia formula magica: *Rory si sente sola, Rory si sente sola.*

Eccole concentrate a calcolare la velocità del vento, la portata di diversi recipienti, la diminuzione esponenziale della temperatura... Rory mi ha persa il primo giorno, durante l'introduzione, ma Eve fa leva sui geni ereditati da Brady per riuscire a starle dietro. Vederla imparare lavorando d'immaginazione è elettrizzante. La sua mente è molto più brillante di quanto credessi. Ha sempre preso buoni voti, ma davo per scontato che ci fosse del lavoro, dietro. Invece no, Eve non fatica come faticavo io: il suo cervello lavora sempre in corsia di sorpasso, assimilando i concetti senza bisogno di molta concentrazione e, una volta che ci è arrivato - *zap* -, lì rimane, senza bisogno di appunti, schede didattiche o bizzarri trucchi mnemonici. Se non avessi studiato sodo, io sarei stata una studentessa da C. Ero spinta solo dall'ambizione di non finire come mia madre (e, sì, apprezzo l'ironia della situazione). Mio padre, che si lagnava pubblicamente di non avere figli maschi, diceva che avrebbe pagato il college a me e a mia sorella solo se avessimo portato a casa tutte A, senza eccezioni. Io e Meg sapevamo entrambe che sarebbe stato capace d'indicare una B+ in tecnica di lavorazione del legno e dire: « Peccato, ci eri andata vicina », fregandosene altamente dell'idiozia della regola, per cui ci siamo diplomate tutt'e due col massimo dei voti. Per Meg è stata una passeggiata, per me letteratura era l'unica cosa facile.

Quando ho lasciato il lavoro per restare a casa, la mamma non ha considerato sprecati i soldi investiti per mandarmi all'università. « È grazie a quella laurea che ha acchiappato un buon partito », sosteneva, senza sapere che da decenni ormai la gente aveva smesso di dare peso alle sue opinioni. « Brady non avrebbe mai sposato una zucca vuota. »

Mio padre però non era convinto e mi aveva preso da parte. « Ti rendi conto che i problemi di tua madre – la pazzia e l'alcolismo – sono genetici, vero? Tappati in casa come un topo un po' troppo a lungo, e finirai per metterti a bere anche tu. Non gettare al vento il tuo potenziale. » Ma non ero una mente geniale, io. Eve metabolizza le informazioni, io me le appiccicavo in testa. È una sfumatura importante. Quello che mia figlia comprende, io sapevo solo recitarlo a memoria.

Quando Rory raccoglie i libri per andarsene, accelero un po' il passo. *Rory si sente sola, Rory si sente sola, Rory si sente sola.* « Se riesci a fare gli esercizi prima di lunedì, possiamo passare subito al quarto capitolo. »

Eve le fissa in silenzio la mano sinistra. Com'è tipico della nostra società, associa la solitudine alla mancanza di un uomo.

« Pianeta Terra chiama Eve », dice Rory, agitandole una mano davanti agli occhi. « Cosa guardi? »

Lei sbatte le palpebre, imbarazzata per essere stata colta in flagrante. « Scusa. Non ci sto proprio con la testa, oggi. Ho notato che... cioè, mi stupisce che... be', non sono proprio stupita, ma... sei sposata? »

« Divorziata. »

« Oh, mi dispiace. »

Rory mette il borsone su una spalla. « Non deve dispiacerti. Sono sicura che tu non c'entri affatto. »

« Hai dei bambini? »

Rory si blocca, è diventata triste di colpo.

Eve fa subito retromarcia. « Scusa, non volevo essere invadente. Non sei costretta a rispondere. »

Rory riparte in direzione della porta. « Tranquilla, non ne ho. Se non ti vengono gli esercizi chiama pure, non mi disturbi. » Va alla macchina con la stessa espressione distaccata di quel primo giorno al negozio di alimentari, solo che stavolta intuisco cos'è successo. Sua figlia è morta e lei incolpa se stessa. Ha in comune con Eve e Brady molto più di quello che pensavo.

Mentre guida cercando di tenere lontane le emozioni, il flusso abitualmente lirico dei suoi pensieri si disgrega in una litania di osservazioni casuali: cosa c'è in saldo, quale tratto di strada ha bisogno di essere riasfaltato, quale negozio è chiuso durante il normale orario di lavoro. Non potendosi permettere di crollare davanti alla madre malata, si ferma un attimo sul vialetto prima di entrare in casa. « Hanno bisogno di te », dice a voce alta, per infondersi coraggio. Un bel trucco motivazionale, ma inutile.

Quando Rory non domanda com'è andata la giornata, Greta si meraviglia molto. Ma capisce al volo e si congeda. Dopo aver baciato sulla fronte Linda che dorme, Rory si versa un bel bicchiere di Chianti e si butta sul divano nella stanza buia. Se si sostituisce il Chianti con lo Chardonnay, lo spettacolo è identico alle mie serate quando Eve era cresciuta abbastanza da non aver più bisogno di assistenza ventiquattr'ore su ventiquattro.

Avviluppata in un silenzio disturbato solo dal ticchettio costante della pompa per la terapia endovenosa, Rory fissa la foto della figlia sorridente, col primo dentino appena spuntato dalle gengive gonfie. Ha gli stessi capelli color cioccolato della madre. Non riesco a immaginare neppure lontanamente lo strazio e la disperazione di una simile tragedia. Perdere Eve mi avrebbe portato su quel cornicione senza pensarci due volte.

Così triste, Rory sembra più vecchia. Il suo umore mi smonta. Ho imparato come trasmettere, ma non *cosa* trasmettere. Volevo che Eve invitasse Rory a cena, non che la facesse precipitare nella depressione. Vorrei... oh, al diavolo, non lo so nemmeno io, cosa voglio. Forse essere una morta migliore. Dovrebbe essere più facile che da viva.

Sposto l'attenzione su Brady, che sta facendo colloqui alle potenziali assistenti. Noto subito che nessuna delle candidate ha più di trent'anni o è bruttina. La prospettiva di un Brady trasformato in un vecchio bavoso mi repelle, e sono già pronta a inculcargli un pizzico di buon senso, quando ascolto il suo ragionamento. La sua tesi è che, vista la natura umana, ci sono molte meno probabilità che il Pompiere se la prenda con una donna giovane e vulnerabile. La sola idea lo fa inorridire e spera di essersi sbagliato, ma io sono affascinata dal suo approccio analitico. È autoconsapevolezza scientifica allo stato puro.

« Che orari aveva nell'ultimo posto in cui ha lavorato? » domanda.

La candidata, di una bellezza folgorante, mostra una certa irritazione. « L'ho già detto alla signora delle risorse umane. »

Anche Brady è irritato, adesso. « Si chiama Meredith. Le secca molto condividere anche con me la risposta? » Dal tono si capisce che non è una richiesta cordiale.

« Dipendeva dal trimestre, e anche dai viaggi di lavoro di Mr Breack. » La ragazza si agita sulla sedia, come se scottasse.

Il suo comportamento immaturo non piace a Brady, che è contento di essere irritato nonostante il suo bel faccino. « Quindi è disposta a fare orari flessibili? »

Lei incrocia le braccia. « A dire il vero, no. È per questo che mi sono licenziata. »

Brady si prende una pausa per esaminare il resto del curriculum. È laureata da cinque anni e ha cambiato quattro posti di lavoro. Non avrebbe dovuto nemmeno superare la prima selezione. Brady prende mentalmente nota di farlo presente a Meredith, poi dà un'occhiata al suo iPhone, fingendo di leggere un'importantissima email. « Dobbiamo interrompere. Ho una questione urgente che mi aspetta. » Scorta Miss Culetto d'oro fuori della stanza, sollevato. Sarà anche uno stronzo, ma uno stronzo meritocratico.

Seguire questa scena mi ha gettato nell'inquietudine. Ripenso a tutte le volte che, nel mezzo di una conversazione e senza nessun preavviso, Brady guardava il telefono e tagliava corto dicendo che c'era « una questione urgente » al lavoro. La candidata, oltre che stupida, era maleducata e nessun capo l'avrebbe sopportata a lungo, ma io cosa gli avevo fatto?

## EVE

Quando le ho chiesto se aveva figli, Rory è diventata così triste che ci dev'essere sotto qualcosa. Non appena la sua auto sparisce lungo la strada, corro al computer. Non è quello che hanno fatto tutti quand'è morta la mamma? Se mi vedevano nei dintorni abbassavano la voce a un sussurro, ma noi adolescenti non sappiamo dosare i sussurri, forse perché alla fine vogliamo essere sentiti. « Hai letto *The Townsman*? Non ha lasciato nemmeno un biglietto. » « Il *Go Boston* dice che forse si faceva di metanfetamine. » « Secondo *The Globe* invece il Wellesley College non la pagava nemmeno, mentre lei ci passava praticamente la vita. » Le mie amiche erano ben felici di aggiungere i particolari mancanti. Immagino sia stata Lindsey a bollare come eccessivi i viaggi di lavoro del papà e come cosa nota lo Chardonnay serale della mamma. E ho sentito Jake dire a Noel che i miei litigavano sempre, una notizia che devono aver appreso da John, visto che quand'è venuto l'ultima volta a casa nostra stavano discutendo come al solito per le vacanze estive.

Digito *Rory Murray* nel motore di ricerca. Ci sono milioni di risultati, dai geni della tecnologia alle pornostar. Restringo la ricerca aggiungendo una parola spesso ripetuta negli articoli su mia madre: *tragedia*. Ed ecco che viene fuori la sventura di Rory. Mi porto una mano alla bocca. Basta la fotografia a raccontare tutta la storia: un bell'uomo col braccio intorno alla vita di una Rory più giovane e sorridente, che a sua volta tiene in braccio una neonata.

TRAGEDIA IN VACANZA,
LA MORTE EVITABILE DI UNA BAMBINA

« 26 novembre 2005

« San Diego, California – Una bambina di due anni ha perso la vita in un tragico incidente d'auto su 6th Street del Gaslamp District. Secondo i primi rilevamenti, Steve O'Malley, 34 anni, si è addormentato al volante della sua Mitsubishi Montero del 1998, finendo sul marciapiede e investendo il passeggino di Emma Murray.

« La bambina è stata dichiarata morta sul colpo. La madre Rory, 31 anni, che spingeva il passeggino, è stata portata d'urgenza in ospedale con ferite gravi, tra cui una gamba rotta in quattro punti.

« Fonti interne alla polizia assicurano che O'Malley, che a quanto pare stava guidando da nove ore di fila, verrà incriminato per omicidio colposo. »

Abbiamo tutti una storia. E non sono la sola ad averne una triste. Invece a me sembra che sia così perché le mie amiche sono troppo giovani per aver provato un dolore come il mio, di quelli che ti lasciano fisicamente più pesanti di prima. Chissà se esiste un'equazione algebrica anche per questo. Guardo l'orologio del computer, meravigliandomi che siano già le quattro passate.

Sono dieci minuti in ritardo per il secondo round di psicoterapia. Questa volta ho scelto un uomo. Sembra sulla trentina, quindi la giacca di velluto a coste con le toppe di finta pelle ai gomiti non gli si addice. Non riesco a capire se la indossi per apparire più saggio, perché invece lo fa sembrare un imbranato. Dopo avergli spiegato il motivo per cui mi trovo qui, mi lancio nella mia frase-rivelazione: « Un giorno anche tutti quelli che vengono a scuola con me saranno devastati da una tragedia ».

« Un'osservazione acuta. Qualcuno ci mette una vita ad arrivarci, per cui congratulazioni », dice il dottor Jahns.

È strano ricevere delle congratulazioni per aver capito che ciascuno ha il suo inferno privato da nascondere, ma accetto il complimento. Almeno non mi ha risposto cose tipo « passerà anche questa » o « non puoi cambiare quello che la vita ti mette sul piatto, ma puoi decidere cosa farne ». Non ne posso più di queste stronzate che dovrebbero farmi sentire bene.

Aspetto la domanda successiva, ma non arriva. Dallo sguardo esperto che posa su di me capisco che il silenzio è strategico. Non resterà deluso di sapere che non ho fretta. Restiamo zitti per tre minuti. So che sono tre minuti, perché sulla parete c'è un enorme orologio messo lì probabilmente perché i pazienti in lacrime sappiano quando la loro seduta è finita. Riempio il silenzio fingendo di mettermi in competizione col suo sguardo. Considerato che è ignaro della sfida, il dottor Jahns se la cava bene.

Alla fine è lui ad arrendersi, a perdere la nostra per così dire battaglia, chiedendomi di descrivere come mi sento adesso.

« Non lo so », rispondo, soddisfatta della vittoria. « Faceva tutto la mamma. Forse temo di non saper andare avanti senza di lei. »

« Cioè ti spaventa la possibilità di non saper badare a te stessa come faceva lei? »

« Ho detto che temo, non che sono spaventata », lo correggo.

« Scusa, hai ragione. Riformulo la domanda. Cioè temi di non saper badare a te stessa come faceva lei? »

Riesce a farmi sentire una scema. Siamo pari: 1-1. « Sì, credo di sì. » Guardo l'orologio. Ancora quarantotto minuti, poi potrò dire addio per sempre ai dottori parlanti.

« Mmm. E la solitudine? Non ti senti sola? »

« Oh, be'. »

« Dimmi, ti ascolto. »

« Dirle cosa, la definizione di *sola*? »

Lui incrocia le braccia, ma non replica. Un altro pareggio.

Dato che non ho voglia di un secondo round di silenzio, dico: « Passavamo molto tempo insieme, ma ora lei non c'è più e nessuno mi capisce ».

« Quindi è come se per te *sola* e *spaventata* fossero due emozioni collegate. Dipendevi da tua madre, quindi senza di lei ti manca il sostegno principale. Perdere queste fondamenta ti fa sentire comprensibilmente isolata e insicura. »

« Ottima sintesi », rispondo, in un tono che la mamma definirebbe condiscendente. È divertente fare la spocchiosa con questo tizio. Forse deciderò di tornare anche solo per farlo arrabbiare.

« Cosa pensavi del suicidio prima che tua madre morisse? »

*Ma è scemo?* « Mi piaceva un sacco. Lo trovavo fantastico. »

Inclina la testa verso destra. « La mia domanda ti ha irritato? »

Inclino la testa verso sinistra. « Sì. »

« Perché trovi che la risposta sia ovvia? »

« Perché la trovo una domanda inutile. »

« Ah. Okay. Cos'avrei dovuto chiederti? »

Taccio. Come replica in effetti non è male. Un altro punto per il dottore parlante. « Cosa vorrebbe sapere veramente. »

« Cosa vorrei sapere veramente? »

« Se so perché lo ha fatto. Se sto tenendo nascosto qualcosa di enorme. »

Lui alza le sopracciglia come se l'idea non gli fosse mai nemmeno passata per la testa. *Come no.* « Perché, è così? »

«No. Non so. Io... credevo che fosse felice.» Com'è successo che siamo tornati a parlare seriamente?

«Quindi non ti eri accorta che tua madre stava attraversando un brutto momento?»

«Glielo ripeto: no.»

Lui sottolinea qualcosa sul suo taccuino. Spero sia il fatto che non ne sapevo niente, così lascerà cadere l'argomento. Mi guarda dritto in faccia. «Cosa ti faceva credere che tua madre fosse *felice*?»

Questo mi mette in difficoltà. Fino a tre mesi fa ero convinta che tutti fossero più o meno felici. «Voglio dire... cioè... lo davo per scontato, ma non gliel'ho mai chiesto.»

Lui posa il taccuino. «Chiesto cosa?»

«Niente. Insomma, le chiedevo se poteva darmi qualcosa o fare qualcosa per me. Ha presente? *Non è che potresti...* portarmi là, lavarmi questo, farmi quello, comprarmi quest'altro? Mi sentivo una figlia modello perché dicevo sempre *grazie* e *per favore*, però non le chiedevo mai come stava.»

«Capisco», dice, ma ho i miei dubbi. Non credo che al liceo il dottor Jahns uscisse molto. Me lo immagino come un campione di matematica con la maglietta di *Star Wars* che in mensa mangiava sempre da solo. Non dico che sia una brutta cosa, penso solo che con tutta probabilità non era un tipo esigente. «E adesso questo ti fa stare male?»

«Sì. Lei s'informava sempre di come stavo io, ma non mi è mai passato per la testa di domandarlo a lei. Non è orribile? Non è che mi trattenessi per cattiveria. È che non ci ho proprio mai pensato. 'Già, chissà come sta la mamma...' No, non mi veniva nemmeno in mente.»

«Quindi ti comportavi come qualunque altro ragazzo della tua età.»

« Be', è da scemi. Chi se ne frega dei vestiti, del coprifuoco e del ballo di fine anno? Mi sento un'idiota per aver dato importanza a queste cose. Perché, anche se non si fosse suicidata, anche se fosse morta in un incidente d'auto o in un modo un po' più normale, la possibilità di perderla c'era comunque. Le mie amiche non vogliono proprio capire che un giorno potrebbero tornare a casa e ritrovarsi in un altro mondo. Io guardo anche i notiziari e via dicendo. So che la gente muore. Ma non mi ero mai resa conto che poteva morire qualcuno cui *io* volevo bene. Che poteva toccare a *mia* mamma. » Mi metto a piangere. Il mascara waterproof è una grandissima fregatura.

Lui mi porge un fazzolettino, ma va avanti come un treno: « Quindi adesso hai la sensazione di capire il mondo meglio delle tue amiche? »

« È così, lo capisco molto meglio », rispondo, posando la testa sullo schienale del divano. « Loro non hanno la più pallida idea di come sto. Credono tutte che io sia depressa, ma non lo sono. Finalmente l'ho capito, ma loro ancora no. Non possono pretendere che me ne importi qualcosa se Lindsey ha preso due chili, o se Noel si è mollato con Katy visto che uscivano insieme da... che ne so, un giorno! » Sento il moccio colarmi dal naso e prendo un altro fazzolettino. « Mi fa incazzare non averlo capito prima, quanto sono inutili queste cose. Adesso lei se n'è andata e io ho perso la mia occasione. »

Il dottor Jahns aspetta che abbia smesso di singhiozzare. « Ricordati sempre che, se smetti di aprire la porta, la gente smetterà di bussare. » Parla come la mamma, adesso. L'orologio segna le cinque e due minuti. Sono la paziente in lacrime che deve sapere quando la sua seduta è finita. « Tornerai la prossima settimana? » mi domanda, mentre prendo la borsetta.

Sono colpita: quindi lui sa che potrei non tornare. « Credo di sì », rispondo, e mi sorride.

« Un'ultima cosa, Eve. Non nasciamo sapendo già come va il mondo. La vita serve proprio a questo. »

## BRADY

Non sappiamo come diventerà il nostro partner dopo averlo sposato. Una volta lavoravo per un tale che si occupava di finanza e aveva sotto di sé un team di dieci persone. Una notte ha sognato un crocifisso che fluttuava sopra una scatola con un punto di domanda impresso a fuoco su un lato. Si è svegliato sicuro che il Signore fosse scontento della sua vita, così ha lasciato il lavoro per diventare insegnante di matematica, ha smesso di bere alcolici e, improvvisamente schifato dal gioco d'azzardo, è uscito dal nostro giro di scommesse. Poco tempo dopo, Maddy si è imbattuta nella sua ex moglie al supermercato. La signora ha raccontato di aver chiesto il divorzio perché suo marito era diventato noioso come non mai dopo aver trovato il Signore, e per lei era un peccato imperdonabile. A pensarci adesso, mi domando se Maddy considerasse il divorzio un'alternativa possibile. A questo punto accetterei anche la custodia condivisa.

Io ho chiesto in moglie la donna che Maddy era in quel preciso istante. Ho sposato una fase, e anche lei. Siamo cambiati. Ci siamo adeguati ai mutamenti dell'altro. Questi aggiustamenti ne hanno innescati altri e così via, fino a rendere impossibile risalire a chi ero prima di Maddy, a cosa è cambiato in me sotto la sua influenza e a quali sono le mie opinioni ora che lei se n'è andata.

«Se non riesce a spiegare cos'è cambiato da quando sua moglie non c'è più, perché non prova a dirmi cos'è rimasto uguale?» mi chiede il dottor White.

Vista la nostra storia contorta, è un compito quasi impossibile. Ho il terrore di districarla. Non so se i frammenti che fanno capo soltanto a me mi piacerebbero. «Oddio... non lo so. Sono ancora considerato bravo nella mia professione. Faccio sport regolarmente. Ho Eve.» Niente sembra impressionarlo più di tanto. «Cosa vuole che le dica? Sono ancora un repubblicano allergico alla penicillina.»

Il dottor White si gratta la testa. Non ha gradito nemmeno la versione cretina. «Sto cercando una cosa che le piace già e alla quale potrebbe dedicarsi di più», chiarisce. «Vorrei che coltivasse una passione. Domani è il 4 luglio. Ha già pensato a come trascorrerà la giornata?»

«Probabilmente andrò in ufficio. Eve di solito esce coi suoi amici.»

Lui è perplesso. «È sicuro che Eve domani vorrà stare con gli amici?»

Cambio posizione, imbarazzato; a dire il vero, non ne sono affatto sicuro. «Glielo chiederò. Non riesco a immaginare che preferisca passare la giornata con me.»

«Glielo chieda, ma in ogni caso non vada a lavorare. Maddy non ci sarà nemmeno il prossimo 4 luglio, e lavorare ogni festa non è una soluzione praticabile a vita.»

«Mi sta suggerendo di preparare un barbecue per una sola persona? Di accendere le stelle filanti da solo sul vialetto?»

Sospira come faccio io quando Eve distorce senza motivo qualcosa che le ho detto. «*Nooo.* Le sto solo dicendo che, se Eve ha da fare, il lavoro non è la sua scelta obbligata. Ha detto che le piace fare sport, perché non prova con una bella corsa? È probabile che abbiano organizzato delle maratone, potrebbe iscriversi. Oppure noleggi un film, legga un libro. Si rilassi, una volta tanto. Ma non vada al lavoro. Le sue nuove abitudini salutari non comprendono l'ufficio. »

Mi sveglio con un piano, come se il mio cervello avesse passato la notte a tramare mentre il resto del corpo dormiva.

Quando finalmente riesco a trovare la spazzatrice, prenderla in mano e lavorare è facile. E non mi dispiace fare qualcosa di concreto che dia risultati immediati e visibili. Ogni volta che spingo l'attrezzo davanti a me, foglie secche, rametti e insetti morti spariscono come per incanto dalla mia strada. Causa ed effetto. Sono in una specie di trance quando viene a cercarmi Eve.

« Ma guardalo! » dice, con un applauso che sa tanto di presa in giro.

Raddrizzo le spalle e mi guardo intorno, soddisfatto di aver ripulito quasi tutto il campo da tennis. È logico che lei sia stupita. Quando ha cominciato a giocare al country club dodici mesi all'anno, il nostro investimento da cinquantamila dollari è diventato un costoso ornamento da giardino.

« Adesso o mai più », le dico, più allegro di quanto non sia in realtà. « Ti va? » Mi seccherà parecchio, se dovesse dire di no, ma riesco a nascondere le emozioni meglio del giorno del suo compleanno.

« Che buffo. Sai che mi sono svegliata anch'io con una gran voglia di giocare? Vado a cambiarmi. »

Bene! È stato facile.

A parte dire i punteggi a voce alta, non parliamo durante la partita. Eve ce la mette tutta, e anch'io. Niente sconti. È una manifestazione fisica del nostro attuale rapporto: avanti e indietro, controlliamo a turno quasi ogni giocata. Prima che uno di noi si guadagni i due punti di vantaggio, il set finale dura undici game.

« È stato grandioso », dice lei, dopo essersi aggiudicata la partita.

« Per chi ha vinto », scherzo io, guardando l'orologio. È solo mezzogiorno. Il tempo non passa più nemmeno quando provo una parvenza di divertimento. Spero tanto di non essere uno di quegli sfortunati bastardi che campano fino a cent'anni. « Ti va di andare al festival di Natick, dopo che ci siamo fatti la doccia? »

Lei batte le mani con un'enfasi da teatro, come farebbe una bambina di quattro anni. « Oddio, davvero? Posso andare sulla ruota panoramica? » È la stessa reazione sarcastica che ho avuto quando il dottor White mi ha suggerito di organizzarmi un programma per me solo, ma rendermene conto non rende il rifiuto meno doloroso.

Eve si accorge che ci sono rimasto male e dice: « Stiamocene a casa a mangiare due hamburger e a guardare i fuochi dal giardino ».

Le sorrido, riconoscente. « Per gli hamburger sarà dura. » Indico la griglia distrutta e il patio affumicato. Non appena avrò trovato una nuova assistente, il suo primo incarico sarà selezionare un'impresa che rimedi al danno.

« Quanto sei simpatico! Guarda che si possono cuocere anche sul fornello, sai », mi punzecchia Eve.

« Non credo che abbiamo molta scelta, Julia Child. »

« Chi è Julia Child? » mi chiede, ma prima che io abbia il tempo di rispondere si è già incamminata verso casa.

Sotto la doccia, raccolgo idee su cosa possiamo dirci io ed Eve durante la giornata. Le nostre conversazioni sono sempre faticose. Passare del tempo con mia figlia mi piace, ma sono costantemente paralizzato dal terrore di rovinare tutto. La paura consuma energie e stare con lei è un lavoro, anche quando andiamo d'accordo.

Un pensiero indesiderato mi attraversa la mente: forse con la cena dovrei offrire a Eve una birra o del vino. Maddy lo farebbe. Non considerava l'ingenuità una buona caratteristica per un genitore. Direbbe che tra due mesi Eve parte per il collegio, dove io non avrò giurisdizione e lei avrà a portata di mano alcolici e anche di peggio. I ragazzi si comportano esattamente come vengono trattati, frutto proibito e tutto il resto. Mettendomi nei panni di un convincente avvocato del diavolo, mi dico che Eve si è già ubriacata al ballo e per poco non ci ha rimesso la pelle. Ha già dimostrato di essere incosciente da questo punto di vista. Non c'è bisogno di replicare.

*Quindi tu sei convinto che non berrà mai più?* tuona la voce di Maddy nella mia coscienza.

*No, ma sono convinto di non doverla incoraggiare,* controbatto.

*Ha bisogno di sapere che hai fiducia in lei.*

*Se volevi prendere parte a queste decisioni, dovevi restare con noi,* rispondo secco, ponendo fine alla discussione immaginaria.

Ultimamente ho conversazioni fittizie di continuo. E arrivano sempre a una conclusione. Per mia fortuna non sono un sensitivo, uno spiritista dotato di terzo occhio e capace di parlare coi morti, ma solo un uomo disperato e sconvolto che si dice quello che vuole sentire, e poiché conosco le opinioni di Maddy non mi riesce difficile immaginarle.

Quando ci ritroviamo sul patio, cedo come sempre alla

volontà di mia moglie. Anche da morta ha questa presa su di me. « Posso portarti qualcosa da bere? »

« Una Coca, grazie », dice Eve, offrendomi una scappatoia perfetta.

« Se vuoi, puoi avere una birra o un bicchiere di vino. »

Mi guarda con sospetto. « Davvero? »

« Sì, davvero. Non siamo in un programma TV per bambini. »

Lei ride, ma non cambia la sua risposta.

E io insisto: « Stasera restiamo a casa. Tra poche settimane partirai per il collegio. Se non sai porti dei limiti, siamo nei guai in ogni caso ». *Ma che diavolo...* Come sono passato dal non volerle offrire alcolici a supplicarla di accettarli?

Eve si morde il labbro. « Va bene, prendo un bicchiere di Chardonnay, grazie, con due cubetti di ghiaccio. » La trovo una richiesta ridicola, ma mi trattengo dal commentare.

Quando torno coi bicchieri, Eve mette due cubetti di ghiaccio anche nel mio e sorride. « Una brava padrona di casa sa come mettere a loro agio gli ospiti », recitiamo all'unisono, facendo partecipare anche Maddy al nostro momento. Se fosse morta in qualunque altro modo, sarebbe un ricordo affettuoso. Beviamo qualche sorso in silenzio, col sole sempre più basso all'orizzonte. Espiro qualcosa che non è solo fiato. Non so se sia merito del vino o cosa, ma senza la solita ansia riesco a domandare a Eve del « campo estivo » che inizierà la prossima settimana e di come vanno le sue lezioni di algebra. Mi racconta che l'algebra non è così male – la prof è simpatica – e non vede l'ora di lavorare coi bambini. Poi ricambia chiedendomi del mio lavoro: ho trovato una sostituta per Paula? Viaggerò di più, mentre lei sarà in collegio? Non discutiamo né della logistica, né delle finanze, né dei permessi, né delle punizioni. Lei ride delle mie battute e io delle sue. *Ci ascoltiamo* a vicenda. Lei sta scegliendo di stare con me piuttosto che con altri e, a differenza delle altre occasioni in cui è stato così, lo apprezzo.

Nel cielo esplodono i primi fuochi d'artificio, portando un lampo di serenità. Andare avanti sembra possibile, ora. Non semplice, non immediato, ma possibile. Staremo bene. L'ho detto a Eve almeno un centinaio di volte da quando Maddy è morta, ma stasera ci credo davvero.

# 9

## MADELINE

Linda sta morendo. Rory lascia al fratello un messaggio molto stringato: « Ciao, Brian, la mamma è in ospedale, stanza numero 366B. Non manca molto, ormai ».

Massaggia le vene delle mani avvizzite e dei piedi gonfi di sua madre, sussurrando: « Ti voglio bene. Non avere paura ». Nota la pelle cascante sotto le braccia. Averla sempre sotto gli occhi ha reso meno evidente il suo dimagrimento, ma oggi, che potrebbe essere l'ultimo giorno, la fragilità di Linda è ben visibile: monitor che ronzano, tubicini che le somministrano liquidi e farmaci antidolorifici, le palpebre semiabbassate anche mentre è sveglia. Quando il cuore si fermerà, non la rianimeranno. Linda lo ha messo per iscritto e Rory gliene è stata grata, perché così non toccherà a lei decidere. L'ultimo regalo della mamma.

« Sono contenta che tu sia venuta », mormora Linda al suo risveglio, benché Rory sia lì da tutto il giorno. « Ho una cosa da dirti. » Per un attimo è bello vederla così infervorata, ma si è già riappisolata.

Un'ora dopo si sveglia e riprende il discorso, come se il sonnellino fosse stato solo una pausa. « Ti devi perdonare, tesoro. »

Rory sbatte le palpebre, dubitando che sua madre sia del tutto lucida.

Ma, dopo aver passato quarant'anni a fare la mamma, Linda è capace di leggere nella mente della figlia bene quanto me. « Mi ricordo, sai, com'eri prima dell'incidente. Devi tornare a essere così. »

« Va bene, mamma, lo farò », la tranquillizza Rory, conservando le lacrime per dopo.

« La mia morte non dev'essere un'altra scusa, mi raccomando. »

Rory annuisce. « Okay, mamma, non lo sarà, vedrai. »

Verso mezzogiorno, gli occhi di Linda si spalancano. Continuando a massaggiarle il braccio, Rory le chiede se le occorre qualcosa. « No, niente, bambina mia. » Il suo respiro rallenta, ma stringe la mano di Rory con una forza inaspettata. « Promettimi che aprirai di nuovo il tuo cuore all'amore. »

« Te lo prometto », sussurra Rory.

Il respiro irregolare e i piccoli gemiti continuano per tutto il pomeriggio, ma queste sono le ultime parole di Linda.

Cerco di riservare questo momento a Rory, ma subentra l'invidia. Sono abbastanza sicura di aver lasciato questo mondo gridando *Merda!* Hollywood mi ha insegnato che negli ultimi secondi di vita si ripercorrono i momenti salienti della propria esistenza, ma io ricordo solo il vento che mi spalmava il moccio sulle guance, e di averlo trovato disgustoso.

La morte di mia madre non è stata meglio. Nel corso della nostra ultima conversazione, lei era già fuori di testa e mi ha dato della martire egoista. L'ho trovato un ossimoro divertente, ma in seguito ho scoperto una cruda verità in quelle parole. Io ho *bisogno* di essere necessaria?

Mi servivo del sacrificio per gonfiare la mia autostima? Lei è morta il giorno dopo, sola e ubriaca. L'hanno trovata coperta di vomito. Credevo che lo avesse fatto perché io e Meg ci pentissimo dei paletti che avevamo messo per proteggere i nostri figli dal suo caos alcolico, poi ho capito che era una convinzione sbagliata, quasi narcisista. La sua morte non ha niente a che vedere con me: lei non ha trovato un motivo per andare avanti.

La morte di Linda è più profonda. Se ne va poco per volta, come se ci fosse qualcuno a condurla passo dopo passo. Io non ho avuto niente di tutto questo: nessuna luce, nessuna guida, nulla. Mi sono ritrovata sputata nell'atmosfera. Tento di appropriarmi in qualche modo delle indicazioni che Linda sembra ricevere in questo momento, ma la conversazione è criptata. La vita l'abbandona prima ancora che esali l'ultimo respiro. Sento che adesso lei è più vicina a me che a Rory, non nella mia stessa dimensione, ma più vicina, più in alto. Rabbrividisco al pensiero di essere stata superata. Immagino che Linda sia in paradiso, ma allora io dove sono? Come in risposta a questa domanda il mio spirito sale, aumentando più velocemente delle altre volte la distanza tra me e il mondo che ho lasciato. Quando smetto di spostarmi guardo in basso, terrorizzata di non vederli più, ma ci sono ancora.

Brian arriva proprio mentre stanno portando via il corpo di Linda coperto con un lenzuolo. Singhiozza come fa chi si sente in colpa davanti alla morte, abbracciando Rory quasi con violenza.

Lei lascia che il fratello assorba un po' della sua forza.

Quando lui si ferma a riprendere fiato, Rory ne approfitta per sciogliere l'abbraccio. « Era pronta. »

Brian è incredulo. « Come puoi dire una cosa simile? Perché non piangi? »

Lei trova comica la sua audacia, comica in modo delirante, come solo le cose molto tristi riescono a essere per le persone molto stanche. Trattiene la risata roca che ha in gola. « Per me l'importante è che stia bene, a costo di non averla più qui. »

« Non sono riuscito nemmeno a dirle addio. »

Rory lo guarda. Non sa se commentare o tacere. « No, per riuscirci avresti dovuto essere qui », sentenzia alla fine.

« Sono venuto non appena possibile. Non puoi non presentarti a un appuntamento in tribunale. »

Rory gli posa un braccio sulla spalla, accarezzandogli la schiena come avrebbe fatto sua madre. « La morte non aspetta i nostri comodi. E tra qualche anno ti volterai indietro e vedrai che neppure la vita li aspetta. »

Lui s'irrigidisce. « Io ho una vita molto piena. »

« Hai una vita indaffarata, che ti fa guadagnare molti soldi, ma la sera ceni da solo. » Rory non voleva essere così pungente. « Perdonami, sono stravolta. Ti chiamo stasera per organizzare il funerale. »

Mentre va verso la macchina, sottopongo al subconscio di Rory l'ipocrisia delle sue parole. Rory non guadagna molto, ma anche lei cena da sola. Come le ha fatto notare sua madre, anche lei è chiusa al mondo. Se il vizio di Brian è il lavoro, quello di Rory è il dolore. Voglio che riconosca questa sua pecca, l'unica che io sia riuscita a individuare dopo mesi di pedinamenti, perché solo così prenderà sul serio il consiglio che la madre le ha dato in punto di morte. Ha bisogno di Eve e Brady almeno quanto loro hanno bisogno di lei. I nostri obiettivi coincidono.

Quando entra in casa, sembra impossibile che sia stata via solo mezza giornata. Nel suo cuore, le dodici ore trascorse in ospedale si sono dilatate fino a occupare il tempo di una settimana. Greta siede pazientemente sul divano. « Una settimana fa tua madre mi ha dato questa », dice, onorata di essere la messaggera di Linda. E porge a Rory una busta.

Lei fa un sorriso stanco, per nulla sorpresa. Sua madre era una cospiratrice. « Grazie. »

Greta si preme una mano sul cuore. « Giusto perché tu lo sappia, cara, ieri, mentre eri a dare ripetizioni, tua madre era molto lucida. Abbiamo parlato della sua infanzia, della sua passione per la danza, del giorno in cui sei nata. Sapevi che ha scelto il nome Rory perché le dava un'idea di forza? »

« Sì, me lo aveva detto. »

« Be', ieri ti ha chiamato il suo leone e ho capito perché Rory secondo lei era un nome forte: assomiglia a un ruggito. Solo tua madre poteva avere un'idea simile. Era una donna notevole. » Greta ride piano.

Rory l'abbraccia. « Grazie. Grazie mille per... be', per tutto. »

« Mi mancherà, e anche tu. Ci sentiamo, qualche volta? »

Rory annuisce. Greta e Linda erano coetanee, entrambe vedove. Negli ultimi anni erano diventate talmente intime che ormai Rory considera Greta parte della famiglia. Il fatto che non intenda sparire nel nulla insieme con l'ultimo stipendio è un sollievo per lei.

Greta raccoglie le sue cose e se ne va. Seduta sul letto

della madre, Rory apre la busta. Non ci sono saluti, solo la calligrafia peculiare di Linda.

*Non chiudetemi in una bara come vostro padre. Non ho nessuna voglia di continuare a occupare spazio in questo mondo, né di essere divorata dai vermi. Fatemi cremare e seppellitemi in giardino. Niente veglia, niente abito da morta, niente trucco in faccia, niente pranzo dopo il funerale. Non sono tenuta a rispettare nessuna regola religiosa: sono anch'io un essere spirituale, ora. Se volete una cerimonia, organizzate una festa. Questa non è una morte tragica. Io sono pronta.*

*E soprattutto, Rory, la mia dipartita ti lascerà del tempo per concentrarti su di te. Basta col dolore e col senso di colpa. Quando arriverà il momento, rivedrai la tua Emma. Fino ad allora, veglierò io su di lei. Tu sei al mondo con uno scopo. Come ha scritto Anaïs Nin: « La vita si restringe o si espande a seconda del nostro coraggio », o qualcosa del genere, ed è vero.*

*Ti sarò vicina,*

MAMMA

Nella mente di Rory vengono a galla immagini e ricordi. Il modo in cui diceva: « Salute! » appena prima che qualcuno starnutisse. La sua risata irrefrenabile il giorno in cui Rory si è dipinta delle righe su tutto il corpo col pennarello indelebile perché voleva assomigliare a una tigre. Quando ha parlato al funerale di Emma, dicendo che niente più avrebbe avuto senso nella loro vita, ma che dovevano lo stesso cercare la bontà ovunque fossero andate.

Siede nella stanza in cui sua madre si è spenta lentamente, inspirando il suo profumo e rileggendo all'infinito la lettera, in lacrime. Quando ha finito, si asciuga gli occhi con una leggerezza che chiunque al suo posto le invidierebbe. Rory è stata molto brava con Linda. Non patirà quello che ho patito io.

Lo scorso Natale, quando ho detto a Meg di sentirmi in qualche modo responsabile per la morte di nostra madre, lei è scoppiata a ridere. « La mamma si è scavata la fossa da sola, un bicchiere alla volta. »

Vero, certo, eppure non è stato sempre così. Ho tre anni più di Meg e ricordo cose di cui lei non ha memoria. Prima delle tute da ginnastica stravaganti e del vomito in corridoio, la mamma era la classica signora piccolo borghese. Attraeva personalità forti come la sua amica Eve e mio padre. Erano tutti concordi nel definirla una donna interessante.

A undici anni, io ero l'unica a non trovarla affatto tale.

La vedevo come una persona che si lasciava influenzare. Tutto, dai libri di cucina che adorava agli abiti che indossava, persino le decisioni più banali come quali fiori piantare a primavera, tutto si basava sull'opinione altrui. Preferiva apparire noiosa che ridicola. Questa paura probabilmente nasceva dalla sua cattiva abitudine di criticare chiunque osasse differenziarsi. Anche se ero troppo piccola per saperlo, tacciare giudizi è sintomo d'insicurezza.

Guardavo incantata le sue amiche rompere ogni schema. Una volta Eve è passata da noi dopo un'udienza, con indosso un tailleur fantastico, e mi ha raccontato di quando aveva guidato una banda di donne a una manifestazione femminista a Washington. « Non lo trovi pazzesco? Era il 1972 e le donne non avevano ancora gli stessi diritti degli uomini. » Ho risposto alla mia eroina che, sì, certo che lo trovavo pazzesco, e allora lei mi ha detto di tenermi forte perché ancora oggi – ed era il 1982 – ben quindici Stati non avevano ancora ratificato l'emendamento sulla parità dei diritti, approvato da entrambe le camere pochi mesi dopo la manifestazione cui aveva partecipato. Consideravo quella legge un passo storico e, nella mia ingenuità, pensavo che Eve vi avesse giocato un ruolo importante. Ma, quando ho chiesto alla mamma se fosse andata anche lei a Washington, mi ha detto di stare attenta a ciò che desidero. « Pari opportunità? Mah. Molte delle cose che fa tuo padre io non le farei nemmeno morta. » Ero delusa. Le donne chiedevano a gran voce un cambiamento, erano disposte a fare il servizio militare, se necessario, eppure la mamma sembrava orgogliosa di aver dato il suo voto al candidato suggerito dal papà.

A dodici anni, la sua dipendenza mi disgustava. Era subentrata la pubertà. Quando mi offriva un biscotto fatto in casa, le dicevo cose tipo: « Lo sai che se non mangiassi tutti quei biscotti non avresti bisogno di essere costantemente a dieta, vero? » Dove trovavo il coraggio? (A ripensarci, forse un'idea ce l'ho: tra lei e mio padre cominciava a esserci burrasca. Quando lui la sgridava per non aver fatto qualche piccolo lavoro domestico, io me la ridevo sotto i baffi. « Ma insomma, Janine, si può sapere che cazzo hai fatto tutto il giorno? » Chissà perché però la delusione di mio padre fomentava la mia rabbia. So soltanto che non facevo nulla per nasconderla e nel giro di un anno la mamma era già ubriaca prima di mezzogiorno. Era come se si fosse trasformata nell'inutile inetta che io e mio padre l'accusavamo di essere.)

Se prima ero solo una ragazzina che aveva bisogno di essere rimessa in riga, quando mia madre ha completato la sua metamorfosi in alcolista cronica io sono diventata un'adolescente vendicativa. Venivamo trascurate, dimenticate agli allenamenti, lasciate senza nessun controllo, costrette a pulire i fluidi corporei che mia madre non riusciva più a trattenere... ma non mi sono mai sforzata di capire come fossimo arrivati a quello. Non mi sono mai chiesta perché nostra madre bevesse. Troppo occupate a prenderci cura di noi stesse, non ci domandavamo per quale motivo fossimo costrette a farlo.

Io ero implacabile. Non perdevo occasione di sottolineare le sue mancanze davanti alla gente, in modo da far sapere a tutti che non ero stata infettata dalla sua debolezza. Non le davo tregua.

Non mi ero resa conto di quanto il mio comportamento avesse contribuito al suo gesto fino allo scorso novembre. Io e Brady eravamo usciti a cena e per caso siamo finiti nello stesso ristorante thailandese in cui ero andata con la mia famiglia la sera della laurea. Erano passati ventidue anni, ma tutto era come allora. Quando ho visto il tavolo che avevamo occupato, mi è tornata subito in mente la scena: durante la cena, in uno dei suoi discorsi confusi, la mamma aveva dichiarato che il mio prossimo traguardo sarebbe stato il matrimonio. L'avevo guardata con disprezzo. «Non ho bisogno di un marito per raggiungere un traguardo, mamma.»

Aveva sbarrato gli occhi, facendomi credere di aver urtato la sua suscettibilità, che era esattamente il mio intento. Solo anni dopo, quella sera con Brady, ho capito davvero. A quel punto ero mamma anch'io, e mi sono resa conto che mia madre non era rimasta sconvolta, ma spaventata. Mia madre aveva *paura* di me. Aveva scosso la testa, giurando che voleva solo dire che sarebbe stata la prossima occasione da festeggiare. Io, il papà e Meg avevamo alzato gli occhi al soffitto. Inutile mettersi a discutere con un'ubriacona. «Non sono un premio», avevo detto, scandendo ogni parola per far risaltare ancora meglio il suo biascichio. « Le donne vengono rispettate per cose che vanno al di là dei figli e del matrimonio. Anche se per *te* è difficile capirlo. » Avevo calcato su quel *te* per assicurarmi che l'insulto andasse a segno, ma non ce n'era bisogno. Erano anni che la bersagliavo senza pietà.

Dopo aver rivissuto quel ricordo, ho analizzato il nostro rapporto come non era mai successo quando eravamo tutt'e due vive, e come avevo trascurato di fare dopo la sua morte improvvisa, quando c'erano stati una bara da comprare e un imbarazzante funerale da organizzare. In quell'inaspettato momento di crisi, ho ripercorso tutte le nostre liti usando la lente di una madre e finalmente ho capito che lei non era morta per punire me e mia sorella, ma perché era incapace di vivere. Ora che ero più matura, mi rendevo conto che la sua dipendenza era quasi prevedibile. Era una ragazza di provincia che aveva sposato il suo fidanzatino del liceo. Mio padre, che aveva una personalità forte ed esigente, controllava la sua vita dall'età di sedici anni. Avevano finito di pagare il mutuo della casa acquistata nel 1968. Lei non capiva cosa si potesse volere di più. Non svegliare il can che dorme, come diceva sempre, aveva dato i suoi frutti.

Ma la società le si era rivoltata contro. I doveri di una brava moglie erano passati di moda. Mentre lei scambiava ricette con le nonne del quartiere, tutte le sue amiche si erano trovate un lavoro. Provate a immaginare il suo stupore quando si era resa conto che la comunità non teneva più in palmo di mano la sua cieca devozione alla famiglia. Persino il papà rimpiangeva di non essersi legato a una donna più intraprendente, più esperta del mondo. E si era consolato nell'ombra. Adesso ce la vedo, mia madre, ferita dall'abbandono e dalla mancanza di rispetto, che cerca la forza di andare avanti nelle bottiglie di vino californiano di Carlo Rossi, un uomo la cui foto vedevamo così spesso che io e Meg lo chiamavamo *il nonno*.

Com'era cominciato, dunque? È innegabile che sia stata una pessima madre dai miei dodici anni in poi. Che fossi stata io a farla diventare così? Durante l'ennesimo tentativo fallito di disintossicarsi, un dottore in camice bianco inamidato ci aveva spiegato come funzionava l'alcolismo. Era un postulato scientifico: la mamma era geneticamente spacciata. C'erano decine di fattori scatenanti – io, il papà, il traffico... – ma una sola persona in grado di controllare la mano che portava il bicchiere alle labbra. Eppure il ricordo di quanto ero stata ingrata e sgradevole continuava a rodermi. Ho cominciato a interrogarmi anche sul mio Chardonnay serale, sulla mia solitudine. Brady viaggiava molto, Eve aveva preso la patente. Ero libera, ma anche persa. Mia madre non c'era più da anni, eppure d'un tratto il ricordo di lei tormentava il mio presente.

Meg e Brady non volevano nemmeno sentirne parlare. « Un ubriaco è ubriaco perché gli piace ubriacarsi », dicevano. Ma io mi sentivo in colpa. Ero ossessionata dal ruolo che avevo giocato in tutto questo. Quando arriverà a quel punto del mio diario, Brady si spaventerà. Per fortuna non legge più di una pagina al giorno: ho altri sei mesi di salute mentale documentata.

*Dove sarà mia madre?* mi chiedo per la prima volta. Forse Linda ha trovato un comitato di benvenuto perché chi è morto prima di lei aspettava con ansia il suo arrivo. Devo biasimare la mamma per aver pensato di meritarsi la morte? Mi sembra quasi di sentirla mentre incoraggia il papà a non darsi disturbo, perché a volte è meglio lasciar perdere certe cose.

Ecco che mi ritrovo un'altra volta a salire senza volerlo. Per innescare il movimento, è bastato che io m'interrogassi sulla mia posizione in relazione a lei. Il mio spirito è appeso a una scala e ho appena salito diversi pioli.

Mi basta cercare di concentrarmi di nuovo su Rory perché mi renda subito conto del cambiamento. Non sono più abile come prima, non riesco più a distinguere i suoi pensieri come se li leggessi su un copione. Adesso devo cercare di far coincidere i frammenti che riesco a cogliere con quello che so e posso dedurre. *Tic, tac.* Sono stata ufficialmente avvisata che il mio tempo sta per scadere.

La mattina dopo, quando Rory disdice la lezione, Eve è sulla difensiva. « È per colpa mia? »

« Tua? »

« L'altro giorno forse mi sono impicciata troppo. »

Rory capisce quanto sia importante mettere subito in chiaro le cose. Ecco un'altra ragazza che ha già abbastanza sensi di colpa sul groppone. « No, no. È mancata mia madre. »

« Oh, mio Dio! È morta? E tu mi stai telefonando? »

Questo commento mette Rory a disagio. « Ce lo aspettavamo. La mamma era molto malata. »

« Sì, ma comunque... Mi dispiace. Io non... non lo sapevo. » Poi, con grande stupore di Rory, Eve si mette a piangere.

« Era arrivata la sua ora », le dice, poi si morde la lingua. Il pianto di Eve sale di un'ottava. Sta piangendo per me, non per Linda, perché la mia ora non era ancora arrivata. « Va tutto bene, Eve? Tuo padre è in casa? »

« Non chiedermi di me! Oddio. Stiamo parlando di *te*! Mi dispiace, Rory, scusami se mi sono messa a piangere. Non so proprio cosa mi sia preso. »

Rory lo sa. Ogni nuova morte ti rigetta addosso il peso di quelle passate. Non ho bisogno di leggere il suo pensiero per sapere che, da quando Linda si è spenta, in Rory fluiscono continui ricordi di Emma, sua figlia, esattamente come io sono stata assillata dai ricordi di mia madre.

« Non dovevo dirtelo. Ma non volevo che tu dessi la colpa alle tue domande dell'altro giorno. »

« Mi sta passando », dice Eve, questa volta con una voce abbastanza ferma da convincere Rory che ora può riattaccare.

Ma a Eve non sta affatto passando. Si raggomitola sul letto e piange forte, proprio come quando ha saputo che ero morta. Mia figlia è davvero convinta di avermi deluso. La sua perdita non è pura come quella di Rory, ma gravata da strati di *avrei dovuto, avrei potuto* e *se solo avessi saputo*. È il dolore peggiore che si possa provare. Cerco di persuaderla della sua innocenza, ma Eve oppone resistenza. Decido di concentrare le mie energie nell'inviarle calore, sperando che percepisca la mia presenza e il mio affetto. Tra un singhiozzo e l'altro tossisce, tira su col naso. Dopo un'ora di questo tormento crolla addormentata, distrutta da un'interminabile lista di presunti fallimenti.

Se solo ci fosse un modo per spiegarglielo.

## EVE

Sarà una gran rottura di palle, già lo so. Mi è bastato vedere gli altri condannati ai lavori socialmente utili. Sono l'unica femmina. Il ragazzo più grande ha un interprete perché non parla inglese (quando glielo dirò, il papà attaccherà con una delle sue buffe filippiche sui soldi dei contribuenti), il più piccolo è coperto di tatuaggi e ha qualcosa che assomiglia a un'arma incastrato nel tascone dei jeans. Gli altri due masticano tabacco e lo sputano in una bottiglia di Pepsi vuota. Forse Camp Ray dovrebbe rivedere il suo bacino di reclutamento.

«Grazie a tutti per essere venuti così presto.» Come se il tribunale ci avesse lasciato scelta. «Sono Robin Winters, direttrice di Camp Ray. Dopo questa prima mattinata di orientamento, i prossimi giorni basterà che siate qui alle otto e un quarto.»

Gli altri quattro delinquenti emettono un grugnito di sollievo. Le sette del mattino sono un problema per i postumi da sbornia.

La direttrice sembra uscita dal set di *Genitori in trappola*, cappello da esploratore compreso. «Camp Ray è l'unico programma estivo finanziato dallo Stato dedicato a ragazzi con disabilità. I nostri hanno tra i nove e i dodici anni, con problemi che vanno dalla sordità alla paralisi cerebrale. Tutti alternano lezioni di teatro, sport acquatici e lavori manuali. Ogni lezione dura un'ora. C'è una persona di sostegno ogni tre ragazzi e un istruttore per ogni postazione.»

Ci spiega il nostro ruolo, che è limitatissimo, consultando i suoi appunti, come se non fosse in grado di ricordare le tre responsabilità affidate ai giovani criminali: accogliere gli ospiti ogni mattina, accompagnarli fino alla loro postazione in base al colore del gruppo, preparare e ripulire prima e dopo ogni lezione.

Quando ha finito, vengono tutti mandati al parcheggio, tranne me. «Eve?» Robin mi tocca una spalla.

Le tendo la mano. «Sì, piacere di conoscerla.»

«Spero che tra poco la penserai ancora così. Mi serve un favore.» Guarda i suoi appunti in cerca di sostegno.

Chissà cosa c'è scritto in realtà sul primo foglio della sua cartellina rigida. « Uno degli istruttori ha dovuto rinunciare all'ultimo momento. Sono stata nel panico per tutta la mattina, ma quando ti ho visto ho pensato a un segno divino. *Usa Eve,* mi ha detto il mio cuore. Ti sarei molto grata se tu mi sostituissi alla postazione dei lavori manuali. »

Guardo gli altri volontari involontari e capisco come mai sono stata scelta per questa promozione non pagata. « Perché no », rispondo. Tanto dovrò restare qui in ogni caso.

« Grazie a Dio. Be', forse è più appropriato dire grazie *a te.* È molto semplice. » Scartabella tra le sue carte e mi porge un elenco. « Scegli l'attività che preferisci. Come prima cosa, quando arrivi, procurati il materiale nel deposito e istruisci i vari gruppi sul progetto. »

« Perfetto. » Con tutto quel personale di sostegno, non sarà difficile. Vado al capanno che funge da deposito e prendo una manciata di bastoncini da ghiacciolo e della colla per costruire delle cornici. Quando torno alla postazione dei lavori manuali, i ragazzini stanno già arrivando.

È subito evidente che non c'è abbastanza sostegno. Qui non si tratta di problemi di apprendimento: questi ragazzi sono dei disabili gravi. Non basterebbe neppure una persona per ciascuno. Mi comporto in modo goffo, per esempio fisso un po' troppo a lungo il filo di bava che scende dalla bocca di un ragazzino prima di asciugarglielo e ci metto un po' a capire come spostare le sedie a rotelle dei più grandicelli per avvicinarle al banco di lavoro. Poi c'è Hanna, dieci anni, collegata a un respiratore. Ho il terrore di staccare uno dei tubicini senza volere e passare da assunzione di alcol sotto la maggiore età a omicidio.

Ogni secondo sembra un'ora. Quando suona la campanella dei cinque minuti di pausa alla fine della lezione, metto in fila le cornici per lasciarle asciugare e do una mano alle tre persone di sostegno per preparare i ragazzi ad andarsene. Quando sollevo Hanna dalla panca, mi accorgo che sotto di lei c'è del bagnato. Abbasso gli occhi sui suoi calzoncini zuppi appena in tempo per evitare d'impiastricciarmi la maglietta di pipì. « Oh, mio Dio! » strillo, rendendomi conto di comportarmi proprio come una ragazzina viziata. Tengo la poverina il più lontano possibile da me, senza avere idea di cosa fare. Non ho un cambio di vestiti. Inquietata dalla mia reazione, arriva di corsa la persona di sostegno di Hanna. Questa è la prima lezione del primo giorno. L'idea di dovermene sorbire altre ventinove mi terrorizza.

Nel secondo gruppo c'è Kathleen, che è cieca. Cosa si fa in questi casi? Non si può mettere in mano a una bambina cieca un tubetto di colla e dirle: « Fai un rettangolo ». Forse alla fine della giornata mollerò. Cioè, il tribunale mi permetterà di cambiare lavoro? C'erano tonnellate di possibilità per completare le trenta ore, tra cui riempire le vaschette del ghiaccio al centro anziani, che era la più semplice. Non è che non ci tenga ad aiutare, anzi, mi sento malissimo per questi poveretti, ma ho paura di fare più male che bene.

Kathleen siede in silenzio al tavolo da picnic appena ripulito. « Quanti anni hai? » le chiedo.

« Dodici. »

« Dove abiti? »

« A Framingham. »

« Hai fratelli o sorelle? »

« Sì. » *Ma a quanto pare non t'interessa parlarmene...*

Capisco l'antifona e la lascio in pace. Sarei incavolata anch'io, se mi avessero iscritto a un campo estivo quando il mio unico desiderio era restarmene a casa in pace. Quando passa Robin a controllare se va tutto bene, le propongo a bassa voce di far svolgere a Kathleen due turni di fila di un'altra attività, perché ai lavori manuali non può partecipare. Ed ecco che tutto d'un tratto Kathleen mi sta tirando la manica. « Scusi, Miss Eve, ma questa è la mia lezione preferita. »

Le poso una mano sulla spalla. « Ma non puoi fare il lavoretto. »

« Lavoro con la fantasia. L'arte mi piace tanto. »

Sono proprio un'idiota. Con le mie inutili domande, non ho fatto altro che interromperla.

Mentre il gruppo esce dalla mia postazione, mi avvicino a Kathleen. « Ti chiedo scusa per la confusione. Domani ti lascerò tranquilla e in silenzio, così sarai libera di fantasticare. »

Lei sorride. « Lo so che a volte non sapete cosa fare con me. Comunque grazie per aver chiesto scusa. Non lo fa mai nessuno. »

Sorrido. La mamma lo avrebbe fatto. Era brava a gestire la responsabilità. « Chi non commette mai uno sbaglio? » mi chiedeva di punto in bianco quand'ero piccola.

« Tutti sbagliano! » gridavo io, come mi aveva insegnato lei.

« E cosa fai quando ti accorgi di aver sbagliato? » continuava, gridando sempre più forte.

« Prendo atto, domando scusa, rimedio! » rispondevo.

Non appena arrivo a casa, schiaccio un sonnellino senza nemmeno mangiare. Sono troppo esausta anche per leggere di nascosto un po' del suo diario. Alla fine di queste due settimane, il viaggio a Parigi me lo sarò proprio meritato.

Mi sveglio col suono del telefono e con la bava sul cuscino. Ancora intontita, ci metto un po' ad accorgermi che è il numero di John. I suoi trenta giorni di riabilitazione sono finiti. Ignorare la sua chiamata sarebbe una cavolata colossale.

« Ehi », dice, fingendo che sia tutto normale.

Decido di stare al gioco. « Ehi. »

Silenzio. Non c'è modo di continuare la telefonata senza rinunciare a essere falsi. « Dobbiamo parlare. Puoi passarmi a prendere? » dice lui.

« Certo. » Meglio rompere subito, prima che lui inizi a uscire con un'altra e diventi un caso internazionale. Esco in felpa e senza trucco, tanto questo appuntamento non finirà con un selfie.

Quando sale in macchina, mi accorgo subito che è dimagrito e, per essere estate, è pallidino. È ancora un gran fico, ma sembra di guardare una foto su una rivista: non lo sento più mio.

« È stato orribile? » gli chiedo.

« No, alla fine non è andata così male. È pazzesco vedere come si riduce certa gente. Quando toccava a me parlare, mi sentivo quasi uno sfigato. In confronto a quei pazzi, io ero un santerellino. »

« Sembra deprimente. »

Si volta di scatto. « Mi sa che per te è stato ancora peggio. Come te la sei cavata? »

Penso alla notte che ho appena trascorso piangendo così forte che a un certo punto sono andata in iperventilazione. « Bene, dai. » Vorrei che non fossimo chiusi in macchina. Ci costringe a stare troppo vicini.

« Jake e Noel dicono che non ti fai più vedere in giro. »

«Sì, mio padre ha bisogno di me, e poi c'è questa cosa dei lavori forzati...»

Appoggia una gamba sul cruscotto. «Spero che potrai perdonarmi per l'incidente, Eve. Era l'ultima cosa di cui avevi bisogno.»

Le sue scuse mi ricordano che è un bravo ragazzo. Non è che pensavo che fosse *cattivo*! Diciamo che avevo smesso di pensare del tutto a lui. «Oddio, John. È colpa mia se ci siamo messi in macchina. Solo colpa mia. Anche tuo padre incolpa me, come se stessi cercando di mettere in atto un desiderio di morte o qualcosa del genere.»

«Mio padre incolpa un sacco di gente di un sacco di cose. Credo dipenda dal fatto che è un giudice.»

«Be', mi dispiace da morire che tu sia finito in questo casino per colpa mia. Per fortuna non ci siamo fatti niente.»

«Già.» Ha qualcos'altro da dirmi, lo capisco da come gira i pollici senza farli toccare, come la prima volta che ha confessato di amarmi. È buffo paragonare quanto me ne importava allora con quanto poco me ne importa adesso. «Però, vedi, lo so che mio padre ci aveva vietato di parlarci, ma ci sono rimasto male che tu non mi abbia nemmeno scritto.»

Mi guardo in grembo. «Ti chiedo scusa, sono stata una stronza. Ma sono successe un sacco di cose, tutte brutte.»

«Smettila di chiedere scusa. Non è necessario. Mi domandavo solo se noi, ecco... se siamo ancora insieme.» Mi sta fissando in cerca di segnali.

Non riesco a nascondere la sorpresa. «È questo che vuoi?»

«Certo. Ti amo, e non vedo perché un incidente dovrebbe cambiare le cose.» Mi mette una mano sul ginocchio.

La guardo. John mi ama. *Ah.* A me sembra di conoscerlo appena. « A essere sincera, prima era diverso. »

« Lo so. » Mi strizza il ginocchio a indicare che per lui non ha importanza.

Io mi agito sul sedile. « Sono cambiata. » Mi cola una lacrima sulla guancia. « Penso molto di più alle cose, mi chiedo se sto usando il mio tempo in un modo, come posso dire... significativo. Non mi sento molto compresa, in questo periodo. »

« Tu credi che io ti possa capire? »

« Oh, non lo so. Di sicuro vorresti. Secondo me sei l'unico della nostra compagnia cui importi ancora qualcosa. »

« Non è vero. Ti vogliono tutti bene. »

« No, loro... »

John alza una mano. « In aprile non sapevamo da che parte prenderti, lo ammetto. Ma ho avuto un sacco di tempo per rifletterci. *Un sacco*, davvero. Non avrei dovuto costringerti a venire a casa di Lindsey. Kara me lo aveva detto, e aveva ragione. È stata una stronzata. »

« Kara ti ha detto di non portarmici perché mi odia, anche se non capisco perché. È come se la morte di mia madre le avesse rovinato la vita. »

« Lasciala perdere. È strana con tutti in questo periodo, non solo con te. Ma noi ti vogliamo bene. È solo che non sappiamo come dimostrartelo. »

Capisco perché John è pronto a tutto pur di non perdermi. Finalmente siamo in quarta. Per i prossimi dodici mesi, sul ponte della ferrovia ci sarà la scritta *CLASSE 2016*. Non riesce a immaginare l'ultimo anno senza di me. Abbiamo perso la verginità insieme. Usciamo da quasi due anni, più a lungo di quanto non abbiano mai fatto i nostri compagni. La gente scherza dicendo che siamo le mascotte della scuola. Devo dirgli che me ne vado. Questo porrà fine alla nostra storia una volta per tutte.

« A settembre andrò alla Exeter », sussurro.

Con mio grande sollievo, toglie la mano. « Perché? »

« Lo sai, perché. »

« Voglio dire, perché non me l'hai detto prima? Quanto tempo fa lo hai deciso? »

« Non lo so. A maggio, credo. »

« Quindi lo sapevi già prima dell'incidente, prima che io partissi? » Mi fulmina con un'occhiata. « Ma che cazzo, Eve! »

La passione nella sua voce mi stupisce. Com'è possibile che due persone vivano tanto diversamente la stessa relazione? « Credevo... pensavo che a settembre non gliene sarebbe fregato più niente a nessuno e... non mi andava di discuterne. »

Incredulo, lui agita le mani in aria. « Che cos'altro devo fare per dimostrarti che ti amo? »

Invece di rispondere, accendo la radio che trasmette dei vecchi successi, e subito mi viene in mente la mamma. « Senti che musica », direbbe, se fosse qui. « Adesso capisci perché negli anni '50 erano tutti felici? »

« Quanto dista Exeter? » mi chiede John.

« Poco più di un'ora. »

« Non è molto. Tornerai a casa nei fine settimana? »

« Avrò lezione anche il sabato mattina, ma tornerò, a meno che non ci sia qualche torneo. »

Lui fa un sorrisetto. « Lezione al sabato? Fantastico... » Visto che non ho niente da replicare, lui continua: « E va bene. L'importante sono i weekend, giusto? » Ha il tono disperato, quasi piagnucoloso, cosa che non è.

Ricongiungermi al mondo dei vivi con qualcuno che

non sia il papà, però, è una tentazione. Non so cosa sto per dire finché non lo dico. « Ti va un cinema stasera? »

« Non posso. A casa mia vogliono organizzare una pallosissima cena di bentornato-a-casa-anche-se-in-realtà-siamo-stati-noi-a-mandarti-via. Domani? »

« Devo andare a un funerale. » Per poco non gli schizzano gli occhi fuori delle orbite, ma lo tranquillizzo subito: « La mamma della mia prof di algebra. Non la conoscevo neppure. Giovedì? »

« Ottimo, ma dovrai passarmi a prendere. Non potrò guidare fino a quando non avrò compiuto diciannove anni. » Mi fa l'occhiolino per dimostrarmi che non prova nessun risentimento, poi si sporge verso di me per salutarmi con un bacio. Mi volto in modo che il suo bacio mi raggiunga sulla guancia, e lui si accontenta. Non l'ha ancora capito, ma non valgo il suo perdono.

## BRADY

Essere un uomo d'affari repubblicano allergico alla penicillina non aiuta a trovare un hobby, quindi la corsa è l'unica risposta che ho alla sfida del dottor White di coltivare una passione.

Ho deciso di allenarmi per la maratona di Boston della primavera prossima. Per qualificarmi, devo concludere quella del Québec in meno di tre ore e un quarto, cioè devo correre a meno di cinque minuti al chilometro per 42 chilometri e 195 metri consecutivi. Dopo dieci giorni di allenamento ne ho fatti sedici a una media di sei minuti l'uno, quindi ho parecchio da lavorare. Ho letto diversi articoli secondo i quali il tipo di allenamento di cui ho bisogno non si può fare nelle cinque settimane che ho a disposizione, ma in questo momento riuscire in un'impresa impossibile gioverebbe molto alla mia autostima.

Spesso c'è chi corre in memoria di qualcuno, o per promuovere una causa. Mi sono visualizzato mentre supero il traguardo con addosso la scritta IO CORRO PER IL SUICIDIO. Maddy ride sempre con me, quando ci penso. Il suono è inconfondibile e mi riecheggia in testa come se lei stesse correndo accanto a me. Tenendo gli occhi fissi sulla strada, mi metto a fantasticare che sia un progetto comune, che dopo il Québec e Boston gireremo il mondo correndo maratone.

Ogni giorno intorno al quinto chilometro passo davanti al Wellesley College. La considero una penitenza. Per due anni ho creduto che Maddy ci lavorasse come volontaria per ammazzare il tempo e che le facesse bene, invece ci andava per realizzarsi e ha fallito. Di solito abbasso la testa in segno di rispetto, ma oggi lascio il marciapiede e sterzo verso la biblioteca, come se avessi sentito chiamare il mio nome. È troppo tardi per fermare Maddy, ma posso mettermi nel punto in cui è caduta e implorare il suo perdono. Come ho potuto lasciarmi inghiottire interamente dal lavoro? Se solo in quel momento fossi stato lì a gridare: «Questa scelta è l'unica cosa da cui non si torna indietro. Io posso ancora cambiare!»

Mi fermo di botto davanti a una macchina targata JAG2. È quella del padre di Kara, solo lui potrebbe personalizzare la targa in onore del telefilm *Avvocati in divisa*. Cosa diavolo ci fa qui Todd Anderson? Per quanto ansioso di espiare, non lo farò in presenza di un uomo che una volta si è domandato come facciano tre persone a vivere in una casa di *soli* 550 metri quadrati. Ritorno verso la Route 9, ma non prima di aver intravisto Todd con una donna che non conosco. La sta facendo salire in macchina, tenendole una mano dietro l'incavo della schiena. Mi dispiace per Christie, ma non sono sorpreso. Da tempo corrono voci sugli interessanti intrecci del loro matrimonio. Maddy non permetteva mai a Eve di dormire da loro. Da quel che ho capito, la fedeltà è un optional anche per lei.

Per il resto della corsa, mi tormenta il pensiero che Maddy avesse una relazione. Questo spiegherebbe tutto. Nel suo diario parla di un professore che ha conosciuto mentre pranzava su una panchina davanti al laghetto del campus. Maddy sostiene di aver accennato a me quasi subito, all'inizio della conversazione, per informare lui (e ricordare a se stessa) che era sposata. Non è esattamente una decisa dichiarazione di fedeltà. Maddy continua dicendo che essere sposati non vuol dire non provare più nessuna attrazione per gli altri uomini, ma semmai avere abbastanza rispetto del partner per non voler mettere a repentaglio quello che si è costruito insieme per un capriccio del momento. Alla fine dice che di lì in avanti avrebbe mangiato il suo panino da qualche altra parte, ma chi può dirlo? Potrebbe essere stato l'inizio di qualcosa.

Al dodicesimo chilometro ho ufficialmente gettato Maddy nello stesso mucchio di spazzatura di Todd Anderson, ma al quindicesimo riconosco di essere stato ingiusto. Quindi ha parlato con una persona interessante. Non posso certo fingere di non aver mai avuto una conversazione che mi abbia lasciato con la voglia di qualcosa di più. E Maddy ha scritto di essere rimasta affascinata perché lui faceva un sacco di domande. Mi merito questa coltellata. Io mi limitavo al minimo indispensabile: «Com'è andata oggi? Cos'hai fatto di bello? Ti sei divertita?»

È davvero assurdo. La mia carriera - tutto il mio successo professionale - si basa sulla capacità di analizzare, di capire ogni situazione. Se sono diventato quello che sono ora è solo grazie alla mia attenzione per i dettagli. La HT stava per comprare una compagnia che vantava ventimila utenti. Dato che erano proprio gli utenti la motivazione principale per l'acquisizione, durante le varie riunioni per la verifica dei dati di bilancio ho fatto qualche domanda mirata a diverse persone. Quanti di questi utenti avevano comprato un nuovo software negli ultimi dodici mesi? Quanti utenti avevano smesso di utilizzare i loro prodotti nello stesso lasso di tempo? I loro programmi venivano consigliati spesso? Così facendo, ho scoperto l'altarino: gli utenti stavano diminuendo molto più rapidamente di quanto lasciassero supporre le vendite, nessun incremento del giro di affari e scarsa soddisfazione da parte della clientela. Abbiamo evitato il disastro, ma il nostro concorrente no. L'acquisizione ha finito per portare alla rovina entrambe le compagnie e Jack mi ha ringraziato personalmente. È stato il successo che ha portato alla mia promozione a direttore finanziario. Perché la sera prima di rientrare a casa chiudevo questa mia capacità nella ventiquattrore?

Devo scavare di più con Eve, ma interrogare gli adolescenti è un'arte. Fai troppe domande e gli stai troppo addosso; fagli quelle sbagliate e non li sai capire; fagli quelle giuste nel momento sbagliato e sei un rompiballe. È come camminare sul ciglio di un precipizio in cui ogni tanto Eve decide di buttarmi giù. Non so mai cosa le farà perdere la pazienza. Ieri sera volevo la conferma per Exeter, perché è il momento di pagare la retta.

« Credi che parli così per parlare? » mi ha aggredito.

Era stata una reazione così spropositata che mi ha fatto ridere.

«Ti diverti a offendere la gente?» è saltata su.

Se avessi avuto una bandiera bianca, l'avrei sventolata. «Ehi, frena!» ho esclamato.

«*Frena?* Non sono un cavallo, papà.»

«Scusa se te l'ho chiesto», ho replicato, non sapendo bene perché mi stessi scusando. «Spedisco l'assegno.» E sono uscito dal salotto anche se il programma che stavo guardando in TV non era ancora finito.

Come ha fatto Eve a trasformarsi così repentinamente dalla figlia amorevole con cui ho guardato i fuochi d'artificio a una insopportabile nevrotica? Nella mia testa ha risuonato la voce di Maddy: *Sono quei giorni del mese*. Devo riconoscermi almeno questo: per essere un uomo senza un briciolo di creatività, il frasario e il senso dell'umorismo di Maddy li ho fatti proprio miei.

Venti chilometri e sono al punto di partenza. Non c'è nessun altro cui affibbiare la responsabilità di questo disastro. Tutto quello che ho fatto per Maddy era oscurato dalle cose che non le ho dato. Pensavo che fosse un bene separare casa e lavoro, ma in questo modo la mia famiglia ha avuto accesso solo a metà di me. Entro in casa per farmi una doccia, sperando di lavare via anche la vergogna.

# 10

## MADELINE

Eve indossa lo stesso abitino nero che ha scelto con Meg per il mio funerale. Quando ho capito che cercava ora e luogo di quello di Linda, sono rimasta stupita almeno quanto Rory.

È una semplice sepoltura, celebrata dal sacerdote della casa di cura. Dopo qualche frase ispirata sul cerchio della vita che si chiude, Rory si alza per mettere l'urna nella tomba accanto a quella di suo padre e rivolge qualche flebile parola alla trentina di presenti. Avendo come unico riferimento la mia funzione, dove c'erano centinaia di persone, perlopiù curiose, Eve credeva di potersi mescolare alla folla.

Il volume basso di Rory richiede massima attenzione e il gruppo si protende verso di lei per catturare ogni parola. Lei non è truccata e ha delle rughe sottili sulla fronte e intorno alla bocca, ma sembra lo stesso troppo giovane per perdere un genitore. Cosa penserà Eve?

« Mia madre ha avuto la fortuna di una vita vissuta al massimo. Da ragazzina ha ballato con le Rockettes al Radio City, al college si è battuta per la giustizia sociale, ha sposato la sua anima gemella, ha messo al mondo due figli a più di dieci anni di distanza e, per il resto della sua esistenza, si è messa al servizio della famiglia.

« Linda Maureen Murray mi ha insegnato a vedere la bellezza nelle piccole cose, come vestirmi per un colloquio di lavoro e a chi affidare i miei segreti, cioè alle persone che non ti raccontano quelli degli altri. Era convinta che le madri debbano coltivare una vita propria distinta da quella della famiglia, e ha fatto di tutto per averne una. Era presidentessa di un club di bridge, ha fondato il primo programma di sostegno nel New England e ha remato sul Charles River ogni giorno, finché il fisico glielo ha concesso. »

Avrei potuto imparare molto da Linda. Coltivare una vita tutta mia è stata la mia grande battaglia, ma mi faceva sentire avida perché desideravo più di quanto già avessi.

Rory continua a parlare, però Eve torna con la memoria all'elogio di Meg al mio funerale. Sono troppo in alto per seguire con esattezza il flusso dei suoi pensieri, ma mia figlia ha letto quelle parole prima di andare a letto per settimane, dopo la mia morte. Le conosce a memoria, e anch'io.

*Madeline amava leggere. Era una donna saggia e spesso diceva le sue verità citando qualche autore o raccontando un aneddoto. Non so chi l'abbia detta per primo, ma la sua perla di saggezza preferita era: « Alla fine tutto si risolve. Se non si è ancora risolto, è perché non è giunto alla fine ». Spero che questo valga per tutti noi che oggi siamo qui riuniti a piangerla.*

*Quand'eravamo bambine, a Maddy piaceva fare il bagno nuda e bere limonata freddissima. Se fosse qui adesso, riderebbe dicendo che le piace ancora. Da piccole guardavamo i Muppets e lei sapeva imitare alla perfezione Miss Piggy. Dondolava la testa e con una vocetta timida dice-*

*va: « La bellezza è nell'occhio di chi guarda, e ogni tanto è necessario fare un occhio nero a qualche stupido ficcanaso male informato ». E beveva Shirley Temple anche quando ormai aveva l'età per i superalcolici. Nel suo biscotto della fortuna preferito c'era scritto:* Un carattere semplice è il risultato naturale di un pensiero profondo.

*Anche se s'interessava a molte cose, nulla poteva competere con le responsabilità e le gioie della maternità. Eve era il dono e la passione di Maddy. Amava inequivocabilmente la sua famiglia e desiderava solo che Eve e Brady fossero felici. Per questo oggi siamo così scossi.*

Su quest'ultima frase, la voce di Meg si è spezzata ed è scesa in lacrime dal pulpito. Non abbiamo capito se avesse finito, o se non fosse riuscita a continuare. Dopo è toccato a Paige. Anche lei, nel vedere tutte quelle facce che non erano la mia, è scoppiata in singhiozzi. Vive a Wellesley da vent'anni, eppure nessuno ricorda di averla mai vista così scossa. Suo marito l'ha riaccompagnata alla panca nel silenzio più totale. Eve si sofferma su questo ricordo, dimenticandosi per un attimo dove si trova. Torna in sé solo quando gli altri si avviano lentamente verso il parcheggio. Non volendo imporre la propria presenza a Rory, fa per seguire gli altri, ma una voce maschile rompe il silenzio: « Che cosa ha detto? »

È Brian. Le sue parole bloccano tutti.

« Sono contenta che finalmente tu sia venuto a trovare tua madre, ecco cos'ho detto! » contrattacca Greta.

« Come osa aggredirmi così al funerale di mia madre? »

« Oso eccome, ragazzino », risponde lei, imperturbabile.

« Ragazzino? Ho ventisei anni. » Passare al contrattacco lo fa sudare. Togliendosi la giacca, rivela senza volerlo il proprio successo professionale: la camicia è su misura e i gemelli sono di platino. Brian è un bel ragazzo, di quelli che sembrano atletici pur senza esserlo davvero.

«Greta, Brian, per favore. Non è il momento», interviene Rory.

«Oh, Rory, tesoro, mi dispiace. Questo cretino è tuo fratello, quindi tu sei costretta a perdonarlo, ma io no.» Greta gli punta un dito in faccia. «Come osi presentarti qui oggi e frignare come se avessi perso qualcuno cui tenevi?»

Brian stringe la destra in un pugno, come ha fatto tante volte Brady quest'estate. «Come si permette, signora? Non ha diritto di dare questo spettacolo. Non è nemmeno una di famiglia!»

Lei si scrolla di dosso quelle parole con la noncuranza che solo gli anziani sanno avere. «Chiedi a chiunque lavori coi malati terminali e ti diranno loro che cos'è la famiglia. Essere di famiglia vuol dire esserci. Non sai nemmeno come mi chiamo, vero? Mi sono presa cura di tua madre per *due anni*, due bellissimi anni. La lavavo, la vestivo, la imboccavo quando le è peggiorata l'artrite... e guarda, non sai nemmeno come mi chiamo!»

Brian abbassa la testa, come se si fosse arreso.

«Bene. Adesso almeno te ne stai qui zitto con l'aria contrita. E spero che tu lo sia davvero! Mi chiamo Greta Robbins e ho un'ultima domanda. Hai una minima idea di quello che tua madre ha sacrificato per te, per farti vivere la tua vita di sporco egoista?»

È una giornata uggiosa e, nemmeno a farlo apposta, si mette a piovere a catinelle. Il maltempo disperde la piccola folla. Eve si allontana, sconvolta.

Quando si trova sola in macchina, schiacciata dalle parole di Greta, appoggia la testa al volante. *Qualcuno avreb-*

*be dovuto dirmelo. Sono stata così egoista che mia madre si è uccisa,* pensa. Di tutti i pensieri che potevano arrivarmi con chiarezza, è crudele che sia arrivato proprio questo. Sentire Eve che si autoflagella immeritatamente per me è una tortura. Vorrei raccontarle tutta la mia storia, ma è complessa e non so come fare. La settimana scorsa, mentre correva, ho provato a comunicarla a Brady, a metterlo di fronte al problema, ma è stato distratto dall'auto di Todd Anderson e se n'è andato. E non posso raccontare la mia storia così, decontestualizzata. *Ti voglio bene. Ti voglio tanto, tanto, tanto bene,* dico invece a mia figlia.

Non basta. Eve piange istericamente. Vado da Rory. Detesto intromettermi in un momento così delicato, ma non posso permettere che Eve si metta alla guida in questo stato.

*Va' a vedere come sta Eve. Va' da lei,* suggerisco a Rory.

Lei individua l'auto di Eve e le bussa al finestrino, facendo segno che vuole entrare. « Hai l'aria di aver bisogno di un fazzolettino, e guarda caso io ne ho le tasche piene. Sono spiegazzati, ma puliti », dice, prendendo posto sul sedile.

« Grazie. » Eve cerca di tenere sotto controllo i singhiozzi. « Senti, non sei costretta a stare qui con me, davvero. Sto bene. Cioè, sei tu quella che dovrebbe essere consolata. »

« La morte di mia madre è stata diversa da quella della tua. » Rory guarda Eve per capire se è infastidita dal fatto che sa di me, ma l'espressione di Eve non cambia. È convinta che tutti lo sappiano.

« Non sarei dovuta venire. Volevo... be', cercare di preoccuparmi per qualcun altro, capisci? Poi c'è stata quella lite, le cose che ha detto quella donna. » La sua voce diventa un mormorio: « Anch'io trattavo mia madre come una schiava ».

Rory cerca di farla ragionare: « Eve, tu sei un'adolescente, Brian è un uomo ».

« Questa è solo una scusa. »

Qualcosa in Rory si scioglie al pensiero di essere di fronte a qualcuno che ha bisogno del suo affetto materno. « No, non è vero. Il giorno del mio tredicesimo compleanno, mia madre ha detto: 'Quando avrai vent'anni ricomincerai a volermi bene. Fino ad allora, non mi aspetto niente'. E così è stato. Se gliene volevo anche prima, non l'ho mai dimostrato. »

« Però non dovevi essere terribile come me, infatti tua madre è rimasta. »

Rory cerca di vedere la cosa con gli occhi di Eve. « La vita è più complicata di così. Pensa a quanti segreti hai tenuto nascosti ai tuoi genitori, a tutte le cose che non hai detto loro in questi diciassette anni. E adesso prova a immaginare quante cose potresti non sapere di tua madre. »

« Se non le sapevo, è perché non gliele ho mai chieste. »

« No. *No*. Era lei che non voleva dirtele. Non sempre si riesce a capire cosa sia successo, o perché, ma i motivi sono sempre, *sempre* molto più profondi di quanto si creda. Ogni esperienza vissuta contribuisce a formare il nostro punto di vista, la nostra capacità di affrontare l'esperienza successiva. »

Eve alza gli occhi. Non so se creda alle parole di Rory, ma non le nega neppure.

« Quando è morto mio padre ero piena di sensi di colpa, perché non eravamo mai riusciti a conoscerci davvero. Avevamo alle spalle dieci anni di conversazioni, tutte unicamente sul tempo e sullo sport. Quando il suo migliore amico ha tenuto il suo elogio funebre, ha descritto mio padre come un romantico d'altri tempi che amava il valzer e si era guadagnato la borsa di studio al college suonando il sassofono. E io non l'avevo mai saputo. Com'era possibile? »

« Era il suo passato. »

Rory annuisce. « Proprio così. Il giorno dopo mi sono iscritta a un corso di ballo da sala. Avevo bisogno di avvicinarmi a lui almeno simbolicamente. »

Incoraggiata dall'idea di poter ancora fare qualcosa per conoscermi meglio, Eve sorride.

Rory sarà una sostituta perfetta.

## EVE

La mamma riusciva sempre a far sentire importanti sia me sia le mie amiche. Una volta, quando avevo sette anni, una ragazzina del vicinato è stata beccata a pomiciare. I ragazzi più grandi ne parlavano, ma nessuna delle mie amiche sapeva cosa volesse dire. Senza girarci troppo intorno, abbiamo deciso di domandarlo a mia madre.

Non ero nervosa, né imbarazzata. La mamma diceva sempre che non c'era niente di male a chiedere e non aveva senso tenersi le curiosità.

Così sono entrata in cucina e ho chiesto cosa volesse dire pomiciare. Lei ha smesso di apparecchiare e si è seduta a tavola. « È un modo di baciare più romantico, per quando si è fidanzati o sposati. In questo tipo di bacio, le lingue si toccano. Ha un nome un po' strano, ma è una cosa normalissima. »

« Tu e il papà lo fate? »

« Sì. » Le altre bambine non volevano crederci, ma la mamma era la nostra consulente di fiducia.

È quello che sono diventata io per Kathleen al campo estivo. Da quando ho preso in prestito la frase della mamma, che non ha senso tenersi le curiosità, Kathleen mi tempesta di domande. Si esercita col braille leggendo un settimanale di notizie di attualità che è troppo piccola per capire, quindi gli argomenti non le mancano. Chiede cose tipo: « Ma com'è cominciata l'AIDS, voglio dire, come ha fatto la prima persona ad ammalarsi? » o: « Perché non contiamo semplicemente i voti per decidere chi sarà il nostro presidente? » o ancora: « Perché alla gente dà tanto fastidio che i messicani vogliano abitare qui? » E così via.

Le mie risposte sono patetiche: « Forse hanno paura che non ci sia abbastanza spazio ».

Le sue repliche, invece, sono argute: « Ma, quando non ci sarà più spazio, loro non vorranno più venire. Giusto? » In genere finisco per ammettere che non ne ho idea, ma questo non sembra scoraggiarla.

Quando entro nel parcheggio, vedo Kathleen in auto con sua madre. Mi stanno aspettando. Ormai abbiamo preso l'abitudine di trovarci un po' prima, perché così mi aiuta a scegliere il progetto del giorno. La guido fino al marciapiede, salutando con la mano sua madre che se ne va. Mentre camminiamo, mi cade in testa una goccia di pioggia, poi un'altra, e in un attimo è il diluvio. Corriamo fino a una baracca nella zona pranzo, e lì mi squilla il cellulare. « Ciao, Robin. »

« Oh, sì, ciao. Per me è ancora una sorpresa quando dall'altra parte del telefono sanno chi sono », dice la direttrice del campo, con la sua voce cantilenante. « Siamo nel 2015 e non mi sono ancora abituata ai cellulari. » Mi sforzo di non ridere. Robin è tanto dolce, ma è la persona più imbranata che io abbia mai conosciuto. Dovrei combinarle un appuntamento col dottor Jahns. « In ogni caso, visto il brutto tempo posticipiamo di un'ora tutte le attività. »

« D'accordo », rispondo. Inutile spiegarle che sono già qui. Mi offro di riaccompagnare Kathleen a casa, ma lei mi chiede se mi va di restare. « Se non disturba te, la pioggia non disturba nemmeno me. » E comunque non è che la mia presenza sia richiesta altrove.

« A me la pioggia piace, è facile immaginarla », dice lei.

Parla in modo così semplice. Io non mi pongo mai tutte le domande che si pone lei. Se leggo un titolo sul giornale, lo considero un dato di fatto. Se lo legge Kathleen, è l'inizio di una discussione. Per me è difficile spiegare nei dettagli perché una cosa mi piace: diciamo che lascio che le cose mi trovino, non sono io a cercarle. Lei invece si conosce intimamente. Di sicuro non sceglierà i suoi amici sulla base di una stupida formula che contiene il negozio dove comprano i loro vestiti. Mi sa che sto imparando più io da lei che lei da me.

Il diluvio è già diventato pioggerellina, per cui andiamo sotto braccio fino al campo giochi. Sorrido, e sapere che Kathleen non può vedermi, e che non c'è nessun altro nei paraggi, rende più genuina la mia espressione.

« Posso chiederti una cosa, Eve? »

È così che inizia ogni conversazione. « Tutto quello che vuoi », rispondo, come faceva sempre la mamma.

« Che aspetto ho? »

Mi fermo. Questa volta non posso cavarmela con un « non so ». « Ma come, non te l'ha mai detto nessuno? »

« No. Di solito mi dicono che sono bellina, carina, ma i particolari non me li ha mai detti nessuno. »

« Be', ci sono modi peggiori per descrivere una persona. »

Lei annuisce. « Lo so, ma io voglio sapere come sono *esattamente*. Voglio riuscire a immaginarmi. »

Mentre penso alla risposta migliore da darle, la piazzo su un'altalena. Kathleen è stupenda, ma come faccio a spiegarglielo? Comincio mordendomi le unghie di una mano mentre con l'altra la spingo. « Be', hai una pelle perfetta, soprattutto per la tua età. Qualcuno paragona le pelli morbide e luminose come la tua al latte. I tuoi lineamenti sono simmetrici, come se il tuo viso fosse stato disegnato da un artista. Il mento è rotondo e quando sorridi si solleva insieme con la bocca, una caratteristica che non avevo mai visto in nessun altro. Ma la tua parte migliore sono gli occhi. »

« Ah, che ironia. » Sembra una parola così grande per una dodicenne.

« In effetti. Sono enormi e azzurri, con ciglia incredibilmente lunghe e ripiegate all'insù, verso il cielo. Io per dare alle mie lo stesso aspetto delle tue devo caricarle ogni giorno di mascara. »

Allunga un braccio intorno alla corda dell'altalena e tocca i suoi bellissimi, inutili occhi. « Vai avanti. »

« Hai gli zigomi alti, e nella parte bassa della guancia destra un piccolo neo, come una modella famosa. Se lo tocchi, lo puoi sentire. »

Lei fa scivolare la punta di un dito sulla guancia.

« Le labbra sono piccole e ben definite, i capelli neri e perfettamente lisci. »

« Il nero è l'unico colore che conosco. » Ha gli occhi lucidi.

« Scusami... Non diventare triste, ti prego. »

« No, è il contrario. Sono contenta. Mi hai regalato uno specchio segreto. »

Kathleen sente arrivare le altre macchine prima di me. Si asciuga gli occhi e mentre la guido su per la salita mi abbraccia, uno di quegli abbracci che ti fanno sentire importante. « Non ti dimenticherò mai », sussurra.

Essere la persona di cui qualcuno ha bisogno invece di essere io ad aver bisogno di qualcuno è un'esperienza nuova, e mi piace. Benché la temperatura sia rimasta invariata, sento un brivido. È la mamma, sono sicurissima. Può sembrare assurdo, ma lei è profondamente legata a questa sensazione.

Dopo il campo vado alla seduta col dottor Jahns. Anche se cerco di non darlo a vedere, sono ansiosa di conoscere la sua opinione sulla situazione con John.

Sapendo che non sono una fanatica delle chiacchiere, non appena mi siedo lui comincia subito a indagare: « Allora? Com'era il film? »

Dal suo punto vista, John è un sogno divenuto realtà. Chi meglio dell'amore del liceo per spazzare via il dolore di una ragazzina?

« Bello. Cioè, ho dovuto fingere di essere cretina per ridere nei momenti giusti, ma uscire mi ha fatto bene. »

« In che senso 'fingere di essere cretina'? » Gli piacciono le domande che contengono citazioni dirette del paziente di turno. Mi fa morire.

« Non so come spiegarlo. Faccio fatica a trovare le cose divertenti. »

Lui si accarezza la peluria sul mento. « Conosco bene le sofferenze umane, eppure non riesco a immaginare un mondo senza umorismo. È uno degli strumenti più potenti che abbiamo.»

Inarco le sopracciglia. «Se ha ragione lei, sono spacciata. Io non trovo divertente più nulla.»

Lo sento ridere. È la prima volta. Sembra una donna, quando ride. Capisco perché evita di farlo. «È il tuo dolore che parla. Un giorno ripenserai a questa conversazione e capirai che avevo ragione.»

«Sono contenta che lei oggi si senta così sicuro, perché ho una questione etica da porle.»

Si raddrizza nella sua poltrona, aspettandosi chissà quale svolta.

«Non sono innamorata di John», ammetto. «Non esiste nessuna versione della mia vita in cui stiamo insieme dopo il mese di agosto. È molto brutto da parte mia, come dire... trascinarmelo appresso per avere un po' di compagnia fino a quando non avrò più bisogno di lui?» Paige lo trova un atto criminale, ma lei non è obiettiva, visto che John gioca a calcio coi suoi figli.

Il dottor Jahns torna ad afflosciarsi. «È egoista, ma non c'è niente di male a essere egoisti, ogni tanto. E, quando lo lascerai, io credo che John si riprenderà in fretta.»

Fantastico. Permesso accordato. Perché John non mi manca, ma comincia a mancarmi il sesso.

## BRADY

Prima di andare a correre, rileggo la pagina di diario che mi ha tenuto sveglio stanotte. Non so proprio come prenderla.

*23 luglio 2013*

*La madre di Brady è morta due anni fa e finora non avevo ancora avuto il coraggio di guardare cosa c'era nei suoi scatoloni. Non ho scuse: non era certo un'accumulatrice. A parte il vestiario, i mobili e i libri che abbiamo dato in beneficenza, i traslocatori hanno riempito di suoi ricordi solo tre scatoloni, che dopo il funerale ho appoggiato su uno scaffale in garage senza neppure sapere cosa contenessero. Ma oggi, mentre portavo fuori la spazzatura, mi sono tornati in mente e in un attimo mi sono ritrovata tra le mani delle lettere d'amore di un certo Phillip Goldfarb, tutte risalenti a prima che Bethany conoscesse il padre di Brady. Lettere d'amore... nascoste dalla donna meno sentimentale del pianeta.*

*Phil era un soldato con due figli, di cui Bethany si prendeva cura. Non vengono mai nominate né una moglie né una madre, ma è chiaro che Phil considerava Bethany qualcosa di più della loro tata. La descrive come « molto affettuosa, stupenda e ricca d'immaginazione ».*

*Bethany è stata una madre rigida, di quelle che lasciano i figli a giocare da soli e minacciano di lavare loro la bocca col sapone. Se non si trovassero tra le sue cose e non fossero indirizzate alla « Cara Bethany » (la stessa suocera che ha definito Eve una « neonata sgraziata »), mi rifiuterei di crederci. L'ultima lettera è del dicembre 1959 e ha un necrologio attaccato con una graffetta. Phil è morto in Vietnam lasciando i due figli, Marie e Paul. Non viene nominata nessuna madre. Mi chiedo che fine abbiano fatto.*

*Il primo impulso è di chiamare Brady, poi mi rendo conto che sarebbe un errore perché si arrovellerebbe su quelle lettere. Non si accorgerà di nulla se faccio sparire gli scatoloni. La donna amata da Phil non corrisponde minimamente alla madre che lui ha conosciuto.*

*Bethany non mi ha mai parlato della sua vita prima del matrimonio, ma nemmeno io l'ho mai interrogata in proposito. Consideravo mia suocera una donna che trascinava le sue giornate senza mai cercare un briciolo di gioia. Immagino che abbia raccolto quello che ha seminato. Trovo straziante l'idea che un tempo lei fosse una donna così passionale e che sia stato il dolore a trasformarla.*

Parto con un passo regolare, domandandomi quanto bene io abbia conosciuto le donne della mia vita. *Sinistro, destro, sinistro.* I piedi vanno allo stesso ritmo del respiro. Ho smesso di portarmi la musica. Correre è diventato la mia cassa di risonanza quotidiana, ruolo un tempo svolto da Maddy.

I miei si sono sposati molto più tardi di quanto si usasse all'epoca. Io sono stato un incidente: mia madre mi ha messo al mondo a quarantasei anni e spesso mi ricordava di essere troppo vecchia e stanca per i miei capricci. Era una donna di una bellezza sconvolgente, ma non ricordo un solo episodio in cui si sia dimostrata affettuosa o fantasiosa. Non uno solo, davvero. Il giorno in cui sono stato accettato ad Harvard ha detto: « Ora dovrai trovare un modo per pagartela. Buona fortuna ». Io e Maddy spesso scherzavamo dicendo che dalle nostre famiglie avevamo imparato cosa *non* fare, mentre cosa *fare* avremmo dovuto scoprirlo da soli.

La mia infanzia è stata fredda: nessuno girava per casa ubriaco dalla mattina alla sera, ma nessuno mi rimboccava le coperte o mi organizzava feste di compleanno. Di mia madre so solo poche cose fondamentali: si rimetteva a Dio, anche nel suo essere madre. Non spiegava mai *perché*: perché una cosa fosse pericolosa, villana o crudele. Sperava solo che ereditassi da lei il timore di Dio. La sera del mio ultimo ballo di fine anno, mi ha preso per un braccio e mi ha detto: « Dio non ti perdonerà se metterai incinta qualche povera ragazza ». Come se quella fosse l'unica sera in cui poteva succedere.

La cosa che ora m'infastidisce però, mentre ci rimugino, è che di mio padre conosco tutte le opinioni, dalla politica ai fertilizzanti, mentre di mia madre so il minimo indispensabile. Era una brava cuoca; le piaceva cucire; non si lagnava mai. Non lagnarsi mai, ho imparato di recente, non significa non avere niente di cui lagnarsi. Nonostante tutto il tempo trascorso con lei - diciotto anni di conversazioni quotidiane più altri venti di contatti settimanali - queste sono le uniche cose che posso dire. Nella disputa tra la conoscenza come fonte di potere e l'ignoranza come fonte di felicità, pare che io abbia sempre scelto la seconda. Ma, quando ti schieri da questa parte, finisci per renderti conto troppo tardi del tuo errore. Maddy, Eve, mia madre... il carosello di donne che ho deluso. È come se corressi per fuggire da loro.

Sono quasi a casa quando dal nulla spunta Susan Dundel in una di quei striminziti, costosi completini di Lulu-non-so-cosa, e si mette a correre di fianco a me come se avessimo un appuntamento. Nella mia testa risuona la risata di Maddy e io sorrido, ma Susan lo interpreta come un segnale d'incoraggiamento. « L'ho capito subito che ti andava un po' di compagnia. Passi qui davanti tutte le sere, e certe volte anche al mattino, e così ieri ho pensato: Perché non cambiare l'orario della mia corsa, in modo da tenere un po' di compagnia al povero Brady? »

Al *povero* Brady. L'aggettivo che sento più spesso e che odio di più. « Sinceramente, Susan, non cerco nessuna compagnia. Mi sto allenando per una maratona che farò il mese prossimo e devo correre da solo. » Lo dico con tono autoritario ma, quando mi giro per accertarmi che abbia recepito il messaggio, l'occhio mi cade sulle sue tette finte che rimbalzano a ogni passo e perdo subito credibilità.

Lei fa una risatina. « Lo so. Non è terribile? Non esiste un reggiseno sportivo in grado di fornire abbastanza sostegno. Al mio ex però piacevano. In effetti sono ottime per certe cose, ma non per allenarsi. »

Proprio mentre Susan indica la sua dote, passa Eve di ritorno dalla seduta dallo psicologo. Che tempismo di merda.

Susan fa un'altra risatina. « Per i figli è dura vedere i genitori andare avanti, ma tu insisti un po' e vedrai che ci si abituerà. Mio figlio ha fatto una gran scenata la prima volta che un uomo ha passato la notte con me dopo il divorzio, ma adesso lo trova normale. Chiunque porti a casa, la mattina dopo lui è sereno come un papa. » Fa l'occhiolino.

Il suo tono tronfio mi fa arrestare di colpo. « Ascolta, Susan, io non sto andando avanti e preferisco correre da solo. » Mentre mi allontano, lei resta a correre sul posto.

Quando arrivo a casa, pronto a incassare un commento pepato di Eve, capisco subito che ha un suo programma in testa. C'è sotto qualcosa: la cucina è troppo pulita, ha messo un disco di Alicia Keys e dal forno esce un buon profumo di carré d'agnello, il mio preferito. « Perché non mi dici subito cosa vuoi, così possiamo goderci la cena senza che io mi chieda per tutto il tempo quanto mi costerà? » dico allegramente.

Lei mi fa un sorriso innocente. « Non voglio nulla. »

« Come no. » Mi afferro una caviglia per allungare il

quadricipite. Nelle giornate di allenamento lungo, sono arrivato a percorrere ventun chilometri.

«Davvero! Devo solo... ehm... raccontarti una cosa che ho fatto.»

Avverto subito una stretta allo stomaco. I soldi sono un rimedio facile, ma gli adolescenti possono commettere errori non altrettanto facili da rimediare. «E cioè?»

«Aspetta, prima ho una domanda. Cos'è che ti farebbe passare la voglia di pagarmi il collegio?»

Passo in rassegna la lista delle voci che affollano gli incubi dei genitori: droghe, furti, disturbi alimentari, gravidanze. «No, ho promesso che ti ci manderò e lo farò. Ma esistono motivi per cui potrei decidere di rinviare», rispondo con prudenza.

«Tipo?»

«Non so, Eve. Se ti servisse tempo per assumerti la responsabilità delle tue azioni, per esempio. O per farti aiutare.»

«Non sono incinta», dice con una risata.

«Dai, Eve, non è divertente! Allora?»

«Mi sono fatta un tatuaggio.»

Una possibilità che non avevo considerato. «*Cosa?* Quando? E perché mai...»

«Tre giorni fa. Perché la settimana scorsa sono stata al funerale della mamma di Rory e lei mi ha raccontato che dopo la morte di suo padre aveva fatto qualcosa di simbolico per aiutarsi a superarla.»

Incrocia le braccia, come se questo spiegasse tutto, mentre io ho altre mille domande. Non sapevo che lo scorso fine settimana Eve fosse uscita, e nemmeno che fosse così legata alla sua insegnante di matematica da partecipare al funerale della madre. Ma non mi lascerò distrarre. «Mi sono perso qualcosa? Tutto questo come giustifica che tu ti sia fatta un tatuaggio? Santo cielo, hai diciassette anni! È legale?»

«È piccolissimo.»

«È tutto quello che hai da dire? Che è piccolissimo? Ma ti rendi conto, Eve? È permanente!»

«È simbolico!»

«Un mucchio di altre cose lo sono, senza bisogno di portarsele addosso per tutta la vita. Eve! Ma ti sei fermata un momento a pensare come ti starà quando avrai la mia età? O come potrai spiegarlo ai tuoi nipoti?»

China la testa sul petto. Stiamo tutti e due a vedere chi parlerà per primo. Di solito perdo io a questo gioco, ma non stavolta: oggi ho già dato tutto me stesso. Passa un intero minuto.

«È la frase che piaceva tanto alla mamma, su quanto s'impara dal dolore», mormora lei.

Mia figlia meriterebbe una laurea *ad honorem* per come riesce sempre a sorprendermi. «Ti sei *tatuata* una frase? Dove?»

«Sul fianco destro, appena sopra l'anca. Posso nasconderla anche sotto il costume da bagno.»

Le chiedo di mostrarmela. La frase è scritta in semplici lettere nere. Per essere un tatuaggio, non è male. Cerco di nascondere il sollievo mantenendo un'espressione severa, ma poi mi viene in mente una cosa che mi fa ridere.

«Che c'è di così divertente?»

«Quando sarai incinta si dilaterà un po' sì e un po' no. Sarà buffo.»

«Ah, a questo non avevo pensato.»

Le punto un dito addosso. «Ecco perché avresti dovuto avvisarmi *prima*.»

Lei si morde il labbro. «Sono nei guai?»

Leggo la citazione stampata sulla pancia di mia figlia.

*Se potessimo imparare a imparare dal dolore quando ci afferra.* La risposta viene da sola: « No, sei tu che dovrai conviverci. Ma non andare a mostrarlo in giro come se fosse una bella cosa, perché non lo è. E per un po' basta colpi di testa. Per quest'anno hai già raggiunto la tua quota massima di cazzate adolescenziali ».

Eve esibisce il sorriso a labbra strette che ha imparato da Maddy. Sta a significare che la considera una vittoria, ma non infierirà visto che l'ho presa bene.

« Ti ha fatto molto male? » le chiedo.

« Cazzo, sì! » risponde, scordandosi di moderare il linguaggio. Poi si porta una mano alla bocca. « Scusa. »

Ripenso allo Chardonnay del 4 luglio e scuoto la testa. Non è giusto che Maddy continui a prendere le decisioni su Eve anche dopo essersi uccisa. « No, non ti scusare. Le parolacce erano la battaglia di tua madre, non la mia. »

« Dici sul serio, papà? »

Non so perché io abbia deciso d'impuntarmi proprio su questo, e faccio una rapida marcia indietro. « Purché tu le usi con intelligenza e in modo pertinente. »

« D'accordo. D'ora in poi ti manderò affanculo con intelligenza. »

Mi massaggio le tempie. Quando imparerò a tenere la bocca chiusa?

# 11

## MADELINE

A furia di osservare quello che succede sotto di me, mi torna in mente di quando ho discusso con Meg se fosse o no il caso di diventare una casalinga. Era il desiderio di Brady. Tra tutti i suoi compagni di Harvard, lui era l'unico ad avere una moglie che lavorava. Ammiravo la sua intelligenza, quando uscivamo insieme, ma solo dopo la nascita di Eve ho capito che era abbastanza potente da indurmi a lasciare il lavoro. Non avevo mai avuto intenzione di ripercorrere le orme di una madre che nel migliore dei casi compativo, ma il successo di Brady e le necessità di Eve mi avevano spogliato di ogni ambizione. Ero sicura di poter evitare le debolezze di mia madre. La depressione non aveva mai fatto presa su di me e l'alcol era come un cugino divertente che andavo a trovare ogni tanto, ma da cui non avevo mai pensato di trasferirmi. Non pensavo che potesse avere tentacoli invisibili, di cui ci si accorge solo quando ormai è troppo tardi.

Se tentennavo era anche perché al lavoro c'era gente che contava su di me per raggiungere un risultato. Senza la mia partecipazione, il team non avrebbe mai ricevuto il bonus. « Lo trovo arrogante, Maddy. Siamo tutti sostituibili. Le persone sono per loro natura resilienti e piene di risorse », aveva detto Meg col suo tono da non-posso-credere-di-essere-io-la-sorella-minore. Aveva ragione. Anche dopo che avevo lasciato la Viking, la gente del New England trovava ancora la strada per i negozi in cui vendevano i loro forni e frigoriferi ipercostosi.

Vorrei tanto che la sua perla di saggezza si rivelasse ancora valida, ma rimpiazzare un direttore vendite è diverso da rimpiazzare un genitore. Brady è un bulldozer, vede solo quello che gli passa davanti agli occhi. Negli ultimi due mesi, grazie ai miei metodi di persuasione, davanti a lui c'era Eve, ma adesso ha bisogno di una valvola di sfogo, qualcosa di suo, e pensa solo a qualificarsi per la maratona di Boston. La mia capacità d'influenzarlo sta svanendo. È ossessionato dal suo progetto. E si è ritirato in se stesso, proprio quando nostra figlia stava cominciando a riprendersi.

Mentre corre, oscilla tra la rabbia nei miei confronti per aver abbandonato la vita privilegiata che mi permetteva di condurre e la rabbia verso se stesso per non essere stato più presente. Se da una parte lo lascia stupefatto sapere che loro due non erano la mia principale priorità, dall'altra si è reso conto con orrore che noi non siamo mai state la sua. Una lotta interiore che io trovo assurda, perché adesso che sono morta ho finalmente capito come stavano davvero le cose: a casa Brady ci aveva provato, a farsi coinvolgere; ero io che l'avevo respinto.

Appena sposati, Brady mi aiutava: apparecchiava la tavola, si fermava a fare la spesa prima di tornare a casa, tritava la cipolla, ma solo dopo aver messo gli occhiali da sole per non piangere (cosa che io trovavo ridicola). In diverse occasioni si era offerto di cucinare; piatti semplici come gli hamburger o l'insalata, ma comunque ci aveva provato. Io lo criticavo sempre. Nella mia testa, avrei saputo fare meglio o più in fretta, oppure avrei speso meno, e così ho iniziato a occuparmi io di tutto. Alla fine si era accontentato di piccoli incarichi come mettere la musica, buttare la spazzatura e accendere il camino d'inverno. Lì, dicevamo scherzando, non poteva fare danni. *Compiti a prova di Brady*, li chiamava lui.

Incoraggiavo questo suo sminuirsi. Non avevo mai avuto intenzione di diventare una donna di casa ma, non appena ho imboccato quella strada, il mio istinto casalingo ha preso il sopravvento. Se dovevo essere una casalinga, volevo essere almeno una matriarca, la madre di tutte le casalinghe. Mia madre aveva affrontato le sue giornate con la malavoglia di un'impiegata con uno stipendio minimo cui vengono negati gli straordinari, ma io avrei provato a me stessa che la maternità era molto di più. Volevo creare un ambiente che fosse emotivamente solido, intellettualmente stimolante e consapevolmente salubre, e nel farlo non avevo lasciato a mio marito abbastanza spazi in cui dare prova di sé. A un malsano livello inconscio, per me era importante che almeno a casa lui mi fosse inferiore. Aveva già abbastanza vittorie in ufficio. Avevo anch'io bisogno di un palcoscenico.

Quello che voglio dire è che Brady non era allenato per lo sport che si ritrova a dover praticare adesso. Se è un egoista è perché, via via che Eve cresceva, lui diventava sempre più estraneo. Noi due lo prendevamo in giro, con affetto ma senza tregua. Non facevamo sul serio. Era un dirigente della Fortune 500! Viveva la vita che io avevo sacrificato, o almeno quella era molto spesso la mia sensazione. Non capivo che le nostre frecciatine si erano fatte strada dentro di lui, convincendolo di essere incapace di svolgere qualunque lavoro domestico.

Continuo a cercare d'infondergli la sicurezza di cui ha

bisogno per relazionarsi con Eve attraverso interazioni positive, ma è una strategia lenta e io continuo a salire, anche se a strappi. Il mio tempo è limitato. Prima di arrivare troppo in alto per poterli aiutare, ho bisogno che subentri Rory.

È la prima volta che Rory ed Eve si rivedono dopo il funerale di Linda, e il capitolo quattro non sembra meno noioso di quelli precedenti. Dopo mezz'ora, quando s'interrompono per bere qualcosa di fresco, Rory nota la lavagnetta che Brady ha frettolosamente appeso per tenere traccia delle telefonate e degli spostamenti di Eve. Oggi c'è scritto: *Ha chiamato l'assicuratore dicendo che la casa non è più coperta e che aspetta una telefonata*. Stamattina, prima di uscire, Brady ha letto la frase di sfuggita, con un grugnito. Mi occupavo io di quelle cose, e lo raccontavo sempre durante le cene perché i suoi colleghi trovavano spassoso che un direttore finanziario non gestisse le finanze di casa. Dal suo punto di vista, si occupava di finanze già durante il giorno ed era giusto che tra le mura domestiche se ne occupasse qualcun altro. Dal mio... be', il mio punto di vista non me lo chiedeva mai nessuno, e quando nella coppia ti assumi un incarico indesiderato resterà tuo finché morte non vi separi. Oggi una piccola parte di me godrà nel sentirgli chiedere i preventivi: lui non sa se vive in una zona soggetta a inondazioni, se le fondamenta sono in pietra, in che anno è stata costruita la casa né nessun'altra informazione necessaria. In certe faccende, sentirà sempre la mia mancanza.

«Sei già arrivata agli esercizi?» domanda Rory, ricatturando la mia attenzione.

«Sì», risponde Eve. *Il tatuaggio*, le ricordo. Lei va in dispensa a prendere un pacchetto di patatine. « Ah, ho seguito il tuo consiglio e fatto qualcosa di simbolico per celebrare la mamma. »

Rory sorride. « Fantastico! Cosa? »

« Un tatuaggio. »

Rory posa la sua Pepsi (sono contenta che non beva bibite dietetiche) e studia il viso di Eve per capire se scherza o fa sul serio. « Ehm, Eve, ma io non intendevo questo. »

« La mamma non era appassionata di ballo da sala. »

Rory sbuffa. « Invece andava pazza per la body art? »

« Nooo, ma il tatuaggio è un simbolo che la rappresenta. Guarda. » Eve si alza l'orlo della maglietta.

« Una bella frase. »

« Vero? » Il complimento spinge Eve a raddrizzare la schiena.

« Dove l'hai trovata? »

« L'ho sentita dalla mamma. »

*Chissà se era nella lettera che ha lasciato prima di suicidarsi,* si chiede Rory. « Quando sarai incinta si dilaterà in modo buffo », fa notare a Eve.

« Perché voi vecchi siete tutti così ossessionati dal mio futuro pancione? »

Rory ride. « Oh, grazie tante! Ti posso chiedere chi sarebbero questi altri 'vecchi'? »

« Mio padre. »

« Oddio! Cos'ha detto del tatuaggio? »

« Che non è certo il simbolo cui alludevi tu. »

Rory sbarra gli occhi. « Hai detto a tuo padre che sono stata io a darti l'idea? »

« No, certo che no. Non sei stata tu. Gli ho solo detto che abbiamo parlato e che... be', che la nostra conversazione mi ha ispirato. Comunque ha chiamato per dire che oggi pomeriggio tornerà dal lavoro prima per poterti conoscere.»

Ma certo, dopo tutti i miei sforzi è stato il tatuaggio di Eve a innescare la presentazione.

«Cosa?» Rory sembra in allarme.

«Non è arrabbiato o roba del genere. Non ti dà la colpa del tatuaggio. Secondo me si è spaventato un po' quando ha saputo che sono venuta al funerale di tua madre e, visto che gli parlo spesso di te, immagino voglia semplicemente conoscerti.»

Con un sospiro, Rory rimette mano al libro di algebra. «È da un pezzo che non mi capita un genitore convinto che io abbia un'influenza negativa. Cerchiamo di finire almeno questo capitolo, così potrò tentare di rifarmi una reputazione.»

Brady arriva poco prima che l'ora sia finita. Rory si alza per salutarlo con un timido cenno della mano. Porta dei jeans leggeri con una cintura di cuoio intrecciato e una maglietta bianca con lo scollo a V. I capelli sono tenuti indietro da una fascia a pois rosa e marrone che rivela i piccoli orecchini di diamanti. Non lo chiamerei amore a prima vista, ma di sicuro lui *la nota*.

«Così lei sarebbe la famigerata Rory Murray.»

Lei china la testa. «Non intendevo essere famigerata. Eve mi ha spiegato come ha interpretato la nostra chiacchierata della settimana scorsa.»

Brady ride con più leggerezza di quella che sente davvero. «Sì, già, cosa ci possiamo fare?»

«Sono contenta che non ce l'abbia con me.»

«Le sembrerà assurdo, ma lei ha un aspetto familiare.»

Rory sorride. «Ehm, speravo tanto che lei non mi riconoscesse... Sono quella che qualche tempo fa ha inciampato in un cestino da CVS ed è caduta lunga distesa.»

Brady sorride. «Brava! Ecco, era proprio lei.»

«Sa, chi finisce lungo disteso in pubblico non dimentica mai i suoi testimoni oculari.»

Brady si passa una mano tra i capelli. «Posso confessarle una cosa orribile?» *No, non farlo,* gli ordino. Ma lui è un boy-scout nell'animo e non riesce a trattenersi. «Sono io il cretino che ha lasciato il cestino in mezzo al corridoio.»

*Perché? Perché? Perché?* Rory non lo avrebbe mai saputo. Tutto questo lavoro per poi... *Aspetta*: sta ridendo! E di gusto. Io sarei montata su tutte le furie, lei invece lo trova divertente. «E ha avuto il coraggio d'incolpare qualcun altro!»

Lui si porta una mano al petto. «Lo so, è tremendo. Ma è successo tutto così in fretta, e le parole mi sono uscite di bocca prima che... Sinceramente, credevo che non ci saremmo mai più rivisti.»

«Invece eccoci qua.»

«Già, eccoci qua.»

Eve è affascinata e insieme inorridita da quello che sembra un tentativo di suo padre di flirtare. Lui porge a Rory un assegno e, mentre loro prendono accordi per la prossima lezione, io domando a Brady se pensa di sapere abbastanza di Rory, visto l'affetto che Eve le dimostra. *Non fartela scappare,* gli ordino, forzando un po' i tempi. Costringerlo non è difficile.

«Senta, ora sto uscendo per una corsetta, ma sarei molto felice se si unisse a noi per cena mercoledì prossimo.»

Spiazzata all'idea di essere invitata a cena davanti a Eve, Rory fa un passo indietro, ma si rilassa non appena le trasmetto l'intento di Brady. È un genitore single. Sua figlia è andata al funerale della madre di una donna che lui non conosce, poi si è fatta un tatuaggio sulla base di un suo saggio consiglio. Non è un invito a cena: è un interrogatorio. Rory accetta.

Speriamo che Brady sia meno severo di quanto non sia durante i colloqui. Vorrei che Rory avesse una possibilità concreta e che lui non facesse la figura del perfetto cretino. Sembra che Rory abbia la rara capacità di tirare fuori il suo lato solare, un dono che io non ho mai posseduto.

## EVE

Il mio rapporto con John è quello di un fratello e una sorella costretti a convivere durante una vacanza in famiglia. Il papà e la mia prof di matematica hanno più cose in comune di me e il mio ragazzo.

Ho commesso l'errore di dire a John che ogni tanto sento mia madre che mi guarda. Intendevo in senso metaforico, ma adesso lui ci pensa tutte le volte che ci spogliamo. Non c'è niente di peggio che farlo con uno terrorizzato. Ho provato a spiegargli che a lei non importerebbe comunque, ma mi ha fermato a metà frase e forse è meglio così.

Forse John credeva che, se ci fossimo torturati ancora un po', alla fine saremmo tornati alla normalità. O forse presumeva di potermi riportare alla vita, peccato che a me non interessi affatto tornare a vivere. In ogni caso aveva torto, e lo sa. Se suo padre non gli avesse proibito di vedermi, lui mi avrebbe già lasciato da un pezzo. Al mondo c'è almeno un genitore che abbia imparato qualcosa da *Romeo e Giulietta*? Ehi, ma ci siete? Guardate che Shakespeare sapeva il fatto suo.

Ogni serata inizia nello stesso, identico modo, con John che dice: « Ti va di andare a una festa da Tizio? » Stasera per esempio sono tutti da Doug.

E io rispondo: « No, ma tu vacci pure se vuoi. Possiamo vederci domani o quando ti pare ».

Lui allora dice, in tono lamentoso: « Senza di te non mi va ».

È come uscire con una piattola. « Allora mi sa tanto che non ci andrai nemmeno tu. Ma guarda che se decidi di andare non mi offendo, davvero. »

Finisce che passo a prenderlo a casa dell'amico che per quella sera gli fornisce la copertura. Mi fa aspettare un secolo fuori in macchina, dal che intuisco che il breve lasso di tempo prima del mio arrivo per lui è il vero clou della serata. Quando si degna di salire in auto, mi sommerge di pettegolezzi, come se me ne importasse qualcosa. Stasera il pezzo forte è Jake che ha mollato Kara. « Lei ormai esce che è già sbronza e finisce sempre la serata in lacrime o piegata in due sul water. Un vero schifo. »

« Oh. »

« Non ce l'ho con Jake perché l'ha mollata, ma si sta comportando da stronzo. Va in giro a dire a tutti che se volesse uscire con una che non regge l'alcol si troverebbe una primina. »

« Ah. »

« Kara è uno spettacolo rivoltante, ma è ovvio che sta passando un brutto momento. »

Alzo lo sguardo al cielo. « Eh, be'. »

Niente di ciò che sta passando Kara può in qualche modo eguagliare quello che sto passando io. La mia indifferenza induce John al silenzio. Non so se abbia capito o se pensi che mi sia trasformata in una furia assetata di vendetta, ma so che è infelice, e nel mio cuore e nella mia mente non c'è spazio per occuparmi di questo.

« Forse dobbiamo smettere di fingere che stia ancora funzionando », dico, non appena finiamo di guardare il film.

« Sì. » A giudicare dal pathos che c'è nell'aria, potrei avergli detto: « Passami le patatine ». « So che le cose sono cambiate, dopo che tua madre è morta, ma non è detto che debbano restare così per sempre », dice lui dopo un minuto.

Mi mordo il labbro. « A me quello che avevamo prima non manca quanto pensi tu. Non è che sto, come dire, scivolando nella depressione. Ho solo altre priorità. »

« Vorrei essere io una di queste tue priorità. »

« Lo vorrei tanto anch'io... »

In un certo senso è vero. Ci sono momenti in cui tornerei volentieri alla mia esistenza di piccola egoista. Era più facile non capire niente. Ma non credo sia possibile. Come faccio a restringere i miei orizzonti, adesso che li ho allargati?

John si alza per andarsene, però lo devo accompagnare. Il tempismo non è mai stato una mia specialità. Viaggiamo con la radio al massimo, per coprire la triste verità che non ci resta altro da dire. Lui scende, ma esita vicino alla portiera aperta. « Tu lo sai che ti amava, vero? »

Mi ci vuole un attimo per rendermi conto che sta parlando di *lei*. Non potrei parlare senza scoppiare a piangere, per cui rimango seduta con lo sguardo fisso davanti a me.

« Non è stata colpa tua », aggiunge lui, poi chiude la portiera.

Trattengo il fiato finché non si avvia verso casa, poi

scoppio in lacrime. Forse io non sono il motivo per cui si è buttata, ma allo stesso tempo non contavo abbastanza per farla restare qui. Io per lei ero un pensiero secondario, mentre lei era il mio tutto.

La campanella suona per la terza volta, annunciando la fine dell'ultimo giorno di campo estivo.

È strano a dirsi, ma sono contenta di aver avuto quell'incidente perché mi ha portato qui, dove per cinque ore al giorno mi sono concentrata sui problemi degli altri invece che sui miei. Mi sa che sono l'unica sulla faccia della Terra cui mancheranno i lavori socialmente utili.

Robin ci dice di raggiungerla nel parcheggio per condividere insieme i momenti più belli della nostra esperienza. Mi avvicino a Kathleen, per poterci andare con lei. «Ormai riconosco il tuo odore, Eve», confessa.

«Se me l'avesse detto qualcun altro, lo avrei preso come un insulto.»

Lei ride.

«Eccoci qua. Chi vuole parlare per primo?» dice Robin, dopo che le sedie a rotelle e i bambini sono stati disposti in un cerchio un po' storto.

Kathleen alza subito la mano. «Quest'anno la cosa migliore del campo è stata Eve!» grida.

Un gruppetto di bambini annuisce e applaude. Il mio cuore palpita. Forse diventerò un'insegnante. Riesco quasi a vedermi: aiutare dei ragazzini in difficoltà, come ha fatto Rory con me. Questo pensiero mi raggela: è la prima volta che considero un futuro senza la mamma.

Dopo Kathleen, il cerchio prosegue in senso orario. Con visibile sollievo di Robin, gli altri quattro delinquenti passano la mano ma, quando il giro finisce e tocca a me chiuderlo, penso a tutte le cose che vorrei aver detto a mia madre quando ancora potevo. Non voglio vivere tutta la vita passando la mano. « Sono venuta qui sperando di poter essere d'aiuto, ma alla fine siete stati voi ad aiutare me. »

« Una riflessione perfetta per concludere le nostre due settimane insieme », commenta Robin. « È il momento dell'abbraccio di gruppo. »

Il primo giorno mi sarei lasciata condizionare dalle disabilità dei bambini e avrei pensato che un abbraccio di gruppo fosse impossibile, ma adesso prendo sotto braccio Kathleen e ci apriamo a ventaglio verso le persone ai lati, io accucciandomi vicino alla sedia a rotelle di Hanna, bene attenta a non strappare per sbaglio i tubi del respiratore, e Kathleen prendendo a braccetto un bambino che cammina grazie a un tutore.

L'energia che circola tra noi è indescrivibile, sprigionata dal semplice gesto di protenderci l'uno verso l'altro. È quasi palpabile.

Un genitore impaziente suona il clacson, rompendo l'incanto. Accompagno i bambini, stupita di conoscere i nomi di tutti i loro genitori.

Dopo che se ne sono andati tutti, Robin mi si avvicina col suo largo sorriso e con la famosa cartellina rigida. « T'interessa per caso iscriverti per l'anno prossimo? »

« Certo! » Metto il mio nome sulla prima riga di una lista ancora vuota.

« Ci hai sorpresi tutti, Eve. Il primo giorno eravamo scettici, ma una vocina nella mia testa mi ha suggerito di avere pazienza e alla fine ti sei perfettamente ambientata. Camp Ray aveva bisogno di aiuto e tu ce l'hai dato. »

« Avevo bisogno anch'io di Camp Ray », ammetto per la seconda volta.

Lei appoggia per terra la sacra cartellina e mi mette un braccio intorno alle spalle. « Ho avuto anch'io il mio brutto momento. La miglior cura contro il risentimento è restituire bontà », mi confida.

Sono due settimane che mi chiedo se Robin conosca la mia storia e adesso ho la risposta. Ci abbracciamo lì, in mezzo al parcheggio.

## BRADY

Non riesco a smettere di pensare a mia madre. Se amava così tanto Phillip, perché non si sono sposati? Che fine hanno fatto quei bambini? Perché li amava come se fossero suoi, anche se non lo erano? E perché non ha amato altrettanto me, che invece ero suo? Voglio sapere di più dei suoi segreti.

Svelo l'intera storia anche a Eve, mettendole sotto il naso la pagina di diario sulla vita misteriosa di sua nonna. Maddy diceva sempre che il trucco per guadagnarsi il rispetto altrui è mostrarsi vulnerabili. « È più facile ammirare le persone che si espongono », sosteneva. Al momento non l'avevo contraddetta, ma nel mondo del lavoro se vuoi ottenere rispetto devi essere un killer spietato. Adesso però capisco che, se la strategia di Maddy non potrebbe mai funzionare in un ufficio, la mia di sicuro non funziona con Eve. E così mi espongo, sperando che mia figlia tragga conforto dall'idea che anche sua nonna aveva degli scheletri nell'armadio.

I suoi occhi si accendono di curiosità. Non sapevo di vivere con un'agente della CIA! S'immerge nella lettura del diario e quando torno dalla mia corsa ha già « una pista». Il fatto è che ce l'ha davvero, una specie di pista. Quando rientro gocciolante di sudore, vengo bombardato di domande.

«Dov'è nata la nonna?»

«In Virginia.»

«E ha sempre vissuto lì?»

«Per quanto ne so io, sì.» Ma a quanto pare non ne so molto.

«In che anno si è sposata col nonno?»

Oddio... «Vediamo. Il papà aveva trentotto anni, quindi vuol dire che si sono sposati nel... 1962.»

«Un po' lento, per essere un direttore finanziario!»

«Non sono io quello che prende ripetizioni di matematica.»

«Non prendo ripetizioni per dare un esame di riparazione, ma per svolgere il programma di un anno in due mesi.»

«Touché. Allora, detective?»

«Be', c'è un gran numero di Goldfarb in giro e non possiamo sapere se sono ancora in Virginia, ma ho trovato questo sito dove, pagando qualcosa, puoi consultare l'indice degli Archivi di Stato. Lì dovremmo trovare tutte le informazioni che ci servono. Procedo?»

«Quanto costa?»

«Duecento dollari.»

«Però. Piuttosto caro, direi.» In realtà mi fa molto piacere vederla interessata a qualcosa. Via via che la mia resistenza nella corsa aumenta, passo sempre meno tempo in casa e durante la settimana abbiamo pochissime occasioni per parlare. «Secondo te dovremmo provarci?»

«Certo! La nonna era sempre così triste. Mi piacerebbe incontrare delle persone che l'hanno conosciuta quand'era diversa.»

È affascinante che Eve ricordi la nonna come una donna triste: io e Maddy la definivamo fredda. Solo da bambini si è così percettivi, quando la vita non ha ancora infangato il nostro modo di sentire e vedere le cose.

Eve perora abilmente la sua causa: « E chi lo sa? Potremmo anche trovarci bene con Marie e Paul. Non sono proprio famiglia, ma prendiamo quello che passa il convento ».

Cerco di non mostrarmi offeso. « In che senso, scusa? »

« Hai capito benissimo, dai. A parte la zia Meg, Lucy e lo zio Dan, noi due siamo soli. Io ho sempre sognato di vivere in una famiglia numerosa. »

Le sue parole sono come un pugno. « Davvero? Io e la mamma eravamo convinti che volessi le attenzioni tutte per te. Era una delle poche cose che mitigavano un po' la dura... » Esito, prima di finire la frase, ma se voglio avere una relazione autentica con Eve devo essere autentico anch'io. Lei ormai ha diciassette anni. « Non te lo abbiamo mai detto, ma non potevamo avere altri figli. »

Al ricordo si accompagna un gigantesco *cosa sarebbe successo se...*

Ne volevamo altri. Quando Eve ha compiuto due anni abbiamo ricominciato a provarci e quando ne ha compiuti tre siamo andati da uno specialista, puntura dopo puntura, rilevamento della temperatura dopo esami dopo lacrime. Ogni mese, quando Maddy annunciava che avevamo fallito, mi si spezzava il cuore perché sapevo che lo viveva come un *suo* fallimento. Siamo arrivati al sesto compleanno di Eve, e a quel punto non ce la siamo sentita di adottare un bambino. Ma più tardi Maddy si è pentita di quella decisione. *Miope*, l'ha definita. Chissà se con un undicenne in casa le cose sarebbero andate diversamente. Maddy si sarebbe uccisa lo stesso? Quel qualcuno in più sarebbe stato sufficiente a trattenerla con noi?

« Per fortuna », dice Eve, rispondendo alla mia muta domanda. « T'immagini se adesso dovessimo pure occuparci di un bambino? »

Alla faccia dell'avvocato del diavolo. Questo fa di Eve una pessimista o una realista?

« Diamo un'occhiata in quell'archivio, papà. Se non altro dopo ne sapremo di più sulla nonna. »

« D'accordo. » Lei prende la mia carta di credito e io vado a farmi la doccia.

Quando torno in cucina per cena, Eve ha trovato una corrispondenza. Non subito, ma cercando sotto diverse variabili, ha scovato una Anna Marie Watson nata il 3 gennaio 1952 al Providence Hospital di Washington da Sandra Watson e Phillip Goldfarb. Eve ha telefonato al numero delle informazioni, ma non c'è nessuno con quel nome nel District of Columbia.

Penso a Bobby, che ha un fratello all'FBI. Forse lui potrebbe fare delle ricerche. Vedendo che Eve apprezza la mia ingegnosità, lo chiamo subito, dalla cucina. Questa mossa mi farà guadagnare svariati punti.

« Volevo proprio chiamarti, Brady », dice Bobby dopo un breve saluto. Da come trascina le parole capisco che ha già bevuto qualche birra.

« Davvero? »

« Sì, sono proprio uno stronzo, vero? »

« Se è per questo anch'io, Bobby. Ho un favore da chiederti. »

« Qualunque cosa, Brady. Sei il mio migliore amico. Non te lo dico mai, ma è la verità. E mi dispiace per Madel... »

Lo interrompo esponendogli il motivo della chiamata.

Non capisce perché m'interessi tanto, dato che non ci sono legami di parentela, ma accetta di sguinzagliare suo fratello. Il tono non è promettente, ma Eve è tutta felice e quindi lo sono anch'io.

All'improvviso mi rendo conto che mia figlia dev'essersi sentita sola. La sto di nuovo trascurando. Forse, se riuscirò a salvare il mio rapporto con lei, potrò perdonarmi per aver fallito con mia madre e mia moglie. Sarà sempre meglio che zero su tre.

## 12

### MADELINE

È strano guardare Brady, Rory ed Eve seduti al mio tavolo da pranzo: sembra il quadretto di una famiglia felice. Devo ricordarmi che sono stata io a volerlo.

Eve è impegnatissima a dare sfoggio delle sue capacità: ha apparecchiato con tovaglia e candele, serve salmone al forno con salsa di limone e capperi e usa qualche parolaccia per colorire i racconti. Recita la parte della padrona di casa, trattando Rory come una sua amica adesso che non si sente più in sintonia coi compagni di scuola. Sia Brady sia Rory accettano di buon grado la performance, lui perché c'è un'ospite in casa e lei perché capisce cosa spinga Eve a comportarsi in quel modo.

Tormento il subconscio di Brady con pensieri carnali. Comincio in sordina, dicendo cose tipo: *Carina, vero?* e: *Chissà se ha qualcuno,* ma alla fine l'umorismo nero prevale e gli trasmetto pensieri come: *Non ti piacerebbe vederla nuda?* o: *Evita di avere un'erezione davanti a tua figlia*. Brady è allarmato da questo chiacchiericcio interiore, ma lo attribuisce al fatto che non fa sesso da mesi.

« Allora, come va l'algebra? » domanda quando sono tutti e tre seduti. Si è messo in tiro. Ho pilotato la sua scelta sui jeans che gli donano di più e su una camicia grigia.

Non si è tolto la fede al dito, ma ha spazzolato via il gel dai capelli e così ha un'aria molto più morbida e casual.

« Benone », risponde Rory, visto che Eve tace. « Credo che per la fine del mese avremo finito, e non è cosa da poco. »

« Vi dispiace se non ne parliamo adesso? » dice Eve, imbronciata. « Scusate, ma dover prendere lezioni in estate è una vera rottura. »

Brady non ha voglia di litigare. « D'accordo. Rory, sei originaria di queste parti? »

Prima di rispondere, lei sorride, e la tensione nella stanza si allenta. Il sorriso di Rory è più contagioso di uno sbadiglio. « Sì. Be', di Boston. Ma sono andata a studiare alla Pepperdine e ho vissuto lì fino a dieci anni fa. »

Squilla il telefono. Mentre Brady va a rispondere, Rory ed Eve riempiono i piatti. Lo sentono alternare parole e silenzi, ma non colgono il filo della conversazione finché lui non tuona: « Capisco che tu sia preoccupata, Christie, ma sono *sicurissimo*. Lo saprei, se Kara fosse in casa mia, non credi? » Dopodiché torna a tavola. « Eve, tu non sai dove sia Kara Anderson, vero? »

Eve ride – non vede Kara dall'ultimo giorno di scuola – ma io sono preoccupata. Viste le circostanze della nostra ultima conversazione, abbandono momentaneamente la mia famiglia per assicurarmi che stia bene. Concentro la mia energia finché non la trovo da sola sul pontile del cottage degli zii. Accanto a lei c'è una bottiglia di rum Captain Morgan quasi vuota, ma sembra tranquilla. Stasera non farà altro che crollare addormentata e farsi divorare dalle zanzare. La lascio sola e torno alla cena più importante della mia morte.

In risposta a qualcosa che è successo durante la mia assenza, Brady lancia un'occhiataccia ammonitrice a Eve.

«Dov'eravamo rimasti? Ah, sì, la Pepperdine, nella California del Sud. Zona bellissima, soprattutto in questa stagione. Ti manca molto?»

«Mica tanto.»

Brady è sorpreso da quella risposta. Da Rory ti aspetteresti solo rose e fiori, ma è proprio per questo che l'ho scelta.

«Stavo bene, lì, ma il mio cuore è sempre rimasto in New England. Sono tornata per stare più vicino alla famiglia e ora sono contenta di aver passato un po' di tempo coi miei genitori. C'è qui anche mio fratello, quindi va bene così. Cioè, abbastanza bene.» Fa l'occhiolino a Eve, che è felice della loro complicità. «E voi di dove siete?»

Risponde Eve, che sta cercando di farsi spazio nella conversazione: «Viviamo in Massachusetts da quando sono nata e lo trovo più noioso ogni anno che passa. Voglio scegliermi un college lontano, magari in Texas».

Brady posa la forchetta e guarda sua figlia, cercando di capire se parla sul serio o no. «Non lo sapevo», dice, incapace di nascondere la delusione.

«Be', hai ancora tempo per ripensarci. Fai domanda in tanti posti diversi, così potrai scegliere. Io volevo andare in Florida, ma mia madre mi ha convinto che gli uragani sarebbero stati un vero incubo. Quando sono arrivata in California, però, ho scoperto i terremoti. Ogni posto ha i suoi pro e contro», interviene Rory.

«E Boston è ricca di opportunità», aggiunge Brady. «Non so se sei d'accordo anche tu, Rory, ma io invidiavo quelli che erano vicini a casa, soprattutto nei fine settimana, quando c'era da fare il bucato.»

Sta cercando di convincerla, il che fa infuriare Eve ancora di più. Infatti ignora il mio ordine di abbassare la cresta. «Mi sorprende che tu sia così contrario all'idea del Texas. Credevo che ti saresti goduto la libertà. Pensa, finalmente potresti dedicarti alle tue lunghe corse con Mrs Dundel.»

Non posso crederci: tra tutti i momenti a disposizione per tirare fuori una cosa che pensa di aver visto tre settimane prima.... Questo è sabotaggio! Se solo avessi più armi a mia disposizione! In questo momento non mi dispiacerebbe colpirla con un potente attacco di diarrea per lasciare Brady e Rory un po' da soli.

Brady si pulisce la bocca col tovagliolo. L'ha presa bene. «Prima di tutto non vado a correre con Susan Dundel, ma soprattutto mi mancherai già molto quando partirai per il New Hampshire a settembre, figuriamoci quando andrai al college.» Tende le labbra per non far vedere che è commosso.

«Due mesi fa non l'avresti mai detto.» Eve cerca di scherzarci sopra, ma il tono è rimasto ostile, rendendo più facile a Brady soffocare le proprie emozioni. Questa sera nostra figlia ha deciso di essere memorabile.

L'ho vista così petulante una sola volta, circa un anno fa. Aveva invitato un po' di amici, tra cui due popolarissimi ragazzi dell'ultimo anno, per una partita a tennis. A un certo punto gli è venuta voglia di pizza, al che Eve mi ha chiamato a gran voce dalla cucina, dove mi sono precipitata credendo che fosse successo qualcosa di grave, ordinandomi di «prendere la carta di credito perché qui stanno morendo tutti di fame». Le ho detto di seguirmi un momento in salotto, da sola. Quand'è arrivata, senza il supporto del suo esercito, ha domandato scusa ancora prima che io aprissi bocca. Le ho chiesto di mandare via gli amici e di salire in camera sua, e la faccenda è finita lì.

Brady reagisce alla sua ribellione in modo più sottile.

« Ultimamente nella nostra vita ci sono stati molti cambiamenti. » Beve un sorso di vino. « Da quanto ho capito ce ne sono stati anche per te, Rory. Mi dispiace molto per la tua perdita. »

Rory risponde con un sorriso a labbra strette e un « grazie » sommesso.

« Eve ha detto che la funzione è stata molto bella. »

« Me lo auguro, perché mia madre se lo meritava. Eve è stata molto dolce a venire. »

Ma la conversazione sta diventando troppo personale, così Brady sdrammatizza chiedendo a Rory in quale classe insegna. Mio marito ha un talento straordinario per controllare le conversazioni. È stato lui a spiegarmi che chi controlla la conversazione non è certo chi parla di più, come pensa la gente. « È chi fa le domande a condurre il gioco, Maddy. »

Con Brady al timone, tornano ad affrontare argomenti più normali. Lui viene a sapere qualcosa di Rory - che le piace leggere, nuotare e il cibo indiano - e *molto* di Eve, che stasera è più chiacchierina del solito. Racconta loro del campo estivo, di quanto le sia piaciuto sentirsi utile e di come questa esperienza abbia cambiato le sue aspirazioni. Parla anche della rottura con John, una notiziona per Brady, spiegando che ormai avevano « punti di vista diversi sul mondo ». Poi confessa il suo entusiasmo al pensiero della scuola nuova, dichiarando che l'autunno « non arriverà mai abbastanza in fretta ».

Rory nota il dispiacere di Brady e domanda con gentilezza a Eve se ha in programma di tornare a casa nei fine settimana. « Probabilmente sì, per vedere come se la cava papà. Sai, sono riuscita a farlo ricominciare a mangiare solo un mese fa », risponde lei.

Brady è ferito dal modo in cui Eve parla di lui a questa

estranea. Per tre volte ha riportato la conversazione su binari più sicuri, ma non se la sente proprio di farlo una quarta. Si alza. « Bene, signore, è stata una serata piacevolissima, ma ora si è fatto tardi. »

Rory lo imita. « Sono proprio felice che abbiamo cenato insieme », dice, porgendo a Brady una mano morbida e calda. « Grazie per avermi invitato. » C'è qualcosa di spensierato in lei, come se fosse troppo carina per essere una donna adulta.

« Grazie a te per aver accettato. » Si fissano per un attimo negli occhi, poi Brady si rivolge a Eve. « Buonanotte », dice, senza nascondere l'agitazione.

« 'Notte a te », risponde lei, sfacciata. Rory piace a tutti e due, ma in sua presenza non si piacciono più tra loro.

Rory resta per dare una mano a riordinare.

« Mi spiace per mio padre. Ultimamente non vuole stare con nessuno », dice Eve.

Sprono Rory a difenderlo, ma non ci vuole molto perché nutre rispetto per lui. Posa lo strofinaccio. « Non ha fatto niente di male. Vedi, è facile capire quanto sia sbagliato tacciare giudizi quando si è giudicati, ma molto più difficile quando si sta seduti nel banco della giuria. Ognuno vive il dolore a modo suo. C'è chi vuol essere lasciato solo, chi si riempie la vita d'impegni, chi ingrassa, chi dimagrisce, chi mantiene le stesse abitudini alimentari di prima. È ingiusto criticare le reazioni altrui. Io mi sono accorta di essermi persa molte cose nel tempo che ho impiegato per capirlo. »

« Vuoi dire dopo che è morta tua figlia? » Le parole escono dalla bocca di Eve prima ancora che lei riesca a fermarle.

Rory è sorpresa – è successo tanto tempo fa, dall'altra parte del Paese – ma non chiede a Eve come fa a saperlo.

« Sì. Dopo Emma, credevo che mio marito desse la colpa a me. Ma non era lui, ero *io* a incolparmi. E l'ho respinto. A lui mancava semplicemente Emma, come a me, come a tutti, eppure l'ho trasformato in un attacco personale. Ho visto molte persone avvicinarsi nel lutto, ma solo se sono pronte ad accettare che la perdita si vive ogni giorno in un modo diverso. »

Eve si rilassa e attenua persino la sua arroganza adolescenziale, che ha tenuto banco tutta la sera. « Forse non avrei dovuto dire quella cosa sul papà che non mangia. »

« Se sei pentita di averla detta, gli devi chiedere scusa », le consiglia Rory, andando verso la porta.

Eve s'illumina, perché è la risposta che le avrei dato io. Da quando Paige le ha regalato quel Butterfinger, si guarda continuamente intorno in cerca di miei messaggeri. « Emma ti manca ancora? » Vorrebbe tanto sentirsi rispondere no, che il tempo ha guarito la ferita. Se glielo dicesse Rory, Eve potrebbe crederle.

Rory sa cosa va cercando mia figlia, ricorda di aver posto lei stessa quella domanda ad altri che piangevano un figlio morto, ma non vuole creare false aspettative. « Ogni singolo giorno. È lì, e fa male, però è diventato... come posso dire... un'abitudine. » Prende la tracolla e tende timidamente le braccia. « Grazie per la serata. Tu e tuo padre siete due persone meravigliose », dice, stringendo Eve.

## EVE

Oggi sarebbe stato il compleanno di mia madre. Mi viene in mente la parola *agrodolce*. C'è una parte di me, quella che il dottor Jahns definisce eccezionale, che non può fare a meno di amare il 2 agosto. È il giorno in cui lei è arrivata, quello in cui la festeggiavamo ogni anno, un giorno che lei aspettava con piacere, almeno quand'era più giovane. Ma un'altra parte di me detesta questa data e la sua importanza, di cui molti non si rammentano già più. Per chi se lo ricorda, il suo compleanno adesso segna la fine della sua vita, invece che l'inizio. È morta a quarantacinque anni e d'ora in poi ogni 2 agosto io penserò: *Oggi ne compirebbe quarantasei, quarantasette, quarantotto...* Il suo compleanno se n'è andato insieme con lei.

Quello che mi fa sentire peggio è quanto poco l'abbiamo festeggiata quando c'era. È orribile, ma non avevo mai dato tanto valore a questo giorno come oggi. L'anno scorso siamo usciti a cena. Durante il tragitto in macchina le ho scritto un bigliettino, letteralmente alle sue spalle, come se lei non sapesse cosa stavo facendo. Abbiamo cenato alla steak house preferita del papà, dove lei ordinava sempre l'unico piatto speciale di pesce. Come abbiamo fatto a non capire che nel menu non c'era niente di suo gusto? Come regalo le ho comprato una confezione di prodotti da bagno del supermercato, che lei non ha mai usato - come avrei dovuto prevedere - perché non amava le fragranze troppo intense. Non si metteva mai il profumo, usava solo deodoranti inodori, e comprava detersivi per lavatrice non profumati. Eppure quel gran genio di Eve Starling le ha comprato un cestino con dentro un sapone, un bagnoschiuma e una crema per il corpo alla pesca. La mamma non faceva neppure il bagno, anzi, usava la vasca solo per metterci a mollo in candeggina la nostra biancheria sporca. Il cestino, ancora avvolto nel cellophane, si trova in fondo al suo armadietto del bagno. Come ha fatto a nascondere così bene la delusione?

Quello che le ho regalato l'anno prima non me lo ricordo, ma il papà era via. L'ho sentita piangere, quella notte. Gli aveva detto che il viaggio di lavoro non era un problema: il dovere è dovere. Però, quand'è arrivato il giorno, era a terra. Paige l'ha portata fuori a pranzo, perché anche i suoi gemelli sono nati il 2 agosto, perciò la sera eravamo solo io e la mamma. Ha preparato una semplicissima pasta, niente di elaborato, e subito dopo si è chiusa in camera con un bicchiere di vino. La mattina dopo ho notato che la bottiglia era sparita. Non mi era neppure venuto in mente di prepararle una torta o qualcosa. Non ho mai detto al papà quanto fosse triste e lui non me l'ha mai chiesto. Chissà se anche lui adesso è arrabbiato per essere partito proprio in quei giorni, come lo sono io per averle scritto un biglietto qualunque e averle comprato un regalo inutile, ma ci evitiamo. Oggi soffriremo ciascuno per conto proprio.

Mentre penso a tutto quello che non ho mai fatto per il suo compleanno, mi viene in mente tutto quello che lei ha fatto per il mio. I miei festeggiamenti hanno avuto luogo un po' ovunque, dai ristoranti giapponesi ai parchi a tema, e finivano sempre in un pigiama-party con dieci bambine che correvano su e giù per la casa.

Non ricordo mio padre, anche se sicuramente c'era, ma la mamma sì: faceva le foto, cucinava, puliva, mi pettinava, portava i regali, preparava i bigliettini di ringraziamento, raccoglieva la carta strappata da terra, trovava le batterie, accompagnava i bambini a casa, ordinava la torta, accendeva le candeline, cantava *Tanti auguri...*

E, il giorno dopo, quando ogni prova del caos era stata magicamente ripulita a parte un paio di palloncini che fluttuavano ancora per la casa, la mamma mi domandava sempre che desiderio avevo espresso mentre spegnevo le candeline. Una volta, credo per il mio decimo compleanno, le avevo risposto che non glielo avrei detto, perché volevo che il desiderio si avverasse. « Il modo migliore perché si avveri è sussurrarlo solo a me », aveva replicato facendomi l'occhiolino, ma solo oggi ho capito cosa intendesse. Aveva ragione: era lei ad avverare tutti i miei desideri. E io le ho regalato una confezione di prodotti da bagno del supermercato.

È tutto il giorno che faccio errori stupidi come mettere la crema per il corpo sullo spazzolino da denti o spegnere il motore con la marcia ancora inserita. Se non fossi così depressa troverei divertente come a volte il nostro cervello riesca a essere del tutto assente. Quando suona il telefono, rispondo senza guardare chi è e senza elaborare il fatto che non ho voglia di parlare con nessuno. È la zia Meg, ovviamente. Dal mio compleanno il nostro rapporto è teso, ma sembra grata che le abbia almeno risposto. « È tutto il giorno che ti penso, tesoro. Come va? »

« Non so come sentirmi. Penso più a lei morta che a lei viva, e mi odio per questo. »

Aspetto la solita dose di consigli inutili. *Vai a correre. Fatti la manicure. Invita un'amica.* Qualcosa di positivo. Invece mi dice: « Ti devo delle scuse, Eve. Le altre volte che ti ho telefonato e anche quando sono venuta in città per il funerale, volevo solo farti sentire un po' meglio. Tua madre con me ci riusciva sempre. Qualunque fosse il problema, lei sistemava tutto. Immaginavo che fossi abituata ad avere qualcuno che facesse questo per te e pensavo di poter essere io quella persona. Adesso ho capito che non posso risolvere proprio nulla, né per te né per me ». Fa una risatina nervosa. « Sai cos'ho fatto la settimana scorsa? Forse non dovrei dirtelo, ma una vocina dentro di me mi assicura che sentirlo può farti bene. Ho tamponato intenzionalmente l'auto davanti a me.»

È vero, forse non doveva dirmelo. Le chiedo perché lo ha fatto.

«Alla polizia ho detto che mi stavo stiracchiando la schiena e mi è scivolato il piede. In verità ho provato un bisogno irrefrenabile di andare a sbatterci contro. Di sfasciare qualcosa.» Sospira. «La parte peggiore è che per un paio di secondi ho provato un gran gusto. Ero io al comando, e tu sai quanto mi piace comandare. E dopo, quando l'attimo di follia è passato, mi sono resa conto che ciascuno di noi deve trovare la propria strada per superare la morte di tua madre. La strada che hai scelto tu non è, e non deve essere, la stessa che ho scelto io. Non voglio certo che tu vada a provocare inutili incidenti d'auto, sia chiaro!» Le si spezza la voce. «Scusami se ci ho messo tanto a capirlo.»

Mi tornano in mente le parole di Rory dell'altra sera: *La perdita si vive ogni giorno in un modo diverso.* «Scusami anche tu per come ti ho trattato il giorno del mio compleanno. So quanto eravate unite voi due e non avevo il diritto di dirti che io soffro più di te. Ma vedi, zia, è un tale incubo.»

«Ti capisco perfettamente.»

La sua confessione e le sue scuse mi danno la forza di porle una domanda scomoda. «Tu ti senti apprezzata, zia Meg?»

«Apprezzata in che senso?»

«Dallo zio Dan e da Lucy.»

«Certo che sì. Noi tre ci vogliamo molto bene, lo sai.»

«Sì, ma sapere che qualcuno ti vuole bene e sentirti apprezzata sono due cose diverse. Ci stavo pensando proprio adesso. La mamma sapeva che le volevamo bene, ne sono sicura. Ma allora perché lo ha fatto? È questa la domanda senza risposta. Comincio a credere che abbia avuto a che vedere col *divario* tra l'essere amata e il sentirsi apprezzata, e mi domando se per te sia diverso perché hai un lavoro. »

Scende un tale silenzio che temo abbia riappeso.

« Zia Meg?! »

Lei si schiarisce la gola. « È una domanda difficile, Eve, e la mia risposta forse non sarà chiara come speri. Per cominciare, tua madre lavorava molto più di me, per certi versi. Quando a casa nostra non fila tutto liscio, io mi giustifico pensando che ho anche una carriera da portare avanti. Tua madre... be', lei credeva di non avere scuse se la sua gestione della casa era anche solo un filo meno che perfetta.

« Mi chiedi se Dan e Lucy apprezzano, o almeno capiscano, tutto quello che faccio nell'arco della giornata. No, secondo me, no. Ma probabilmente nemmeno io apprezzo quello che fanno loro. E non ho bisogno che si rendano conto di ogni singolo sacrificio. E questo valeva anche per tua madre. Ne parlavamo spesso, sai? Un contentino una volta ogni tanto era sufficiente per lei, diceva. È così che li chiamava, *contentini*. Piccole conferme, insomma. »

« Invece non bastava. Il papà ogni tanto mi fa leggere qualche pagina del suo diario e ci sono intere parti in cui si lamenta che nessuno abbia notato i suoi sforzi, o abbia chiesto il suo parere prima di prendere una decisione. Ti dico che era scocciata. Molto scocciata. » Corro un rischio, a parlargliene. Il papà non mi mostra mai le pagine nere, anzi, credo che non abbia letto nemmeno lui quelle in cui la mamma si chiedeva se avesse fatto abbastanza per aiutare la nonna, o quella tremenda in cui si domandava come sarebbe stata la sua vita se non avesse lasciato il lavoro. Ma dovrei essere abbastanza al sicuro, visto che il papà e la zia Meg non si parlano dal giorno del funerale. È come se si accusassero a vicenda.

« Erano solo sfoghi. Non vogliono dire molto. Sono sicura che il *tuo* diario è pieno di recriminazioni contro tua madre, di cose scritte sull'onda di qualche lite, ma che non pensi davvero. Una volta, nel riempire la lavatrice, ho trovato un foglietto nelle tasche di Lucy. C'era scritto: 'Mia madre è una stronza. Siccome prova un divertimento perverso nel torturarmi, sabato non mi lascia venire'. »

« Aiuto! E Lucy come si è giustificata? »

« Non sa che l'ho trovato. Tua madre mi aveva consigliato di lasciar perdere. 'Ma dai, Meg, cosa ti aspettavi che raccontasse alle sue amiche?' mi ha detto. '"La mamma non mi lascia venire perché non ci sono adulti e mi vuole troppo bene per farmi correre un rischio simile?" Figurati. Ma non vuol dire che non sappia la verità.' E aveva ragione. Devi contestualizzare tutto quello che leggi nel suo diario nel momento in cui lo ha scritto. Era una cosa che faceva per se stessa, per aiutarsi a elaborare le situazioni. Era una donna adulta che diceva quello che pensava. Quando le cose andavano troppo oltre, quando si sentiva in trappola o poco apprezzata, ne parlava con tuo padre, te lo assicuro. »

Per la seconda volta questa estate, le pongo ancora la domanda più ovvia: « Allora perché lo ha fatto? »

La zia Meg sospira profondamente. « Dio mio. Non lo sapremo mai, tesoro. Sto mettendo per iscritto tutti i consigli che mi ha dato negli anni, ed è una gigantesca lista di verità. È su questo che mi voglio focalizzare, non sul perché se n'è andata. Su quello che lei era. »

La zia Meg accetta di mandarmi una copia della lista quando l'avrà completata. Quante pagine riempirei, se mi mettessi a scrivere tutto quello che mi ha insegnato mia madre? Sarebbe un libro più alto della Bibbia. E altrettanto sacro.

## BRADY

Oggi mentre correvo persino il mio sudore si sentiva in colpa. Ora sto commemorando la vita di Maddy ubriacandomi e ci sto riuscendo benissimo. Sono in guerra col suo compleanno. A parte il mazzo di fiori che le inviavo ogni anno, non mi ricordo neppure cosa le ho regalato l'ultima volta. Se non ci avevano già pensato Meg o Paige, devo aver chiesto a Paula di prenotarle una giornata in una spa, perché so che ci è andata. Ma potrebbe essersela prenotata da sola.

Il regalo non è la parte peggiore. Quella sera dopo cena abbiamo litigato. Maddy mi ha ringraziato di nuovo per i fiori, poi mi ha chiesto cosa ci fosse scritto nel biglietto. Era un esame che non avrei superato e mi sono messo subito sulla difensiva, domandando che importanza avesse. Maddy si è passata le dita sulla fronte, come faceva sempre prima di decidere se valeva la pena o no d'intavolare una discussione. « Ha importanza eccome, perché voglio sapere se sei stato tu a tirare su il telefono per ordinarmi dei fiori con un bel bigliettino, oppure se hai delegato Paula. »

Ci sono cascato come un idiota. « Che differenza fa se ho telefonato io o qualcun altro? Me ne sono ricordato, ti ho mandato i fiori. »

« Per me c'è una differenza enorme, e nel secondo caso tu saresti come il marito bastardo di quei film in cui la segretaria ricorda al capo che è il compleanno della moglie e lui risponde: 'Le mandi il solito'.»

«È ridicolo, Maddy. Non ho avuto bisogno che me lo ricordasse Paula. *Sì, va bene,* le ho detto di chiamare il fiorista. E con questo? Ho passato tutta la giornata in riunione, cercando di finire in tempo per portare te ed Eve fuori a cena. E con un piccolo aiuto ci sono riuscito.»

«Bene, allora ringrazia Paula da parte mia.»

«Per aver fatto una telefonata? Ti accontenterei volentieri, ma è il suo lavoro. Io mi faccio il culo e lei mi aiuta a incastrare tutto. Tu non hai idea di come siano le mie giornate.»

«Non per la telefonata. Ringrazia Paula perché è il biglietto più dolce che io abbia mai ricevuto da te. In assoluto. Ecco come ho fatto a capire che non l'avevi scritto tu. Non perché oggi sei stato occupatissimo e non perché sono una casalinga decerebrata che non sa cosa voglia dire lavorare in un ufficio. Ho capito che tu non c'entravi perché il biglietto era dolce. Troppo dolce. Molto più dolce di quanto tu sia in realtà.» Me l'ha dato. «Stasera, mentre spegnevo le candeline, ho desiderato che il mio prossimo compleanno non si trasformi più in un cazzo di dovere per la mia famiglia, perché in tal caso preferirei essere sola. *Di nuovo.*»

Mi sono arreso. «Senti, Maddy, mi dispiace che tu ti sia sentita così. Dico davvero. Credevo che ci fossimo divertiti. Insomma, se avessi saputo che volevi un biglietto, te lo avrei scritto! Perché non l'hai detto?»

Lei mi ha guardato dritto negli occhi. «Piuttosto di doverti dire che desidero un biglietto per il mio compleanno, preferirei tagliarmi le vene.»

*Preferirei tagliarmi le vene.* Ecco cos'ha risposto. L'ho trovata eccessiva.

Dopo che è uscita dalla stanza, ho letto il biglietto.

*Buon compleanno, mia Maddy! Sono sempre felice di poter festeggiare la tua nascita, perché sei la cosa migliore che mi sia mai capitata. Ti meriteresti il mondo, per tutto quello che fai per me ed Eve. Ti auguro un altro anno meraviglioso.*
*Il tuo Brady*

Mi ha messo KO. Queste quattro frasi erano la cosa più dolce che avesse mai ricevuto da me. Ma ho imparato la lezione? No. Non l'ho imparata. Nemmeno un po'. Mi sono solo arrabbiato con Paula. Non le avevo chiesto di scrivere una lettera d'amore. Doveva solo comprare dei fiori.

Per il mio compleanno, Maddy faceva sempre qualcosa di speciale. A volte organizzava una festa, a volte invitava un ospite a sorpresa per il weekend, oppure prenotava una breve fuga per noi due soli. Ma pensava sempre a qualcosa. Attaccava un bel biglietto su un regalo scelto con cura, in genere uno di quegli oggetti che non sai di volere ma che quando ce l'hai ti chiedi come hai potuto vivere senza. Una volta mi ha fatto scurire i vetri dell'auto perché mi lamentavo del bagliore del sole, un'altra volta ha portato a riparare la mia ventiquattrore preferita perché non ne trovava una nuova profonda uguale e con le stesse tasche esterne. Non mi sono mai nemmeno reso conto che fossero cose di cui mi lamentavo, ma le mille risorse di Maddy erano sbalorditive.

Ho cercato di farmi perdonare il sabato seguente, quando Eve era a dormire da Lindsey. Ho aspettato che Maddy uscisse per andare in palestra, poi ho preparato tutto. Quand'è arrivata a casa, con addosso il profumo di cocco del sapone delle docce, io ero in smoking e stavo versando champagne. È scoppiata a ridere.

« Qualcuno vuole farsi portare a letto dopo essersi comportato male? »

« No. Spero di riuscire a concludere un accordo, ma non questo », le ho risposto.

« Quale, allora? »

« Sono un po' in ritardo, credo, ma vorrei vederti firmare il mio rinnovo per i prossimi cinque anni. »

I cinque anni di rinnovo erano uno scherzo nato il giorno del nostro matrimonio. Stando a quello che mi hanno raccontato, mentre avanzava verso l'altare al braccio di suo padre, Maddy gli aveva sussurrato che intendeva restare fedele alla sua promessa solo per cinque anni. Suo padre aveva cominciato a sudare freddo, ripartendo per quei pochi anni il costo della cerimonia. Poi Maddy aveva aggiunto che tutti quanti avrebbero dovuto pensare al matrimonio come a un contratto rinnovabile, e che lei pensava di firmarne uno quinquennale con me. Suo padre aveva sbuffato e le aveva chiesto che intenzioni avessi io. « Se è in gamba come credo, mi proporrà un rinnovo mensile. » Erano arrivati all'altare ridendo.

« Vista la tua posizione attuale, non so se sia il momento migliore per chiedermelo », mi ha ammonito Maddy. « Stavolta sei proprio nei guai, caro mio. »

L'ho portata in camera, dove avevo disteso sul letto un vestito da cocktail nero di Saks. Le stava d'incanto ed era molto sexy. Eppure lei ha avuto il coraggio di dirmi: « Solo perché mi sta da Dio, non vuol dire che ti ho perdonato ». Ho riso, pensando che stavamo facendo progressi. Lei è rimasta serissima.

Si è ammorbidita leggermente quando ha notato che

non solo mi ricordavo qual era il suo piatto preferito, ma che per comprarlo avevo fatto mezz'ora di macchina fino a North End. Erano le scaloppine con risotto del ristorante dove aveva chiesto di andare per il mio compleanno, ma io non avevo prenotato in tempo. Quando la sua collera si è placata, mi ha chiesto se nell'organizzazione della serata ci fosse lo zampino di Paula. « Ho intenzione di vivere fino al *mio* prossimo compleanno, Maddy, quindi, no, stavolta Paula non c'entra. »

« Bene », ha detto lei, sorridendo finalmente con sincerità. « Il messaggio quindi è arrivato. »

Ho alzato il bicchiere per un brindisi che mi ero preparato in precedenza. « Sei la mia roccia, Madeline Starling. Non so come sarebbe questo mondo senza di te al mio fianco, e spero di non doverlo mai scoprire. Scusa se ti ho fatto sentire come un dovere. Ti prometto che, se scegli di rinnovare il mio contratto per i prossimi cinque anni, non passerà giorno senza che io ti dimostri in qualche modo la mia devozione. »

Lei ha mosso su e giù le mani, come i piatti di una bilancia. « D'accordo, ti tengo. Ma, Brady... »

« Sì? »

« Non fare mai più lo stronzo con me. »

« D'accordo, tesoro. »

Il guaio è che poi mi sono comportato da stronzo molte altre volte. Ho perso i contatti con la nostra ricca storia. Mi sono scordato cosa rendesse Maddy speciale. Ho dato per scontato che sarebbe stata lì pronta a rinnovare anche per i cinque anni successivi.

## 13

### MADELINE

Sono sempre più lontana. Una gigantesca clessidra cosmica fa il conto alla rovescia del tempo che mi rimane prima di non riuscire più a influenzare i vivi, e intendo approfittarne al massimo.

La cena ha sortito l'effetto sperato: Rory ha in testa solo la mia famiglia. Pensa soprattutto a me, chiedendosi quale sia il dettaglio che le sfugge. La bella casa, il marito attraente, la figlia stupenda... sembra tutto perfetto. Non riesce a capire da cosa io sia voluta fuggire.

Ora passa con grande fluidità dalla posizione del cane a testa in giù a quella del piccione. La sua mente è sgombra da ogni pensiero, così le sussurro il nome di Brady. *Brady, Brady, Brady...* recito, col mormorio ipnotico in cui ormai sono diventata maestra. Recito piano e in tono lascivo, cercando di evocare un preciso stato d'animo. L'immagine che le balza agli occhi è quella di Brady che sorseggia il vino fissandola intensamente negli occhi. C'era qualcosa di molto intimo in quello sguardo, al momento non ci aveva dato peso. Basta questo a farla arrossire.

Con pantaloni e top aderenti, il sex appeal di Rory cresce in modo esponenziale. L'atteggiamento infantile che porta in classe è svanito. Il suo fisico sodo rappresenterà un passo avanti per Brady, perché io ero sottile, ma morbida. Rory invece è solida e suda il giusto. Dopo una lezione di bikram yoga io sembravo uscita dalla centrifuga, lei ha l'aspetto di una che ha preso il sole in piscina.

Alla fine dell'ora, il maestro di Rory le chiede se qualche volta avrebbe voglia di bere un caffè. « Grazie per l'invito, ma credo sia meglio limitarci allo yoga », risponde lei.

Lui china la testa. « Fidanzata? »

Rory si morde il labbro. Mentire è il modo più facile per porre fine alla conversazione senza offenderlo. Questa è l'unica lezione di bikram yoga che s'incastra coi suoi orari. « Mmm... »

« Si tratta di Frank? Ho visto che mettete sempre i tappetini vicini. »

Rory non si aspettava che lui tentasse d'indagare più a fondo. « No, assolutamente no. » Frank ha il piercing ai capezzoli. « Si chiama Brady. Non credo che tu lo conosca. »

Rory s'intima di non aggiungere altro e si augura che Brady non abbia tempo per lo yoga. Il suo nome non è comune e Wellesley è una città piccola. Al sicuro nella sua auto, Rory sospira, chiedendosi come le sia uscita una menzogna simile. Io non dico niente.

Proprio adesso che le mie capacità iniziano ad affievolirsi, sto imparando a essere un bravo fantasma. Ho arruolato Meg perché incoraggi Brady a trovarsi qualcuno, un compito non da poco, visto che adesso trasmettere anche un semplice messaggio richiede uno sforzo erculeo e lei è decisamente restia. Per Meg, l'astinenza a vita di Brady sarebbe la giusta punizione per non essersi accorto della mia depressione. Ho usato Eve come esca, costringendo mia sorella ad ammettere che non vuole essere il punto di riferimento a vita della nipote. Meg è a capo di un migliaio di dipendenti sparsi in tutto il mondo. Passa più tempo in aereo che in macchina. Con gli anni, nella sua lista delle cose da fare Eve finirebbe appena sopra la voce *spolverare i ventilatori*. Il messaggio a Meg è stato che Brady deve avere qualcuno perché anche Eve abbia qualcuno.

Mia sorella non se la sentirebbe mai di fare questa conversazione a quattr'occhi, quindi gli ha mandato un'email. *Non sono affari miei, quindi non mi aspetto nessuna risposta*. In realtà spera molto di non riceverla. *Ma questo autunno, quando Eve partirà per la scuola, nessuno ti giudicherà male se cercherai compagnia*. Sanno tutti e due che non è vero: a Wellesley non puoi cambiare nemmeno la babysitter senza che qualcuno ti giudichi male.

*Nella sua vita, Eve avrà spesso bisogno di una donna di cui potersi fidare. Può darsi che saremo io o Paige – lo speriamo tanto tutt'e due – ma forse siamo troppo legate a Maddy. Temo che, nel profondo, Eve non riesca a guardare nessuno di noi senza pensare che abbiamo in qualche modo fallito. Capisco che tu non abbia bisogno del mio permesso ma, per quello che vale, ce l'hai.*

Brady ha letto l'email una sola volta, prima di cancellarla, ma il messaggio è andato dritto a segno: l'idea che la mia sostituta sarà intrinsecamente legata a Eve è nell'aria. Avete mai notato quello che succede in casa quando prendete in considerazione la possibilità di traslocare? D'un tratto le stanze diventano claustrofobiche, i pensili della cucina sembrano datati e condividere il lavandino del bagno col coniuge diventa insopportabile. Il potere della suggestione è reale e io sto diventando abilissima a usarlo a mio vantaggio.

Sono riuscita a raggiungere anche Bobby. Quando

Brady gli ha telefonato per farsi aiutare a rintracciare Marie, era troppo sbronzo per ricordarsi di passare la richiesta al fratello. Ma Eve continua a chiedere notizie e voglio che Brady vada sino in fondo a questa storia. Ho fatto male a non mostrargli le lettere quando le ho trovate. Credevo di risparmiargli uno stress, ma adesso so che non spettava a me decidere. Avevo la cattiva abitudine di proteggere lui ed Eve dalla vita, e sono riuscita solo a lasciarli pieni di aspettative irragionevoli e incapaci di superare gli ostacoli.

Per quanto il cervello di Bobby non sia fuori giri come quello di Brady, la sua scarsa capacità di concentrazione ha rappresentato una vera sfida per me. Il mio primo tentativo è stato un promemoria: *Brady ti ha chiesto un favore.* Coglieva due parole, poi si lasciava distrarre da un cartellone pubblicitario, o da una bella ragazza incrociata sul marciapiede, o dalle istruzioni su una boccetta di shampoo. Non ci vuole molto per catturare l'occhio di Bobby.

Così ho optato per un approccio più semplice: *Chiama tuo fratello.* Speravo che, parlando, gli sarebbe venuta in mente la richiesta di Brady. Sono riuscita a farlo telefonare, ma ha iniziato a descrivere un terribile incidente nella serie TV *Nascar*, dopodiché ha detto: « Merda, non mi ricordo perché ti ho telefonato ». Suo fratello ha riso, poi gli ha chiesto di restare un momento in linea. Ho approfittato della pausa per suggerirgli: *Aiuta Brady, aiuta Brady, aiuta Brady...*

Quando suo fratello è tornato, Bobby gli ha chiesto aiuto e io ho fatto una specie di balletto spettrale. Beccati questa, Casper!

# EVE

Mi fisso nella testa la posizione in cui ho trovato il diario nel cassetto, in modo da sapere come rimettercelo dopo che avrò finito di leggerlo. Lo prendo sempre e non capisco perché oggi mi renda così nervosa. Guardo di nuovo l'orologio. Il papà non sarà qui prima di due ore. Devo darmi subito una bella calmata.

Ho iniziato a bere il tè, come mia madre. Mi piace sedermi al tavolo della cucina con un bicchiere di rooibos zuccherato e leggere la sua calligrafia calcata. Fingo che lei sia qui vicino a me e che mi racconti i suoi pensieri più profondi. A volte mi sembra addirittura di sentire una voce fuoricampo, come fanno nelle serie TV quando qualcuno lascia un biglietto prima di partire.

*29 giugno 2013*

*Stasera abbiamo avuto una riunione del club del libro (detto anche club del vino e formaggio) e sono rimasta impressionata da quanto poco spesso le altre facciano sesso coi loro mariti. Sono stata io a innescare la discussione, dicendo quanto trovavo triste che la protagonista lo facesse solo una volta al mese. Il discorso è subito degenerato quando ognuna si è sentita in dovere di divulgare la propria media. Paige è stata l'unica abbastanza furba da tacere. Christie Anderson ha dichiarato di non riuscire a tenere il conto. (Qualcuno ha ridacchiato: in giro si dice che lei e Todd siano scambisti, anche se non me li vedo proprio.) Quella messa peggio è Heidi (lei e Grant lo fanno solo una volta al trimestre), ma tra tutte direi che la media è una o due volte al mese. A quanto pare, con le nostre una o due volte la settimana io e Brady siamo dei conigli. Chi l'avrebbe mai detto?*

*Quello che era iniziato come uno scherzo è diventato un piccolo dramma. Tutte, me compresa, abbiamo iniziato a chiederci se il numero delle volte indicasse la qualità del nostro matrimonio. A un certo punto Mary ha voluto sapere dove io e Brady trovassimo tutto quel tempo, e ho pensato a quanto ci mettiamo. Come riusciamo a trovare venti minuti due volte la settimana? Non è così difficile. O sono i venti minuti a non essere normali? Chi mi dice che Heidi e Grant quella volta al trimestre non facciano tre ore di maratona? Sarebbe quella la normalità? Insomma, ne abbiamo dedotto che ciascuna delle nostre relazioni si è evoluta in modo diverso. Sono scappata via appena ho potuto, veloce come il vento.*

Mammasantissima. Troppe informazioni! Avrei fatto volentieri a meno d'immaginarmeli a farlo due volte a settimana. Credevo che un club del libro frequentato da mamme si attenesse a commentare i libri, ma qui sembra che siano del tutto secondari. Come possono trovare il tempo di analizzare il ruolo dell'autore, se sono tutte prese a fare paragoni piccanti su chi scopa di più? E non penso assolutamente che quella santa di mia madre credesse al fatto che i genitori di Kara fossero scambisti. I ragazzi a scuola lo dicono quando attaccano con la storia che Mrs Anderson è una super MILF, ma credevo che fossero solo fantasie perverse. Se è vero, mi dispiace molto per Kara. Due genitori che si trovano coppie di amanti in giro per la città possono essere più destabilizzanti di una madre che si suicida per pura noia.

«Cosa diavolo stai facendo?» domanda il papà, lasciando cadere la valigetta sul pavimento.

Guardo a destra e a sinistra, come se potesse aver rivolto la domanda a qualcun altro, poi poso il diario in grembo, tentando di nasconderlo. « Come... come mai sei già a casa? »

« Non ne hai nessun diritto », dice, strappandomi di mano il diario e stringendoselo al petto.

« Era mia madre! »

« Qui dentro ci sono cose... di cui tu non devi... non posso nemmeno... Va' in camera tua. »

Questo suo non riuscire a mettere insieme una frase mi rende nervosa e chissà come mi esce una risata.

« Lo trovi divertente? Vai subito di sopra, Eve. Subito! »

Che delusione. « Ah, no, papà, non è divertente non avere una madre, e... e non è divertente nemmeno che quel diario sia letteralmente l'unico modo che ho per poterla conoscere! »

« Non dire stronzate. Questa è una violazione della sua privacy. La sua morte non ti dà il diritto d'intrufolarti in camera nostra per prendere una cosa che non è tua. »

« Camera *nostra*? Ancora? *Davvero?* » lo provoco.

Scaglia il diario contro la parete della cucina. Quando atterra, perdendo qualche pagina, entrambi tratteniamo il fiato. Mentre il papà corre a raccoglierlo come se fosse un bambino ferito, io sgattaiolo su per le scale. Tiene più a quel cazzo di diario che a me.

Apro la porta ed è come se vedessi la mia stanza per la prima volta. Sono disgustata da quant'è infantile. Ogni centimetro di muro è coperto da poster, quasi tutti collage che ho fatto con ritagli di riviste. Che gran spreco di tempo. Sono modelli, gruppi musicali, imbarazzanti titoli di gossip hollywoodiani. Forse per questo mio padre mi tratta come una merda: perché m'interessano cose di merda. Strappo via tutto come se fosse colpa della mia stanza se mi ha beccata. Quando arrivo al primo poster comprato in un negozio, mi fermo. La mamma lo staccherebbe con delicatezza, per poterlo dare via. Donava tutto in beneficenza. Un paio d'anni fa è passata a lasciare i miei vecchi sci all'Esercito della salvezza. L'ho presa in giro fino allo sfinimento, domandandole cosa se ne sarebbero fatti di un paio di sci dei poveracci che non avevano certo i soldi per comprarsi lo skipass. «Non si può mai sapere, Eve. La settimana scorsa al telegiornale parlavano di un senzatetto che si è difeso da un'aggressione con una racchetta da tennis. Scommetto che è stato contento di averla», mi ha risposto.

Do un'ultima occhiata ai tre poster prima di farli a pezzi. Non posso passare tutta la vita copiando mia madre. In fondo il suo piano non era poi così perfetto.

Dopo un po' il papà bussa e apre la porta senza aspettare il permesso. Ma allora perché finge di avere a cuore la mia privacy? Come mai lui può fare irruzione in camera mia ma io non posso farla nella sua? Sono sul punto di fargli notare quanto sia ipocrita, ma dalla mia bocca esce solo un bisbiglio. «Scusami.» Non so da dove siano uscite queste scuse, ma non appena l'ho detto rimpiango di non aver adottato questa linea fin dall'inizio.

«Mi pare giusto che tu chieda scusa.» Il suo sguardo è distante, non si accorge nemmeno dello stato pietoso della stanza. Potrei avere il sangue che sgorga dalle vene dei polsi e lui continuerebbe a preoccuparsi solo del diario. Sono in competizione con un fantasma. Non vincerò mai.

«Allora mi perdoni?» domando.

Non riesco a ricordare l'ultima volta che è salito fin quassù. Credo che sia stato quand'ero in prima liceo ed è venuto a montare la scrivania che avevo ricevuto per Natale. Guarda le foto incorniciate che ho sulla libreria. Sono quasi tutte di amici, ma ce n'è qualcuna anche di me e la mamma. Nessuna di lui. Non poteva rendersene conto in un momento peggiore.

« Chiedere scusa non risolve il problema, Eve. »

« E allora? »

« Allora niente. »

Non sapendo cosa dire, raccolgo i pezzi di carta da terra. Lui mi guarda, i pugni stretti. Ma che diavolo gli prende? Che genitore è uno che nega il perdono alla propria figlia?

« Sono furioso », sbotta alla fine. « Più che dalla faccenda del diario, sono deluso per le cose che hai detto. » Si volta, ma non prima che abbia visto i suoi occhi lucidi. « Credevo che avessimo chiuso con tutte quelle... quelle accuse. Sto pensando di annullare il viaggio a Parigi. Non ho ancora deciso, ma sono molto tentato. »

Oh, mio Dio. Parla sul serio. È l'unica cosa importante che può togliermi. La macchina, il cellulare, i vestiti, il computer, persino la TV... sono tutte cose insignificanti, e lo sa. Scommetto che non ha mai avuto veramente intenzione di partire. Anzi, potrebbe aver ideato il viaggio solo per tenermi in pugno. « Ti prego, non farlo », dico, odiando la disperazione nella mia voce.

« Dopo lo spettacolo che hai dato in cucina... Non vedo perché sprecare soldi e giorni di ferie per un viaggio che non ho più nessuna voglia di fare. »

« Mancano tre settimane. Vedrai che sarà tutto superato. »

Lui va alla porta. « Non lo so. Facciamo così. Stasera non annullo niente, ma vediamo come va nei prossimi giorni. »

« D'accordo », dico, cercando un modo per rifarmi. « Ma nemmeno tu sei un santo. La gente sbaglia e la mamma diceva di praticare l'amore, la compassione e il perdono.»

Stringe la maniglia così forte che le nocche gli diventano bianche. Se ne va senza replicare.

Ho gli occhi lucidi. Non si tratta solo del viaggio. Mi resta un solo genitore e ho rovinato tutto. Per cosa, poi? Perché non gli ho semplicemente chiesto scusa e riconsegnato il diario?

La mattina dopo scendo prima di lui e scrivo sulla lavagna a caratteri cubitali MI DISPIACE. Sotto, più piccolo, aggiungo che vado in biblioteca a studiare algebra. Ci casca sempre come un pollo, quando «do la priorità allo studio». Forse mi toccherà lavorare per meritarmelo, ma a Parigi ci voglio proprio andare.

Mentre entro nel parcheggio della biblioteca, mi viene in mente perché mi sono tirata indietro quando Rory ha proposto d'incontrarci qui per le lezioni. Da quand'è morta la mamma non ci sono più entrata. Parcheggio e resto in macchina. Abbasso il finestrino e mi accendo una sigaretta, immaginando mia madre che dà idealmente addio ai suoi libri preferiti mentre sale le scale che portano al tetto. «Quando questo mondo ti dà del filo da torcere, prendi un libro ed entra in un altro», mi diceva sempre. Perché quel giorno non ha seguito anche lei il suo consiglio?

Dopo che è morta, nessuno riusciva a capacitarsi che si fosse buttata da un edificio di soli quattro piani. Mettevano in dubbio la sua intelligenza e, senza preoccuparsi che potessi sentire, dicevano cose terribili, tipo: «E se fosse rimasta paraplegica? Allora sì che avrebbe avuto motivo di entrare in depressione». La sua scelta li lasciava confusi, ma io ho capito. Naturale che avesse optato per la biblioteca: per lei, le biblioteche erano come santuari. Quand'eravamo in vacanza, voleva sempre andarle a visitare, come se fossero una normale attrazione turistica. L'unica volta che l'ho sentita parlare di politica è stato quando ha scoperto che Laura Bush era stata una bibliotecaria. Era così emozionata. « Pensa a quanti fondi riusciranno ad avere », aveva detto, piena di entusiasmo.

Da piccola mi portava ogni settimana ad ascoltare le letture a voce alta per bambini. « Non è fantastico? Tutti questi libri sono a nostra disposizione. Chiunque può entrare e prenderne uno in prestito gratuitamente. È la cosa migliore che sia mai stata fatta dal governo, forse l'unica. » Dopo la lettura a voce alta, sceglievamo i libri per la settimana. La mamma chiedeva sempre consigli alla bibliotecaria, anche a costo di fare la fila. Nella sua testa, le bibliotecarie avevano lo status di celebrità. « Non c'è tempo per leggere tutto quello che è stato scritto, quindi è importante essere selettivi », sussurrava mentre aspettavamo.

Mi parlava sempre come se fossi un'adulta. Quand'ero piccola, gli altri si meravigliavano della mia proprietà di linguaggio. La mamma dava il merito ai libri che leggevamo, ma in realtà, se volevo capire quello che mi diceva, ero costretta a imparare quei paroloni. Lingua, espressione, nuove idee: ecco cosa le faceva battere il cuore, e tutto questo prendeva vita in biblioteca. Ecco perché capisco la sua scelta. Se ti trovi nel posto in cui ti senti capita di più eppure non riesci a trovare pace, è ora di passare oltre.

BRADY

Ho accantonato il mistero di mia madre come l'ennesimo punto di domanda in una lista sempre più lunga, quando mi chiama Bobby. Ha il numero di telefono e l'indirizzo di Marie. Vive a Reston, in Virginia. La mia prossima riunione è tra quaranta minuti, quindi la chiamo subito. Risponde una donna con la voce roca di una fumatrice.

« Buongiorno, posso parlare con Marie? »

« Se è un'altra vendita telefonica del cazzo, darò il numero alla polizia. Cazzo, conosco i miei diritti. » Sembra molto più vecchia dei cinquantatré anni che dovrebbe avere. E cattiva.

Ripenso alla mia prima telefonata a Rory, quando anche lei l'aveva scambiata per una telefonata commerciale. Ho davvero un tono così molesto? « Non voglio venderle nulla. Parlo con Marie? »

« Chi cazzo lo vuole sapere? »

Do un'occhiata per assicurarmi che la porta dell'ufficio sia chiusa. « Sono Brady Starling e ho motivo di credere... be', ma lei forse lo sa già... »

« Sì, lo so chi è lei. »

Allontano il telefono dall'orecchio. « Come ha detto, scusi? »

« Lei è il figlio di Beth, giusto? »

Esito. « Lei sa chi sono io? »

Fa una risata malvagia che si trasforma in un accesso di tosse e finisce col suono ben riconoscibile di una scatarrata. « Gliel'ho appena detto. »

E così ero l'unico a essere all'oscuro di tutto. « La conosceva bene? »

« Beth? Certo. È venuta in tutte le mie famiglie adottive. Chiedeva sempre come stavo, riferiva ogni minima cosa alla contea.» Marie imita il tono di voce lamentoso di mia madre. «'Oggi Anna Marie ha dovuto fare la doccia fredda perché in quella casa ci abitano in troppi.' Ai Servizi per l'Infanzia dicevano che era un po' matta.»

Be', questa descrizione di mia madre è... assurda. Una volta ho dormito un anno e mezzo con una molla che usciva dal materasso. Lei diceva che non era arrugginita e comunque la mia antitetanica era ancora valida, quindi bastava che stessi dall'altra parte del letto. Peccato che fosse un letto a una piazza.

«E Paul?» le chiedo.

«Ah, certo, stava addosso anche a lui, ma Paul è stato adottato fuori dal sistema, per cui era diverso. Le piaceva impicciarsi lo stesso, però. Si assicurava che io e Paul non ci perdessimo di vista. Ci passava di nascosto i nostri indirizzi e numeri di telefono. Faceva in modo che ci trovassimo nello stesso parco lo stesso giorno. Questo genere di cose.»

*Parco?* Mia madre non mi ha mai portato al parco. «Vorrei incontrarla», dico, anche se, visto come sta andando la telefonata, non ne sono così sicuro.

Lei schiocca la lingua. «Perché?»

Anche se non dovrebbe, la domanda mi coglie impreparato. Se Marie avesse voluto conoscermi, mi avrebbe potuto rintracciare in qualunque momento. «Vorrei sapere qualcosa di più su mia madre.»

«Ah! Tipico. Il bambino cresciuto da quella pazza vuole sapere tutto su di lei.»

«Sembra folle, lo so, ma è così.»

«Be', se fa sul serio le conviene venire al volo, perché ho un cancro ai polmoni. Non morirò domani, ma presto. E non ho nessuna intenzione di salire su un treno o qualsiasi altro mezzo. Se mi vuole vedere, deve venire qui.»

Il cancro rende la situazione infinitamente più complicata. Non voglio essere l'eroe di nessuno, io. Ho già abbastanza guai senza dover pensare a quelli degli altri. « Cancro ai polmoni? È terribile. Mi dispiace. »

Lei scatarra di nuovo, spero in un fazzoletto. « Lasci perdere i convenevoli. A me non dispiace affatto. Sapevo a cosa andavo incontro fumandone quaranta al giorno, anche senza bisogno di quelle maledette scritte sui pacchetti. Beth me lo ripeteva in continuazione e, in ogni caso, non è che puoi fumare tutto il tempo e credere che ti faccia bene. E quello che dicono gli altri per me è tutta merda. »

Non vedendo come potrei farne a meno, le chiedo se posso aiutarla in qualche modo.

« No », risponde, con mio grande sollievo. « Ho smesso di curarmi mesi fa. Mi hanno tolto un polmone, poi ho fatto la chemio, ma le metastasi si sono propagate lo stesso. La chemio serviva solo a farmi stare di merda, così adesso ho deciso di aspettare la mia ora fumando in santa pace. »

Le chiedo se ha figli.

« No, niente figli. Non mi sono mai sposata. Nemmeno Paul. »

Non so come proseguire e lei non ricambia con altre domande. « È troppo presto se vengo lunedì prossimo? » Ho l'abitudine di sbrigare le cose che non mi vanno il più in fretta possibile. Quando licenzio qualcuno, lo faccio alle otto del mattino. Purtroppo questa settimana ho il rapporto vendite, quindi per me lunedì è il primo giorno utile.

« A mezzogiorno devo lavorare, per cui dev'essere qui al mattino. »

Sono molto curioso di sapere dove abbia trovato impiego una persona come Marie. « D'accordo. Dove lavora? »

« Mi occupo del servizio clienti per la compagnia telefonica locale. »

Mi mordo la lingua per non ridere. Ha una voce terrificante e dà la netta impressione che la soddisfazione del cliente non sia la sua priorità. « D'accordo, sarò lì alle nove. »

« Va bene se c'è anche Paul? »

È l'unico accenno di un interesse da parte sua. « Sarebbe fantastico », rispondo. Chissà che non sia lui il comunicatore di famiglia.

« Ottimo. A me rimane poco, ma lui resterà in giro ancora parecchio. »

Parla della sua morte impellente con estrema noncuranza. Sembra quasi eccitata. « Le lascio il mio numero, in caso... »

« Non ce n'è bisogno. Non saprei proprio dove andare, quindi se arriva mi troverà qui e, se non arriva, poco male. »

« D'accordo. Allora ci vediamo... »

Riattacca.

Sono tentato di bidonarla, ma assomiglierebbe troppo al mio solito modo di fare, lo stesso che mi ha portato a dover mendicare informazioni sulla donna che mi ha messo al mondo. Devo assolutamente attenermi al mio proposito.

Mi alzo, vado ad aprire la porta e, prima di cambiare idea, chiedo alla mia nuova segretaria, Darlene, di prenotarmi il volo e l'albergo. Mi comporto molto bene con lei. La prima volta che ho alzato la voce mi ha risposto: « Non leggo nel pensiero, Brady. Apprezzo molto il tuo feedback, ma ti chiederei di non urlarmelo addosso ». Quindi non lo faccio. Non c'è gusto a perdere le staffe con qualcuno che controbatte con una calma olimpica.

La sfida di questo viaggio improvvisato sarà tenerlo nascosto a Eve. È evidente che Marie non andrà a colmare nessun vuoto familiare. Ci sono troppe incognite e in questo momento non è bene che Eve incontri una persona in fin di vita. Le dirò tutto al mio ritorno. Sa che Bobby è inaffidabile; non sarà difficile. Ma mi occorre qualcuno che dorma a casa nostra domenica sera. Chiederei a Paige, ma mi sommergerebbe di domande. Meg il giorno dopo deve andare al lavoro e farla venire fin qui sarebbe irragionevole. *Rory*, penso. Rory? Non so come mi sia venuta in mente una persona che conosco da così poco tempo, però non è una cattiva idea. Eve la rispetta e io... be', la trovo rilassante. Unica. Di sicuro degna di fiducia.

Risponde al primo squillo. Sento della musica country in sottofondo. A Maddy piaceva la musica country. Diceva che ogni canzone raccontava un'intera storia ed era come ascoltare dei miniaudiolibri. Non avrei mai detto che piacesse anche a Rory. Fino a questo momento non mi ero reso conto di averle attribuito dei gusti.

«Sono Brady Starling, il padre di Eve», dico in tono eccessivamente formale.

«Quello con cui ho cenato la settimana scorsa?» domanda lei.

«Esatto.»

«E che ho incontrato anche da CVS?»

«Sì.»

«Stavo scherzando, Brady. Volevo essere spiritosa.» Calca sulla parola *spiritosa* come per deridere la mia serietà e la mia scelta lessicale, se non addirittura il mio approccio alla vita.

«Giusto, giusto», ribatto, sforzandomi di ridacchiare. «Ti chiamo per chiederti un favore.»

«Volentieri.»

Sorrido. «Non sai ancora quale.»

«Non sono tipo da negare un favore.»

Sta flirtando? Non riesco a capire. Vorrei che fosse così? Non lo so. « Ho rimandato quasi tutti i miei viaggi di lavoro all'autunno, quando Eve sarà in collegio, ma è saltata fuori un'urgenza, devo stare via una notte, e speravo che tu fossi disposta a dormire a casa nostra. »

« Volentieri. »

« Ti pagherò, è ovvio. »

« Quando sarebbe? » domanda lei, ignorando la proposta economica.

« Parto domenica sera e torno lunedì per cena. »

« L'accordo comprende pure che prepari la cena di lunedì? »

Questa donna è del tutto priva d'inibizioni. Il suo cervello non è bloccato dai miei stessi filtri. Chissà cosa si prova a dire sempre tutto quello che ti passa per la testa, senza preoccuparsi delle implicazioni e dei rischi a lungo termine, o dei risvolti legali. Questa volta, perlomeno, è ovvio che sta scherzando. « Sì, e niente di surgelato, mi raccomando. »

Lei ride.

« No, certo che no. Puoi andartene anche lunedì mattina, se vuoi. Mi secca solo lasciare Eve da sola di notte. »

« Abbiamo lezione lunedì dopo pranzo, quindi tornerò comunque a controllare che sia tutto a posto. »

« Sarebbe fantastico. E, se quando arrivo sarai ancora lì, magari possiamo andare a mangiare un boccone tutti e tre insieme. »

La sto invitando a cena? Con mia figlia? Sono ufficialmente impazzito.

# 14

## MADELINE

Essendo io quella che influenzava entrambi, sapevo che Rory e Brady non stavano flirtando di proposito durante quella telefonata, ma lei si è interrogata sulle intenzioni di Brady dopo l'invito a cena per lunedì e lui ha riappeso con un sorriso sbarazzino che non gli vedevo da tempo. Lo interpreto come un segno che stanno esplorando la possibilità di un interesse reciproco, soprattutto vista la dedizione di Brady nei confronti di Eve. Rory desidera appagare il suo spirito materno almeno quanto Eve ha bisogno di essere coccolata. Non era nei miei piani, ma Rory si è innamorata prima di tutto di Eve e non potrei esserne più felice.

Eve non riesce a stare alla larga dal mio diario, ma la prossima volta che le mando un segnale di avvertimento sono sicura che si fiderà del suo istinto. E adesso si è fatta più furba. Si lava le mani prima di prenderlo e gira le pagine con estrema cura, attenta a non danneggiare ulteriormente la rilegatura. Per quanto conosca a memoria gli orari di Brady, adesso preferisce salire in camera sua, tirare le tende e chiudersi a chiave. Fa tutto in modo così furtivo che alla fine si resta delusi nel vederla semplicemente leggere. Uno si aspetterebbe che a quel punto si facesse di eroina.

A differenza di Brady, non legge le pagine in ordine di data, ma le sfoglia finché una parola non cattura la sua attenzione. Dopo aver scelto, rilegge più volte la stessa giornata, soppesando ogni riga, provando a immaginare dove potevo essere seduta mentre scrivevo e come potevo essere vestita quel giorno. Come legge una donna. Poi scrive nel suo, di diario, ripetendo quello che ho scritto io, oppure quello che secondo lei intendevo dire. Scrive cose molto belle, ricercando le mie e le sue verità. Il diario le fa un effetto più potente di una droga.

Anche se non sono sempre vigile nel momento giusto, mi sforzo di tenerla lontana dalle pagine più fosche. Ho fatto un brutto servizio alla mia eredità, lasciandomi dietro tutta questa documentazione cartacea. Scrivevo di getto, ma non in modo esauriente, per cui Eve scopre le mie angosce e fantasie a caso, in modo decontestualizzato. Dopo aver passato un anno a rigurgitare i dettagli più insignificanti delle mie giornate, mi sono stancata di registrare il quotidiano e mi sono posta la sfida di scavare più a fondo, ponendomi domande difficili: *Quali sono i miei punti deboli? E i miei rimpianti? Come posso espiare?* Eve è convinta che tra quelle righe si celi il motivo della mia morte. Si sbaglia, ma non so come farglielo capire.

La guardo mentre sfoglia le pagine, tornando di continuo su una che ho scritto mentre ero arrabbiata con lei. Così arrabbiata che mi domandavo dove avessi sbagliato come madre. Eve e le sue amiche erano state sorprese ad avvolgere con la carta igienica la casa di Jenny, una compagna di classe un po' sfigata. Il motivo dello scherzo era feroce: punirla perché non aveva amiche. La poverina era un bersaglio facile e mia figlia si era resa complice nell'approfittarne. Era il peggior guaio in cui si fosse mai cacciata e aveva imparato che io sono capace di assumere posizioni molto dure davanti ad azioni crudeli e gratuite. Come punizione, l'avevo iscritta come volontaria ai servizi sociali per i quattro sabati successivi, col compito di andare a raccogliere la spazzatura in autostrada. Eve aveva avuto l'audacia di ribellarsi.

« Non è giusto! » aveva gridato, alzando il mento in segno di sfida. « La mamma di Kara le ha proibito di uscire questo venerdì sera e basta. »

« Hai presente la madre di Kara? » avevo inveito. « Anzi, lascia stare la madre e prendi direttamente *Kara*. In tutta la sua vita non si è mai interessata a niente di cui non fosse lei la star. È *perfida*. Puoi essere amica di chi ti pare, ma non aspettarti che chiuda un occhio sulle conseguenze. E, dal momento che ti sei sentita in obbligo di rispondere, i sabati di raccolta della spazzatura diventano cinque. »

« Ma non ha senso! Chi raccoglie rifiuti per punizione? »

« Te lo dico subito: le ragazzine che abitano in questa casa e hanno il coraggio di trattare le altre persone come rifiuti. Come ti sei *permessa* di ferire i sentimenti di quella poverina? Che diavolo ti passava per la testa? » Mi ero fermata in attesa di una risposta, ma Eve si era limitata a scuotere la testa. « Credi davvero di essere migliore di Jenny solo perché hai dalla tua un gruppo di amiche crudeli e insensibili? Hai tutte le fortune, e ti comporti così? Giuro su Dio che questo tuo atteggiamento ribelle è il mio incubo peggiore. »

« Non sembrava una gran tragedia », aveva brontolato Eve, gli occhi fissi sulle piastrelle.

« A chi non sembrava una tragedia? A voi, forse. Perché non pensavate che sareste state beccate! Ma io ho parlato con la mamma di Jenny e a casa loro è stata una tragedia terribile. Jenny ha pianto tutto il giorno e si rifiuta di andare a scuola domani. Dice che non fate altro che prenderla in giro. »

« Io no. »

« Meglio per te. Non intendo far passare questa storia come una normale bravata adolescenziale, sai? Hai una testa e un cuore, e mi aspetto che tu compia le tue scelte usandoli. La prossima volta che ti lasci coinvolgere in una cosa simile, ti tolgo la macchina, la paghetta e il cellulare. *Per sempre.* Non si gioca coi sentimenti degli altri. Mi hai sentito? »

Eve aveva annuito, poi si era chiusa in camera sua. Ma quella sera mentre scrivevo il diario dovevo essere ancora parecchio furiosa. Al liceo il mio bel faccino m'impediva di diventare un bersaglio facile, ma l'ossessione per la lettura faceva di me un'emarginata. Ricordo che un giorno, aprendo il libro di scienze, avevo trovato incollato all'interno della copertina il disegno di un pene gigantesco, con sopra scritto: *Ne hai mai visto uno?* Avevo alzato di scatto la testa, sorpresa, ed erano scoppiati tutti a ridere. La cosa peggiore però non erano stati lo choc e l'imbarazzo, bensì l'attrazione segreta che avevo provato. No, non ne avevo mai visto uno, non da vicino, almeno. Ero arrossita, aumentando l'ilarità generale. L'idea che Eve, la *mia* Eve, fosse rimasta coinvolta in un episodio di bullismo mi atterriva. Nel diario quella sera avevo usato parole come *disgustata, imbarazzata, furiosa.* Volevo descrivere quello che Eve aveva fatto, non lei come persona, ma so che non interpreterà così le mie parole, e l'ultima cosa di cui ha bisogno è un'altra dose di senso di colpa.

Cerco d'intervenire. *Gira pagina.* Adesso mi trovo così in alto che spesso i miei messaggi per arrivare impiegano più tempo di quello che ho a disposizione. *Gira pagina,* ripeto, e con mio enorme sollievo lei obbedisce. Mi godo la splendida sensazione di poter sortire ancora un effetto. Non sono pronta a rinunciarci. È il solo modo che ho per restare vicina alla vita.

*25 dicembre 2014*

*Quest'anno Natale è caduto di giovedì. Stavamo uscendo per andare in chiesa quando Eve ha detto che trovava stupido andarci solo nelle feste comandate.*

*« Mi sento più spirituale mentre corro che quando vado in chiesa », ha dichiarato. « Senza contare che andarci solo quando sappiamo che ci saranno anche i nostri vicini la dice lunga su di noi. Non siamo religiosi, siamo ipocriti. »*

*Mi piace che prenda una posizione e la difenda con tutta questa eloquenza. Io e Brady ci siamo guardati: aveva ragione. Così abbiamo concordato di sostituire la chiesa con una corsa di famiglia. È stato un momento molto liberatorio.*

*Poi, stasera, Brady mi ha regalato a sorpresa dei bellissimi orecchini di diamanti. Sul biglietto c'era scritto:* Che questi orecchini portino una scintilla nella tua vita, come tu l'hai portata nella mia. *Devono essere un carato e mezzo l'uno. Non ho osato chiedere se ci fosse di mezzo Paula perché, se è stata lei a sceglierli, non so che fine farebbe il mio orgoglio visto che deciderei comunque di tenerli.*

Eve si strofina le orecchie. Li ha messi anche lei, quegli orecchini. Brady le ha detto che su una ragazza della sua età sono eccessivi, ma Eve ha controbattuto che li avrebbero scambiati tutti per falsi. La verità è che non li ha visti nessuno. Adesso che il campo estivo è finito, la cerchia di Eve comprende solo Brady, Rory, Paige, il dottor Jahns e la telefonata settimanale di mia sorella. È completamente sola, e l'unica a rendersene conto sono io, la causa della sua solitudine. A dispetto di tutte le mie ottime decisioni e dei miei nobili sacrifici, è bastato un solo istante, un solo brutto momento, per mettere fine a ogni cosa.

Eve ripone il diario proibito e va in cucina, dove ha già fatto pulizia. Ripensa a quando ha cambiato le lenzuola l'ultima volta: ieri. Stasera Brady porterà a casa qualcosa di pronto, quindi non deve cucinare. Ha già fatto un'ora di yoga e la doccia. Decide di mettersi lo smalto sulle unghie ma, anche usando tutti gli strumenti da manicure, ci mette una mezz'oretta. A quel punto viene presa da un pensiero diabolico. Apre il frigo col palmo per non rovinare lo smalto e trova una bottiglia di vino aperta. Brady ora ne beve un bicchiere a cena, rimandando la forza del bourbon a dopo che si sono dati la buonanotte. Una bottiglia gli dura tre giorni. Non si accorgerà se ne manca un bicchiere ed Eve lo sa. Guarda l'orologio del forno a microonde: le tre del pomeriggio. *Solo un bicchiere, cosa vuoi che sia,* ragiona.

Ma io so che non è così. Gli alcolisti cominciano tutti da qualche parte. C'è sempre una prima volta, quella in cui, che sia per un trauma, per noia o per entrambi, si oltrepassa il confine dell'accettabile. Per mia madre dev'essere stato dopo una delle nostre vacanze sulla costa del New Jersey. Ogni anno, in giugno, quando i prezzi erano bassi perché l'acqua era ancora gelida, prendevamo in affitto per una settimana la stessa casa. Nel nostro cottage era un andirivieni continuo di ospiti, che venivano per bere e rilassarsi e poi crollavano sbronzi sul divano fino alla mattina dopo. Ogni giorno aveva un tema e s'iniziava a mezzogiorno: i lunedì del Mai Tai, i martedì della tequila, i mercoledì del Wildcard... Erano gli anni '70.

Poi la settimana finiva e noi tornavamo a casa. Il papà rientrava al lavoro, io e Meg andavamo al campo estivo della YMCA e la mamma vuotava le valigie e faceva il bucato. Un giorno doveva aver pensato che non c'era motivo per cui la *sua* vacanza dovesse finire. Così aveva frugato nel sacchetto di Walmart tra le bottiglie avanzate e si era preparata uno Screwdriver. Solo uno. Per alleviare la monotonia delle sue faccende. Dato che quella sera non se n'era accorto nessuno, la mamma aveva abbassato l'asticella: un drink a metà giornata era accettabile. Poi aveva passato quel nuovo limite, col risultato di un altro abbassamento. E poi un altro, e un altro. In capo a un anno aveva una storia a tempo pieno con Carlo Rossi, il produttore di vini, e tutto era nato da quella prima trasgressione.

Mi rifiuto di lasciare che questa diventi la prima volta di Eve, ma so bene che farle una predica non servirebbe. Ho molte più possibilità offrendole un'alternativa. *Leggi,* le suggerisco. Eve ha rinunciato a leggere per piacere dal giorno in cui le abbiamo regalato il cellulare. Per fare spazio alle centinaia di messaggi e alle interminabili conversazioni che occupavano la sua nascente vita sociale, doveva pur tagliare qualcosa. Ero devastata che fosse toccato ai libri. *Leggi.*

Eve fissa la bottiglia così a lungo da far suonare l'allarme del frigorifero. *L'ultima cosa che mi ci vuole è diventare una che beve di nascosto come Kara,* pensa, chiudendo il frigo con una tale forza da far vibrare le bottiglie. Non so se sia arrivata a questa conclusione da sola o se abbia colto la mia debole protesta, finché non si piazza davanti alla libreria. Ha abbandonato *La profezia di Celestino* dopo appena trenta pagine perché il dolore era troppo grande per un libro che le desse delle risposte, e probabilmente è ancora così. Ho imparato la lezione. Leggo al volo i titoli, in cerca di un romanzo che la assorba al punto che Brady dovrà strappargliela di mano per attirare la sua attenzione. Se lo trovo, sarà solo l'inizio. Avrò creato una lettrice a vita, impresa che ho fallito quand'ero ancora al mondo.

Poi lo vedo: *Strega* di Gregory Maguire, un libro così fantasmagorico da farti dimenticare i confini della realtà. Una fuga, proprio quello che serve a Eve. *Strega. Strega. Strega,* le suggerisco. Riceve il messaggio e continua a cercare finché le sue dita non si fermano sulla costa. Il primo paragrafo la affascina: *Sembravano inconsapevoli del loro destino. Ma non spettava alla Strega illuminarli.* Non avevo considerato la possibilità che Eve vedesse me nella Strega ma, se questo la aiuta a uscirne senza bisogno di cocktail pomeridiani, mi sacrifico volentieri.

## EVE

Consegno al papà un sacchetto con qualcosa da sgranocchiare in aereo, come faceva sempre la mamma prima dei lunghi viaggi. « Grazie, Fagiolina. » Non mi chiamava così da quando abbiamo litigato per il vestito per il ballo. Questa volta gliene sono grata. Dall'episodio del diario lo sentivo molto distante.

C'è qualcosa dietro questo viaggio di lavoro. Mi ha convocato in camera sua per sapere se il completo che ha messo in valigia va bene e si è fatto tagliare i capelli benché non siano ancora trascorse le sacre quattro settimane dall'ultima volta.

Forse il suo lavoro è in pericolo. Sono mesi, ormai, che arriva a casa tutte le sere alle sette per stare con me e non viaggia. La HT potrebbe averne abbastanza dei suoi doveri paterni.

« Merda », borbotta, guardando un gancio vuoto nella cabina armadio.

« Tutto bene? »

« Hai idea di dove sia il mio ombrello? »

« Nello stanzino delle scarpe. Papà, ma c'è qualcosa che non va? »

« No, perché? »

« No so. Ti comporti in modo strano. È così importante questo viaggio? »

« Eh, sì. »

Suonano alla porta. È arrivata Rory. Gliel'ho detto, che sono troppo grande per chiamare una babysitter, ma figuriamoci se mi ha dato retta. Mi volto per andare ad aprire.

« Aspetta! Fagiolina... »

Mi giro di nuovo.

« Guarda che ci tengo, a Parigi, anzi, non vedo l'ora. Non annullerò proprio un bel niente. Abbiamo tutti e due bisogno di una vacanza. »

Non capisco bene quale dei miei leccamenti di culo mi abbia fatto guadagnare il suo perdono, né perché si comporti in modo così bizzarro, ma se andiamo a Parigi forse vuol dire che non lo licenziano.

Mi segue fuori col suo trolley e con una manciata di fogli. « Ciao, Rory », dice, tendendole la mano.

« Ah, okay, ciao », fa lei con una risatina, divertita da tanta formalità.

« Queste sono l'assicurazione di Eve e una procura per

prendere decisioni mediche d'emergenza in mia vece per le prossime trentasei ore.»

Rory mi lancia un'occhiata come a dire: *Ma questo è matto o cosa?*

Annuisco.

«Grazie, Brady. Spero di non averne bisogno.»

Dato che mio padre non è dotato di autoironia, replica con un silenzio che mette tutti a disagio. «Se ti occorre qualcosa, o hai domande, hai il mio numero di cellulare.»

«Certo. E, se non puoi rispondere, posso sempre chiedere a tua figlia.»

Io rido, il papà no.

«Sul serio, Brady, ce la caveremo alla grande. Va' tranquillo e fa' quel che devi fare», lo rassicura Rory.

«Bene. Tu fa' come se fossi a casa tua. Dormi pure nel mio letto. Cioè, volevo dire...»

Rory trasalisce e io cerco di non scoppiare di nuovo a ridere.

Il papà prova a glissare sull'ambiguità delle sue parole puntualizzando di averci messo un nuovo cambio di lenzuola, ma finisce lasciando intendere di averle fatto una specie di favore, così alla fine sbotta: «La stanza padronale è pronta ad accoglierti».

Sembra un fattorino d'albergo. Rory, divertita, glielo fa notare, ma il papà non è più disposto a fare da zimbello alle nostre battute. Mi stringe in un abbraccio e parte.

Decido di fingere che non sia successo. «Pizza?»

«Sì. Doppia mozzarella, grazie.»

Apparecchio la tavola in giardino, che la nuova segretaria del papà ha fatto risistemare dopo l'incidente con la griglia. Adesso ha proprio l'aspetto della cucina all'aperto che mia madre chiedeva sempre, e questo mi spezza il cuore. Quando arriva la pizza, i miei tentativi di una tavola elaborata appaiono subito ridicoli accanto alla scatola di cartone. Rory non prende nemmeno in considerazione forchetta e coltello e usa le mani, così lo faccio anch'io. Lei è superinformale ed è piacevole, soprattutto adesso che apprezzo quanta fatica costava alla mamma essere impeccabile. In casa nostra era sempre tutto perfetto, il che era fantastico quando credevo che fosse davvero perfetto, ma inquietante ora che conosco la verità. È come se avessimo sempre vissuto su un palcoscenico.

Di cosa diavolo parleremo io e Rory per le prossime ventiquattr'ore? Proprio mentre mi prende il panico e temo una giornata d'imbarazzo totale, lei dice: « Sai che alla Exeter si è diplomata un sacco di gente famosa? »

Mi stringo nelle spalle. « A essere sincera, non so molto di quella scuola. »

« Franklin Pierce, John Irving, Mark Zuckerberg... »

« Ho smesso di andare su Facebook. È divertente solo quando ti senti un po' meglio degli altri, ma a me non succede più. »

Lei ride. C'è qualcosa in Rory che mi fa venire voglia di tirare fuori tutto.

« Però John Irving mi piace. La mamma mi ha fatto leggere *Preghiera per un amico.* Era il suo preferito. »

« È piaciuto molto anche a me. » Rory si porta una mano sul cuore. « Ci ho pensato parecchio quando Brian si è diplomato. Il relatore ha fatto un'analisi profonda e dettagliata della scritta in latino sul sigillo della scuola. La citazione centrale diceva più o meno 'La fine dipende dall'inizio'. » Si ferma per vedere se ho capito, ma io non vedo il nesso. « Non so se hai presente, ma alla fine del libro diventa chiaro che Owen ha passato tutta la vita a prepararsi al suo destino finale. »

Annuisco.

« Be', la frase 'La fine dipende dall'inizio' è rivelatrice, non trovi? John Irving deve averla sentita milioni di volte quand'era alla Exeter. »

« Ah, sì, certo. »

*La fine dipende dall'inizio.*

Forse è davvero così semplice. La mamma si è buttata a causa della sua infanzia infelice. È evidente persino a me che non è stata lei a istigare la nonna all'alcolismo. Aveva sì e no dieci anni, come potevano le sue osservazioni di bambina portare la nonna a scolarsi una bottiglia di vino al giorno? Ma immaginate di *credere* di essere riuscita a causare un danno così tremendo in giovane età; immaginate il senso di colpa per aver rovinato la vita di vostra madre. Mi fermo un attimo: trasferire questo ragionamento su di me non è difficile. Quindi mia madre si portava dentro lo stesso fardello di colpa che mi porto io. A raccontarlo, ora capisco come la mente le si sia rivoltata contro, come il continuo rimuginarci sopra l'abbia trascinata a fondo, avviluppata in alghe inesistenti. Devo spezzare questo cerchio. *La fine dipende dall'inizio.*

Parlare con Rory mi piace. È filosofica senza essere condiscendente. È più tenera di Paige e più realista della zia Meg. Mi fa sentire più grande, più intelligente. « Che cos'altro ti ricordi del campus? » le domando.

Lei si lecca il pomodoro dal labbro. Si sta sporcando tutta. « Vediamo. Brian mi diceva che bigiare lo chiamavano *cazzeggiare,* che a me pareva il massimo. E la mensa era l'*acquario.* Mah, immagino che quando lo vedi tutto ciò acquisti un senso. » Mi guarda come in attesa di conferma.

« Non saprei. Finora non ci sono mai stata. »

Rory lascia cadere la pizza nel piatto. «Stai scherzando? Come mai?»

«Il capo di mio padre è un ex alunno, per cui ho fatto il colloquio da qui. Non c'era motivo di andare fin là.»

«Oh, nemmeno per farti vedere dove andrai a vivere per un anno?»

Non l'avevo trovato strano, finché non me l'ha fatto notare lei. «Be', se la metti così...»

«È solo a un'ora e mezzo da qui. Non vuoi vedere la tua futura scuola prima che si riempia di studenti?»

«Certo che sì, ma me la farò andare bene comunque. A questo punto non posso cambiare idea.»

Rory sposta la sedia vicino alla mia. «Non vederla così. Ci sono sempre delle alternative. Se ci provi ma scopri che la situazione ti rende infelice, fai qualcosa per uscirne. Ti garantisco che, insieme, tu e tuo padre riuscirete a inventarvi un piano B.»

Aspetta che io dia segno di aver inteso. «D'accordo.» Non farò marcia indietro, ma è carino da parte sua preoccuparsene.

«È indispensabile che tu impari a muoverti nel campus prima dell'inizio delle lezioni. Dovrai affrontare già abbastanza facce e abitudini nuove, non puoi permetterti di essere anche disorientata.» La sua lezioncina sta già per darmi sui nervi, quando sorride e dice: «Io voto per saltare la lezione di algebra di domani e andare a Exeter».

«Mi pare un'ottima idea.» Prendiamo entrambe un'altra fetta di pizza.

«Il pensiero di andare fin là non ti mette un po' di ansia?»

«Di andarci domani?»

Lei agita il tovagliolo nella mia direzione. « No, sciocchina. Quando inizierà la scuola. »

« Oh, no! Mi metterebbe più ansia dover rimanere qui. » Non vedo motivo per indorare la pillola. « Più che ansia, depressione. Qui a Wellesley non potrei superare questo momento, arrivare all'ultimo anno completamente cambiata e aspettarmi che gli altri mi accettino così. Sono tutti tanto dispiaciuti per me. È come sentirmi ricordare in continuazione che dovrei essere triste. » Per non scoppiare in lacrime, guardo le nuvole. « Non so. È come dicevi tu l'altra sera. Mi mancherà sempre qualcosa, ma non voglio indossare questa mancanza come un distintivo. Capisci? »

Rory sembra molto orgogliosa di me. « Brava. Sono contenta che non scappi via senza meta. Perché puoi andare lontano quanto vuoi e lei ti mancherà sempre. Un nuovo inizio, però, è una scelta che approvo in pieno. »

Riesco a sorridere. È la prima volta che parlo di andarmene senza intristirmi. Invece di essere contenti che io parta, tutti gli altri sono preoccupati del *perché* parto.

## BRADY

Non riesco proprio a capire cosa spero di ottenere con questo viaggio, e non avere uno scopo preciso mi mette ansia. L'istinto mi suggerisce di scavare più a fondo, ma la ragione mi consiglia di saltare sul prossimo volo per Boston e tornare a casa. Immaginare i primi momenti dell'incontro non aiuta. Devo abbracciarla o no? Portarle un regalo? Caffè e ciambelle?

Non è in un campeggio per roulotte, eppure più che

una villetta la definirei una doppia casa mobile. Quando Marie apre la porta è subito chiaro che non ci sarà nessun abbraccio, e porgerle i fiori mi fa sentire un vero idiota. Lei mi ride in faccia, qualcosa che le donne ultimamente fanno spesso con me. « È un appuntamento galante e io non l'avevo capito? »

« Non mi volevo presentare a mani vuote. »

Marie è grassa e chiassosa, proprio come me l'ero immaginata. Paul è magro, silenzioso e in mezzo alla soglia, come per impedirmi l'ingresso. Allungo la mano per stringere la sua. Lui la prende e io apprezzo, perché i tatuaggi da marine che ha sulle braccia m'intimoriscono, anche se ormai non è più un giovincello.

È probabile che Marie sia sbronza. Tra il suo strano senso dell'umorismo, gli accessi di tosse e gli scoppi di risa a metà tra l'incazzato e il compiaciuto, è difficile ricordare cosa mi abbia spinto a mettermi in viaggio.

Io e Paul ci sediamo sul divano, Marie porta dentro una sdraio da giardino e dice: « Io mi metto qui. Di solito, a parte me e Paul, non viene mai nessuno, quindi il divano a due posti è più che sufficiente ». Le offro il mio posto, e non solo per educazione: non sono affatto convinto che una sdraio da giardino possa reggere tutto quello che Marie ha da offrire. « Abbiamo un gentiluomo, qui. Eh, Paul? Lui non avrebbe mai fatto cambio. »

« Su questo hai perfettamente ragione », risponde il fratello, con un borbottio quasi indecifrabile.

Rivolgo la prima domanda a Marie. « Può raccontarmi qualcosa su suo padre? »

« Ci diamo del tu », sancisce lei.

Annuisco.

« Posso dirti che era diecimila volte meglio del figlio di puttana che ti ha cresciuto. »

Mi strozzo col caffè. « Tu hai conosciuto mio padre? »

« Solo attraverso i racconti di Beth. »

« Quanto spesso vi parlavate, voi due? »

« Oh, veniva a stanarmi non appena poteva, almeno una volta la settimana, finché non ho preso il diploma delle superiori. »

Quindi, mentre a me nascondeva la loro esistenza, a loro raccontava tutto di me. Non so chi dovrebbe sentirsi più offeso, se io o loro.

« Cosa diceva di mio padre? »

« Beth era in trappola. Quand'è morto mio padre e siamo diventati un problema dello Stato, io avevo undici anni. Lei piangeva come una neonata col pannolino sporco, ma un paio d'anni dopo si è sposata. Le cose sono andate peggiorando col passare del tempo, questo lo so per certo. Nostro padre incoraggiava lo spirito libero di Beth, ma il tuo... come si chiamava? Bob? Lui aveva un'idea ben precisa di come dovesse comportarsi una moglie. »

Le mie mani appoggiate in grembo s'irrigidiscono. « Non direi. » *Non direi?* Non è che per difendersi dalle lezioni che mio padre impartiva a mia madre bastasse indossare gli occhiali da sole. I miei genitori si trattavano con circospezione, come facciamo a volte io ed Eve. Non litigavano, ma era come se tra loro non ci fosse nessuna sintonia. Quando lui rincasava, lei si zittiva e tutto rimaneva perfettamente immobile fino al giorno dopo, quando lui usciva per andare al lavoro.

Marie non dà troppo peso alla mia reazione. « Chi lo sa? Magari si lamentava di lui per farci compassione. Ma per vederci doveva sgattaiolare mentre lui non c'era, perché glielo aveva proibito. Bob diceva che non eravamo un suo problema, e non posso dargli torto. Non ho mai capito perché Beth non ci abbia lasciati al nostro destino. Però sapere tutto quello che Beth ha passato con tuo padre è uno dei motivi per cui non mi sono mai sposata.»

Fatico un po' a immaginare che qualcuno possa chiedere la mano di Marie, ma tengo per me questo commento. «Quando l'avete vista l'ultima volta?»

«Oh, vediamo... Secondo me è stato due, forse tre anni prima che morisse. Giusto, Paul?»

Lui apre la bocca per dire qualcosa, ma viene interrotto da uno degli accessi di tosse di Marie. Lei ci fa segno di andare pure avanti come se niente fosse, ma sarebbe come parlare sopra il frastuono di un phon. Quando la tosse secca finisce, ci fissiamo tutti e tre in silenzio per un lungo momento, durante il quale passo a ringraziare il cielo che Marie non ci sia rimasta secca. Poi domando se mia madre e Phil erano una coppia ufficiale.

«Certo, erano una coppia vera. E a noi ha fatto un sacco di bene. Se solo si fossero sposati, la nostra vita sarebbe stata diversa.»

Abbiamo questo in comune, anche se ai due estremi opposti. Marie e Paul avrebbero avuto una famiglia in cui crescere, io sarei stato completamente cancellato. «Come mai non l'hanno fatto?»

«Non potevano. O non volevano. Dipende da come la si vede. Lui era ebreo. C'era da aspettarselo con un cognome come Goldfarb, no? I suoi erano molto ricchi e così nostro padre se li teneva buoni, se non altro per l'eredità. Beth diceva che la chiamavano nei modi peggiori, da battona a cacciatrice di dote. Non riusciva a parlare di quella gente senza agitare i pugni in aria, come se la lotta fosse ancora in corso.»

«L'eredità poi è arrivata?»

Marie scrolla le spalle e sbuffa. «Pensi che avrei il culo

piantato su questa sedia di plastica se fosse arrivata? Ai loro occhi noi eravamo dei bastardi. Nostro padre non aveva sposato nemmeno nostra madre. Non si è mai innamorato di una ragazza della religione giusta. Quei due nevrotici pezzi di merda hanno lasciato tutto alla sinagoga. » Prima del colpo di tosse successivo, a Marie sfugge una risata ostile.

La visita avrà fine non appena smetterò di tempestarla di domande, così non le lascio tregua. « Come si sono conosciuti? »

« Beth è stata assunta come tata dopo che è morta la mamma. Era sempre da noi a cucinare, pulire, accudirci. »

Sono sconvolto. Marie mi sta descrivendo una perfetta sconosciuta. « Hai qualche bel ricordo da raccontarmi? »

« Ce l'ho io », si offre Paul, con una voce un po' più udibile stavolta. « Per il mio quindicesimo compleanno mi ha comprato una chitarra. All'inizio ho pensato che l'avesse rubata, perché non aveva tutti quei soldi, poi è saltato fuori che ogni settimana aveva trattenuto un paio di dollari dal budget per la spesa. » Si guarda le mani. « È il regalo più bello che abbia mai ricevuto. Devo averla ancora da qualche parte. »

Marie si batte una mano sul ginocchio. « Che mi venga un colpo, a me non ha mai regalato niente. Ed ecco qua il nostro Paul: non emette un suono per tutta la mattina, poi se ne viene fuori con una storiella sdolcinata. Non la sapevo, questa. » Si alza dalla sdraio, attenta a far leva sui braccioli in modo da non tirarsela dietro. « Bene, è stato un piacere conoscerti, ma tra poco devo andare al lavoro. » È una scusa, lo so. Il suo turno inizia tra due ore.

Mi alzo lo stesso. « Grazie per avermi accordato questo incontro. » Non ce ne sarà un secondo, lo sappiamo tutti e tre.

« Ah-ah », fa lei, accompagnandomi alla porta.

« Senti, Marie, se c'è qualcosa che posso fare per aiutarti a stare meglio, o semplicemente qualcosa che ti occorre, questo è il mio biglietto. » Per qualche motivo, mia madre voleva bene a queste persone. Aiutarle sarebbe un modo per onorare la sua memoria.

« Non abbiamo bisogno dei tuoi soldi, Bradley, ma grazie lo stesso. »

« Mi chiamo Brady », la correggo, mettendo entrambi in imbarazzo.

« Giusto, giusto, Brady. Pensavo Brady e ho detto Bradley. »

« Non volevo insinuare che avessi bisogno di soldi, ma so che sei malata. È questo che intendevo. »

Sembra infastidita. Conoscermi non era nella lista dei suoi desideri. « Okay, bene. Fai buon viaggio. » La porta si chiude.

Dunque è così che si sentono le divorziate quando sbatto loro la porta in faccia. Resto lì come un imbecille. Il caso è chiuso... invece no. Sono deluso. Mia madre ha ricoperto di attenzioni non me, ma due bambini a caso, i figli di un'altra donna; mia moglie si è gettata nel vuoto per evitare di vivere per sempre felice e contenta con me; mia figlia si è iscritta a un collegio per evitare un altro anno in mia compagnia. Ci so fare coi numeri. Tre donne che scelgono di non trascorrere del tempo con lo stesso uomo sono statisticamente rilevanti. Segnalano una tendenza. Le tendenze sono il risultato di un catalizzatore, e qui l'unico comun denominatore sono io.

Non vorrei suonare amaro, ma questo è il sapore che ho in bocca mentre salgo sull'aereo. Quando atterro a Boston sono mentalmente prosciugato e non ho la minima voglia di cenare con Rory ed Eve. Durante il tragitto in macchina m'invento qualche scusa per bidonarle, ma la fatica si rivela inutile perché, quando arrivo, la casa è vuota e c'è un biglietto in cucina.

*Ciao papà,*
*oggi pomeriggio siamo andate a Exeter a vedere il campus. Può darsi che arriviamo a casa dopo di te. Spero che il tuo viaggio di lavoro sia andato bene.* ☺
*Baci,*
*Fagiolina*

Ho passato la vita a non capire nulla delle donne.

# 15

## MADELINE

Sono mortificata dalla mia prima reazione a questa vacanza parigina. Mi sono comportata come Christie Anderson. Devo ficcarmi bene in testa che la loro vita non gira più intorno a me.

Brady ha chiesto alla sua nuova segretaria di organizzare ogni minuto del loro viaggio, senza badare a spese. Pensavo che Darlene si sarebbe risentita di doversi occupare delle sue faccende personali, ma in verità non vede l'ora di levarselo dall'ufficio per un'intera settimana. Credo che sarebbe stata addirittura disposta a pagare i biglietti di tasca sua. Pranzeranno al Jules Verne, faranno la crociera sulla Senna, trascorreranno un'intera giornata nelle vigne della Champagne e faranno una visita privata al Louvre. Per intrattenere Eve mentre lui si allena per la maratona, Brady le ha prenotato un pomeriggio nella spa dell'albergo e un appuntamento con una personal shopper alle Galeries Lafayette. In più voleranno in prima classe, la prima volta per Eve e una pugnalata al cuore per me. Reputavo la prima classe un vizio eccessivo per una bambina, quindi se viaggiava con noi prenotavamo una fila in economy: io in mezzo, Brady sul corridoio, Eve vicino al finestrino. Ma era una questione solo mia, per cui lui non ha esitato a fare l'upgrade.

Se ci fossi stata anch'io avremmo preso una stanza con due letti a una piazza e mezzo, ma Brady trova imbarazzante l'idea di condividere una stanza d'albergo a Parigi con sua figlia e così ne ha prenotate due. È davvero assurdo: c'è una persona in meno, ma spendono più del doppio.

La prospettiva di otto giorni da solo con Eve mette Brady in ansia. Passa mezz'ora a cercare le valigie che portavamo sempre in vacanza, e un'altra mezza nella cabina armadio a decidere come riempirle. Lui non ha mai preparato bagagli per destinazioni che non fossero di lavoro. Dal momento che era così faticoso convincerlo anche solo a partire, mi assumevo io tutte le seccature correlate al viaggio. Non credo si sia mai nemmeno reso conto che qualcuno gli preparava la valigia, fino a questo momento. « Un altro talento nascosto, eh, Maddy? » dice ora, esterrefatto.

Suonano alla porta. « Vado io! » grida Eve.

« Buona partenza per Parigi! » esclama Paige, quando si trova davanti mia figlia.

Eve ringrazia. È emozionata, ma anche in apprensione, perché non sa come faranno lei e Brady ad andare d'accordo, e profondamente rattristata dal fatto che non parteciperò all'avventura.

« Non sono riuscita a trattenermi! Quando mi hai detto che ti era piaciuto tanto *Strega*, sono andata a sceglierti qualche libro da portare in vacanza. » Paige dà a Eve un sacchetto della libreria Wellesley Books e io sento subito nostalgia dei pomeriggi in cui passavo più di un'ora a perlustrare gli scaffali in cerca di letture avvincenti.

« Che bel pensiero. » Eve sta divorando la nostra libreria. Legge fino all'una di notte, poi il giorno dopo si maledice, esattamente come facevo io.

« Tanto perché tu lo sappia, spero che diventi la mia compagna di letture. Non posso tornare al club del libro. Non senza... » Paige si scrolla di dosso la voglia di piangere.

« Volentieri », dice subito Eve, guardando l'ora sul cellulare. Deve finire i bagagli.

« Fantastico! Un'ultima cosa... »

Eve sospira, preparandosi a un fiume di raccomandazioni, ma non è questa la missione che ho affidato a Paige.

« Cerca di sorprendere te stessa durante questo viaggio. Supera le tue abitudini. »

Eve sorride. « Di cosa stiamo parlando, rubare nei negozi? Buttarmi col paracadute? Farmi un piercing al naso? »

Avendo cresciuto cinque figli, Paige sa come replicare alle provocazioni. « Ovviamente, ma cerca pure di godertela. Fa' che sia il *tuo* viaggio. Non importa se passa un'ora senza che tu pensi a lei. »

Eve arretra di un passo, prendendo fisicamente le distanze da questa idea.

« Davvero, tesoro. Non puoi piangerla sempre, tutti i giorni, tutto il giorno. Vivere non vuol dire averla dimenticata, o essere egoista, o fredda. Vuol solo dire che tu sei ancora qui, mentre lei no. »

Queste parole penetrano nei pensieri più intimi di Eve. « Ci proverò », sussurra.

Tornata in camera sua, rimugina sulle parole di Paige. *La fine dipende dall'inizio*, le rammento. La sabbia nella clessidra che segna il mio conto alla rovescia è quasi tutta scesa. Ho bisogno che Eve si senta in grado di superare la mia morte.

Controlla che tempo fa a Parigi e sceglie uno smalto e un rossetto adatti a ogni combinazione d'indumenti. Quando la valigia è sul punto di scoppiare, decide di telefonare a Lindsey per dirle del viaggio. Sono mesi che non chiama qualcuno. Quando Lindsey non risponde, ripiega su Kara. Non cerca altro che uno spiraglio di normalità, due chiacchiere veloci con un'amica per assicurarsi di saper ancora comunicare. Purtroppo al telefono di Kara risponde Christie.

Mi sono spesso domandata se l'età dell'anima corrisponde a quanto è acuta la voce. Le donne che strillano come Christie tendono a essere viste come delle ragazzine. «Oh, Eve, sei tu! Fantastico. Prima che ti passi Kara, raccontami in due parole cos'è successo», strepita.

«Cos'è successo quando?»

«Con Kara.»

Eve è già pentita di aver telefonato. «Non ne ho idea.»

«Ma sì, invece. Sembra in continua sindrome premestruale.» Christie ride. Si sente astutissima.

«Non saprei proprio, Mrs Anderson. Davvero. Io e Kara non ci parliamo da quand'è finito il tennis.»

«Sì, me ne sono accorta. Tu e tutte le altre. Come mai mia figlia è stata tagliata fuori?»

«Tagliata fuori?»

Christie sbuffa con sufficienza. «Eve, tesoro, smettila di fingere. Vorrei aiutare Kara a superare questa situazione, ma come faccio, se non so nemmeno cos'è successo?»

Vorrei avere il potere di far cadere la linea ma, dovendo accontentarmi di qualcosa di meno, guido Eve verso una conclusione qualunque. «Devo andare, richiamerò in un altro momento», dice mia figlia, e dopo aver riattaccato fissa per un po' il telefonino, cercando di capire di cosa stesse parlando Christie. Vorrei che ci fosse un modo per comunicarle quello che so, ma l'unica che può farlo, adesso, è Kara. Trasmettere poche parole per volta, e senza un contesto, è troppo complicato.

Eve stringe ancora in mano il cellulare quando la richiama Lindsey. Le riferisce la strana conversazione avuta con la madre di Kara.

« *Tagliata fuori?* » ripete Lindsey. « E chi l'ha detto? Cioè, Kara ultimamente si comporta come una ritardata mentale, ma non è che qualcuno la stia escludendo. È che dovrebbe imparare a gestire l'alcol, ecco. »

Eve rimpiange di non aver tenuto chiuso il becco. « Be', magari dalle un colpo di telefono, nel caso sia davvero in crisi. Lo farei io stessa, ma sto partendo per Parigi con mio padre. »

« Oh. Mio. Dio. Davvero? È fantastico! Non ti avrebbe mai proposto un viaggio del genere, prima. »

*Prima.* Una parola sempre in agguato. « Devo andare. »

« Ma... guarda che sei stata tu a chiamarmi », obietta Lindsey con una vocetta da adolescente.

Eve non sa più usare la sua. « Sì, hai ragione, ma ora devo scappare. » Suona più grande di Lindsey e, soprattutto, lo sa.

« Come vuoi, Eve. Forse dovresti preoccuparti più per te che per Kara. Mi sa che le mie migliori amiche rischiano di finire tutt'e due in manicomio. »

Questa volta Eve non ha bisogno di uno sprone per riattaccare. *È proprio ora di andarsene di qui,* pensa. Il senso è più ampio di quanto lei colga in questo momento: comprende il viaggio imminente, ma anche un futuro stabile che include il collegio, l'università e il resto della sua vita. Concentro la mia energia perché la percorra tutta in un abbraccio virtuale. Poi, con mia grande meraviglia, mi trovo a ricevere qualcosa di molto simile. La risoluzione di Eve riecheggia in me come un suggerimento che viene dall'alto: *È proprio ora di andarsene di qui.* Non sono pronta. *Come?* domando. Non ricevo risposta, ma sotto di me avverto una vibrazione, all'inizio debole, poi sempre più forte. Quando ho la sensazione che il mio spirito poggi sulla sua fonte, comincio a salire a un ritmo allarmante. È elettrizzante, ma all'improvviso mi viene in mente che forse è finita, forse non vedrò più né Eve né Brady, e con questo pensiero l'ascesa s'interrompe all'improvviso, così com'è iniziata. Guardo giù: il film della vita è ancora lì, ben visibile. Sono solo stata spostata in una fila di merda.

Eve e Brady voleranno di notte. Il taxi arriva alle cinque, ma Eve non trova gli auricolari. Brady tenta di mettere in pratica un esercizio di respirazione che gli ha insegnato il dottor White, ma non arriva alla fine del primo ciclo d'inspira/espira che sta già gridando: « Vieni giù oppure parto senza di te! »

« È inutile che scleri, scendo tra un secondo », urla di rimando Eve.

Rimangono in silenzio per tutto il tragitto fino al Logan Airport e non si rivolgono la parola nemmeno mentre superano i controlli e raggiungono il gate. È un silenzio che preoccupa entrambi. Da quand'è andato a Washington, Brady è terribilmente giù ma, dal momento che non ha parlato a Eve di Marie e Paul, lei teme che il suo cattivo umore o sia dovuto al loro viaggio a Parigi o finisca per rovinarlo.

Non appena salgono sull'aereo, però, cambia tutto. Quando vede il suo posto, Eve strilla di gioia. Prima classe per Parigi non significa i tipici sedili in pelle oversize che s'inclinano un po' più degli altri: la sua è una vera e propria postazione che si allunga fino a diventare un letto. È di fronte a quella di Brady, con in mezzo un divisorio basso in modo che possano vedersi. Eve passa subito in rassegna i film, inondando Brady di possibili scelte. Quando compare un assistente di volo con dello champagne, lei guarda implorante il padre, che annuisce. Forse il volo le piacerà più del viaggio vero e proprio. Quando decollano, porge a suo padre una poesia scritta da lei e intitolata *La tipica teenager*, aggiungendo che il suo contributo alla riuscita della vacanza è promettere di non esserlo.

*La risposta non è giusta.*
*Cos'è, un'interrogazione?*
*Vuoi per favore rispondere?*
*Temo la tua indignazione.*
*Allora assicurati di avere ragione.*
*Vorrai darmi una lezione.*
*Starò zitto lo prometto.*
*Non mi serve la tua protezione!*
*Quindi non risponderai?*
*Dammi un'altra soluzione!*

Brady piega il foglio e lo infila nel bagaglio a mano. « Adesso almeno so che lo fai apposta », dice compiaciuto.

« Cosa? »

« Girare intorno alle cose, menare il can per l'aia. È frustrante per me, sai? E lo fai intenzionalmente, vero? Ti sei tradita. » Brady sorride.

« Non importa. Tanto non sono più una tipica teenager, quindi tutto quello che credi di sapere è storia. »

Si sorridono, confortati perché riescono a conversare senza che tra loro nasca tensione. Forse, mentre sedevo nel mezzo considerandomi un tramite tra loro due, in realtà non ero altro che una barriera. Forse tutti noi offriamo solo quello che possiamo e, dopo che non ci è più possibile offrire alcunché, le persone che amiamo si fanno avanti per colmare il vuoto, oppure lasciano subentrare altri. Forse la morte esiste per mettere alla prova chi rimane.

Brady si fa portare un drink per rilassarsi. Quando si addormenta, Eve tira fuori il suo diario e compone la data in cima a una pagina bianca, come facevo io nel mio. Mentre riflette sulle parole da scrivere sorseggiando champagne, sembra davvero molto più grande dei suoi diciassette anni.

*19 agosto 2015*

*Sento che questo viaggio è l'inizio di qualcosa d'importante. È il nostro primo tentativo di creare un ricordo senza di lei. Il 4 luglio e tutti gli altri bei discorsi che abbiamo fatto si riferivano sempre indirettamente alla sua morte, erano conversazioni su cui concordavamo perché lei non c'era. Questo viaggio è solo nostro.*

*Non ho mai sperato così tanto di divertirmi, ed è buffo, perché di solito erano le cose divertenti a trovare me. Spero che non sembrerà forzato, e anche di non restare delusa.*

A chi lo dici, Eve. A chi lo dici.

## EVE

Mio padre è uscito per una corsa di venticinque chilometri, l'allenamento più lungo prima della gara di qualificazione in Québec settimana prossima. Ci siamo dati appuntamento nella hall alle sei per andare a cena, quindi ho tre ore per godermi Parigi da sola.

Trovo un piccolo caffè con dei posti a sedere fuori e prendo il libro che mi ha consigliato Rory, *Il buio oltre la siepe*. Lei non vede l'ora che io arrivi al pezzo che dice « passami il prosciutto, porco mondo », qualunque cosa significhi. Trova pazzesco che non me lo abbiano mai dato da leggere a scuola. Ero troppo imbarazzata per ammettere che, anche se non ricordo la trama, non vuol dire che non me lo abbiano mai assegnato. Rory non sembra il tipo che apprezza i bigini. Mia madre non li apprezzava di certo. Nascondevo quei libretti gialli con la stessa cura dei preservativi.

Giro una pagina ogni tanto nel caso qualcuno mi stia guardando, ma sono troppo distratta dall'idea di come il mondo esterno mi vede – qui seduta a sorseggiare cappuccino con dei grandi occhiali scuri e un nuovo miniabito di sartoria, una giovane americana a Parigi – per concentrarmi sulla trama. Mi scambieranno per una famosa? Ricca? Ventenne?

Quando lui si avvicina, mi comporto in modo normale, come se i ragazzi mi abbordassero di continuo. « Come ti chiami? » mi chiede.

« Charlotte », rispondo, perché mi va così e perché posso. Charlotte suona chic e divertente, e io desidero disperatamente essere entrambe le cose.

« Charlotte », ripete lui. « Io Dameon. Posso sedermi qui con te? »

« Ho un'idea migliore... Portami a fare un giro nel Bois de Boulogne. Muoio dalla voglia di vederlo. » I suoi occhi un po' infossati s'illuminano. È una richiesta audace da fare a uno sconosciuto, ma mi sento così sicura di me che mi alzo ancor prima di sentire la sua risposta.

« *Parlez-vous français?* »

« No. »

« Ah. Hai pronunciato il nome del parco alla perfezione. »

Non sono del tutto impazzita. Il parco è a un paio d'isolati da qui e le strade sono affollate. Posso svignarmela quando voglio.

Mentre camminiamo, mi rifiuto di pensare a mia madre. Ogni volta che la sua presenza s'insinua dentro di me, mi chiudo. Sono solo una ragazza a Parigi. Dameon non passa del tempo con me per compassione, non eviterà di proposito argomenti come la famiglia e la morte e non mi lancerà continue occhiate per controllare di non avermi inavvertitamente ricordato lei. Non sa nemmeno che è esistita. Chiudere a chiave il passato è inebriante.

Non ha idea di quanti anni ho. Lui ne dimostra intorno ai venticinque, ma non oso chiederglielo. Dividiamo una sigaretta passeggiando a braccetto per il parco. A volte fumo, ma oggi è diverso. Non lo facciamo per provare qualcosa o per ribellione. Ci stiamo semplicemente godendo un pomeriggio di sole.

« Questo parco è stato voluto da Napoleone III », dice lui, facendomi da Cicerone lungo il nostro cammino. Io non sarei mai capace di fare altrettanto a casa mia. « In questo modo possiamo ancora godere i frutti del suo esilio a Londra, perché pare che i corsi d'acqua e l'architettura del giardino siano ispirati al suo amore per Hyde Park. »

Non ho mai prestato grande attenzione a quello che mi circonda, a perché le cose sono in un certo modo e da quanto tempo. Immagino di accompagnare Dameon in giro per Boston, ma anche limitandomi ai posti dove mangio e faccio shopping rimarrei ben presto a corto di spiegazioni da offrire. Mi stringo a lui e ogni volta che mi chiama Charlotte entro un po' di più nel personaggio, fingendo di essere davvero una donna cosmopolita. La mia recita getta una nuova luce su ogni cosa. Divento teatrale, ebbra di quanto invitante e nuova appaia la vita. Vedo un neonato e mi sento materna. Vedo un bambino che si rotola nell'erba e mi viene voglia di tornare bambina anch'io. Vedo una coppia che si bacia e mi sento romantica. Persino la mia risata suona diversa: per Charlotte, che non ha preoccupazioni, tutto è divertente.

Dopo due ore comincia a far freschino e Dameon mi mette sulle spalle la sua giacca color kaki. Io me la stringo addosso come se fosse la cosa più normale del mondo. Ma sto attenta all'ora. Alle cinque e mezzo gli dico che devo scappare. Mi chiede se possiamo cenare insieme, ma rispondo di no, perché tra due ore devo essere in aeroporto. La bugia mi esce con naturalezza, come tutte le altre. Lui annuisce e mi mette una mano nell'incavo della schiena, avvicinandomi a sé. « È stato un pomeriggio perfetto, vero? »

« *Oui.* »

Mi solleva il mento con l'altra mano e mi bacia.

È così diverso, con un uomo. John non ha mai avuto tutta questa pazienza. Quando Dameon mi lascia andare, il mio corpo vuole di più. Questo bacio appartiene a un momento della mia esistenza che segna un netto passaggio. C'è appena stato e mi ha già cambiato.

Dameon mi stringe forte la mano. « Ti auguro tanta fortuna, Charlotte. »

Io sospiro e mi dirigo verso l'albergo. Una parte di me vorrebbe avergli chiesto il numero di telefono o almeno aver cercato d'imbastire un programma per domani, ma non aspiro ad avere una classica avventura da turista a Parigi. Torno praticamente di corsa da papà, euforica per aver baciato un parigino a Parigi. Forse, dopotutto, non sono matura come pensavo.

A cena il papà mi scruta con sospetto. So di essere raggiante, ma non riesco a nasconderlo. Era da secoli che non mi divertivo. Mi chiede tre volte come ho occupato il tempo mentre lui era fuori a correre. Non so più come convincerlo che ho solo fatto quattro passi.

Noto che d'improvviso i suoi occhi diventano lucidi.

«Cosa c'è?» gli chiedo, sollevata di poter spostare altrove la sua attenzione.

«Alla mamma sarebbe piaciuto vederti così felice. Questo viaggio a Parigi le avrebbe dato una gioia immensa ma sono certo che avrebbe apprezzato ancor di più questo momento con te.» Le sue parole mi fanno un po' vergognare, perché ho trascorso le ultime tre ore tentando disperatamente di dimenticarla.

Non so cosa rispondere, quindi annuisco e imburro il mio pane. Quando il momento è passato, domando al papà se siamo ricchi.

«Direi che dipende dai punti di vista, ma secondo gli standard più comuni sì.»

«Prima di questo viaggio non me n'ero mai resa conto.»

Mi lancia un'occhiataccia che non mi aspettavo, poi aggredisce la sua bistecca col coltello. «Hai vissuto un'esistenza privilegiata, Eve, e trovo sconcertante che finora tu non te ne sia resa conto.»

«Ehi, ehi, aspetta! Sapevo che stavamo bene. Intendo dire che a Wellesley stanno bene più o meno tutti. Ma adesso... questa settimana... stare in un albergo di lusso, andare alla spa, ordinare champagne a cena... Mi sembra *diverso*. Insomma, io sapevo a malapena cosa fosse un personal shopper. Devi ammettere, papà, che quando c'era la mamma non abbiamo mai fatto un viaggio così. » Non ho ancora finito la frase, che già vorrei rimangiarmela. La mia bocca larga non è meglio di quella di Lindsey, di Mrs Anderson e di tutti gli altri a casa. Trattengo il fiato, col terrore di aver rovinato una settimana che altrimenti sarebbe stata perfetta.

Il papà mi fissa con calma, dondolando avanti e indietro la testa. Quand'è diventato così zen? Più corre, più migliora. « No, mai, non in famiglia, almeno, e mi dispiace. Ogni tanto io e tua madre partivamo per un weekend lungo e lì non badavamo a spese, ma non ci ho mai concesso il tempo o il permesso di farlo tutti e tre insieme. Me ne rendo conto solo ora. Sono molte le cose che vedo diversamente, adesso. » Beve un lungo sorso di champagne, poi allunga la mano sopra il tavolo per stringere la mia. Due mesi fa l'avrei tirata indietro, ma adesso mi sembra un gesto naturale, come lo avrebbe fatto la mamma. « Questa settimana l'avrebbe resa felice. »

« Lei è qui che ci guarda. Ne sono sicura. » E, mentre pronuncio le parole, è come se ne sentissi la conferma.

« Sì, sono sicuro anch'io. Soprattutto quando la sento ridere se succede qualcosa di buffo, in particolare se c'è qualcuno che mi prende in giro e io non lo trovo divertente. »

« Aveva un gran senso dell'umorismo. » Mi asciugo le lacrime col tovagliolo, stando attenta a non macchiare il lino di mascara.

« Puoi dirlo forte. E un cuore enorme. » Non parliamo mai così. È difficile ricordare quant'era meravigliosa senza sentire il peso di com'è morta.

Il cameriere ci riempie i bicchieri d'acqua. Scommetto

che gli piacerebbe sapere in che rapporti siamo. A Wellesley io e il papà siamo una nota tragedia, qui una curiosità. In base alla differenza d'età la conclusione più logica è che siamo padre e figlia, ma senza una madre al tavolo la gente ci osserva. Un riccone con una giovane amante? Un depravato con la sua escort?

«Grazie per questa vacanza», gli dico, quando siamo di nuovo soli. Sa bene che non lo sto ringraziando per l'albergo, i vestiti o la maschera di bellezza, cioè, ovviamente anche per quelli, ma solo in parte. Lo sto ringraziando più che altro per avermi provato che possono ancora esserci dei bei momenti.

«Ci mancherebbe.» Avvicina la sedia alla mia e si gratta il collo, improvvisamente a disagio. «Senti, a dire il vero avrei delle novità sulla nonna.»

Sbatto le palpebre. «Che genere di novità?»

Mi racconta di Marie e Paul e del suo viaggio a Reston. Sono offesa. «Potevi dirmelo. Anche se non volevi essere accompagnato. Ti ho chiesto un milione di volte se Bobby ti avesse risposto.»

Mi guarda dispiaciuto, ma non domanda scusa. «Avevo bisogno di andare da solo.»

«Era mia nonna!»

Annuisce. «Certo, ma di sicuro capisci che per me è una situazione delicata.»

Lo guardo, sorpresa. «Dici sempre che ormai tu hai solo me e io ho solo te. Non possiamo permetterci dei segreti!»

Lui fa un sorriso sornione. «Quindi tu non mi tieni nascosto nulla?»

Penso al bacio di Dameon, al diario e alla mia recente battaglia per trovare uno scopo nella vita. «Be', nella maggior parte dei casi, no.»

« Lo stesso vale anche per me. »

Sorridiamo del nostro nebuloso compromesso. Mio padre è divertente. Insomma, forse non proprio divertente, ma nemmeno serioso come pensavo.

« E allora? Com'erano? »

Lui grugnisce. « Sono due ubriaconi di merda. »

« Papà! Non riesco a credere che tu abbia usato un'espressione del genere! »

« È la verità. Sono a dir poco stravaganti, e non mi hanno certo dato quello che si chiama un caldo benvenuto. » Deve percepire la mia compassione, perché cerca subito di assumere un tono allegro. « Meglio così. Mi sembra di avere già abbastanza per le mani, al momento. »

« Si sono comportati male? »

« No. Ma neanche bene. Però non è stato tempo sprecato. Ho imparato molto. Ora che tua madre non c'è più e ho scoperto tutte queste cose sulla mia, devo accettare di aver capito poco delle donne della mia vita, forse addirittura della vita in generale, ma non vorrei mai commettere lo stesso sbaglio anche con te. »

Mi sento onorata. È come aver vinto un premio alla lotteria senza sapere di aver comprato il biglietto.

Ed eccolo qua, il brivido tenero di mia madre, che mi risale lungo la schiena, rimettendoci di buon umore.

## BRADY

Fino a oggi non avevo idea che mia figlia fosse una giovane donna, oggetto degli sguardi seducenti degli uomini e di quelli invidiosi delle donne meno fortunate. Non avevo mai nemmeno notato la sua bellezza, se non come tutti i padri, che trovano sempre belli i propri figli. Ma Eve è uno schianto. Ha la carnagione chiara, ma si mette un tocco di fard sulle guance in modo da sembrare sempre come appena rientrata da una corsa all'aria aperta. Cammina con le spalle dritte, con una postura che trasmette sicurezza e, quando ride, cosa che bisogna guadagnarsi, muove tutto il corpo, come faceva sua madre. È strano a dirsi, ma sto imparando a conoscerla ed è una persona che mi piace. Le voglio bene, è ovvio, ma sto scoprendo di apprezzare la sua compagnia. È molto sarcastica, ma anche coraggiosa.

Adesso però il suo fascino mi risulta quasi insopportabile. Vorrei tanto che questo pallone gonfiato che ci fa da guida la piantasse di fissarle le tette. Faccio finta di nulla, perché a Eve darebbe fastidio se facessi una battuta. « Quella dev'essere la vigna dove abbiamo pranzato ieri », dico, indicando verso il basso.

« Sì, è lo stesso portico di pietra. È incredibile, ma qui mi sento molto più vicina alla mamma. »

« Anch'io », dice la guida, prima che io possa rispondere. « È il motivo per cui ho scelto questo lavoro. »

Eve alza gli occhi al cielo. « Si sente più vicino a *mia* madre? » sussurra.

Benché l'idiota abbia appena rovinato un momento che mi è costato novecento dollari, è un sollievo vederla rimettere al suo posto quel tizio con una tale audacia. Il che però mi fa dubitare che quella del collegio sia una decisione saggia. Mandarcela quando la credevo una bambina sotto la supervisione degli adulti era una cosa, ma farlo sapendo che è una giovane donna in grado di commettere errori da adulta è tutta un'altra faccenda.

Quando scendiamo dalla mongolfiera, i piedi barcollano nel ritrovare il terreno. « Tutto bene, vecchio? » scherza Eve.

La guida fa una risata grassa, sproporzionata. Approfittando dell'unica mossa offensiva a mia disposizione, me ne vado senza lasciargli la mancia. Può fissarmi fino a cavarsi gli occhi, ma stasera non si farà una bevuta alla mia salute.

Essendoci alzati alle quattro del mattino, ci sediamo a tavola con una discreta fame. Eve ripete quant'è stato bello fluttuare nel cielo, ma io sono distratto. A un certo punto lei s'interrompe a metà frase. « Pronto, papà? Ci sei? »

Non posso più trattenermi. È il momento di tenerle un discorso serio, alla Maddy. « Scusa, è solo che... Ho... ho notato... » Mi sudano le mani.

« Sp-sp-sputa il rospo », dice lei con una risata.

Ha ragione. Non posso continuare ad avere paura di lei per tutta la vita. « Bene, dunque, ho notato che sembri molto più grande della tua età e che spesso gli uomini ti guardano con un certo interesse, e... vorrei essere sicuro che tu ne sia consapevole, per non ritrovarti in situazioni spiacevoli. »

« Situazioni spiacevoli? »

« Vuol dire... »

Lei alza una mano. « So cosa vuol dire, papà. Smettila di preoccuparti. Secondo me è che i francesi sono così, punto e basta. »

Come posso spiegarle che è troppo bella per non preoccuparmi, senza diventare inappropriato? « Invece mi preoccupo eccome, Eve. Sei in quell'età in cui non si capisce se sei una diciassettenne o una appena uscita dal college, e non sono così stupido da credere che tu abbia ammiratori solo in questo Paese. È un problema. »

« Un problema? » È a braccia conserte. La sto perdendo.

« Be', potrebbe diventarlo se non ti comporti in modo più che corretto. Devi mandare un messaggio chiaro. »

« E se non fossi d'accordo? »

« Faresti un errore. Sono anch'io un uomo, so come funziona. »

Mi guarda con aria interrogativa, lottando con l'idea che io possa rappresentare l'uomo tipico. « E con questo? Devo trattare male tutti quelli che mi guardano? » Alza gli occhi al cielo come ha fatto con quel pervertito della guida.

Mi fa infuriare ma, volendo avere con lei una discussione costruttiva, sono costretto a lasciar correre. « Devi solo renderti conto che, essendo cresciuta e dimostrando anche più dei tuoi anni, la gente ti guarda con altre intenzioni. Tutto qua. »

« Okay, bene. Messaggio ricevuto. »

« E... » È un'idea che mi è venuta così, al volo, e la valuto bene prima di continuare: « Quando torniamo a casa, vorrei che tu seguissi un corso di autodifesa ».

« Ma sei fuori? »

« Ci sono corsi anche di un solo giorno. Una volta tua madre ne ha frequentato uno ed è il minimo che tu possa fare per il tuo povero papà, che si è appena reso conto di non avere più in casa una bambina ma una donna. »

« Oddio, questo è proprio andato. » Adesso la sua espressione è giocosa. Si sta quasi divertendo.

« Dico sul serio, Eve. M'impunto: per favore, fai un cazzo di corso. » Di tutto quello che ho detto, è questa la frase che la conquista.

« Facciamo un patto: io vado al corso se tu esci con una donna », propone.

Devo ancora abituarmi ad accettare questa sua innata

capacità di coglermi impreparato. Bevo un sorso di vino per prendere tempo. « Questa non è una negoziazione. Ma perché vuoi che esca con una donna? »

« In realtà non me ne importa se ci esci o no, però stavo cercando un modo per dirti che non ho niente in contrario. Se ti va di uscire con qualcuna, sappi che per me va bene. »

Prima Meg e adesso lei. Però. « Per ora non ne ho avuto nessun desiderio. » Quello che vorrei è il sesso, ma non sentirai mai un vedovo dar voce a questo bisogno. Potrei rimandare all'infinito la ricerca di compagnia, ma non quella del sesso.

« Okay, però, se dovesse capitare, sappi che per me va bene, quindi non pensare di aver bisogno del mio permesso. »

« Ti sono grato di avermelo detto », rispondo. Ed è sorprendentemente vero.

La notte resto sveglio nella mia camera d'albergo, meditando sul benestare di Meg ed Eve. Non saprei da dove cominciare, per uscire con una donna. Sarò anche stato un marito sotto la media, ma sono stato un marito fedele sotto la media. Non so nemmeno qual è il mio tipo. Dove diavolo si va per conoscere una donna? Una scopata non mi dispiacerebbe, ma non mi ci vedo proprio a portare una nella casa arredata da Maddy. E come farei a raccontarle del mio passato? Immagino la conversazione...

« Sei divorziato? »

« No, sono vedovo. » Senza informazioni aggiuntive, la compassione che si produrrebbe potrebbe giocare a mio favore, ma poi lei indagherebbe con cautela sulla causa della morte, presumendo un cancro. Come si suol dire, tanto va la gatta al lardo...

« Suicidio », dovrei confessare.

Fine della festa.

E, anche se trovassi qualcuno capace di comprendere quello che ho passato, non riuscirei mai più a fidarmi della felicità. Penso a Rory. Anche lei è una persona accomodante, come Maddy. Sarei torturato dal dubbio. Tirerei scemi entrambi chiedendole di continuo se è soddisfatta e felice. E, anche se mi giurasse di sì, come farei a esserne sicuro?

Amare una donna non fa di lei la donna dei tuoi sogni, ma ti rende vulnerabile alla sua realtà.

# 16

## MADELINE

Meg ha finito di compilare la lista dei consigli che le ho dato negli anni e, come promesso, ne ha mandata una copia a Eve, in una bella cornice di legno col bordo grigio. Sebbene ognuno di quei pensieri sia stato generato in una fase diversa della vita, dal liceo alla maternità, Meg li ha messi tutti in fila, facendoli sembrare una di quelle antiche benedizioni irlandesi che vengono tramandate di generazione in generazione per poi finire appese in bagno, l'unico posto dove la gente abbia il tempo di leggerle.

Prima di scartare la cornice, Eve legge il biglietto. Sono felice che Meg si sia presa del tempo per scrivere una prefazione alle mie affermazioni, perché molte di quelle che un tempo consideravo sagge ora mi paiono quantomeno discutibili. Eppure la morte ha dato gloria e profondità a ogni mio pensiero.

*Cara Eve,*

*tua madre non credeva a ciascuno di questi consigli con la stessa convinzione, ma sono sicura che ci credesse nel momento in cui me li ha dispensati. Io non ho il dono della sua autoconsapevolezza. Ho sempre fatto affidamento a mia sorella maggiore per scegliere la strada giusta, e molto spesso ho fatto affidamento su di lei anche perché m'indicasse con dolcezza dove mi ero persa. Se dovessi riassumere le sue perle di saggezza, direi che l'approvazione più importante che devi guadagnarti nella vita è la tua.*

*A modo suo, tua mamma era una filosofa, e mi sembra che lo stesso si possa dire di te.*

*Buona lettura,*

Zia Meg

LE VERITÀ DI MADDY

*Fai spazio alla persona che sei sbarazzandoti di chi non sei. Sorridi sempre a tutti, senza eccezioni: se sei felice sarà contagioso, se sei arrabbiata farà ammattire la persona che ti ha fatto infuriare. Usa il phon prima di mettere il rossetto. Spolvera prima di passare l'aspirapolvere. Bevi un bicchiere d'acqua prima di metterti a tavola. Lascia perdere cosa pensano gli altri della tua vita, ma fai molta attenzione a cosa ne pensi tu. Non tornare a casa dopo l'una di notte: nessuno va fiero delle storie nate dopo quell'ora. I piani che si basano sulla perfezione falliscono sempre. È pericoloso reprimere chi sei veramente. La cosa più stupida che puoi fare è credere alle tue stronzate, ma ogni tanto ti capiterà. I profumi che sanno troppo di fiori sembrano una copertura. Non avere una stanza in cui i tuoi figli non possano giocare o un divano su cui non possano sedersi: è anche casa loro. Se non sai cosa dire, di': « Non so cosa dire ». Se hai sbagliato, di': « Ho sbagliato ». Se ti serve aiuto di': « Mi serve aiuto ». Non puntare tutto su una cosa sola. Non confondere la voglia di fare sesso e noleggiare un film con uno con la voglia di sposarlo. Non comprare mai jeans coi bottoni: non stanno bene a nessuno. Pratica l'amore, la compassione e il perdono. Non parlare mai per più di due minuti di fila: è difficile ascoltare bene più a lungo. È bello avere un'amica che fuma ancora erba. È importante farsi valere anche quando sai che nessuno ti appoggerà. Una famiglia non si crea da sola. Il Gatorade e i cibi grassi curano i postumi delle sbornie. L'impressione che hai di una persona è quasi sempre la stessa che lei ha di te (è per questo che mi sento sulle spine di fronte alla gente irritante). Concediti una tregua, ma non l'assoluzione perpetua. Non diventare mai un premio, una proprietà, un fantoccio o un giocattolo: fare da tappezzeria dopo un po' diventa noioso. Se una persona ti mette i brividi, non star lì a scusarti: vattene subito. L'amore degli amici e dei familiari va guadagnato, ma anche loro devono meritarsi il tuo. Non avere paura di fare domande. Non dare risposte che non hai. Pensa prima di parlare. A volte ti capiterà di mentire, ma devi avere qualcuno accanto che conosca le tue bugie; scegli qualcuno che non ti giudichi. Non rinunciare a leggere fino a quando non avrai trovato il tuo libro preferito, e ti consiglio di non smettere nemmeno allora. Alla fine di ogni giornata stendi un elenco delle cose che avresti voluto fare diversamente, così domani le farai meglio. Abbiamo ricevuto il dono della vita, con la morte come conseguenza.*

Ricordo di aver detto ciascuna di queste cose; alcune le ripetevo in continuazione, altre le ho buttate lì una sola volta, senza sapere di avere un pubblico così attento. Ma quello che ricordo meglio è di aver detto a Meg quell'ultima frase. Eravamo nella sua casa di Cape Cod, avvolte in una coperta davanti a un falò. Era quasi Halloween. L'aria era frizzante, le zanzare erano morte e le stelle brillavano più del solito.

Erano già andati tutti a dormire, quando Meg mi aveva confidato di avere il terrore di morire.

« Ti sembrerà banale, ma tutti dobbiamo morire », le avevo risposto.

« Sì, certo, Maddy. Non sono mica scema, ho solo paura. »

Avevamo riso. « Puoi continuare a ossessionarti col pensiero che il nostro tempo è limitato e segnare ogni ricordo su un gigantesco tabellone, oppure puoi andare avanti. Scommetto che alla fine chi va avanti ottiene i punteggi migliori. »

« Però, che pensiero profondo. Forse mi sono sbagliata su di te. »

Le avevo dato una manata sul braccio, poi l'avevo guardata negli occhi e all'improvviso non l'avevo più vista come la mia sorellina. Era una donna complicata, una madre; era una mia pari. Questa rivelazione mi ha permesso di trovare le parole di cui aveva bisogno. « Prendimi in giro quanto vuoi, ma ho pensato molto anch'io alla nostra natura mortale. Forse a questa età è normale. E il massimo che ti posso dire è: abbiamo ricevuto il dono della vita, con la morte come conseguenza. Concentrarci sulla conseguenza invece che sul dono sarebbe un peccato, non trovi? »

« Sono contenta di non essere io la sorella maggiore. Dev'essere una tale responsabilità capire tutto per prima », aveva detto lei quando ci eravamo abbracciate prima di andare a letto.

Il suo commento mi aveva riempito di orgoglio. La mia vita non era come me l'ero immaginata. Pensavo che sarei stata una persona molto più influente. A vent'anni ero certa che un giorno sarei diventata amministratore delegato; a trenta ero convinta che il mio contributo al mondo sarebbe stato ciò che avrebbe realizzato Eve (sfruttando le capacità ereditate dal quella gran fica di sua madre); a quaranta mi ero resa conto che Eve poteva pure trovare la cura contro il cancro, ma vantarsi dei propri fantastici figli non basta a farti tirare avanti altri quarant'anni. Era come un tarlo. O m'inventavo qualcosa, o la mia vita sarebbe diventata inutile non appena Eve fosse andata al college. Già la lista delle cose da fare si era parecchio assottigliata. Eve aveva preso la patente, non sentiva più la necessità di analizzare a fondo ogni interazione sociale deludente e di sicuro non aveva più bisogno di me per i compiti. Se non fosse stato per il volontariato in biblioteca, sarei già andata fuori di testa. Avevo cominciato a chiedermi con orrore che cosa succeda a una madre quando i figli sono cresciuti. Le parole di Meg mi avevano dato sollievo. Il mio mondo si era rivelato minuscolo ma, che diamine, mia sorella aveva bisogno di me e lo stesso valeva per Eve e Brady. La felicità è un'impresa che ciascuno deve portare a termine da solo. Per tre persone ero tutto, e a me, guarda un po', bastava.

Eve legge la lista di Meg come se fosse materia d'esame. Molte di quelle frasi me le ha sentite dire direttamente, ma alcune sono rivelazioni. Per esempio, non immaginavo di liquidare in quel modo i discorsi sull'erba e sull'andare a letto con gli uomini. Meg però era convinta che la mia essenza si potesse catturare solo con una versione non rivista e corretta. Si è data la missione di trasmettere il mio autentico io.

Anche Brady è sorpreso dalla schiettezza di Meg. Qualche mese fa si sarebbe arrabbiato ma, ora che ha cominciato a fidarsi del buon senso di Eve, preferisce chiudere un occhio. Quando Eve torna di sopra, però, accarezza la cornice e telefona a mia sorella. Non appena lei risponde, le dice: « 'Non sentirti costretto a usare le bacchette, la forchetta funziona meglio' ».

Ridono tutti e due, ma per Meg il riso si trasforma quasi subito in pianto.

Non si parlano dal giorno del funerale. È difficile relazionarsi con una persona che soffre la tua stessa perdita. Diventa quasi una competizione. « Mi manca tanto, Brady. Tanto tanto », si lamenta la mia sorellina.

« Lo so, Meg. Anche a me. » Brady ci pensa un attimo. « Senti, avrei dovuto chiamarti prima, ma... »

« Ti capisco. Ho anch'io un telefono. »

Brady cerca di contenere l'emozione. « Tu e Dan siete stati la mia famiglia per vent'anni. Dalla mia parte non ho più nessuno... e nemmeno Eve. Non voglio perdervi. » Tira su col naso, in un estremo tentativo di frenare le lacrime. Ma non funziona.

« Non ci hai perso. Io e Dan avremmo dovuto chiamarti, ma è ancora così terribile per noi... È difficile pensare di poter parlare di qualcosa che non sia lei. Però prima o poi ci arriveremo. »

La voce di Brady diventa un sussurro: « Avevo paura che ce l'aveste con me ». Si sente del tutto nudo, nel dirlo. « Che v'immaginaste che in casa nostra succedessero cose orribili. E magari succedevano, solo che io non me ne sono mai accorto. »

« No, Brady, mai. Non mi è nemmeno passato per la mente. » È una bugia. Certo che le è passato per la mente. Ma la parte più difficile per Meg è stata rendersi conto che ero in crisi e che non ho mai alzato la mano per chiederle aiuto. « Non so cosa sia successo, e in ogni caso non ce ne siamo accorti in due. »

Pur non esonerandolo completamente, le sue parole riescono a spalmare la colpa su più di una coscienza.

C'è un attimo di silenzio, entrambi cercano di riprendersi.

Brady è il primo a riuscirci. «Quindi... Eve ti ha chiamato per sapere se può venire da voi il prossimo weekend?»

Meg tira un ultimo, commosso sospiro. «Sì. Siamo già d'accordo. È un peccato che non siate riusciti a venire a Cape Cod quest'estate, ma è davvero splendido che tu abbia deciso di correre una maratona. I McMann sono molto colpiti. Dan dice che sabato mangerà un hot dog in tuo onore.»

«Non c'è niente di ammirevole, credimi. Scappo solo dai miei sensi di colpa.»

Mia sorella emette una risata stentata. «Sto pensando di lasciare il lavoro, Brady.»

«Perché?»

«Per lo stesso motivo per cui tu hai iniziato a correre, mi sa.»

Brady sospira. «Tu non hai motivo di sentirti in colpa, Meg.»

«Chi lo sa. Non sono mai stata generosa come Maddy. Ho sempre consumato molto più ossigeno di lei e adesso mi sento tremendamente in torto per questo.»

«No. *No.* Tu sei sempre stata quella concreta, quella pratica. E Maddy ti ammirava per questo.»

Meg tira su col naso. «Quindi tu voti perché io mi tenga il lavoro?»

«Di più. *Io e Maddy* votiamo perché tu lo tenga. È pericoloso reprimere chi sei veramente, giusto?» Per la prima volta Brady ne è certo: la voce che sente è proprio la mia. Il mio potere si affievolisce, ma è compensato dalla sua sicurezza.

«Oh, Brady, sei tanto caro. Sapessi quanto ho ancora bisogno dei consigli di mia sorella.»

*Grazie*, trasmetto a Brady. Se Meg rimanesse a casa,

renderebbe l'esistenza di tutti – compresa la sua – un inferno. Avendo avuto fin da piccolissima una madre alcolista, sente molto forte il bisogno di una vita strutturata. Le occorre uno sfogo per la sua competitività, altrimenti finirebbe per gareggiare con Dan o, peggio, con Lucy. È capace d'immenso amore, ma solo se si sente necessaria e al sicuro. Il lavoro è la sua ancora, la famiglia la sua rete di salvataggio. Prima che la mia visuale si dissolva del tutto, almeno mia sorella è sistemata. Ironia della sorte, la prima persona che trova la sua strada è quella che ho aiutato di meno.

## EVE

Viene anche Rory al corso di autodifesa che mi ha imposto il papà. Come prima cosa, ci chiedono di spiegare agli altri perché ci siamo iscritte. « Mi ha costretto mio padre », rispondo io, e Rory, quand'è il suo turno: « Mi ha costretto suo padre ». Scoppiano tutti a ridere, soprattutto l'istruttore, Eddie, che controlla sfacciatamente l'anulare di Rory in cerca di una fede.

Non appena iniziamo ad allenarci, è subito chiaro che Rory ci sa fare. Esegue ogni esercizio alla perfezione, muovendosi con agilità nonostante le imbottiture oversize e mostrandomi anche altre mosse. A pranzo, Eddie mette a frutto la sua capacità d'osservazione – lo strumento numero uno dell'autodifesa – per attaccare bottone. « Dove hai imparato? » domanda a Rory, autoinvitandosi al nostro tavolino.

« Ho iniziato da piccola, e sono diventata cintura nera al college », risponde lei, addentando un sandwich al tacchino. Dall'altra parte fuoriesce un po' di maionese, che le imbratta la guancia. Eddie non ci fa caso, ma io le passo un tovagliolino.

« In quale disciplina? »

« Kung fu. Shaolin. »

« *Che?!* E chi cazzo te lo ha fatto fare di venire con me a questa lezione per principianti? » dico io.

Lei ignora come sempre la parolaccia. « Un bel ripasso non fa mai male, e comunque la penso come tuo padre. Seguire questo corso prima di partire non può che esserti utile. »

« È tua figlia? »

« No, siamo amiche. »

Sorrido, perché anch'io ormai la vedo come un'amica.

« Adesso mi torna tutto. Sei troppo giovane per essere sua madre. »

Lancio un'occhiata a Rory per capire se anche lei lo trova scontato, invece pare che le piaccia.

« Magari una sera di questa settimana possiamo cenare insieme? » propone lui.

Rory accetta. Dopo che lui se n'è andato, mi dice: « Almeno so che sarò al sicuro. È più di quanto possa dire degli altri uomini con cui sono uscita ».

Mi viene in mente il papà. Lui e Rory sono più o meno coetanei. Lei è spontanea. E divertente. E a un certo punto lui rovinerebbe tutto e tra me e lei nascerebbe qualche tensione. Allontano l'idea. Meglio restarne fuori.

Quando arriviamo a casa, scopro che il papà e Rory hanno organizzato una piccola festa per la fine delle mie lezioni di algebra. Chissà di chi è stata l'idea. Lei ha preparato una torta al cioccolato e il papà è andato in centro a comprare una cenetta di lusso. Ci mettiamo in cerchio, in alto i bicchieri. « A una capa tosta, ma molto in gamba », brinda papà.

« Chissà da chi avrò preso », replico. Noi due siamo molto simili. Comincio a rendermi conto che il problema non è mai stato che io e il papà non ci piacciamo, è che siamo troppo uguali. E personalità come le nostre hanno bisogno di essere stemperate da una terza presenza.

Chiacchieriamo per una decina di minuti, ripercorrendo un po' l'estate. Quando la conversazione tocca l'argomento tatuaggio, mi assento un attimo per andare in bagno. Non sono una cui piaccia origliare, solo che mentre sto tornando al tavolo capisco che stanno parlando di me e così mi fermo dietro la porta. Il papà sta cercando di regolare i conti per la domenica in cui Rory ha dormito da noi e per la lezione di autodifesa di oggi. « Non voglio essere pagata, ma grazie lo stesso », dice lei, riempiendosi di nuovo il bicchiere.

Intravedo il papà che si versa da bere. « Ma è assurdo, hai fatto così tanto per noi, questa estate. »

« Apprezzo la tua gratitudine, però non è stato lavoro. Non sono una santa. Ho preso i soldi delle lezioni perché l'algebra è tosta e, fidati, se pensassi di meritare di più te lo direi senza vergogna. Ma con Eve non ho fatto la babysitter, anche lei ha tenuto compagnia a me, e non me la sento di farmi pagare per questo. »

Sapendo che non avrei dovuto sentirlo, il complimento è ancora più bello.

La verità è che, se il papà dovesse pagare Rory, il suo debito non si limiterebbe a oggi e al suo viaggio a Reston. Secondo me non si rende conto di quanto tempo abbiamo passato insieme nell'ultimo mese. Il giorno di Exeter, siamo state via otto ore. Rory si è fatta dare il mio orario delle lezioni e una mappa del campus e mi ha mostrato ogni edificio. Dove abbiamo trovato aperto, siamo arrivate fino nelle aule. La maggior parte aveva i banchi disposti a ferro di cavallo, alcune con solo dieci posti a sedere. Mi sono spaventata nel vedere quanto fossero piccole le aule, ma Rory mi ha calmato dicendo che gli unici studenti a doversi preoccupare delle aule piccole sono quelli che non fanno il loro dovere. Poi ha convinto un custode a lasciarci entrare nel dormitorio, in modo da capire quanto spazio avrei avuto a disposizione. Questa settimana sono andata a fare spese. Non mi sarebbe mai venuto in mente di comprare dei mattoni di cemento per alzare il letto in modo da poterci infilare qualcosa sotto o delle ciabatte da usare in doccia. A casa mia non mi sono mai dovuta preoccupare delle verruche.

Dopo cena accompagno Rory alla macchina. «Grazie per tutto l'aiuto che mi hai dato quest'estate. Non solo con l'algebra, ma con tutto il resto. Davvero.»

«Non hai idea di quanto mi piaccia avere una donnina come te alla quale poter dare qualche consiglio qua e là.»

«E tu non hai idea di quanto sia bello riceverli!»

Sorride. «La responsabilità del tatuaggio, però, non me la prendo. E continuerò a dichiararmi innocente anche tra quindici anni, quando avrai un figlio curioso e cercherai un capro espiatorio.»

Ridiamo. Io sono contenta soprattutto perché Rory mi ha lasciato intendere che la nostra amicizia non finirà con la mia partenza.

Il giorno dopo riferisco la conversazione al dottor Jahns, ma secondo lui non devo contare su un rapporto duraturo. «Crescendo, ti renderai conto che a volte gli adulti si prendono degli impegni perché non vogliono deludere i giovani. Rory forse adesso non ci ha pensato, ma in autunno, quando ricomincerà la scuola, sarà difficile per lei trovare il tempo per te. E, se dovesse andare così, non voglio che tu ti demoralizzi.»

Rimango lì seduta a chiedermi che cosa ormai potrebbe demoralizzarmi. Da quando ho perso mia madre, sento di poter sopravvivere a tutto, tranne alla mia morte.

Questa consapevolezza mi accompagna ancora mentre, in attesa che il papà torni dal lavoro, decido di leggere un'altra pagina di diario. Come per caso, ne scelgo una in cui la mamma sembra d'accordo con me.

*11 novembre 2014*

*Le ragazze del Wellesley si preparano per gli esami di metà trimestre, per cui la biblioteca è sempre piena. Il panico in cui si dibattono dimostra quanto siano immature. Col senno di poi, è difficile credere che per me significasse così tanto prendere A invece che B. Vorrei appendere dietro il mio bancone un cartello con su scritto:* DOPO UN ANNO CHE VI SARETE DIPLOMATE, TUTTO QUESTO NON AVRÀ PIÙ NESSUN SIGNIFICATO PER VOI.

*A queste ragazze succederanno delle cose vere. Cose grosse. Cose atroci. Dovranno affrontare prove in cui la posta in gioco sarà molto più alta di quella di un test d'intelligenza. Rivedranno questa isteria da esame con occhi diversi e ne rideranno. Le più fortunate, almeno. Quelle sfortunate non impareranno mai.*

*Quello che auguro più di ogni altra cosa a mia figlia è di saper vedere oltre, nonostante la sua giovane età. Solo questo ti salva dal diventare una stronza. Le due cose, infatti, si escludono a vicenda. Se non sei una stronza, troverai sempre qualcuno che ti vorrà bene, e se ti sentirai amata potrai essere anche felice.*

*Quindi io dovrei essere felice. Devo assolutamente ti-*

*rarmi su. Vorrei tanto poter attribuire questi improvvisi dubbi su me stessa alla menopausa precoce o a un malfunzionamento della tiroide, ma in questo momento il mio animo è infettato dal rimpianto. Sto vivendo la vita che ho rubato a mia madre, quella di cui per me si doveva vergognare.*

*Forse ho bisogno di andare da uno psicologo.*

L'idea della sua improvvisa tristezza mi fa scoppiare in lacrime. Quando scriveva queste cose, io ero ancora egoista e dispettosa, ma la sua morte ha ampliato la mia *capacità di vedere oltre*. È difficile restare arroganti quando tua madre preferisce morire che tornare a casa da te. Forse sono stata una delusione per lei, ma adesso voglio esaudire il suo desiderio. Sarò forte, aperta e generosa e, soprattutto, non sarò una stronza.

## BRADY

Sette minuti. Non mi sono qualificato. Ho corso 42.195 metri in sette minuti di troppo. Mi guardo intorno in cerca di una sporgenza o un cordolo, qualcosa su cui sedermi.

Una signora in piedi accanto a me punta un dito contro un'amica. « No. Ti dico che il tempo di qualificazione si basa sull'età che avrai alla maratona di Boston. Tu sei nata in settembre, giusto? »

Stravolto come sono, ci metto un momento a capire che il discorso vale anche per me, quindi le mie tre ore e ventidue minuti sono sufficienti. Il mio gesto di esultanza a pugno chiuso non passa inosservato. « Per fortuna mi sono seduto qui. Non credevo di avercela fatta», dico, quando le due donne mi guardano.

Quella che ha corso sorride. «Nemmeno io. E mi sarei incazzata di brutto.» Da uno scricciolo come lei non mi sarei aspettato tanta grinta. «Pamela.»

«Brady.» Mentre la folla si dirada, scambiamo i soliti convenevoli. È piacevole parlare con qualcuno convinto che tu abbia una vita normale. Lei ha un'agenzia immobiliare a Boston. È la sua prima maratona. Come me, tifa per i Sox.

Non so se sto delirando per la corsa o se ho solo voglia di festeggiare, ma la invito a cena. La sua amica ride e si volta educatamente dall'altra parte, fingendo di essersi distratta. Pamela però ha notato la fede. «No, grazie», dice con freddezza, asciugandosi il sudore dalla fronte col dorso della mano. «Non crede che sua moglie meriti un po' più di rispetto?»

Mi chiudo a riccio, incapace di rispondere, come se fossi stato colto in flagrante. Mi guardo intorno in cerca di una scappatoia, ma siamo blindati dalla folla.

Pamela continua: «Una volta ho accettato l'invito a cena di un uomo sposato, ed è stata la decisione peggiore della mia vita». Borbotta una frase con dentro la parola *stronzo* e torna a rivolgersi all'amica.

Abbasso gli occhi. Mi sento pieno di vergogna. All'improvviso i rumori della città e della gente si fondono in un frastuono che mi offusca la mente. I miei passi si fanno incerti. Il cuore mi batte più forte che in gara. Lo so che non ha senso, ma questa... questa *forza* che mi ha preso in ostaggio grida alle spalle di Pamela: «Maddy se n'è andata. *È morta.* E io non ero lì a fermarla». Mi cedono le gambe e cado per terra. Sono ridicolo, lo so, ma ho perso il controllo. Tutte le lacrime che ho sostituito con le sfuriate e l'ottimo bourbon cominciano all'improvviso a sgorgare; come se la diga fosse crollata.

Gli altri partecipanti mi sciamano intorno; alcuni mi danno una pacca sulla schiena e dicono cose tipo: « Coraggio, amico, è finita! » o: « Ce l'hai fatta! Bravo! »

Me ne resto lì a singhiozzare, madido di sudore.

Sento un piede sfiorarmi. Sopra di me c'è Pamela, le braccia tese. Gliele stringo e lei mi aiuta a rialzarmi. « In che albergo alloggia? » domanda.

Indico l'Hyatt in fondo alla strada.

« Okay, okay, l'accompagno. Venga con me. »

Si mette il mio braccio sulle spalle e mi guida attraverso il labirinto di persone. La sua statura è ingannevole perché in verità Pamela è un fascio di muscoli. Mi appoggio a lei come intontito, emotivamente e fisicamente allo stremo.

Mi accompagna fino in camera, dove crollo sul copriletto che Maddy toglieva subito, appena entrata, perché non puoi mai sapere che razza di cose tremende ci hanno fatto gli altri ospiti, e mi addormento.

Quando mi sveglio, fuori è buio. Con me si ridesta pure l'umiliazione per la mia débacle. Il mio corpo è ricoperto da una pellicola, come una muta sottile. Ho gli occhi gonfi, le tempie che pulsano, ma soprattutto ho sete. Una sete selvaggia, una sete che potrei uccidere qualcuno. Bevo entrambe le bottigliette da quattro dollari sulla cassettiera, poi mi butto sul minibar e faccio fuori il succo di mela, quello d'arancia, quello di ananas e il tè freddo. Quando ho finito, quaranta dollari dopo, mi godo questa sensazione primitiva di essere sopravvissuto. Mi stiracchio, annusandomi con disgusto, e vado a fare una doccia.

L'acqua ha un che di spirituale. È bollente, roba da uscirne lesso, ma sentirla scottare è un sollievo. M'insapono, poi lo faccio una seconda volta, grattando via il ricordo del mio crollo mentale. Immagino già come mi correggerà il dottor White durante la prossima seduta: « Brady, quello che mi sta descrivendo non è un crollo, ma una svolta. Finalmente sta ammettendo l'enormità della sua perdita. È un grande passo avanti ».

Rimango sotto il getto bollente così a lungo che il mio corpo ci si abitua. *È una svolta?* Sono mortificato dalla mia mancanza di contegno ma, accidenti, adesso che mi sono sfogato mi sento molto più leggero. Quando decido che basta e chiudo l'acqua, il vapore è così denso che si è infilato sotto la porta del bagno, spargendosi in camera da letto.

Rinfrancato e con addosso solo un asciugamano, telefono a Eve a Cape Cod. Lei risponde al primo squillo, allarmata perché non ho dato notizie prima. Non appena le dico che mi sono qualificato, dimentica di colpo la sua ansia e mi fa le feste: « Sono fiera di te, papà! Hai lavorato sodo per questo ». Forse sono l'unico uomo al mondo a essersi sentito dire parole simili dalla figlia diciassettenne.

« Grazie, Fagiolina. Anch'io sono fiero di me. Come va lì? »

« Bene. Ci manchi. Lo zio Dan dice che ci sono troppi estrogeni e che, se torno un'altra volta senza di te, lui resta a casa. »

« Digli che capisco benissimo. Non si ripeterà. » Non ho nessuna intenzione di parlarle della mia svolta, però, e così, dopo essermi fatto raccontare la loro splendida giornata in spiaggia, ci diamo la buonanotte.

Sto morendo di fame.

La hall dell'albergo è gremita di runner e sono ben contento di unirmi alla folla per un paio di brindisi. Poi la vedo. A quanto pare, scortandomi fino all'Hyatt, Pamela non ha allungato di molto la strada. Cerco di passare inosservato e mi volto per andarmene, ma lei mi batte un dito sulla spalla. « Stavo per venire a bussarle. Sono contenta che sia vivo. »

Vorrei sprofondare. Contavo sul fatto che non l'avrei mai più rivista. Cinque ore dopo, invece, eccoci di nuovo insieme. « A dire il vero pensavo di farmi portare la cena in camera », improvviso, deciso a non perdere quel briciolo di dignità che mi resta. « Sono venuto a cercare un menu, perché su da me non l'ho trovato. »

Quando sorride, ricordo perché mi ha affascinato. « Mi fa piacere che si senta meglio. E congratulazioni per la qualificazione. »

« Anche a lei. Senta », comincio, ma cosa posso dirle? Scusi se prima sono completamente uscito di testa? Mi schiarisco la gola. « Riguardo a prima, non so cosa mi sia preso. » Recupero un menu dal bancone del bar, con l'intenzione di salutare e andarmene.

« Si figuri. Sono io a dovermi scusare. Parlo troppo e a volte anche a sproposito. »

« Non poteva saperlo. Non so nemmeno perché porto ancora la fede. »

Pamela sistema il fermaglio della collana. « Vorrei solo potermi rimangiare quello che le ho detto. Era l'ultima cosa di cui avesse bisogno. » Una risposta semplice e gentile.

« A dire il vero sfogarmi mi ha fatto bene. » *Smettila di blaterare. Torna su, oppure salta giù dal mezzanino del bar, o qualunque altra cosa, ma piantala di mostrarti nudo e crudo in tutta la tua vulnerabilità. È imbarazzante.* Ma in camera non c'è niente che mi aspetta, né da nessun'altra parte. E quel sorriso... « Posso offrirle un aperitivo per sdebitarmi della sua consegna a domicilio? Non sono un carico leggero. »

« Volentieri. Qualunque cosa senza molluschi. Sono allergica. »

Faccio segno al barista e ordino due Martini, ali di pollo e nachos, poi mi rivolgo a Pamela: « In che zona di Boston vive? »

Tre Martini dopo al bar non c'è quasi più nessuno, ci diamo del tu e lei trova il coraggio di chiedermi di Maddy. « È stato il cancro? »

« Magari. Mio Dio, che cosa tremenda ho detto. » Finisco il bicchiere. Non sono affari di Pamela, eppure ho voglia di confessarle tutto, di arrivare sino in fondo, in modo che possa pianificare la sua uscita di scena. « Si è tolta la vita. » Lo dico guardandola dritto negli occhi, sconcertato di trovare nei suoi solo compassione.

« Mi dispiace tanto. »

L'unico motivo per cui non si è ancora data alla fuga è che non ha capito. « È stata tutta... » Non riesco a dire « colpa ». Non sono stato io a spingerla. « Lavoravo troppo, ero sempre in viaggio e forse... non so, a volte sono molto freddo, distante. »

Pamela si china verso di me. « Se la depressione l'ha portata a compiere un gesto così estremo, tua moglie doveva essere intrappolata nei suoi pensieri al punto di non riuscire nemmeno a concepire le conseguenze delle sue azioni. »

Alzo lo sguardo. È la prima volta che qualcuno cerca di calarsi nello stato d'animo di Maddy.

« Lei non stava lasciando *te*. Stava lasciando *se stessa*. »

I miei sensi sono come inondati. *È davvero possibile?* Mi viene una voglia improvvisa di leggere l'ultima pagina del diario di mia moglie. Se Pamela ha ragione, dovrei trovarci la risposta. Faccio di nuovo segno al barista. « Metta tutto sul mio conto. »

Lui annuisce.

«Scusa se ti lascio così. Mi dispiace davvero, ma questa giornata...»

«Vai. Rifletti, piangi e dormi. Magari capiterà di rivederci a Boston.»

Mi precipito agli ascensori come Cenerentola, grato a Pamela per la sua capacità di capire così bene la situazione. Una volta al sicuro nella mia stanza, prendo il diario dalla valigia e vado subito all'ultima pagina. Sono stato un vigliacco a rimandare così a lungo. Quella pagina equivale a una lettera d'addio. Se Pamela ha ragione, le parole di Maddy ne saranno la conferma.

*13 aprile 2015*

*Pasqua mi mette sempre i brividi. Risorgere dai morti? Ti lascia credere che l'aldilà funzioni come una polizza assicurativa. Rende troppo facile non affrontare mai paure e rimpianti, mentre secondo me l'universo non dovrebbe distribuire le carte* ESCI GRATIS DI PRIGIONE. *Setacciare la sabbia della mia infanzia con un terapista mi ha permesso di provare compassione per mia madre, liberandomi per sempre dal risentimento. Sono fortunata a essere così autonoma. Mi sono potuta far aiutare a superare questo intoppo senza che Eve e Brady se ne accorgessero.*

*Credo in un potere superiore. Dev'esserci per forza. La scienza non riesce a ricondurre ogni cosa alla ragione. Per la nostra mente limitata il nulla non esiste, il che significa che c'è sempre stato qualcosa, il che a sua volta significa che c'è una forza divina all'opera.*

*Non vedo l'ora che arrivi la nostra corsetta pasquale per poter chiedere a Brady ed Eve cosa ne pensano. È la tradizione familiare che preferisco. Meg la trova sacrilega, e forse ha ragione, ma per me la Pasqua non ha nulla di più spirituale di una lunga corsa tutti e tre insieme, che ci dà modo di riconnetterci. Alla mia età, finalmente, non provo più questo intenso bisogno di essere capita. Tutto quello che voglio è imparare dal passato e andare avanti.*

Rileggo la pagina almeno trenta volte, sbalordito. Maddy andava da un terapeuta per superare il problema di sua madre, ma non sembra ingabbiata nella depressione, né contrariata dalle mie priorità, o rattristata dall'indipendenza di Eve. Non era innamorata di un altro, non beveva troppo e non era annoiata dalla banalità della vita di provincia.

Ma allora perché diavolo mi ha lasciato?

# 17

## MADELINE

È calata la nebbia. Non manca molto, ormai: riesco a distinguere a malapena le scene che si svolgono sotto di me. Continuo ad aspettare d'intravedere uno scorcio della mia destinazione finale, ma lo spazio sopra di me sembra infinito.

Guardo la quercia che abbiamo piantato in giardino quando Eve andava all'asilo. Era il Giorno della Terra e ogni bambino era tornato a casa col suo alberello. Non ci speravo, non riuscivo a concepire che una cosa tanto fragile e mingherlina riuscisse a difendersi dai venti del New England, ma ho lasciato che Eve scegliesse con cura il punto giusto. « Ha bisogno di sole e di molto spazio », aveva detto. Visto che l'alberello non disponeva nemmeno di un ramo al quale appendere un'altalena, ero sicura che la mattina dopo il suo interesse sarebbe già svanito, invece mi sbagliavo. Lo annaffiava ogni giorno. Se si avvicinava qualche cerbiatto curioso, lo scacciava. « La dobbiamo proteggere! » s'infervorava. « È la *nostra* quercia. » Avevo digitato su Google *proteggere le giovani querce* e, naturalmente, c'erano una pagina su Wikipedia e dei video su YouTube dai quali appariva tutto molto semplice. Dodici anni dopo, la quercia è alta come Eve. Questo ricordo avvalora molte verità: metti radici in un posto dove hai abbastanza spazio per crescere; lascia entrare la luce; tutti hanno bisogno di aiuto per sopravvivere; sii paziente.

Un pensiero filosofico che diventa subito fosco: quel cazzo di albero mi è sopravvissuto. Vorrei essere lì tra dieci anni, quando Eve avrà finito di crescere e il suo albero ci sovrasterà - anzi, li sovrasterà - ricordandoci quanto ognuno di noi possa fare la differenza. Non sono stata paziente, quella sera. Non mi sono concessa abbastanza spazio. Quand'è stato il momento di prendere una decisione, ho pensato a mia madre. Proprio a lei, tra tutti! Se avessi pensato a Eve e Brady adesso sarebbe tutto diverso, invece ho pensato a mia madre, per la quale non avevo fatto abbastanza. L'avevo delusa e lei si era tolta la vita, ed ecco che l'universo mi dava la possibilità di rimediare. Ne ero sicura.

Spendo quelli che suppongo essere i miei ultimi minuti dicendo a Eve che le voglio bene. Lo ripeto all'infinito, come onde che lambiscono una spiaggia. Pensavo di aver trovato il vero amore con Brady, ma quand'è arrivata Eve ho scoperto che esistono tanti livelli di amore e il più alto è la maternità. Non sono mai stata tipo da giudicare i rapporti col bilancino, ma quello genitore-figlio è l'unico per cui sarebbe assurdo anche solo pensare di farlo. Io ed Eve giocavamo nella stessa squadra, eravamo unite. Quando vinceva lei, vincevo anch'io, e quando perdeva - anche se la lezione appresa era inestimabile - soffrivo per lei. Diversamente che con Brady, era un amore puro. Non volevo niente in cambio.

Be', non è vero. Volevo tempo. Ne volevo molto di più.

Sto ancora riflettendo, quando vedo Kara parcheggiare nel nostro vialetto. La Jaguar giallo fosforescente degli Anderson spicca anche da quassù. Una macchina odiosa per persone odiose. Non elaboro il significato della sua presenza finché non percepisco il panico e la vergogna che prova.

«Stia indietro!» mi aveva ammonito quella sera, con sguardo terrorizzato.

Ma davanti a me era balenata l'immagine di mia madre e sapevo di non poter voltare le spalle a una persona tanto disperata. Non un'altra volta. Non a una bambina. Nella mia mente erano risuonate le prediche di Brady sullo stabilire confini e sul saper dire di no, ma ormai mi ero così calata nel problema degli Anderson da farlo diventare un mio problema. La mia vita mi piaceva, la amavo, e Kara dev'essere venuta per dirlo alla mia famiglia. *Grazie.* Com'è coraggiosa a farsi avanti. Sinceramente, non pensavo che ci sarebbe riuscita. Tra tutte le amiche di mia figlia, è l'unica che consideravo un'inguaribile egoista. Cosa l'avrà mai fatta cedere?

Indugio per un istante sul pensiero che ho risparmiato a Christie il dolore innaturale di seppellirla. L'idea mi riempie di gioia e il mio spirito sale ancora più in alto. Non riesco a vedere l'espressione di Eve quando apre la porta, ma ormai non ho più paura. Finalmente ho capito: troveranno il modo di andare avanti anche senza di me. La mia presenza potrebbe velocizzare le cose, ma così facendo rinuncerei a qualunque cosa ci sia in serbo per me. Adesso so, ed è un enorme sollievo, di non essere stata condannata a questo purgatorio, ma di essermelo scelto da sola, perché non ero pronta a lasciare la mia famiglia. E, consapevole del fatto che ormai le loro vite non sono più vincolate alla mia, mi sento libera di avanzare. Ma prima trasmetto a Eve un ultimo messaggio. *Perdonala. Pratica l'amore, la compassione e il perdono,* la supplico. La collera è solo una zavorra che t'impedisce di andare avanti.

La pace intorno a me s'intensifica e torna la vibrazione, accompagnata da un leggero ronzio. Mi sto trasformando. La luce cui anelavo mentre cadevo mi ha trovato e mi accoglie. Identificare l'energia che m'invade è molto facile: si tratta di amore. Sono di nuovo pronta a essere amata. Non ho nessun dovere di servire la mia vita passata, se non per offrire una volta ogni tanto un brivido caldo di lode a mia figlia o il suono della mia risata che si unisce a quella di Brady per una battuta che soltanto noi due possiamo capire.

## EVE

Sto mettendo via la spesa quando suonano alla porta. È Kara, ma senza il solito trucco pesante e quella sua espressione compiaciuta. Porta una felpa col cappuccio e puzza di rum. Restiamo a fissarci come due sceme.

« Cosa ti è successo? » le chiedo, ma mentre parlo ho il sospetto di essere io quella cui è successo qualcosa.

« Posso entrare? » Si guarda alle spalle come se temesse di essere seguita.

« Sei sbronza? »

« Che te ne frega? »

Data la sua paranoia, oltre che sbronza dev'essere anche fumata. Sarà divertente parlare con lei. La faccio entrare, ma Kara resta lì a guardarsi nervosamente intorno come in cerca di qualcosa. « Io ero lì. Tua madre non si è buttata », sussurra.

Sto ancora registrando le sue parole, quando mi rendo conto che vorrebbe andarsene subito, come se il film fosse finito, anzi, come se non fosse mai iniziato. La tiro per un gomito e la trascino sul divano, conficcandole le unghie nella carne. Lei aspetta che io dica qualcosa, ma è folle, perché non riesco nemmeno a respirare. Se la mamma non si è buttata, allora come mai è caduta? E perché? Cosa ne sa Kara? La fisso cercando di ritrovare la voce, finché lei non si accorge che non riesco a parlare.

«Ho preso il computer di mio padre per andare su Google Maps ed era aperto sulle email. Aveva una storia con...»

«Non è possibile che mia madre...»

«Zitta e ascolta. Era una professoressa. Courtney Lawrence, Courtney Lawrence, Courtney Lawrence... c'erano almeno quaranta email. Io sono montata su tutte le furie, e quando ho visto che l'indirizzo era quello del Wellesley College l'ho cercata sul sito. Insegna psicologia. Nella sua bio diceva che le piace andare in montagna col marito, che ha proprio la faccia da gay. Perfetto, mi sono detta. Il giorno dopo, finito l'allenamento, mi sono scolata la bottiglia di Pinot nero da trecento dollari che il papà aveva messo da parte per l'occasione perfetta e sono andata al college per rimettere quella troia al suo posto.»

Ho passato mesi a isolarmi dagli sproloqui di Kate: parla così in fretta che non è difficile. Ma adesso non voglio perdere nemmeno una sillaba.

«Il suo ufficio era in biblioteca, così sono entrata come una furia e ho detto: 'Ti conviene stare lontana da mio padre, se non vuoi che vada a raccontare tutto a tuo marito'.

«Quella stronza di merda mi ha guardato come se fossi una bambinetta da compatire. 'Credo che tu non abbia capito la situazione.'» Kara tira fuori una fiaschetta dalla felpa, beve un sorso. «E io: 'L'ho capita eccome. Tu sei una troia che si scopa mio padre, ma se non la smetti giuro che ti rovino la vita'.

« Mi ha guardato con quel suo sorrisetto del cazzo, mandandomi in totale confusione, poi: 'Dovresti parlarne coi tuoi genitori'.

« Parlarne coi miei *genitori*? 'Ma che cazzo dici!' » urla.

Io faccio un salto sul divano.

Kara ride, borbotta ancora qualcosa su Courtney Lawrence, poi beve un altro sorso.

La mia mente è paralizzata. Non capisco cosa c'entri mia madre in tutto questo, ma in qualche modo ci deve entrare. *Non si è buttata*, ha detto Kara. E, se non lo ha fatto, allora vuol dire che non voleva lasciarmi; e, se non voleva lasciarmi, allora io non dovrei essere sola. Le strappo di mano la fiaschetta e Kara inarca le sopracciglia, come per sfidarmi ad ascoltare il resto, ma niente di quello che potrebbe dirmi è peggio di quello che non mi ha detto in tutti questi mesi. « Basta bere. Vai avanti », le chiedo.

Lei alza gli occhi al cielo. « Ho continuato a fissare quella troia. Quando ha capito che non me ne sarei andata, deve aver pensato: Al diavolo! E poi mi ha detto: 'Lo sai cos'è un matrimonio aperto?'

« Non ne avevo la più pallida idea, ma non appena me l'ha chiesto ho subito capito. E ho risposto: 'No, non ci credo'.

« 'Invece è così.'

« Un matrimonio aperto vuol dire che è aperto per tutti e due. Non ci capivo più un cazzo. Sono scappata via dal suo ufficio, non potevo proprio restare lì, ma non sapevo dove cazzo andare. Allora ho un flash, *pam*, e tutto ha cominciato ad avere un senso. La sera in cui il coach Wilkins è passato a prendere mia madre, o quella cena imbarazzante con la mia ex babysitter e il ragazzo che aveva conosciuto al college, o quella volta che i miei erano in vacanza e ho telefonato all'albergo e il portiere mi ha chiesto con quale delle due stanze volessi parlare. Un elenco da incubo che si allungava minuto dopo minuto. Mi sono sentita male. Sono corsa in bagno a vomitare e intanto pensavo: Potrebbe essere peggio. Almeno non lo sa nessun altro.» Mi strappa di mano la fiaschetta e butta indietro la testa, mettendosi a ridere quando un po' di liquore le cola sul mento. «Mi sono subito data della ritardata mentale. *Lo sapevano tutti*. Tu lo sapevi, no?»

È fuori di testa. Se do la risposta sbagliata, potrei perderla. «Io voglio sapere solo cos'è successo a mia madre.»

«Lo sapevi. Te lo si legge in faccia. Lo sapevano tutti, cazzo.» Mi guarda disgustata. «Mi è diventato tutto chiaro, mentre me ne stavo lì seduta sul pavimento del bagno. Le battutine di Mike quando sono andata a letto con Doug anche se uscivo con Noel. I ragazzi della squadra di calcio che ridevano di me al ballo scolastico. L'ammissione nella squadra di tennis anche se faccio completamente schifo. Sono l'unica idiota a non essersene accorta.» Sbianca e per un attimo vacilla. Non può svenire, non ora, non *qui*.

Cerco di farla parlare. «Raccontami di mia madre.»

«Mi sono sdraiata sul pavimento del bagno a fare questo gioco maniacale di unire i puntini. I miei sono due puttane. Chissà come ci ridono dietro. Lo fanno, vero? *Vero?*»

È una situazione surreale, ma rallento il cervello quanto basta per capire che Kara non continuerà se prima non le rispondo. «Sì, ridono di voi», ammetto.

Kara emette un rutto che è come una bomba puzzolente.

Mi tiro indietro.

Ecco che scoppia a ridere. È come impazzita. « La mia vita è *finita* Eve, ti rendi conto? I miei si sono scopati mezza città, e io sono marchiata per sempre. »

Si mette a piangere, ma io sento solo quello che non mi ha detto e scuoto la testa. « Chi se ne frega dei tuoi e della loro telenovela del cavolo? Tu almeno *hai* dei genitori. » Ma con la calma e la pazienza non riuscirò a ottenere la sua attenzione. Le do una gomitata, bella forte. « Cos'è successo a mia madre? »

« Ahia! Mi fai male! Sei peggio di quella troia che mi segue ovunque. Non è stata colpa mia! Volevo andarmene, poi, attraverso una parete di vetro, ho visto che la porta del tetto era tenuta aperta da un aspirapolvere. L'ho interpretato come un segno. Non potevo pensare di tornare a casa ad affrontarli, e nemmeno di presentarmi a scuola il giorno dopo. O di vivere in una famiglia così incasinata. Chi sposa una ragazza coi genitori scambisti? Tanto valeva avere la faccia sfigurata. Così sono salita di corsa su per le scale. Ma tua madre deve avermi visto perché, non appena ho buttato le gambe oltre il parapetto, ho sentito la sua voce. Non potevo credere di essere così sfigata. Urlava, ma non sentivo cosa diceva per via del rumore. Dovevo buttarmi prima che chiamasse aiuto. E, *merda*, non so... deve aver capito cos'avevo in mente, perché invece di correre di sotto è venuta fino al parapetto e si è fermata vicino a me. » Kara mi guarda. « Era proprio un'impicciona, lo sai? »

Le lacrime mi sgorgano abbastanza veloci da colare in un rivolo fino alla mano che mi stringo intorno al collo. La mamma voleva vivere. Certo che voleva. Come ho fatto a credere il contrario? Guardo Kara, passando in un attimo dallo choc al sollievo e poi alla *rabbia*. Sto parlando con la responsabile della sua morte. Vorrei sbatterla fuori di casa, ma non quanto voglio conoscere ogni minimo particolare. «Cosa ti ha detto? L'hai spinta?»

Lei scuote la testa. «No, non l'ho spinta, *giuro*. Mi piaceva. Avrei preferito sedici anni con lei che una vita con la mia.»

Mi alzo. «Sedici anni è tutto quello che ho avuto.»

Per quanto sia fatta, Kara sembra spaventata. Bene.

Cerca di alzarsi, ma le metto una mano sulla spalla e la spingo giù. Sono più alta e più forte. «Dimmi cosa ti ha detto.» Non merita di essere l'unica a conoscere le ultime parole di mia madre.

Kara si soffia il naso direttamente nella felpa. «Ha detto che c'è una ragione per ogni cosa, e quella per cui nessun altro aveva potuto prestare servizio in biblioteca quel giorno era permettere a lei di essere lì con me. Non ho risposto, ma ha continuato a parlare, dicendo che la vita è dura, però ne vale la pena, e tutti dobbiamo soffrire se non altro per poter apprezzare i momenti in cui va tutto bene. Negli ultimi mesi, anche lei si era sentita molto giù, ma si era fatta aiutare e ora stava meglio. Le ho raccontato di Courtney Lawrence e lei ha detto: 'E con questo? Chi se ne frega! Tu non devi per forza fare le stesse scelte dei tuoi genitori'.»

Ho smesso di piangere. Sono passata all'odio, un odio totalizzante, più violento di qualunque altra cosa io abbia mai provato finora. Se Kara si fosse buttata subito, il resto di questa storia non avrebbe avuto importanza. Voglio vederla morta. «E poi?» Pretendo tutti i particolari. Ho bisogno di essere lì con mia madre.

«E poi *non lo so*, okay? Non... Mi stava guardando dritto negli occhi, ed è successo tutto come al rallentatore. Ho scavalcato il parapetto e sono tornata sul terrazzo, poi sono andata verso la porta, pensando che mi avrebbe seguito. Credo che volesse farlo, ma è scivolata. O inciampata, non so. Non ho visto. Ma ho sentito l'urlo. Un urlo... tremendo. »

Mi scaglio addosso a Kara, schiacciandole il petto contro lo schienale del divano. Ma sento la voce della mamma. *Perdonala.* Rido. Rido davvero. Ma la sento di nuovo. *Perdonala. Pratica l'amore, la compassione e il perdono.* Era il suo grande mantra. Diceva che l'amore, la compassione e il perdono sono capacità che devi praticare quotidianamente, perché altrimenti la vita te le porta via.

Non provo nessuna delle tre, ma le sue parole mi calmano abbastanza da farmi pensare che forse ci sono altre cose che voglio sapere da Kara. « Perché non l'hai aiutata? »

« Quando mi sono girata a guardare, era già finito tutto. È scivolata, capisci? Aveva quegli stivali col tacco alto e... »

Questo particolare mi manda su tutte le furie. « So benissimo con che scarpe era uscita! Non parlarmi come se non sapessi cosa si era messa quel maledetto giorno! »

Kara ne approfitta per sgusciare via e scattare in piedi, pronta a fuggire verso la porta, ma barcolla, permettendomi di arrivarci prima di lei e bloccarle il passaggio.

« Se è stato un incidente, perché non l'hai detto a nessuno? Perché non hai chiesto aiuto? » La imploro con lo sguardo di rimediare, di cambiare ora quel tragico finale.

Si stringe nelle spalle. « Era morta. Il come non aveva più importanza, ormai. »

Mi lascio scivolare sul pavimento, sconvolta e disgustata. Ma non dovrei. Quando Kara ne faceva una delle sue, la mamma mi chiedeva sempre perché mi meravigliavo. « A Kara importa solo di Kara », mi avrà ripetuto un milione di volte.

« E perché hai deciso di dirmelo adesso? » le grido dietro, mentre va alla macchina.

Lei ha un brivido, poi si guarda di nuovo intorno come se ci fosse qualcun altro ad ascoltarla. « Perché è diventata un'ossessione. Giuro. » Cerca di bere ancora un sorso dalla sua fiaschetta, ma si ricorda che è vuota e la lascia cadere sul vialetto. « Non riesco a dormire, perché non appena mi assopisco lei s'insinua nei miei sogni e lancia quel grido. E non riesco a concentrarmi, perché qualunque cosa stia succedendo lei ci parla sopra. *Dillo a Evie. Dillo a Evie. Dillo a Evie.* È ossessiva. È come quando non riesci a toglierti dalla testa una canzone. Vorrei tanto essermi buttata senza troppe storie. Quindi vaffanculo, ha vinto lei. » Si guarda intorno urlando: « Sei contenta? I miei sono malati di sesso e Mrs Starling non si è uccisa. Adesso mi lascerai in pace? »

È finita. Non c'è altro da dire. Kara scavalca la fiaschetta ed entra in macchina, borbottando che ora è il mio turno di rovinarle la vita, poi esce in retromarcia dal vialetto.

Il fantasma che la ossessiona è la nonna. Per forza. L'ho vista solo una volta all'anno fino a che non ne ho compiuti otto, dopodiché è morta, ma era l'unica a chiamarmi Evie. Mia madre non lo sopportava. « Se avessi voluto chiamarti Evie, lo avrei fatto », diceva sempre.

Resto accasciata sulle piastrelle, incapace di chiudere la porta. La mamma mi voleva bene e noi eravamo felici. Sento di nuovo le sue parole: *Pratica l'amore, la compassione e il perdono*. Solo che ora ne sono certa: è proprio la sua voce. È lei che mi parla. Se la nonna riesce a entrare nella testa di Kara, di sicuro la mamma riesce a entrare nella mia. Non avrebbe mai tormentato Kara, non era da lei torturare qualcuno in quel modo, ma di sicuro mi canta le canzoni giuste e mi trasmette saggezza e consolazione.

Chiudo gli occhi e me l'immagino su quel cornicione, soddisfatta perché Kara è salva, già intenta a riflettere sulla prossima mossa. Il quadro è così chiaro che mi sembra di essere là con lei, come se quel ricordo ora fosse mio. Si gira e allunga la mano verso il parapetto, ma lo manca. Si guarda la mano come se l'avesse tradita. Si rende conto di aver perso l'equilibrio, poi le scivola il piede. Tende entrambe le braccia verso il cornicione, ma la forza di gravità l'ha già sconfitta.

Il mio respiro rallenta. È morta in preda al terrore. Non ha avuto il tempo di pensare a me, al papà, al suo giardino, ai libri di cui non leggerà mai il finale. Piango, ma stavolta piango per lei, non per me. Per lei e per tutto quello che ha perso. La sua morte è stata un sacrificio compiuto per... Kara.

Mi alzo a fatica. Certo che non ha lasciato Kara da sola quel pomeriggio. Mia mamma non era tipo da tirarsi indietro. Se poteva fare qualcosa per gli altri, per lei era suo dovere farlo. Mia mamma era un'eroina.

## BRADY

Non sono nemmeno entrato in casa che Eve mi annuncia che non si è trattato di suicidio. Il suo viso è sereno: la contraddizione tra quanto mi ha appena detto e la sua espressione mi lascia perplesso.

« È venuta Kara. »

« Kara Anderson? »

«Sì. È stata lei la prima a uscire sul cornicione. La mamma l'ha convinta a rientrare.»

«*Cosa?*»

«È scivolata, papà. È stato un incidente.»

Mi appoggio con la schiena al muro e mi affloscio a terra. Non ha senso. «Cosa ci faceva lassù Kara? Perché non ha chiamato aiuto?»

«Era completamente fuori di testa. Aveva appena scoperto che i suoi sono malati di sesso, era strafatta e ha perso il controllo. La mamma è riuscita a calmarla, ma è caduta.»

Mi tolgo la cravatta. Le vene della testa pulsano contro il cranio. Eve è sollevata - almeno la morte di Maddy non tradisce il nostro ricordo di lei - e lo sono anch'io, peccato che il sollievo sia offuscato dalla rabbia. Passa un secondo eterno, poi mi alzo e prendo il telefono. «Chiamo la polizia.»

«Per dirgli cosa?»

«Per dirgli che mia moglie era una santa. Che non era depressa. Che quella stronzetta di Kara Anderson ha deciso che le andava di prenderci tutti per il culo. E chiederò allo Stato di farle causa!»

Eve chiude gli occhi. «A che pro, papà? Capisco cosa intendi, ma non possiamo cambiare quello che è successo.»

Arretro, come se Eve potesse infettarmi con la sua capacità di perdonare. «Quindi a te sta bene che Kara abbia lasciato credere a tutti che tua madre era infelice con noi e che per questo si è tolta la vita? Ti sta bene, Eve?»

«No che non mi sta *bene*, ma ormai quello che è stato è stato. Almeno adesso noi sappiamo la verità. Almeno ce l'ha detto. Potrebbe essere peggio, no? Pensa a quello che avrebbe fatto la mamma se...»

« No. » Ho capito cosa stava per dirmi, ma non sono d'accordo. C'è un certificato che ascrive la morte di mia moglie a suicidio. È una mancanza di rispetto nei confronti di Madeline, della nostra vita insieme.

Alla centrale di polizia, Eve subisce trenta minuti d'interrogatorio.

« Kara ti ha lasciato intendere di aver chiesto o in qualche modo costretto tua madre a scavalcare il parapetto per andare sul cornicione? »

« No. Ha detto che il suo primo impulso è stato quello di buttarsi senza lasciare a mia madre il tempo di chiamare aiuto. »

« Kara ha forse lasciato trapelare che potrebbero essere stati i suoi movimenti a causare la caduta di tua madre? »

« No. Ha detto che lei stava già andando verso la porta. »

« Sapeva che tua madre era caduta? »

« Sì. L'ha sentita urlare. »

Ascolto affascinato. Il resoconto di Eve è impeccabile. Parla di questa faccenda con una delicatezza e una lucidità che io alla sua età non mi sarei neppure sognato. Nemmeno adesso, a dire il vero.

Si può solo immaginare cos'è stato per lei questo pomeriggio: ha scoperto una verità a dir poco sconvolgente, capace di sconvolgerti a vita. Poi ci ha riflettuto da sola, senza confrontarsi con nessuno, e ha preso posizione in merito. Eppure è venuta qui a darmi sostegno, pur non essendo d'accordo con me. Diciassette anni e già va per i trenta.

I due detective si alzano.

« E ora? » domando.

« Ora interroghiamo Kara. »

Io ed Eve aspettiamo in silenzio. Dopo qualche minuto lei posa la mano sulla mia e la stringe due volte, in un semplice gesto di supporto. Mi sta dicendo che siamo una squadra, qualunque cosa accada.

Al loro ritorno, nessuno dei due ci guarda negli occhi. Il più vecchio ci dice: « La versione di Kara conferma tutto, anche se abbiamo fatto più fatica a capirla, perché la ragazzina è piuttosto ubriaca ».

Si scambiano uno sguardo per stabilire chi ci darà la notizia. È il più giovane a capitolare. « Abbiamo parlato col procuratore distrettuale e a questo punto non è più possibile intraprendere nessuna azione legale. Miss Anderson non ha commesso nessun crimine. »

« Com'è possibile? Sapeva che mia moglie non si è suicidata e non si è fatta avanti. Non è illegale? » sbotto io.

Eve rimane muta, vorrebbe che pure io tacessi, ma in questo momento non riesco a mostrarmi più maturo di lei. Maddy credeva nell'amore, nella compassione e nel perdono, ma certe cose sono imperdonabili.

« La morte di Madeline è stata un incidente. Kara Anderson potrebbe essere ritenuta responsabile se avesse creato una situazione pericolosa per sua moglie, e poi non le avesse prestato aiuto. »

« Ma è andata proprio così. È successo esattamente questo. »

Il detective si gratta la guancia. « È un po' forzato. In realtà Kara ha messo in pericolo soltanto se stessa. Sua moglie si è esposta volontariamente. »

« Ma, agente, stando in bilico su un cornicione, non crede che una persona metta in pericolo anche chi la trova? È ovvio che, se qualcuno ti vede lì, cercherà di aiutarti. »

« Anche se riuscissimo a dimostrarlo, sua moglie è scivolata. Kara non poteva fare niente per salvarla e lo Stato non sarà mai in grado di provare il contrario. Per accusarla di qualcosa, dovrebbe esserci almeno un'omissione di soccorso, ma non è questo il caso.»

Scuoto la testa. Non mi lascerò sconfiggere. «Ha ucciso mia moglie.»

Il vecchio sospira. «Sua moglie è morta a causa di Kara, questo non si discute, ma la ragazza non ha commesso un omicidio.»

«E cosa mi dice del fatto che se l'è tenuto per sé? Non è negligenza, o complicità, o altro?»

«Non c'è nessuna legge, qui nel Massachusetts, che imponga di riferire un crimine. Senza contare che, come abbiamo appena concluso, non c'è stato nessun crimine. È solo una ragazzina. Forse aveva paura.»

Devo trovare un modo per costringere Kara a pagare per quello che ha fatto. Incontro lo sguardo di Eve. Assomiglia così tanto a Maddy, qui seduta ad aspettare che io torni in me. Un'ondata di lucidità mi attraversa. *Ecco.* Ecco perché Eve è così serena. Sta prendendo tutto questo come lo avrebbe preso Maddy: tutto accade per una ragione. Qual è la ragione che Eve vede e io no?

Se abbiamo imparato tanto dalla morte di Maddy, è perché pensavamo che si fosse suicidata. Se avessi saputo che era scivolata, mi sarei infuriato col mondo e blindato nel lavoro. Non avrei messo in discussione la mia vita e le mie priorità. E, se non lo avessi fatto, non mi sarei adoperato con tanto accanimento per trovare un terreno comune con Eve. E, se non avessi trovato un terreno comune con Eve, sarei diventato un maniaco del lavoro, amareggiato e con una figlia distante. Il silenzio di Kara è stato la mia fortuna. Questa illuminazione mi calma.

Io ed Eve ci alziamo contemporaneamente, come a un

segnale. Le cingo le spalle e lei aderisce al mio fianco, in una vicinanza fisica che adesso non ci crea più nessun imbarazzo. I due detective sono confusi da quant'è affiorato dal nostro silenzio. Quando stiamo per andarcene, il più vecchio mi richiama: « Faremo cambiare il certificato di morte, Mr Starling ».

# EPILOGO

*Dieci anni dopo*

## EVE

Sono la damigella d'onore al matrimonio di Rory. Robert è ancora più « bio » di lei, un sostenitore così appassionato della bellezza naturale che, come regalo di nozze, Rory ha smesso di tingersi i capelli. Ha solo cinquant'anni, ma va orgogliosamente in giro con la chioma argentata e la tessera dei pensionati, dichiarando cose tipo: « Da vecchia vestirò di viola ». Io l'ho presa in giro dicendo che Madeline penserà che sua zia è la Fata Madrina.

« Fata *Nonnina* sarebbe più appropriato », ha risposto lei, sbuffando.

Brian è d'accordo con sua sorella, i capelli bianchi la invecchiano. Il cambiamento lo mette a dura prova, ma alla fine si abitua.

Rory è stata damigella d'onore al nostro matrimonio, tre anni fa. Nel suo discorso ha detto: « Mi assumerei volentieri il merito di aver fatto sbocciare l'amore tra la mia cara amica e il mio fratellino, ma hanno fatto tutto da soli. L'unione tra una scrittrice e un avvocato potrebbe apparire improbabile, e invece, dico io, quale combinazione migliore della curiosità unita alla spavalderia? »

Tra noi è scattata la scintilla una sera che Brian è passato a prendere Rory a casa mia nel North End. Avevo un ricordo terribile di lui al funerale della madre. Ma, quando ho aperto la porta, l'immagine si è subito addolcita.

Era cambiato, gli ostacoli della vita gli avevano insegnato a guardare il mondo da una prospettiva più altruista. Secondo Rory la scintilla del cambiamento era stata Greta. Ancora adesso va a pranzo con lei una volta al mese, non solo per fare ammenda, ma per conoscere meglio la madre attraverso la sua migliore amica. È incredibile cosa può succedere quando s'impara a imparare dal dolore.

Quella sera le presentazioni erano state impacciate. Nessuno dei due immaginava che quell'incontro sarebbe stato qualcosa di più di due chiacchiere mentre lui veniva a prendere e riportava a casa Rory. «Ma come? Non vieni anche tu a cena?» mi aveva chiesto Brian, fingendosi stupito quando gliel'avevo detto. «A me farebbe piacere», aveva insistito, con meraviglia di Rory. «Tra parentesi, è anche il mio compleanno...»

Alla fine della cena avevo già capito che sarei rimasta legata a lui per sempre. Si comporta ancora con leggera arroganza, ma c'è qualcosa di rassicurante in questo, che fa emergere la mia sicurezza. Mi ricorda mio padre. Il giorno dopo avevo ricevuto due dozzine di rose, con un biglietto che diceva: *La tua presenza è stato il regalo più bello.*

Temevo che il papà sarebbe rimasto turbato dalla differenza di età, invece aveva semplicemente scrollato le spalle. «Sei molto più matura dei tuoi anni. Se va bene per te, va bene anche per me.» Ma questo non gli impedisce di scherzarci sempre sopra. Chiama i nostri nove anni di differenza *il delta.* Quando attacca, Brian controbatte subito, guardando Pamela. «Sarò anche più vecchio, ma almeno ho fatto di lei una donna onesta.»

« Io sono molto più onesta di qualunque avvocato! » ribatte immancabilmente lei.

Per quanto spesso sia io a fare le spese della sua grinta, Pamela è stata un toccasana per mio padre. Lui non ha mai cercato una sostituta della mamma - sapeva che sarebbe stato impossibile - ma solo una persona con cui avrebbe accettato di restare su un'isola deserta. Forse sceglierei anch'io Pamela, per una situazione del genere: lei è una vera guerriera moderna.

La loro relazione mi ha permesso di andare al college in California senza dovermi preoccupare per il papà. E in California mi sono scoperta scrittrice e ho imparato ad apprezzare di nuovo la compagnia delle persone e a ridere nonostante la mia perdita. Alcuni si sentono offesi all'idea che ci sia della bellezza nel lutto, ma non posso permettermi di lasciarmi condizionare dagli altri. Per molto tempo la mia perdita è stata tutto quello che avevo e ho imparato ad apprezzare l'indipendenza e la conoscenza che accompagnano il dolore. Quindi il mio tatuaggio a qualcosa è servito, anche se il papà e Rory avevano ragione: durante gli ultimi tre mesi di gravidanza è diventato buffo.

È stato un contatto di un ex alunno della Exeter a far pubblicare la mia prima poesia su *Underground*, una rivista letteraria conosciuta solo tra gli addetti ai lavori. Quasi non ricordo il mio stato d'animo nel momento in cui l'ho scritta, ma considero queste parole parte della mia storia.

DISSOLVERSI

*Sono ovunque Dio sta*
*abbracciando una verità*
*una verità che incoraggia la compassione*

*e questo mi spaventa*
*ma da questo antico punto di vista*
*riesco a distinguere la differenza universale:*
*la siccità che prosciuga il terreno*
*è solo lì, è solo questo, nessuna giustizia*
*sfama e disseta la realtà come fa la compassione*
*modellando la struttura nella tomba erosa del pregiudizio*
*non la cerca con furia*
*perché la sua destinazione è sempre dove sei tu*
*va dove stai andando tu*
*e da questi occhi ho avuto in prestito un potere brillante*
*la compassione si arrende*
*dissolvendosi come lo zucchero nel mio tè freddo.*
*Non dolce però...*
*Amaro.*

Rory ne tiene ancora una copia incorniciata sulla mensola del camino. « Non ho capito proprio tutto, ma, siccome l'hai scritta tu, mi piace », ha ammesso al telefono.

La zia Meg l'ha letta più a fondo. « Ma vuol dire che stai guarendo, o che stai ancora soffrendo per la sua morte? »

« Sto guarendo. Almeno così ho buttato fuori il mio dolore. E non mi fa più paura », le ho assicurato.

« Sei proprio come la tua mamma », ha replicato. Il complimento migliore, per me.

Dopo la laurea ho deciso che la California era troppo affollata per me, e che i cambiamenti di stagione quasi impercettibili non mi permettevano di apprezzare appieno il passare del tempo; la verità, però, è che sono tornata per stare vicino al papà. Adesso lui e Pamela vivono nella casa in cui sono cresciuta. Non sembrano intenzionati a sposarsi. « Ci si sposa per il bene dei figli », ha confidato Pamela una sera, dopo un paio di bicchieri di vino. « Oppure per i soldi. Ma i miei figli sono cresciuti e io sono ricca sfondata, quindi, se a tuo padre non va di portare anelli, a me sta bene.»

Sono venuti anche loro al matrimonio di Rory e Robert, dove hanno fatto il tifo per la piccola Madeline che gattonava nella navata. Rory è l'unica persona abbastanza intelligente da aver vestito la damigella dei fiori da fiore, in quanto troppo piccola per camminare. Aspetto con ansia di vedere le foto. Madeline ha gli occhi e le guance paffute di mia madre. Sapere che non conoscerà mai la persona da cui ha preso il nome, e viceversa, è ancora più doloroso della mia perdita.

Brian mi stringe il ginocchio sotto il tavolo. Tocca a me. Mi alzo e sollevo il bicchiere, portando l'altra mano sul cuore. «Vedere felice la persona che ti ha reso felice è una cosa bellissima. Il momento in cui ho capito che per me Rory sarebbe sempre stata una guida è stato quando mi ha detto: 'Non sempre si riesce a sapere cosa sia successo, o perché, ma i motivi sono sempre, *sempre* molto più profondi di quanto si creda'. Penso alla sua vita, a tutto quello che ha fatto per gli altri - i suoi studenti, la sua famiglia, i suoi amici, *me* -, poi penso a Robert, entrato in scena per restituirle tutto l'affetto che lei aveva dato, e mi rendo conto che Rory aveva ragione. Il loro amore mi appare *giusto*, ed è una sensazione che andavo cercando da molto tempo. Saranno felici perché si sono trovati a vicenda dopo aver imparato ciascuno per conto proprio che cos'è un dono. Per favore, in alto i calici per la mia guida, nonché migliore amica, e per il suo dolcissimo marito, e brindiamo tutti insieme a questa meravigliosa giornata.» Quando mi chino ad abbracciare la sposa, le dico: «A volte, ho la sensazione che sia stata mia madre a mandarti».

# RINGRAZIAMENTI

In alto i calici! Vorrei brindare:

A mio marito Kevin Wittnebert, per TUTTO.

A mia sorella Sarah Byrnes, per essere stata la mia prima lettrice e terapeuta *pro bono*, e a suo marito Matty, per i consigli legali gratuiti sul finale.

Alla mia agente, Elizabeth Winick Rubinstein, che di fico non ha solo il nome.

All'intero team della St. Martin's Press – Jennifer Weis, Sylvan Creekmore, Katie Bassel, Karen Masnica, Brant Janeway e a tutti gli altri della redazione e dell'ufficio diritti con cui non interagisco direttamente – per aver rischiato con una sconosciuta.

All'autrice Lisa Daily, per la sua dose di speranza del venerdì, accompagnata da una fetta di cheesecake.

A Emily Anderson, per avermi saggiamente insegnato che una famiglia è composta dalle persone che ci sono le une per le altre, e per esserci stata per me.

A Vala Afshar, per avermi ricordato cosa vuol dire avere carisma.

A Crystal Walker, per avermi insegnato l'arte del +1.

A Gabriela Lessa, che non ho mai incontrato di persona, per il suo schietto feedback. Mi ha fatto piangere un po', ma ha evitato al manoscritto di finire nella pila di quelli respinti.

A Richard Sachse, alias Mr Wonderful, per la sua sincerità, e a sua moglie Lynne per avermi incoraggiata a praticare l'amore, la compassione e il perdono.

A mio cugino Ezra Ace Caraef, per la sua esperienza di dodicenne con gli ormoni impazziti, e l'intuizione che le persone pensano di te quello che tu pensi di loro.

A Stephen King, per aver regalato *On Writing* al mondo, e alla professoressa Carolyn Megan, per avermelo fatto leggere.

A Sara Bareilles: *Brave* cura il mio blocco dello scrittore.

A Rachel Platten: *Fight Song* mi ha riportato alla vita dopo la malattia.

Alla comunità degli autori: è davvero fantastico come fate squadra per sostenere i neofiti.

Alle dozzine di lettori che hanno lasciato il segno sulle varie stesure negli anni in cui, lavorando a tempo pieno, ho tergiversato un po'... È grazie a tutti voi che sono arrivata alla fine.

Fotocomposizione Editype S.r.l.
Agrate Brianza (MB)

Finito di stampare
nel mese di gennaio 2018
per conto della Casa Editrice Nord s.u.r.l.
da Grafica Veneta S.p.A. di Trebaseleghe (PD)

Printed in Italy